D0785401

Henri Vincenot

Les étoiles de Compostelle

Denoël

Né à Dijon en 1912, Henri Vincenot est un véritable Bourguignon
« de la Montagne ». Il passe son enfance dans les monts de Bourgogne,
à Châteauneuf, d'où sa famille est originaire.

Après l'école des Hautes Études commerciales, il séjourne au
Maroc puis entre à la compagnie P.L.M. et collabore pendant plus de
vingt ans à *La Vie du rail* en tant que rédacteur de cette revue.

Connu pour ses romans *Walther, ce boche, mon ami* (prix
Erckmann-Chatrian), *La Pie saoule, Les Chevaliers du chaudron, Le
Pape des escargots* (prix Olivier de Serres), ses ouvrages historiques
sur la vie du rail et sur la Bourgogne au temps de Lamartine, et surtout *La Billebaude* et *Les Étoiles de Compostelle*.

L'Œuvre de chair a été son dernier roman. Disparu en 1985, il avait
passé ses dernières années à Commarin, partageant son temps entre
la peinture, la littérature et les travaux campagnards.

OCÉAN   ATLANTIQUE

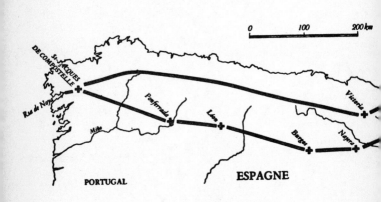

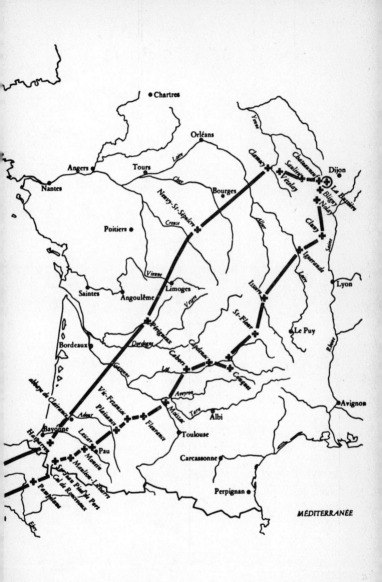

à Bernard Pivot

Avant-lire

Lorsque, comme je vais le faire dans ce livre, je raconte une histoire, il se trouve toujours des gens pour s'exclamer :

– Quelle imagination vous avez!

Je leur demande alors :

– Pour vous, que serait cette fameuse imagination? non seulement la mienne, mais aussi la sienne, la vôtre, la leur?

Et tous, à peu près de la même façon, expliquent : L'imagination serait un lobe du cerveau, particulièrement développé chez des êtres privilégiés au nombre desquels on range le romancier.

Ou même : l'imagination serait comme un viscère supplémentaire, toujours logé dans la boîte crânienne, particulièrement chez les dolychocéphales, qui y ont plus de place que les autres. Un viscère, donc, ou une glande, une moelle, vivant d'une vie propre, et qui se met spontanément à sécréter, sous certaines influences, un produit étrange, assez monstrueux et suspect, pourtant proprement miraculeux et, de toute façon, indubitablement spontané.

On assisterait donc là à une véritable « création spontanée ».

L'on a, ou l'on n'a pas cette glande.

Ou bien elle est minuscule, ratatinée dans un coin, atrophiée et stérile, et l'on a bien de la peine alors à raconter les choses les plus simples, par

9

exemple comment on a fait son café, le matin même.

Ou bien elle est énorme, cette glande, et prolifère, incontrôlable, et alors on écrit des romans, on raconte des histoires, en recueillant ce qu'elle vous dicte profusément. Et même, on n'a qu'à s'asseoir tout simplement à son écritoire, à saisir sa plume et à prendre la position d'écrire, et aussitôt ladite glande se met à fonctionner. On n'a plus qu'à laisser faire, en somme, la main qui tient la plume.

Si la glande est énorme et sa sécrétion immense, on est un puissant romancier. Si elle est petite, regrignée et chichiteuse, on est un méchant grimaud, un barbouilleur de papier, un cuistre, un écrivain sans souffle et sans talent.

Et si elle n'existe pas, on est un homme normal et un bon citoyen, qui prend plaisir à écouter ou à lire ceux qui en ont une et qui savent s'en servir.

Eh bien, tout cela, braves gens, me semble absolument stupide, et bien loin de la vérité!

Pour moi, l'imagination, c'est une espèce de grand receptable, un réservoir qui serait alimenté mystérieusement (le mystère n'est qu'apparent) par une infinité de rivières, de ruisseaux, de ruisselets de suintement, de résurgences. Oui, c'est cela : de résurgences, de débits variables et de provenances diverses, qui viennent de très près ou de très loin, se rassembler dans le réservoir jusqu'à le faire déborder et, inexorablement, à crever ses digues et à se vider.

Et alors, c'est « l'œuvre » – écrite, parlée ou pensée – qui se répand comme une inondation.

Mais que seraient ces ruisseaux, ces résurgences qui l'alimentent?

A me regarder écrire et à m'entendre raconter mes histoires, j'acquiers de plus en plus la certitude que je rencontre mes personnages, ou plutôt qu'ils me rencontrent, me parlent, et même empruntent ma feuille blanche, ou ma voix, ou même mon corps.

Ils viennent quelquefois de très près, d'hier – d'autres fois de très loin et du fond des temps...

Ils me dictent leurs faits et gestes, leurs pensées...

Et même je deviens eux. Je suis eux.

Dans une sorte de rêve, cela se situe toujours, au petit jour, entre sommeil et réveil, je suis ce Jehan le Tonnerre que j'ai accueilli en moi, un jour, alors que, du haut de la « friche aux Moines », je regardais, dans la petite vallée de l'Arvault, la croix celtique qui se détachait, claire sur le velours vert de la forêt, au pinacle de l'abside de la très vieille église abbatiale de Labussière, construite par saint Bernard, dans la montagne bourguignonne.

Ce Jehan le Tonnerre s'est imposé à moi, avec ses frères et sœurs et je l'ai vu, cueillant les noisettes. Je l'ai vu rencontrer le Vieux Prophète, et en quelque sorte, j'ai vu avec ses yeux et parlé avec sa bouche, au point que j'ai pensé, et je le pense encore, que j'étais lui, qu'il était moi.

Pourquoi cette rencontre à travers sept siècles? Pourquoi lui, et pas un autre? Pourquoi là, et pas ailleurs? Et aussi : comment?

J'ai trouvé réponse lorsque, sous la dictée de maître Gallo, et sans y rien comprendre, j'ai raconté, dans ce livre, la construction de la Croix celtique, engendrée par le cercle de Keugant, le cercle d'Abred et celui de Gwennwed. Maître Gallo a dit alors, je l'ai écrit, sous sa dictée, page 192 que, dans le cercle de Keugant, les âmes errent dans le chaos, où rien n'existe que Dieu, puisqu'el-

les passent ensuite dans le cercle d'Abred, qui est le cercle de la vie terrestre où elles prennent corps et jouent leur destinée entre le Bien et le Mal. Si elles échouent, elles retournent dans le cercle du Néant, pour y attendre que Dieu les en fasse sortir à nouveau pour revenir en Abred afin de tenter une autre vie dans un autre corps, pour parvenir à mériter la joie suprême d'entrer dans le cercle de Gwennwed et de jouir de la présence constante de Dieu. C'est là la conception druidique de la vie éternelle.

J'ai alors pensé que j'étais le « retour » de Jehan le Tonnerre, à sept cents ans de distance, dans le cercle d'Abred.

J'en ai même eu la certitude, car tout ce que je raconte dans ce livre était, dans mon esprit, si clair, si net, tous les gestes de Jehan le Tonnerre et des gens de son entourage étaient si logiques et si vraisemblables, même les problèmes de géométrie dans l'espace, auxquels je n'ai moi-même apporté aucune attention, dans ma vie et qui se sont résolus avec une facilité étonnante, même les observations du Prophète sur des gens, des pays, des édifices que je n'ai jamais vus, étaient si lumineux, si précis et si exacts que j'en suis amené à penser, en somme, que je les ai vraiment vus, touchés, respirés, avec les yeux, les mains, les poumons de Jehan le Tonnerre.

Car autrement comment expliquer ces coïncidences curieuses, ces documents révélés, ces constatations inattendues et paradoxales, ces précisions confondantes sur une époque si différente de la nôtre, dans un milieu et dans un monde de pensée que je ne soupçonnais même pas, et qui m'ont été comme dictés par la voix de Jehan le Tonnerre, dans mon rêve que voici.

Mais pourquoi ai-je décidé de le raconter ?

Et pourquoi ai-je mis, à le raconter, exactement le même temps (quatre ans) qui s'est écoulé entre le début et la fin de l'aventure singulière de Jehan le Tonnerre, le petit essarteur de la Communauté civile de Saint-Gall, en Bourgogne?

Comme ils arrivaient au rebord de la friche, en vue de la vallée qui se creusait à leurs pieds, Jehan le Tonnerre, le meneur de la bande s'arrêta net, le regard tendu vers le fond du ravin.

– Quoi que tu vois? lui demanda le Trébeulot qui piétinait sur ses talons.

Jehan le Tonnerre ne répondit pas. Les yeux plissés parce que le soleil dardait à pic, étant au zénith, il regardait :

– Alors, quoi que tu vois? répéta le Trébeulot qui s'impatientait.

– Je vois ce que tu vois, tu n'as qu'à regarder!

Le Trébeulot mit sa main en visière et vit.

Les autres qui arrivaient maintenant portant sacs et corbeilles, posèrent leurs fardeaux et regardèrent aussi.

Tout au fond du val, dans l'espèce de marécage où les eaux de l'Arvault s'étranglaient avant de rejoindre celles de l'Ouche, ils virent un grand grouillement de gens avec des attelages de bœufs et de chevaux.

Les eaux vives de l'Arvault miroitaient entre les arbres à travers les menthes, sur chaque versant. Les grands buis faisaient dans le sous-bois comme de grosses bêtes sombres couchées au pied des chênes, et là, tout à côté de la petite rivière, des gens charriaient des tombereaux de pierres qui descendaient des hauteurs de la combe Raimbeû, d'autres terrassaient, d'autres encore finissaient de construire des huttes

15

alignées au pied de l'adret, sur une terrasse qui longeait le pied des petites roches. Cachée derrière une rude brosse de prunellier, toute la bande regardait cela, personne ne disait mot. Ce fut Jehan le Tonnerre qui le premier osa dire :

– Les moines !...

Oui, à bien regarder ces gens qui besognaient le fond de la vallée étaient bien des moines. Ils avaient beau retrousser leur bure, repasser les pans de leur coule dans leur ceinture de corde, on les reconnaissait tout de suite, car on n'entendait que le bruit de leurs outils. Les gens du pays ont de grandes gueules et ne peuvent pas seulement donner un coup de pioche sans le clamer à tous les échos, d'une voix qui porte comme une trompe de chasse, et ensuite dauber à pleine gorge sur celui-ci ou sur celle-là, aussitôt qu'il relève le nez. Ah! oui, un chantier s'entend de loin dans le pays!

Celui-ci au contraire ne jasait pas plus qu'un banc de carpes. On ne percevait que le grincement des essieux et parfois le commandement d'un charretier et, surtout, personne ne jurait le nom de Dieu.

– Il n'y a que des moines pour faire tant de travail avec si peu de bruit! dit une fille en ricanant.

– Un métier qui ne te conviendrait pas! dit Jehan qui avait l'œil malin et la pique prompte.

– Sûr! dit la fille en cassant une noisette entre ses dents.

Et ils rirent tous, pendant que Jehan, le nez en avant, fronçait le sourcil, pour y mieux voir, et disait :

– Ce sont ceux de l'Azeraule. Je les reconnais. Celui-là qui empile les mottes, c'est frère Alric, le porcher de l'Azeraule, celui qui parle aux cochons.

– Incapable qu'il est de respecter la loi du silence! dit la fille bavarde.

– Comme toi! dit une voix. Ils rirent encore, elle plus fort que les autres.

– Qu'est-ce qu'ils font là? demanda un garçon.

16

– On dirait qu'ils veulent s'installer près de la source sacrée, dit un autre.

Un peu à l'écart, dans un herbage bien vert, là où l'Arvault était bordée d'aulnes, on voyait un troupeau de vaches que gardait un moinillon, maigre comme une sauterelle.

C'est à ce moment qu'un homme chenu, qui était accroupi tout près, dans les hautes herbes, se redressa comme un diable et cria, en levant son bâton :

– Oui, qu'ils s'installent! Oui, Jehan le Tonnerre, ils s'installent!

Tous poussèrent des cris en le voyant et les plus âgés s'approchèrent de lui :

– Le Prophète, le Prophète! chantaient les trois plus petits, un peu effrayés et criant d'autant plus fort, cachés derrière les autres.

Le Prophète, car c'était lui, souleva une corbeille à demi pleine de champignons et s'approcha d'eux.

– Des champignons que tu ramasses? dit Jehan le Tonnerre pour entamer palabre.

L'autre n'entendit point, et continua :

– Oui, ce sont les moines de l'Azeraule qui sont descendus de leur montagne de cailloux. Je leur avais bien dit que personne n'avait pu se tenir là-haut. Tout y crève et tout s'y racornit. Les malandres y sortent de terre...

– C'est le pays du diable, il y est caché dans le tréfonds et c'est sa bave qui ressort de terre!

Le vieux se mit en colère :

– Sa bave... ou autre chose. Le diable... ou un autre! Le diable a bon dos avec vous autres, les gens de la Communauté. Le plateau de l'Azeraule est sur le mauvais courant, voilà tout. On y changera rien, votre Bon Dieu pas plus qu'un autre!

Les gamins rirent sous cape. Ils savaient qu'il ne fallait pas lancer le Prophète sur cette voix, au risque d'avoir un sermon jusqu'au lendemain matin. Jehan le Tonnerre lui coupa la parole en lui disant :

– Ils sont beaux tes champignons, Prophète, de beaux pieds-bleus! Avec la pluie d'hier qu'ils sont sortis!

Mais le vieux tenait son sujet. Ses oreilles étaient devenues rouges comme des oronges. Il continuait :

– Tout moines qu'ils soient, ils sont obligés de tenir compte des courants, comme les autres mortels. Depuis Sacrovir, et même avant, bien des gens ont essayé de vivre là-haut. Nul n'a pu. Tout s'est toujours terminé par peste et choléra. Les maisons se sont effondrées, les chevrons ont pourri, et les vaches ont avorté. Je ne parle pas des jambes cassées ni des gens écrasés pas des arbres, tués par la foudre... Je leur ai dit tout ça. Mais m'ont-ils seulement écouté? Ils clamaient : « Nous venons là avec notre croix, nos psaumes à l'Eternel, nous braverons, nous vaincrons les forces démoniaques, puisque Dieu est avec nous! » Voilà ce qu'ils disaient...

– Ils ont cependant essarté, arraché, construit, chanté les louanges de Dieu, je les ai entendus! affirma Jehan.

– Oui, mais maintenant va voir ce qu'il en reste! Obligés qu'ils sont de descendre là, décimés par la peste blanche, leurs bestiaux les pattes en l'air, leur chapelle éboulée, leurs cabanes en braise. Tout est perdu. Voilà pourquoi ils sont descendus.

– Mais cette terre où ils ont l'air de s'installer, elle est au maître de Marigny, pas à eux? fit Jehan qui, en dépit de ses quinze ans faits, comprenait bien les choses.

C'est alors que le Prophète en confidence leur dit derrière sa main disposée en abat-son et pesant ses mots :

– Le sire de Marigny leur a donné, oui donné, en toute propriété, toute la vallée de l'Arvault et même les trois vallées et les dessus, les bois, les rochers, tout! Il leur a donné pour le salut de son âme.

Il y eut un silence.

– Fallait-il qu'il en ait à se faire pardonner, le Marigny, pour donner le meilleur de son domaine aux gens de Dieu! dit Jehan.

Le Prophète eut un petit rire gloussé, le rire du dindon auquel il ressemblait. Puis :

– Faut aussi qu'il soit rusé et bon calculateur : as-tu pensé ce que vont faire les moines des trois vallées? As-tu vu ce qu'ils ont fait des marécages de Cîteaux?

– Non, je ne suis jamais allé plus loin que le dessus de Vergy et de Ternant.

– Alors ne juge pas! Tant que tu n'auras pas vu comment, dans le grand val de Saône, de l'autre côté de la montagne, à pas cinq lieues d'ici, ils ont asséché marais, drainé breuils et guérets, essarté, défoncé, labouré et chassé les fièvres, en pas seulement vingt ans!

– Tant que tu n'auras pas vu ça, fils, tu n'auras pas compris le double calcul des Marigny. Ecoute-moi bien, garçon, la meilleure façon de valoriser une terre, c'est d'y planter moine, tu le sais bien. Et surtout ceux-là, garçon!

– Ceux de Cîteaux? demanda une voix.

– Oui, justement, ceux de Cîteaux, des durs et des ardents, marche! Plus durs que ceux de Benoît : les Clunysiens!

– Plus durs, vrai?

– Et plus efficaces parce que plus rigoureux. Sévères, oui, sévères pour les autres, mais surtout pour eux!

Les six jeunes gens groupés autour du Prophète l'écoutaient sans trop comprendre, l'un d'eux dit :

– Pas meilleurs essarteurs que nous, quand même?

– Vous êtes de fiers briseurs, c'est certain, répondit le Prophète, mais quand vous avez déraciné, brûlé la vieille forêt gauloise, vous ne savez trop qu'en faire et vous grattez juste un peu de la surface de la terre pour y semer quelques pincées de grain. Les communautaires? On vous connaît! des genres d'Attilas, voilà ce que vous êtes! Bons pour faire des brèches dans la forêt et tout arracher! Ceux de Cîteaux, ils arrachent, ils brisent, certes, mais faut voir ce qu'ils mettent à la place.

— Mais Prophète pourrais-tu nous dire ce qu'ils font là?

Le Prophète prit un air de mystère et se contenta de dire :

— C'est l'équinoxe, garçon! C'est l'équinoxe et s'ils veulent établir leur église, c'est le moment de s'en inquiéter.

— Je vois bien que ceux-là, avec le frère Alric, construisent leur cahute, insista Jehan le Tonnerre. Ils ont raison s'ils veulent coucher au sec ce soir! L'autre là-bas rattroupe ses bêtes. Mais ceux-là, les blancs, qu'est-ce qu'ils font? Et il désignait un groupe de moines vêtus de blanc, alors que les six autres étaient bruns comme châtaignes.

— Ceux-là? fit le Prophète. Ah! ceux-là, garçon, sont les hiérophantes. Ceux qui sont « introduits », « initiés »...

Il hocha la tête, l'œil chaviré, alors que les enfants, les yeux écarquillés et regardant ne l'écoutaient plus.

— Les courants de la vieille terre sont nombreux et divers! Celui qui ne sait pas pense qu'ils sont tout embrouillés, mais eux, les blancs, ils savent!...

Le vieux se gratta le nez qu'il avait tout bourgeonné et violet comme une grosse mûre, il ajouta en faisant une grimace de mépris :

— Enfin, disons qu'ils croient savoir, mais ils ont tout de même le mérite de chercher à savoir.

Il se fit encore un silence qu'une bande de geais remplit de ses clameurs de crécelles.

— Tu les entends les geais, dit le Prophète. Ils ne sont pas contents du tout de voir arriver les moines. Ils devinent que leur domaine va se rétrécir bigrement et ils savent bien aussi que si ces gens-là ne mangent de la viande qu'aux féries, c'est plus souvent du geai que du bœuf!

– Du geai? Pouah! fit un garçon, c'est amer comme chicotin!

– Amer le geai? pour sûr, mais les moines en tirent ainsi l'assurance de gagner le paradis.

Là-dessus, le Prophète reprit sa corbeille pleine de pieds-bleus et descendit le versant en sautant par-dessus les petites touffes de mancennes, en chantant une chanson, une de ces chansons auxquelles personne ne comprenait jamais rien parce qu'elles ne parlaient que des gens dont tout le monde avait perdu le souvenir.

Jehan le Tonnerre resta un instant bouche bée, le regardant cavalcader, sa grande barbe grise flottant au vent. Puis il se retourna vers ses frères et dit :

– Tout cela, c'est très joli, mais voilà le jour qui baisse, finissons de remplir nos charpeignes et rentrons bien vite à la Communauté!

Et ils se remirent à cueillir, car c'était une de leurs tâches annuelles : aussitôt qu'était passée l'équinoxe d'automne ils longeaient en bande les bords des bois et faisaient le tour des clairières pour récolter les noisettes. Ils en remplissaient de grandes corbeilles de sorte que le retour était moins vif que l'aller, surtout qu'ils se trouvaient là au-dessus de la vallée des buis, appelée la Bussière, à plus de deux lieues gauloises du chantier de leur tribu.

Ils étaient sept. Jehan l'aîné, qui marchait le premier. A la main, la trique de coudrier, dont il frappait le sol avant de poser le pied pour écarter les vipères. Lorsqu'un plus jeune passait devant lui, il le rappelait à l'ordre avec son bâton comme pour ramener une brebis débandée. « Derrière, toi! »

Les garçons, à deux, portaient les paniers pleins de noisettes dénoisillées, déjà bien rousses. Les filles les enfouissaient dans les grandes poches de droguet attachées à leur ceinture et qui ballotaient sur leurs cuisses.

Ils débouchèrent bientôt sur la clairière des grands brûlis, au bout de laquelle, sur un petit versant tourné vers le sud, se dressait la clôture de la Communauté, leur campement, qui s'ouvrait en direction de la vieille montagne noire : le Morvan, sur lequel se découpaient en écran les tours du château tout neuf des sires de Chaudenay.

Ce jour-là, ils rentrèrent en passant par les Vaux-Juns et après les grands brûlis qu'ils avaient faits l'année précédente, ils débouchèrent sur l'enclos.

Ils chantaient à tue-tête lorsqu'ils entrèrent, ils vidèrent les grandes corbeilles et les sacs de noisettes sous le hangar et ils arrivèrent dans la salle commune, tout juste pour dire l'amen du bénédicité.

Le Maître les regarda du même œil qu'il avait pour les brebis sauteuses et leur dit :

– Tout juste, hein? – Un peu plus et vous alliez manger avec les pourceaux!

C'était ainsi à la Communauté : celui qui arrivait après le bénédicité ne prenait pas place à table et trouvait sa pitance dans la marmite aux cochons.

– C'est qu'on a rencontré le Prophète! dit Jehan.

– Le Prophète? Ce n'est pas lui qui vous donne la soupe, faudrait y penser! dit le Maître qui coupait le pain pour le distribuer, puis il ajouta : Qu'est-ce qu'il vous contait, le Prophète?

– Il nous a dit, sur les moines.

– Les moines?

– Oui, ils sont dans la Bussière et construisent leurs cayhuttes au bord de la rivière. On dirait qu'ils vont se fixer là. Le Marigny leur a donné la terre pour le repos de son âme.

– Le repos de son âme? Plutôt pour faire défricher son bien, oui! Il aura d'abord gagné de la terre, et le paradis ce sera par-dessus le marché, éventuellement! lança la voix de vinaigre de Martin-le-Bien-Disant le père de Jehan. A quoi sa femme, la mère de Jehan, doucement répondit :

— N'allez pas médire de Marigny, c'est un digne homme!

Tout le monde se tut pour laper la soupe que la maîtresse venait de servir puis, comme lorsqu'on lève la vanne d'un bief, un flot de paroles se répandit tout à coup. Tout le monde parlait en même temps : sur les moines, sur leur échec à l'Azeraule, sur leur réussite à Cîteaux, sur la façon dont sûrement ils allaient faire des petites digues pour barrer le ruisseau de la combe, à leur façon, pour cultiver ensuite le limon alluvial. Le maître tira la conclusion :

— Les moines seront nos voisins. Et bien mieux vaut ces voisins-là que le Marigny, je vous le dis!

— Marche! dit Martin-le-Bien-Disant, ils le tiendront bien, le Marigny! S'il les chatouille un peu trop, ils le voueront à leur enfer. Il faudra bien qu'il marche droit.

— C'est une bénédiction de les voir là. On peut en remercier Dieu, ajouta le Maître.

— Amen! répondirent-ils tous à voix basse.

Ils étaient là alignés de chaque côté de la grande table, qu'ils avaient taillée dans un gros chêne fendu en deux. Dans l'épaisseur du bois ils avaient creusé des sortes de trous en forme d'assiette, chacun le sien, où les femmes versaient la nourriture. On lavait tout ça, après le repas, d'un grand seau de lessive de cendres. C'était ainsi qu'on faisait la vaisselle à la Communauté.

La Maîtresse était debout avec deux des femmes les plus jeunes. Il fallait la voir lever le couvercle de la marmite, plonger la pauche dans le brouet et répartir la pitance, gravement, comme prêtre en messe.

C'était en effet le prêtre, le grand prêtre de cette réunion deux fois quotidiennes où tous les membres communiaient en participant à la même nourriture préparée par elle depuis le matin, aidée des autres femmes, diacres, sous-diacres et acolytes de cette cérémonie qu'était le repas communautaire.

Pour l'heure, ils étaient là vingt et un tout juste. Il y avait vingt-quatre trous dans la table, car la Communauté avait compté vingt-quatre « parsonniers » (c'est ainsi qu'on appelait les gens des Communautés). Aujourd'hui, après une mort accidentelle, une mort de maladie et un départ volontaire d'une fille qui s'était mariée hors Communauté, ils n'étaient plus que vingt et un avec les six enfants dont Jehan était l'aîné, huit hommes et sept femmes adultes. Ce qui était peu pour faire l'essartage dans ce rude pays de forêts denses.

Le Maître tranchait le pain et la viande. C'était son rôle, prenant pour lui le moins bon, du moins le prétendait-il, et c'était le plus souvent vrai, sauf pour le lapin dont il prenait la tête, le morceau préféré de tous les autres hommes.

En gros, c'était en bonne Communauté, où tout marchait selon les règles séculaires comme au temps des clans éduens, paraît-il.

On parlait peu à table, et seulement si le maître posait question. En vérité les défricheurs ne parlent pas beaucoup, habitués qu'ils sont à vivre en solitude et à serrer les dents pour manier la pioche, la cognée et l'arracheur. Mais ce jour-ci, les moines avaient délié les langues, car c'était bien sûr un grand événement que l'arrivée d'un groupe de moines dans cette sauvagerie forestière. On savait par ouï-dire, que les grandes broussailles vierges, les enchevêtrements de troncs et d'épines noires, les profondes gouillasses allaient disparaître et que les seigneurs allaient se radoucir par crainte de ce fameux Satan que les moines tiennent en réserve, on ne sait trop où, dans les profondeurs, pour la punition des païens. Il était clair que là où les moines s'installaient, l'engeance des seigneurs (d'où vient-elle grand Dieu?) devenait tendre comme le bon pain, tout le monde était d'accord là-dessus.

On regarda le tas de noisettes :

– Il en faudra trois ou quatre fois plus, dit le Maître parce que l'an prochain, elles seront rares!

Il voyait ça à la façon dont elles se détachaient des bogues.

– Du travail qu'on aura à casser tout ça! souffla une fille.

– Faudra! appuya la Maîtresse, l'huile nous manque déjà, il faudra même faire une pressée en pas tardant!

– Le temps qu'elles se ressuient, et on met la presse en train! dit le Maître.

Les enfants poussèrent des cris de joie. Ils aimaient presser les noisettes et les noix, car on leur abandonnait les brisures du tourteau qu'ils dévoraient à s'en constiper pour huit jours. Leur régal, c'était lorsque la Maîtresse ouvrait l'arche où l'on mettait le miel : « Tourteau de noisette et miel : régal sans pareil. »

Là-dessus le Maître donna la tâche à chacun pour l'après-midi et les hommes allèrent à l'ombre du poirier où nichait la pie, pour faire la sieste traditionnelle du medio.

Les enfants, eux, reprirent le chemin de la Bussière. Les moines et leur installation les y attiraient plus sûrement que les noisettes.

Ils débouchèrent du bois et virent, tout au fond de la vallée, le Prophète, qui, au milieu des moines blancs, se démenait comme un ver dans une bolée de verjus.

Laissant là les sacs et les corbeilles, ils y furent en un instant. Ils n'osèrent trop en approcher, car ces hommes sans femme qui commandaient les portes du paradis et de l'enfer, les intimidaient et même les effrayaient un peu. C'est de loin qu'ils assistèrent à la discussion. A vrai dire, le Prophète seul parlait en faisant de grands signes, montrant le levant, le couchant, le nord et le sud et tapant du pied sur le sol, très sûr de lui.

D'habitude lorsque le Prophète vaticinait ainsi, se promenant à l'aise dans les astres et les nues, tout le monde riait. Mais les pères eux ne riaient pas, et même l'un d'eux posait des questions dont ils écoutaient tous la réponse sans mot dire, ce qui donnait encore plus d'aplomb au Prophète. Mais ces hommes blancs n'avaient-ils pas le silence comme maître?

Quand je dis « hommes blancs », j'exagère un peu, car leur tunique était faite d'une laine écrue, assez grossièrement tissée, si bien qu'elle avait la couleur des plumets de la spirée, ce baume de rivière qui tant calme les douleurs pourvu qu'on la sache mettre en décoction convenable. Et même le bas de leurs tuniques était fort souillé de boue, bien qu'ils l'eussent retroussé, ce qui découvrait leurs jambes maigres flottant dans leurs braies de chanvre cru.

Jehan le Tonnerre tendait l'oreille en faisant taire, d'un geste, ses camarades. De la capuche de sa saie, le Prophète, très excité, venait de sortir une pomme, une pomme de moisson qu'il avait sans doute chapardée au passage dans un verger. Il avait coupé une pousse de coudrier, l'avait épointée et en avait transpercé la pomme selon son diamètre, puis il avait pris une fourmi et l'avait posée sur le fruit et tout de suite avait donné à la pomme un mouvement de rotation de droite à gauche. Les moines se penchaient pour regarder, comme le Prophète les y invitait.

– Voyez, criait le vieux, voyez : la fourmi marche dans le sens de l'envirottement! Elle marche vers le couchant! ainsi font les migrations des pauvres hommes sur la terre, toujours vers l'ouest, les pauvres ilotes, ceux qui ne savent pas! Mais les initiés, ceux qui savent ne les imitent pas. Ils ne se laissent pas emporter par le courant, ils se tournent face à lui, au contraire, pour s'en imprégner. Comment construisez-vous vos églises et vos sanctuaires vous autres, hein, sinon tournés face au levant? Et même quand vous y officiez n'êtes-vous pas tournés vers ce côté? Et même ne tournez-vous pas la paume de vos mains pour recueillir l'inappréciable don et ne construisez-vous pas une allée couverte?

– Une allée couverte?

– Oui, comme nos maîtres, ceux des mégalithes, et dans le même but, mais vous ne le savez pas bande d'ignorants!...

– Une allée couverte?

– Diable oui! Votre nef, avec ses deux rangées de piliers et sa voûte, son couvercle de pierres!... tout cela conduit vers l'abside. Eh bien, garçon, c'est le dolmen parfait. (Il prononçait « taolmen ») avec sa crypte, la grotte où se trouve... Où se trouve... Enfin où se trouve...

Le Prophète, s'embrouillant, s'était tu brusquement. Il reprit d'un air suffisant :

– Et quand je dis « vers le levant », je simplifie les choses à l'usage des ignorants, car je vois que vous en ignorez beaucoup! Et pourtant je sens que vous allez la construire votre église abbatiale, votre dolmen, et que vous la construirez selon les meilleurs principes et sur notre belle source sacrée. Non pas tournée tout à fait vers l'orient mais selon l'inclinaison voulue imposée par... enfin imposée par...

Il se tut encore, hésita, pour reprendre, méprisant :

– Vous faites ces choses sans en connaître le sens, par routine, telles que vous les tenez de vos frères noirs, ceux de Cluny! Plus tard, peut-être vous comprendrez...

Les pères hochaient la tête et même trois frères bruns s'étaient approchés pour voir, tout ahuris.

– Mais qu'est cette pomme? Que représente-t-elle? dit un père en souriant finement.

– Mais c'est la Terre! Elle représente la Terre! grogna le Prophète.

– Mais vous supposez donc que la terre est une pomme? émit un autre père.

– Une boule, oui! La terre est une boule, et qui tourne sur elle-même dans l'éther!

Les pères s'entre-regardèrent, effrayés.

– Frères, s'écria le Vieux, vous avez pourtant bien lu la Bible et les Saintes Ecritures, puisque c'est votre métier?

– Certes! dit un moine.

– Alors qu'en avez-vous donc retenu? Abraham qui massacre son enfant? Joseph vendu par ses frères et autres horreurs? N'avez-vous pas lu dans Job, chapitre 22 paragraphe 7 : « Celui qui trône sur le globe de la Terre... » Et dans Samuel, chapitre 2, paragraphe 8 : « Car à Jéhovah sont les gonds de la terre, et sur eux il a posé le globe. » A quoi sert que les Prophètes aient clamé cela, si vous l'ignorez, mes petits frères? Et il ne faut pas être grand clerc pour savoir que les druides savaient ça aussi. Ils le tenaient des grands Atlantes et des architectes des grandes pierres, qui faisaient comme nous : ils faisaient face au courant et regardaient le levant, et orientaient ainsi leurs grandes pierres, leurs allées couvertes dont ils précédaient leur taol-men et dans lesquelles l'homme allait, face au courant, baigné, du *spiritus mundi!* Mais eux savaient pourquoi, et vous, vous ne le savez pas... enfin : pas tous! Car, en vérité je vous le dis, il y en a parmi vous qui ont hérité la science des druides!

Le Prophète s'était tu. Il les regardait maintenant d'un air hostile et leur disait :

– Mais que vais-je chanter là à des sourds? Que vais-je montrer là à des aveugles? Et n'allez-vous pas me traiter d'hérétique?

Les Pères restaient muets. C'est alors que le Prophète, qui était tout recroquevillé sur lui-même et crasseux comme une laie, eut l'air de grandir, resplendissant, transfiguré par je ne sais quel feu intérieur.

– Allez donc plutôt vers votre frère Bernard, votre futur maître! Oui, Bernard, le fils du sor, le rouquin, le fils d'Aleth de Fontaine, qui, il n'y a pas si longtemps,

est venu se présenter avec un quarteron de seigne
de ses amis à la porte de votre propre maison mère
Cîteaux! Il le sait bien lui, ou plutôt il le sent, il l
devine. Allez lui demander ce qu'il a retenu de ses
entretiens avec les rabbins qu'il fréquente, dit-on, et
pourquoi il passe ses nuits sans sommeil, et pourquoi...

Le Prophète parlait maintenant aux alouettes, et les
Pères s'étaient écartés prudemment et s'en allaient,
relevaient leur robe, empoignaient le marlin pour
planter en terre des fiches, après avoir pris des dimensions avec des perches bien droites et une corde
nouée treize fois.

À peine l'un d'eux avait-il dit aux autres :
– Ce bonhomme est bien étrange. Nous parlerons
de lui à notre Père Abbé!

Et ils se mirent à réciter chacun pour soi un *sursum
corda.*

Voilà pourquoi, ce soir-là Jehan le Tonnerre et ses
frères rentrèrent fort tard à la Communauté de Saint-
Gall avec une toute petite corbeille de noisettes. Ils
s'étaient en outre arrêtés ici ou là pour grappiller des
mûres de ronces, dont certaines commençaient à
noircir, aux endroits tournés vers le levant, ce levant
dont le Prophète parlait si bien, cet orient magique
d'où jaillit le soleil et la lumière, et qui donnait son
nom et son lustre aux vignobles que les moines de
Cîteaux, de l'autre côté de la montagne, plantaient et
entretenaient à merveille, près du cours de la Vouge,
au lieu dit Vougeot.

Quand ils entrèrent dans l'enclos de la Communauté, ils risquèrent un chant, les lèvres encore rouges
et, pour les filles, les joues toutes barbouillées du jus
de mûres qu'y avaient écrasées, à plaisir, les garçons.
Mais ils n'avaient pas chanté trois notes que les

ent en leur faisant grands signes de se

passèrent la porte et comprirent tout.
se tordait de douleurs, à même la terre
n grinçant des dents. Et même, par moments,
gissait comme un étalon en rut en se roulant sur le
sol.

Les quatre femmes présentes voulurent l'empoigner et le porter sur le lit qu'il occupait habituellement avec sa femme dans la salle commune, dans un retrait qu'un jour un pèlerin, qui revenait de Compostelle, et même de plus loin, avait appelé « alcova » sous prétexte que les Arabes qu'il avait bien connus là-bas, en Ibérie, utilisaient ce mot pour désigner une petite maison. Tout le monde avait bien ri alors et pourtant depuis, par dérision, on appelait ainsi ce lit fermé par des rideaux, sorte de petit tabernacle où le Maître et sa Femme passaient la nuit, enfermés derrière des panneaux de cuir, comme dans un cabinet, sans pour autant quitter la salle commune.

Comme on voulait l'emporter, le Maître se redressa en hurlant.

— Non les femmes, non! On ne me verra pas dans un lit devant que le soleil se couche! C'est dit! Ça ne m'est jamais arrivé et ça ne m'arrivera jamais!

Pourtant il fut encore jeté à terre par une autre crise qui, comme il le disait, lui tordait les boyaux. Il se roula sur les peaux de sanglier qui garnissaient le sol, au droit de l'alcôve, devant les femmes et les enfants terrorisés.

Sa femme était déjà en train de faire bouillir dans une terrine d'eau un mélange de sureau, de cassis, de pariétaire, de chiendent, de spirée, d'aubépine et de queues de cerises, tout en criant aux enfants :

— Allez vite chercher une grosse poignée de grains de genièvre bien noirs. On lui en fera croquer tout ce qu'il pourra! puis, se tournant vers son homme :

– Faudra vous résigner Mathieu, ce ne sera pas tout de suite que le mieux viendra.

– Je sais! geignait le Maître.

– ... Il en faut une véritable inondation dans votre ventre pour emporter le mal. Plus vous en pisserez et plus vite vous serez guéri.

– Je sais, je sais! grinçait le Maître, les dents serrées.

Les hommes arrivaient pour la soupe, n'osant bouger un pied. Ils étaient alignés comme des moutons devant un bélier-maître qui serait tombé dans un puits.

– Ne regardez pas cela, les hommes! criait le Maître. Ne regardez pas ça! c'est pas beau à voir, un homme qui souffre! Allez à vos occupations! Ne regardez pas le maître en mauvaise posture!

Puis poussant un grand cri :

– Je vais crever, c'est pas Dieu possible! Je vais éclater! *Miserere mei domine!*

Et tout à coup, plus calme :

– Martin, tu prendras le commandement.

– Bah! Pas besoin! Dans une heure vous êtes debout, dru comme daguet!

– Tais-toi! Je te dis : tu prendras le commandement. Demain il y a à faire et je n'aurai pas pissé mon mal!

Puis il se retourna le nez contre le mur, les reins tendus vers les braises du foyer. On lui fit boire un bon litre de la décoction, on lui donna dans la main une poignée de grains de genièvre qu'il se mit à croquer furieusement en hennissant de douleur et on le recouvrit de trois grandes peaux de mouton, car il grelottait.

Et Martin prit le commandement, dit le bénédicité et coupa le pain.

La communauté? Il faut bien y venir maintenant, car je vous vois rouler des yeux ronds et baver d'incompréhension.

Tous ces braves gens que l'on disait un peu tarés, d'une certaine manière, par une consanguinité inévitable, vivaient pour essarter. Ils vous prenaient une forêt chenue et, en vingt ans, vous en faisaient un versant fertile. C'était ainsi depuis plusieurs millénaires, peut-être. Nul ne le savait, car bien sûr, ces sauvages, forts comme taureaux et farouches comme chevreuils, étaient tenus en lisière par les gens des bourgs et des villages. Ils n'avaient pas de chroniqueurs, pourtant leur réputation était grande et pure, et les seigneurs le savaient bien, qui les retenaient sur leur terre pour les faire défricher, drainer et irriguer. En reconnaissance ils les exemptaient d'impôt, de corvées et de droit de mainmorte, et même du guet. Le Maître ou la Maîtresse, élu par les parsonniers venait-il à mourir? Bien vite, on en élisait un autre. Le Maître, pour commander les travaux et l'outillage, la Maîtresse pour diriger le linge, la nourriture, les bonnes herbes et le petit bétail de basse-cour. A noter que la Maîtresse était rarement la femme du Maître.

Rien n'appartenait à personne, tout appartenait à tous. Si bien que si un parsonnier voulait se retirer après quinze ans de Communauté, il le pouvait, mais les mains nues, seulement avec les vêtements, qui pourtant étaient communautaires, car on n'osait pas le laisser partir nu.

La Communauté de Saint-Gall était composée de vingt-deux personnes, en comptant les enfants. Il y avait d'abord le Maître et sa femme Jaquette, ensuite la Maîtresse et son homme, tous nés à la Communauté quelque soixante-dix ans plus tôt, puis trois couples de parsonniers dont les noms viendront sans doute, en leur temps, dans le cours de cette histoire. Chacun de ces couples avait deux enfants vivants, après en avoir perdu au moins autant en couche ou en bas âge.

Qu'il me suffise de dire que l'un de ces couples avait comme fils aîné Jehan le Tonnerre. Le Maître et sa femme avaient deux fils : Zacharie et Isaïe. Deux prénoms hébreux! Je vous demande un peu si c'était raisonnable, pour deux gaillards aux cheveux et aux moustaches queue-de-bœuf et aux yeux gris-bleu!? La Maîtresse et son homme avaient là deux enfants, un garçon et une fille. L'autre avait quitté la Communauté parce que le seigneur de Blancey l'avait épousée pour ses beaux seins, sa croupe de pouliche et ses yeux noisette.

Enfin il y avait deux mâles célibataires : le Trébeulot, fils d'un couple de parsonniers morts à la tâche, et un autre, un solitaire venu de lui-même en Communauté. On l'avait accepté quinze ans plutôt parce qu'il était fort comme un couple de bœufs et bête comme eux et que dans une équipe d'essarteurs il y a place pour un innocent pourvu qu'il soit fort. Celui-là s'appelait Daniel et son innocence protégeait toute la Communauté.

Pour être complet, il faut dire que le Trébeulot était fendeur de merrains. Et pour ceux qui ne savent pas ce que c'est, et je suis sûr qu'ils sont nombreux de nos jours, je dois dire que le fendeur de merrains était un homme qui, avec l'aide d'un outil spécial, fendait les baliveaux de chêne afin d'en faire une sorte de planche, épaisse comme la main d'un bûcheron, et qui servait, après façonnage, à faire des tonneaux ou encore, et c'est à ce titre que nous en parlerons ici, pour servir de latte dans les toitures.

Il fallait que ces choses-là fussent dites, car les gens d'aujourd'hui, ignorants comme des ingénieurs diplômés qu'ils sont, ne pourraient pas comprendre un traître mot de cette grande aventure de Jehan le Tonnerre.

Donc après que le Maître eut bu un baril de la décoction et croqué deux poignées de genièvre, la Maîtresse dit, en se frappant le front :

– Mais je n'y ai pas pensé. Il faut aller chercher le mire.

C'était un homme qui, au village, guérissait les gens en faisant payer sa science. Il avait de bonnes recettes contre tous les malandres. A peine avait-elle dit cela qu'elle bondit à la genière où les poules étaient en train de se percher pour la nuit. Elle en prit une à pleine poignée, la tâta et alors que toutes les gélines faisaient le vacarme, elle la ramena.

– Tiens, Jehan, dit-elle. Prends cette bête. Entrave-lui ailes et pattes et porte-la vite au mire, il a un élixir contre ces douleurs-là.

Jehan était déjà sur le seuil et il partait d'un bon pas lorsque la fille de Thibault, Reine, s'élança.

– J'y vais avec toi !

Elle ne laissa pas à ses parents le temps de dire « mais ». On les entendit gronder, lorsqu'ils sortirent pour la rappeler :

– Reine, Reine !

Elle s'appelait Reine, du nom de la jeune fille qu'on avait jadis martyrisée à Alésia, à dix lieues d'ici, parce qu'elle se refusait à un centurion de l'armée d'occupation, ou quelque chose comme ça.

Elle précédait déjà le garçon dans le faux-fuyant qui servait de raccourci pour gagner le village. Elle courait devant lui et il sentait son odeur de musc, qui faisait sa réputation. A peine bougeait-elle que cela se répandait autour d'elle, et lorsqu'elle levait les bras pour cueillir des fruits où porter corbeille en tête, c'était un vertige qui envahissait le garçon et le rendait soûl, et pas que lui, mais tous les hommes qui approchaient. Bien sûr, les autres femmes disaient d'elle : « Elle pue! » mais ce n'était pas l'avis des mâles qui avalaient ce parfum à grande goulée, comme liqueur.

La nuit était tombée et il fallait traverser le bois. Alors elle cessa de courir devant et se laissa rattraper par Jehan qui forçait la marche. Elle trottina à ses côtés et lui prit la main.

— J'ai peur! dit-elle.

— Fallait pas venir! dit Jehan qui s'attendait à cette peur.

— Si! Il me fallait venir! Je ne te vois déjà pas depuis que je suis au travail avec les femmes. Toi, tu vas à la cueillette ou tu aides les hommes et on ne se voit jamais tous les deux.

Il se tut. Elle insista d'une voix d'orgeat :

— Tu te souviens quand on cueillait les mûres ensemble?

Il se tut encore.

— Paraît que tu vas voir les moines? reprit-elle.

— Je les ai vus, oui.

— Méfie-toi de ces hommes sans femme! Ce n'est pas naturel ça : ce sont des gens malsains!

— Il n'y a pas qu'eux qui vivent sans femme! Regarde Daniel, regarde les trois ermites qui logent dans les grottes du Peux-Petu et du gouffre Groseille, et regarde le Prophète...

— On prend des poux rien qu'à les regarder, ceux-là!

— Oui, mais on apprend des choses... et les moines, eux, n'ont pas de poux.

— Oui da, ils en sont pleins. On me l'a dit.

Ils avaient un peu ralenti. Elle serrait la main de

Jehan de toutes ses forces, sa peau moite et douce collée à celle du gars.

— Je suis fatiguée.

— Fallait pas venir.

— Si on s'asseyait là?

— S'asseoir, en pleine nuit, alors que tu as peur, et que le Maître hurle à la mort? Mais c'est pas Dieu possible que les filles aient si peu de cervelle!

Elle se mit à exhaler une grande bouffée d'odeur chaude et ils continuèrent à courir alors qu'elle disait :

— T'en va pas te laisser embobiner par ces gens-là!

Elle voulait parler des moines.

Elle était son aînée de dix-huit lunes et jouait tantôt à la grande sœur, tantôt à l'initiatrice et avec un cynisme qui l'interloquait, elle s'arrangeait toujours pour être seule avec lui.

Ils arrivèrent bientôt aux granges du village. Jehan n'aimait pas entrer dans l'enceinte, car les villageois s'entendaient à se moquer rudement de ceux de la Communauté, et même à les molester. Cela venait de ce que que les parsonniers étaient considérés par les villageois comme des sauvages et des demeurés. On se moquait de leur naïveté et de leur vêtement, car ils vivaient sur eux-mêmes, tissaient leurs étoffes, coupaient, cousaient, agrafaient eux-mêmes, n'achetaient jamais rien aux artisans et cela se voyait au premier coup d'œil. Lorsqu'on voyait un homme ou une femme mal vêtu on disait : « Il est accoutré comme un parsonnier. » Et même leur genre de vie et de nourriture leur donnait une autre odeur que les autres. Le plus souvent lorsqu'ils passaient dans les rues, ils traînaient derrière eux une cohorte d'enfants qui criaient des moqueries, particulièrement derrière Reine, qu'ils n'appelaient pas Reine, mais Saba. Ils voulaient probablement faire allusion à cette reine de Saba qui, dit la Bible, se donnait aux boucs. De toute façon, on faisait un détour pour éviter leur chantier lorsqu'on se hasardait de ce côté-là, dans les bois.

Ils arrivèrent chez le mire et lui donnèrent la poule.

– Je ne peux remuer ni pied ni patte, leur dit-il. Je ne peux donc pas aller dans votre quartier, mais dites-moi ce qu'il ressent, je vous donnerai ce qui lui convient.

– Je vois, je vois dit-il, lorsqu'ils eurent expliqué. C'est un caillou, qui ne peut pas sortir de lui. Donnez-lui ça : une cuillerée à l'aube, une cuillerée à matines, une cuillerée à messe, une à vêpres, une cuillerée à complies!

Et il leur céda une grosse fiole pleine d'un liquide ambré assez épais.

Ils revinrent sans traîner, elle de plus en plus parfumée, moite comme une pouliche au galop, ne disant plus un mot et lui, bouleversé par cette senteur et par cette moiteur dont il se demandait si c'était cadeau de Dieu ou piège du diable.

Reine, elle, était tout simplement heureuse d'avoir cheminé main dans la main avec ce garçon, un peu plus jeune qu'elle, mais qu'elle trouvait joli depuis leur petite enfance.

Ils donnèrent la fiole magique à la Maîtresse qui, en ayant donné une cuillerée au malade, grommela :

– C'est tout bonnement de l'huile comme celle que je lui avais donnée, sans plus!

Le Maître fit un signe et grognant entre deux spasmes :

– Oui, c'est de l'huile, mais il y a autre chose dedans, qui lui donne un drôle de goût.

Tous y mirent le nez et l'on convint qu'il y avait là-dedans un fameux baume, que rien qu'à le respirer on se sentait guéri de toutes les douleurs passées, présentes et à venir.

C'est le lendemain matin que devait se déclencher le mécanisme de la fatalité. Une fatalité qui s'y prenait de loin et combinait sévèrement ses effets, vous allez voir.

La Maîtresse, ses clefs à la main, ouvrait tour à tour l'arche à farine, l'arche à pain, l'arche à linge et distribuait le travail à ses femmes. Lorsque le pas de deux chevaux se fit entendre dans l'enclos. C'était Seguin, l'économe du sire de Chaudenay, qui arrivait avec un moine blanc d'une cinquantaine d'années. Celui-là avait retroussé sa tunique et montrait deux grande jambes nues, maigres et poilues, qui pendaient de chaque côté de son bidet.

— Je veux voir le Maître! dit Seguin.

— Il est à se tordre de douleurs! répondit durement la Maîtresse.

— Ce n'est pas son genre, pourtant! dit Seguin.

— C'est un genre qu'on prend bien vite, allez, quand la vessie sert de bourse à cailloux...

Elle mit un genoux en terre et baisa la robe du moine qui n'y prit pas garde. Ils allèrent tout droit à l'alcôve où grelottait maître Mathieu.

— Voilà, dit Seguin : le sire de Chaudenay a promis du bois de charpente au Père Abbé de la Bussière. Ils en ont besoin pour leur sainte construction. Vous avez bien des chênes vieux de cinq ou six ans prêts à l'emploi.

— Ce n'est pas ça qui manque. C'est maintenant

Martin qui commande. Il vous les montrera, dit le Maître, mais ils sont bruts, en écorce. Faudra-t-il vous les équarrir ?

— Mes frères feront cela dit le moine en souriant. Mais nous manquerons peut-être de doloires et d'herminettes.

— Et de scieurs de long, je suppose ? dit maître Mathieu, ce n'est pas en chantant psaume qu'on apprend à jouer de la viole[1].

— Ne vous y trompez pas, dit Seguin, j'ai vu les frères à l'œuvre et même les Pères, il y en a que vous voudriez bien avoir dans votre équipe, maître Mathieu !

— C'est possible, approuva le Maître. Nous vous prêterons bien quelques outils mais il faudra nous les rendre bien vite avant la Saint-Martin. C'est à cette date que nous commençons les grands essartages. On a besoin de tous nos gens.

— Nous aurons, d'ici-là, la main-d'œuvre nécessaire pour les empoigner, soyez tranquille ! affirma le père.

— Allez donc trouver mes hommes, ils sont dans les Grands-Essarts. Ils vous montreront les bois et vous choisirez.

Les deux cavaliers partirent et arrivèrent aux Grands-Essarts où Jehan le Tonnerre mettait charmille en fagots et perche en charbonnette. Ce qui était le premier travail d'homme que l'on confiait aux grands garçons. Le père le reconnut et lui dit, toujours souriant :

— On ne t'a pas revu depuis ta visite avec le vieux barbu que vous appelez le Prophète.

C'était là l'appel qu'attendait secrètement Jehan.

— Comment t'appelle-t-on ?

— Jehan le Tonnerre.

L'autre eut un haut-le-corps.

1. La viole était le nom du grand outil à scier de long.

– Oh! oh! Boanergès? et pourquoi le Tonnerre?

– Je ne sais pas, répondit Jehan.

– C'est pourtant à savoir.

Jehan le conduisit tout au fond du chantier où les hommes chargeaient des billes sur les fardiers avec une dextérité qui émerveilla le père.

– Oui, c'est une bonne race, affirma Seguin, on est bien heureux de les avoir sur nos terres, ils essartent depuis des siècles en Communauté. Des têtes de mules sauvages, mais courageux.

Jehan aurait voulu poser des questions au Père, notamment sur la façon dont il avait vu manier leur instrument de mesure. Mais pour l'heure, le Père parlait à Martin qui lui faisait choisir les grumes, roulées non loin des immenses tas d'écobues qui brûlaient à petit feu.

Lorsque ce fut fini, avant de s'en aller, le Père dit à Jehan :

– Il reviendra bien nous voir à la Bussière, ce garçon?

– Hé là! plaisanta Martin, ne nous débauchez pas nos jeunes, hein! Nous en avons besoin pour prendre la relève. Les essarteurs sont usés de bonne heure, vous le savez, et la pépinière n'est pas très drue. Trois garçons, qu'il nous reste, trois, pour nous remplacer tous, et c'est tout! Les autres sont partis, il y a belle lurette, derrière les sabreurs beaux parleurs, et on ne les a jamais vus revenir... Les jeunes ne pensent qu'à courir le monde ces temps-ci! Le premier tondu qui passe et qui leur dit, la bouche en fleur : « Hardi les petits gars, venez donc délivrer le tombeau du Christ avec moi! » Ils le suivent. « Ne restez donc pas dans la boue derrière vos vaches dans votre pays de misère, vivez que diable! », et les voilà partis. Ils croient tout ce qu'on leur chante. Pourvu qu'ils changent de place et qu'on leur promette des filles au long de la route, du soleil à gogo, ils suivent le premier flambard venu. Pour le travail, plus personne.

Martin s'échauffait à sa propre éloquence, c'était son habitude.

– ... le Tombeau du Christ? Un beau prétexte, pour certains, pour se tailler un royaume chez les mécréants, et avec la peau des autres qu'ils embobinent. La Terre Promise? Mais elle est là, dessous la calle de vos pieds, bougres de beuzenots! Elle attend qu'on la travaille pour fleurir... La Terre Sainte? C'est celle-là où on est né.

Et Martin tapait du talon sur le sol, devenant rouge comme une pomme de moisson.

Le Père, en tâtant les bois, faisait mine de ne pas entendre. Il revint vers Jehan et répondit indirectement :

– Je ne vous parle pas de l'envoyer en pays infidèle, ce Jehan le Tonnerre, mais d'en faire un bon chapuis[1]. Apprendre la charpente ne lui déplairait peut-être pas?

– Avant de penser à en faire un bon chapuis, qu'il devienne d'abord un bon essarteur! répliqua Martin, buté. Il est né dans les bois, et fait pour les bois!

– Justement, dit le Père en conclusion, la charpente, c'est le bois.

Les deux cavaliers piquèrent des deux après que le moine eut dit à Jehan avec son éternel sourire.

– Il reviendra quand même nous voir ce Boanergès?

– Sûr! répondit Jehan.

Et voilà comment Jehan le Tonnerre fut tenté.

Lorsqu'il était en train de fagoter, il se sentait tout à coup des fourmis dans les mollets et, n'y tenant plus, s'esquivait, dégringolait vers la Bussière à travers les éboulis et s'approchait du chantier des moines. Il

1. *Chapuis* : charpentier.

voulait voir opérer ces hommes-là, ces « hommes sans femme », comme disait Reine, qui entreprenaient et réussissaient des choses étonnantes, dont l'assèchement des marais de la plaine de la Saône n'était pas la moindre. La façon dont ils organisaient le travail, le silence dont ils aimaient à s'entourer et les chants qu'ils alternaient avec le labeur, tout cela l'intriguait. Il sentait qu'il y avait là, chez ces « hommes mâles sans femelle » une force capable de tirer de la terre tout ce qu'elle promettait aux hommes.

Mais surtout ne disait-on pas d'eux que, sans en avoir l'air, ils passaient le mors aux superbes les plus rétifs et limaient les crocs aux mordants les plus féroces en leur promettant une éternité de douleur dans le brûlot de Satan. Cela donnait à réfléchir aux plus ambitieux et aux plus farauds, et le peuple de la houe et de l'outil en riait de bon cœur en se frottant le cal des mains.

C'est ainsi qu'un matin au petit jour, ayant enjougué les cinq paires de bœufs, les hommes descendirent à la Bussière pour conduire aux moines ces bois de charpente qu'ils avaient choisis. Jehan le Tonnerre fut du convoi et lorsque les troncs furent empilés sur le sol, tous les autres remontèrent à la Communauté pour la soupe, mais lui se cacha pour rester là et regarder.

Et il vit.

Les moines étaient tous là : les blancs et les bruns et il y avait aussi le Marigny, le seigneur des lieux qui avait donné ce domaine aux moines. Il était là avec sa dame et un quarteron de ses gens parmi lesquels Jehan reconnut Seguin le régisseur. Ils étaient sur un tertre, une plate-forme bien plane de terre battue soigneusement délimitée par des fiches. Il y avait aussi une équipe de gars qui portaient une coule serrée à la taille par une courroie de cuir et un bonnet bizarre. Certains avaient relevé la capuche sur leur tête car il faisait un assez joli petit frais de septembre, cela leur donnait l'allure de moines, mais des moines dont le froc aurait été coupé à hauteur des genoux. Les autres avaient rejeté le capuchon sur leur dos et on voyait leurs cheveux coupés au bol. Et Jehan le Tonnerre, tout ébaubi, aperçut à leur oreille gauche un anneau d'or et, sur le revers de la capuche, une figure brodée qui ressemblait à l'empreinte d'une patte d'oie.

Si les moines se taisaient, à leur habitude, ceux-là parlaient à voix haute. Une voix sonore et claironnante. Celui qui semblait être le chef du chantier, commandait pour l'heure huit hommes qui amenaient un grand pieu, bien droit, sorte de forte poutre, longue de huit ou neuf mètres.

Il criait des mots que Jehan ne comprenait pas, car il employait une langue inconnue. En un rien de temps la poutre fut mise debout par ces gens qui semblaient diablement bien connaître leur affaire. Le pieu fut engagé dans un trou maçonné, que Jehan le Tonnerre n'avait pas encore vu, il y fut calé par quatre coins que quatre hommes enfonçaient à petits coups sur les ordres du chef qui s'était écarté de vingt pas et visait avec un fil à plomb. Il semblait rechercher la verticalité avec la plus grande rigueur en se plaçant successivement aux quatre points cardinaux.

C'est à ce moment qu'il entendit un grand cri qui fit courir un frisson tout le long du dos de Jehan le Tonnerre depuis sa nuque jusqu'à son fondement, et l'on vit apparaître, sortant du hallier, dégringolant de la montagne, le Prophète, les deux bras levés, la tête recouverte d'un voile blanc, et qui avançait gravement en chantant.

Il y eut dans le groupe comme un éclat de rire qui s'arrêta net lorsqu'ils le virent entrer dans l'aire de terre battue, les bras toujours tendus vers la nue, les yeux un peu révulsés et le psaume à la bouche. Il se figea à quinze mètres de la colonne dressée, le regard fixé sur son sommet qui était comme taillé en pyramide isocèle. Sa voix tout à coup s'arrêta net. Sa grande bouche restant ouverte comme une vanne, sa dent unique dressée au milieu de la gencive, il montra la colonne d'un doigt furieux :

– En bois? en bois? cria-t-il.

On aurait cru qu'il allait se mettre à sangloter, il continua :

– En bois, compagnons?... C'est en pierre que doit être la colonne! La colonne! Cette relation figurée entre la terre, les étoiles et le soleil!

– Faites taire ce vieil homme! dit doucement le Père Abbé à deux frères, qui vinrent prendre le Prophète chacun par une aile et tentèrent de l'entraîner.

Mais il leur sembla peser plus lourd qu'un tombereau de terre, car ils ne purent le bouger alors qu'il geignait :

– La colonne! la colonne!... C'est la première manifestation du temple issu de la terre! Le premier rapport entre le lieu où nous sommes et le ciel qui tourne autour de nous doit être en pierre! Sacrés Lougaroux, en pierre, cette colonne!

Aux deux frères s'en étaient joints quatre autres, mais à eux six, ils ne pouvaient pas lui faire seulement lever un pied.

– Mais enfin qui est cet homme? demandait doucement le Père prieur.

Il se produisit alors une chose qui devait à jamais rester dans le souvenir de Jehan : le Prophète levait l'index droit et disait d'une voix pâteuse :

– Je suis Scot Erigène!

– Scot Erigène? l'hérétique?

– Lui-même, en personne!

– Scot Erigène? Celui qui mettait en doute tous les Pères de l'Eglise? Celui qui niait la présence réelle et qui prétendait que la messe n'était que la célébration du souvenir du dernier repas du Christ avec ses disciples, la veille de sa mort?

– Lui-même, en personne! répétait le Prophète.

Les moines s'entre-regardaient, consternés alors que le Père prieur, tout tranquillement, comme s'il avait

45

dit « deux et deux font quatre », clamait d'une voix d'exorciste :

— Mais Scot Erigène est mort il y a bien longtemps! Quatre siècles peut-être.

Le Prophète se mettait à rire à gorge déployée et l'abbé continuait :

— Oui, Scot Erigène, l'abbé de Malmesbury est mort depuis bien longtemps, tué par ses moines à cause de ses propos hérétiques!

Les éclats de rire du Prophète continuaient :

— Ha ha ha, le druide de Malmesbury n'est pas mort! Je me suis entendu avec mes moines pour faire croire qu'ils m'avaient tué et qu'ils avaient brûlé mon cadavre. Mais moi, je suis passé en Armorique et me voilà devant vous encore bien vert et bien vivant! Ha, ha, ha!... Et si vous voulez voir ma bosse...

Et il commençait à se débrailler. Le Père Abbé haussait les épaules en disant :

— Cet homme est un fou, emmenez-le!

Pendant ce temps les autres finissaient de consolider cette fameuse colonne, alors que le Père Abbé, lentement, pointait le doigt vers l'horizon de la montagne de Beû, en direction de l'est. Un lourd nuage, blanc comme l'écume, menaçait de traverser la place éclatante où allait naître le soleil. Le Père Abbé entonna alors un chant que les moines reprirent en chœur, raides comme piquet, les mains ouvertes, paumes tournées vers l'orient.

Le ciel devint couleur d'or blanc. Le nuage sembla se dissoudre en se retirant au-dessus de la haute vallée et, au plus fort du chant, une lancéole de lumière partit, dardée entre un bouquet de hêtres et le rebord de la petite falaise qui perçait le manteau de velours de la forêt. Cela fit rosir deux petits flocons de brume qui flottaient sur la gauche, et, tout à coup, l'arc aveuglant du soleil parut.

Les moines et les lais s'étaient vivement écartés. L'abbé, une fiche à la main s'avançait vers l'endroit où l'ombre de l'obélisque, bien faible et à peine visible, se posait. Avec onction il planta la fiche là où venait mourir l'ombre de l'extrême pointe de la colonne, alors que les moines entonnaient le verset du *Gloria Patri*, le dernier de ce psaume que Jehan entendait pour la première fois de sa vie.

Le Père Abbé, du bout de sa crosse, traçait une grande croix sur le sol du tertre et il se mettait à écrire, toujours au moyen de sa crosse, sur une branche de cette croix toutes les lettres de l'alphabet latin pendant que les moines chantaient un air grave et monotone mais dont Jehan le Tonnerre essayait de suivre, les yeux écarquillés, les merveilleuses appoggiatures.

Ensuite, le Père Abbé se retira en procession, précédé de ses moines blancs, deux par deux, chantant encore, conduits par le plus jeune qui marchait gravement, levant bien haut une croix de métal brillant, qu'un autre encensait en marchant à reculons. Jehan le Tonnerre restait là, bouche bée. A peine était-il sorti de sa cachette pendant la cérémonie. Maintenant, il se précipitait vers le Prophète qui, assis sur le sol, semblait sortir d'un rêve. Il accueillit le garçon en lui tendant la main.

– Tu étais là, toi? demanda-t-il. Puis sans attendre, il continua à voix basse : C'est l'ombre de cette colonne qui va marquer la première enceinte du lieu sacré. C'est là où se développera le rituel. C'est la première table... la première table...

Il répéta ainsi, comme s'il avait chanté une berceuse, les yeux dans le vide, la lèvre un peu bavante. Puis, tout à coup, l'œil changé et la voix grinçante :

– Mais l'équinoxe?... Pourquoi l'équinoxe?

Il se leva d'un bond et vint jusqu'à celui qui avait semblé être le chef du chantier et le prit par sa souquenille et le secoua comme un prunier.

– Pourquoi l'équinoxe, frère, pourquoi?

Jehan pensait que l'autre, un solide gaillard, allait

rabrouer le vieux fou, mais bien sagement il lui répondit comme l'élève répond au maître, avec toutefois un ton d'affectueuse condescendance.

– Nous avons pris mesure aussi aux deux solstices de l'an passé, et à l'équinoxe de printemps bien sûr, ne vous souciez pas.

– Pourquoi ne m'en avez-vous pas parlé? J'habite là dans la grotte de la Peutte-Combe. Il fallait venir me voir! dit le Prophète.

– C'est que..., commença l'autre.

– Et cette colonne en bois? attaquait à nouveau le Vieux. Pourquoi en bois? c'est de la pierre qu'il faut pour...

– Mais c'est bien en bois qu'était la croix du Christ, pas vrai? Le bois est sain, coupa sèchement le maître d'œuvre, et l'ombre du bois est de même nature que celle de la pierre! Et ce qui compte en définitive, c'est la limite de l'enceinte, et avec elle je construirai tout aussi bien mes trois tables!

– Les trois tables! dit le Prophète d'une voix ineffable... Ah! ah! les trois tables, grâce au ciel, oui, les trois tables...

– Qu'importe, disait le maître d'œuvre en remontant ses chausses qui avaient glissé au cours de ses exercices, j'ai eu bien peur que le temps ait été couvert ce matin et que le soleil se soit levé derrière les nuages!

Le Prophète regardait maintenant les hommes qui préparaient le matériel. L'Abbé revenait débarrassé de sa chasuble, de son étole, de sa crosse et de sa petite mitre blanche, il arrivait à grands pas vers le maître d'œuvre qui déployait son cordon à treize nœuds, ses fiches, et commençait à disposer cela sur le sol. Alors que le Vieux répétait sentencieusement.

– Oui, les trois tables : la table rectangulaire, la table carrée et la table ronde! Oui, mon ami, les trois tables!

Et maintenant il chantait.

– Trois tables ont porté le Graal : une table rectangulaire, une table carrée et une table ronde, toutes trois ont même surface et leur nombre est 2 – 1.

– Tais-toi donc, vieux Merlin! dit un ouvrier qui déroulait le cordon à treize nœuds.

– Et la colonne? criait encore le Prophète. La colonne? je voudrais savoir quelle hauteur vous lui avez donnée à votre colonne, bande de chauves-souris myopes!

Il se retournait alors vers un auditoire imaginaire qui devait être immense car il hurlait :

– La Hauteur de la colonne de base, voilà qui est capital, et vous seriez bien capable d'avoir oublié que le rectangle de proportion 1 – 2 a une racine égale à une diagonale égale à une racine de 5... et si à cette diagonale, vous ajoutez la largeur du rectangle et que vous divisiez cette longueur par 2, vous obtenez?... Vous obtenez?... devinez quoi? ah! ah! ah! Vous obtenez... mais je ne vous le dirai pas, ce qu'on obtient... Croupissez au cloaque de votre ignorance, hommes de rien! Vous n'êtes pas dignes de ma lumière! Du miel aux cochons!...

Puis il s'en allait, drapé dans le suaire blanc qu'il s'était mis sur la tête, en répétant :

– Du miel aux cochons... du miel aux cochons!

Il prenait par le chemin de la Chaux, et Jehan le Tonnerre se mettait à courir pour le rattraper, car c'était justement le chemin qui le ramenait chez lui.

Comme ils arrivaient tous deux à la Communauté, deux femmes les accueillirent en levant les bras.

– Vous voilà tous les deux à cette heure?

Puis à Jehan :

– On t'attend pour casser les noisettes et faire l'huile, et toi tu traînardes avec le sire de la Peutte-Combe!

– Tu vas voir ce que la Maîtresse va te passer.

– Je ne suis plus aux femmes depuis belle heurette. Je suis maintenant aux hommes! répondit-il fièrement.

Dans la chambre à four on entendait le bruit des noisettes que l'on cassait d'un coup sec, avec un petit marlin de bois sur un billot. Toutes les filles et les enfants s'en donnaient à cœur joie, clac, clac, en riant.

– Pas si fort! criaient les femmes, vous allez tout nous beursiller, qu'on ne pourra plus trier les coquilles.

Et les coups de marlin devenaient plus discrets, ainsi que les rires.

– Et vous avez le cœur de rire? lançait une voix, alors que le Maître hurle à la mort.

– Il est malade? demanda le Prophète.

– Le miserere, oui le miserere qu'il a!

– Pauvre bonhomme. Avez-vous essayé l'huile? Ça fait glisser les cailloux.

– On lui en a donné, oui, mais on n'en a plus, c'est pourquoi on dénoisille.

– Il faut dire, braves gens, que l'huile, ça calme quand le caillou est encore dans la tripaille, mais quand il arrive à la pisserotte, ça n'y fait plus rien du tout et alors c'est la joie! Moi, j'en ai pissé un qui était gros comme une senove, je sais ce que c'est!

Il s'arrêta et prit un air doctoral :

– Ce qu'il faut, c'est faire fondre le caillou à l'intérieur de la vessie.

– Tu connais la recette, toi?

– Oui, que je la connais! Que je vais tout de suite vous en faire un intrait.

– Casse donc plutôt tes noisettes! répliqua la femme.

Et tout le monde se mit au travail pendant que les plus petits séparaient les coquilles et qu'une femme disait :

– Et le premier que je prends à en croquer une, c'est

lui qui curera les cochons demain devant jour, toi le tout premier, Prophète!

En dénoisillant, Jehan le Tonnerre songeait à ces choses étonnantes qu'il venait de voir chez les moines. Il questionnait aussi le Prophète : et pourquoi ils ont besoin de mesurer l'ombre de la colonne?... et pourquoi ils ont déroulé la grande corde à treize nœuds?... et pourquoi... et pourquoi?...

Le Prophète l'écoutait, le bout de la langue à peine sorti entre ses lèvres, sous sa barbe. Il ne répondait que par des « Tz, tz... eh bien... c'est que... Ils savent ce qu'ils font, marche! »

Les autres le regardaient avec respect, et comme Jehan le Tonnerre insistait, il eut le dernier mot et lança comme pour se débarrasser des curieux :

– ... Parce que ce sont des initiés, voilà! Et qu'on ne construit pas une église comme une soue à cochons, voilà! Faut pas croire qu'on pose une église comme un chien fout sa merde, voilà! L'église est un instrument précis qui a hauteur, longueur, largeur, contenance bien déterminées, en harmonie avec le ciel et la terre. Si l'une de ces choses manque ou si elle est fausse, ça ne marche pas et c'est ni plus ni moins comme si on entrait dans une grange.

Si l'édifice n'est pas construit au bon endroit et tourne le dos au courant du monde, supposition, le pain reste du pain, le vin reste de la piquette et les hommes restent des païens, voilà ce que j'ai voulu dire jadis et on m'a condamné à mort pour ça!

– Les hommes?... le vin?... Mais qu'est-ce que tu nous chantes? disait-on.

– Oui, il n'y a pas de transsubstantiation, voilà!

– Transsubstan... quoi?

– Transsubstantiation!... Le *spiritus mundi* n'est pas là, si tu veux que je te le dise, et alors tu peux toujours chanter psaume, tu restes dans ce monde, tu ne pénètres pas dans l'Autre.

Tous regardaient le Vieux, étonnés toujours de ce

savoir extraordinaire qui faisait que lorsqu'il commençait une phrase personne, non personne, ne pouvait dire comment il allait la finir. Mais maintenant il s'était regrigné tout d'un coup sur lui-même et rongeait le dos de son poing fermé, l'air furieux.

— Mais Prophète tu dis...?

— J'ai déjà trop dit et, trop disant, j'ai donné des confitures aux porcs, et d'avoir trop dit je m'en voudrai tant que vous ne serez pas morts tous!

— Mais Prophète tu seras mort avant nous, tu es déjà à moitié sec!

Narquois, il regarda tout le monde.

— Ça, c'est une autre affaire! dit-il d'un air entendu, et on en reparlera dans deux ou trois siècles!

Et le dénoisillage reprit.

— Plus vite, plus vite! disait la femme que la maîtresse avait chargée de cette tâche, plus vite, qu'on fasse une pressée avant ce soir et que le Maître en boive et qu'il ne passe pas encore une nuit de damné!

— Une pressée, avec des noisettes toutes fraîches, s'écria encore le Prophète, mais c'est de la fouterie! L'huile coule mieux et elle est plus fruitée quand les amandes ont un peu ranci dans leur coquille. C'est comme pour les vieilles filles : d'attendre un peu, le fruit prend du goût.

— Tais-toi donc, vieux beurdin, on dirait que tu y connais quelque chose aux vieilles filles?

— J'y connais, oui, et je peux dire que c'est elles qui prennent le plus de plaisir à tâter ma bosse!

— Tais-toi! fit une femme, ne parle pas de cette horreur.

— Tu ne peux pas en parler toi, fit le Vieux, puisque tu ne l'as pas encore vue.

— Et je ne veux pas la voir, c'est sûr.

— Tu as tort Sibylle tu as tort, parce que c'est bien joli à regarder!

Sibylle devint rouge comme une pomme d'Api et enfouit sa rougeur dans son sarrau en disant :

– Oh! quelle horreur! Qu'il est sale ce vieux-là! Pouih! Pouih! qu'il est sale!

– Ma bosse n'est pas sale, je la lave tous les jours.

Toutes les filles s'étaient mises à pousser des cris de volaille alors que les garçons ricanaient.

– Alors montre-la-nous, ta bosse, qu'on voie!

Mais la Maîtresse de maison entrait à ce moment :

– Alors? Où est-il votre tas de noisettes? disait-elle. L'eau est chaude, la meule et la presse sont prêtes, hâtez-vous!

– J'admire, dit sentencieusement le Prophète, redevenu digne, j'admire votre Communauté, Maîtresse tout y marche au doigt et à l'œil et vous savez tout faire par vous-mêmes, à la Communauté.

– Faut bien! dit la Maîtresse, qui, aidée par les jeunes, emportait la corbeille d'amandes vers la meule.

Le Prophète se trouva seul dans la chambre à four avec Reine qui remettait innocemment de l'ordre dans ses jupons. Le vieux s'approcha d'elle tout bonnement.

– Laisse-moi reguimper tes bas toute belle! Ça te rendra service, tes bas choyant.

– J'ai pas de bas! dit la fille en s'échappant dans un éclat de rire.

– Alors toucher ta peau. Cela me fera du bien!...

– Hou! Le vieux sale!

– ... Et en pour, je te montrerai ma bosse.

– Je l'ai déjà vue, ta bosse. Il n'y a pas de quoi être fier!

Elle l'avait vue en effet lorsque, rattroupant les chèvres, il lui avait montré une énorme hernie inguinale, placée au plus bas, qu'il exhibait volontiers et qui était en quelque sorte la curiosité locale, en disant :

– Des gens viennent jusque de Dijon pour la voir.

Reine s'esquiva promptement en disant :

– C'est pas Dieu possible un homme si savant et si sale!

Lui reprenait son bâton d'épines orné d'entailles et s'approchait de l'énorme marmite où des raves cuisaient pour la pâtée. Il en prenait une au passage et soufflant dessus, il la croquait de ses gencives nues et roses comme les fesses d'un nourrisson de six semaines.

Dès le lever, le lendemain Jehan le Tonnerre se sentit des frissons entre les cuisses. Il retournerait vers les moines, la colonne, l'ombre au lever du soleil et toutes les mesures prises autour de cette ombre! Tant de simagrées savantes pour construire une bâtisse! Tout cela faisait la langue sèche, car il avait l'impression que ces gens-là, de drôles de gens à coup sûr, démontaient et remontaient l'univers à leur guise, ce qui méritait attention.

Lorsque le Maître, avant la soupe du matin que l'on servait avant le lever du soleil, distribua le travail, Jehan fut tout heureux de l'entendre dire :

– Toi, le Tonnerre tu retourneras aux fagots, il nous en faut six cents pour la Toussaint.

Le chantier se situait dans la coupe de l'hiver précédent. Jehan s'installait près d'un énorme tas de ramilles, les prenait une à une, les rognait à la bonne longueur d'un coup de serpe sur le chevalet et les plaçait sur la fagotière. Lorsque le fagot était de bonne grosseur, il rabattait le levier, serrait, bloquait le levier, saisissait un lien de mancenne qu'il tordait en le maintenant du talon et, quand la boucle était faite, il passait le lien autour du fagot, repassait le lien dans sa bouche et serrait, serrait à refus et tordait enfin le lien pour l'obliger à se nouer sur la boucle.

Il faisait tout cela dans l'ordre en enchaînant ses

gestes et en grondant avec le nerf et l'ardeur qui lui avaient valu son nom de « Tonnerre ».

Jusqu'à ce jour, il avait aimé ce travail, c'était comme une lutte avec ces branches qu'il empilait et ligotait. Chaque fagot était une petite victoire, et, le soir, lorsque le tas des fagots empilés montait à bonne hauteur et s'allongeait bellement, il était heureux.

Surtout que tout cela se passait sur un versant que les essartages avaient dégarni et d'où l'on voyait l'enfilade de la vallée de l'Ouche et les hauteurs de l'autre versant qui se superposaient en plusieurs plans forestiers. Il était seul, là, les hommes dessouchant sur l'autre versant. Lorsqu'il s'arrêtait, il pouvait contempler tout cet horizon où la fumée de son feu montait, toute bleue...

Mais ce jour-là, il ne regarda rien, posa la serpette sur la chèvre et, regardant si personne ne le surveillait, dégringola à s'en rompre le cou dans les éboulis, et, au bout de moins d'un quart d'heure, déboucha au-dessus du chantier monastique. Et ce qu'il vit l'étonna au point qu'il s'arrêta, se cachant derrière une cépée de charmes et regarda :

Tout en bas, sur le tertre plat où se dressait la colonne, il put lire sur le terre-plein une figure que les hommes y avaient tracée. C'était un rectangle deux fois plus long que large et un carré enlacé de façon que la diagonale du carré fût la plus longue médiane du rectangle, et construite de telle sorte que la colonne se trouvât placée sur la grande médiane.

Là-dessus, on avait planté des fiches à toutes les intersections de lignes et cela faisait un joli dessin que le garçon contemplait du haut de son perchoir. « Et la colonne? pensait-il, qu'est-ce qu'elle vient faire là-dedans, cette colonne qu'ils ont plantée hier en grande pompe, elle doit bien servir à quelque chose? On ne se donne pas du mal comme ça pour rien. »

Il regarda plus précisément et la vit. L'ombre qu'elle avait portée sur le tertre, la veille, au lever du soleil, allait juste dans l'angle nord-ouest du rectangle et elle était égale au petit côté de ce rectangle. C'est tout ce qu'il put voir, ou plutôt comprendre. Bien sûr il n'employait pas tous ces mots savants que j'emploie ici, moi qui raconte, car pour lui ces mots n'existaient pas encore, mais la chose ne pouvait lui échapper, car il avait l'œil prompt, la jugeote claire et une bonne appréciation des distances. Et puis sur le tertre, il vit les hommes aller et venir.

— Je reconnais les moines, dit-il, les blancs et les bruns, mais les autres, ceux qui ont l'air d'en savoir long, les hommes à l'oreille bouclée, qui peuvent-ils bien être?

Et il descendit en trombe, car quelque chose l'attirait comme la lumière attire les moucherons. Il fit même cette réflexion au Prophète qu'il trouva du côté des feux où se faisait la cuisine de tous ces hommes, dans de grandes marmites.

— La Lumière? s'écria le Prophète, mais bonhomme tu ne pensais pas si bien dire! C'est bien de la lumière qu'il s'agit ici! Tu l'as trouvée tout seul? (Et le Vieux s'excitait en faisant de grands gestes.) La Lumière, dont le père est le soleil, le soleil, le grand dispensateur! c'est la grande manifestation de la puissance divine! C'est l'émanation directe de Dieu!

Puis prenant Jehan par l'épaule et s'appuyant lourdement sur lui.

— Le Barddas! Le grand livre de la tradition celtique dit : « Lorsque Dieu exhala son nom, la Lumière, avec le Verbe, jaillit! La création de la Vie s'est faite par la Lumière et cette création continue chaque jour grâce à la Lumière. Elle est plus lente, plus faible lorsque la lumière faiblit, l'hiver, et elle renaît lorsque renaît la Lumière, justement au moment où l'on fête la résurrection du Fils de l'homme!

Ils marchaient lentement côte à côte. Le Vieux avait pris Jehan par les épaules et il s'appuyait de plus en plus fort sur lui, qui ployait sous ce poids. Et cette pesanteur devint si forte qu'il crut un moment qu'il allait s'effondrer.

— Et je te le demande, Jehan : Qui annonce le retour de la Lumière? reprenait le Prophète qui faisait toujours les demandes et les réponses.

— Le coq! Voilà pourquoi nous mettons un coq, symbole de lumière, dans la pierre de cette église! Et voilà pourquoi nous mettons un coq au pinacle de nos édifices! Tu verras : ils mettront un coq, tout en haut, c'est moi qui te le dis, et il y aura des coqs sur toutes les églises dans les siècles des siècles, *per omnia secula seculorum amen.*

— C'est donc qu'ils adorent le soleil, demanda Jehan.

— Que non pas. C'est Dieu unique qu'ils honorent dans la Lumière du soleil. Ce n'est pas le soleil qui est Dieu, ne t'en va pas confondre. Le soleil n'est pas la divinité, non, mais d'abord l'image d'un de ses attributs. Son rayon est clair, dur et net, c'est le parangon de toute Science et de souveraine droiture morale. Mais je t'apprendrai le reste selon nos vieilles traditions qui nous viennent des druides!...

— Des Druides? murmura Jehan, exténué par le poids que le vieux fou imposait à ses épaules.

— Oui, des druides...

Jehan le Tonnerre sentait ses jambes trembler, il était prêt à s'écraser au sol tant les mains du prophète lui pesaient.

— Par Dieu, Prophète, tu vas m'écraser! Qu'est-ce que tu as mangé pour peser si lourd?

— ... Et, ce n'est pas tout, continuait le Vieux qui ne semblait plus rien entendre : le fluide astral rejoint la Vouivre, leur union relie le Ciel et la Terre. C'est le même fil conducteur. Platon l'a dit, Aristote aussi : la Lumière est une succession de petites parcelles qui se poussent les unes les autres, et si on sait les capter... Ah! coquin, si on sait les capter!...

Et le Prophète s'appuyait de plus en plus fort sur les épaules de Jehan.

– Arrête, Prophète, arrête! Tu m'écrases! tu me casses les reins.

– C'est le Grand Serpent, celui qui a des ailes lorsqu'il descend du ciel et aussi celui qui n'a pas d'aile lorsqu'il sort de terre. Dans la mythologie de mon pays, il y a un régiment de saints mâles qui promènent en laisse le serpent qu'ils ont apprivoisé : Il y a saint Armel, saint Derien, saint Méen, saint Pol, saint Car, saint Curvin, saint Kerneau, saint Mahorn, et même une sainte femelle : sainte Marguerite, qui a passé le licol à ce monstre, qu'on appelle la Vouivre. C'est resté dans la seule légende bretonne, mais ici vous avez des tas de noms de lieux qui nous rappellent cette Vouivre! Ce serpent est une image, bien sûr, qui symbolise le courant qui relie le ciel et la terre et il faut s'installer convenablement sur son passage si on veut le capter et en faire profiter les hommes! Et c'est ce que font ces compagnons que tu vois là. Ils font comme « ceux des grosses pierres », ils cherchent à se placer au mieux pour lui tendre un piège et le domestiquer...

C'est alors qu'ils arrivèrent près de trois hommes qui, sur le tertre, étaient en train de tripoter la corde à treize nœuds, cette fameuse corde divisée en douze espaces égaux. Ils en répartirent quatre d'un côté, trois d'un autre et rabattirent les cinq autres pour refermer la figure. Cela construisit un triangle dont les côtés étaient donc, 3, 4, 5.

– Que font-ils? demanda Jehan.

– Il partagent l'espace en quatre parties égales, tu le vois bien, répondit négligemment le Prophète.

C'est ainsi que Jehan le Tonnerre apprit que l'on partage l'espace en quatre avec 3, 4, 5, et cela ne compta pas peu pour le décider à rester là, caché dans un petit coin. Car voir comment on partage l'espace en quatre parties égales avec une corde à treize nœuds, pour construire un piège, afin d'y capturer le Grand Serpent du Monde, mérite bien que l'on abandonne sa fagotière et que l'on risque de se faire recevoir à coups de triques pour être arrivé en retard à la table communautaire.

Il se retira donc derrière un tas de parpaings que les charrois accumulaient là et où déjà ces compagnons étaient en train de jouer du burin et de la broche, et il regarda. Tout cela faisait un mouvement qui l'étourdissait, lui qui n'avait jusqu'alors vécu que dans des bois et dans les essarts où montait, çà et là, l'âcre fumée des écobuages.

Cent personnes au moins, s'agitaient sur le chantier, et presque autant de bêtes de trait : les bœufs, qui amenaient les pierres de la carrière du Thueyts, une trentaine de paires de bœufs, qui faisaient la navette entre la carrière et le chantier avec des bouviers forts en gueule qui ne cessaient de chanter, en inventant au fur et à mesure les paroles, un poème incessant qui tenait leurs bêtes sous le charme et les rendaient dociles et courageuses. On les entendait jusqu'en haut de la montagne où les carriers trouvaient la bonne pierre franche.

Les Compagnons bouclés, sur le chantier, leur répondaient en lançant à pleins poumons des refrains interrompus par les « hans! » nécessités par l'effort et qui faisaient comme le refrain.

C'était autre chose que les chantiers solitaires des essartages de la Communauté, où l'on est tout seul comme un sanglier de cinq ans, sous le ciel du Bon Dieu. Ici, au moins, on sentait le parfum de la sueur des autres, on entendait leur voix, on respirait leur souffle. Même les moines, qui toutes les trois heures, se mettaient à lancer leurs psaumes dans cette langue bizarre qu'ils emploient, paraît-il, pour s'adresser à Dieu, sur des rythmes qui vous nouaient les boyaux du ventre. A coup sûr, c'était eux qui chantaient le mieux. La grande pratique, sans doute, et peut-être aussi à cause de celui d'entre eux, un jeune, long comme un jour sans pain, l'œil bleu et la lèvre rose, qui entonnait, d'une voix à vous donner la chair de poule et qui, de la main droite agitée doucement dans l'air, semblait modeler la voix des autres, dans l'espace.

Aussitôt le chant terminé par un Amen, pères et frères, moines et moinillons retournaient à la tâche comme des forcenés, à nouveau muets comme carpes, sans même transpirer, même au plus dur de leur effort.

« Là, oui, pensait Jehan le Tonnerre, il se passe quelque chose de pas ordinaire! Où prennent-ils leurs forces en ne mangeant que des raves? Nos parsonniers, qui se gavent de lard, sont des crapauds à côté de ces gens-là. Et à la Communauté, il ne se passe jamais rien. On tourne en rond. Moi, c'est dans un arroi comme ça que je voudrais me voir! Arracher ronces et épines, dessoucher toute sa vie, à quoi cela ressemble, je vous le demande?... Tandis qu'ici... »

Comme il en était là de ses rêveries, le Père Abbé vint à passer.

— Voilà notre Jehan fils du Tonnerre revenu? fit-il en souriant. Je savais bien qu'il ne pouvait pas rester bien longtemps sans répondre à l'appel.

Jehan bafouilla copieusement, car cet homme, glabre et maigre, avec les cheveux rasés en couronne et son crâne rose comme un cul de goret lui en imposait.

— N'est-ce pas? insista le moine.

— Je suis venu voir, dit enfin Jehan tout penaud.

— C'est bien ça, voir, tu es venu voir?

— Je ne gêne pas, je regarde! ajouta Jehan.

— Tu peux faire plus si tu veux. Tu peux prendre part au travail.

— Je ne sais qu'essarter, fagoter, bûcheronner, cueillir les mûres, les cornouilles, les noisettes et les alises...

– Tu peux apprendre ici bien davantage, si tu sais bûcheronner.

– Le travail du bois, oui, je commence à le connaître.

– Alors : le plus beau travail du bois, c'est la charpente, mon garçon; on a besoin de bons charpentiers sur les chantiers des abbayes.

– Pour quoi y faire?

– Pour y construire sur terre la Porte du Ciel. La porte par où tout le monde passera pour gagner le royaume, mon fils!

– On m'a dit que vous fabriquiez un piège pour y prendre le Grand Serpent qui va du ciel jusque sous la terre.

Le moine regarda Jehan dans les yeux :

– C'est encore le Prophète qui t'a raconté cela?

Jehan ne répondit pas, le moine changea de ton.

– Si tu veux, va-t'en voir le maître d'œuvre. Il trouvera bien à t'employer. Tu vois, c'est celui qui a un grand bonnet sur la tête, là-bas près des scieurs de long.

C'est ainsi que Jehan fut incorporé à ce chantier et on le mit au terrassement.

– C'est ça que vous appelez la charpente? dit-il en descendant dans la fouille où suintait l'eau.

– D'abord en bas, lapin! lui dit un Compagnon, ensuite en haut!

– Celui qui s'abaisse s'élèvera! lança un autre et ils rirent tous.

Jehan faisait comme tout le monde : il piquait puis pelletait. La terre marneuse qu'il enlevait, lourde comme du plomb, il la jetait d'un revers de rein sur une plate-forme située à mi-hauteur où un autre pelleteur la reprenait pour l'envoyer à la surface. Ils étaient au moins ainsi vingt couples d'hommes s'enfonçant dans un boyau large de trois coudées.

Vite rompu par ce travail, qui n'était pas de sa caste, il aurait volontiers quitté le chantier mais il voulait voir fabriquer le piège où on capturait le grand serpent, alors il continua.

A midi, après que les moines eurent chanté une très belle petite chanson, dans leur charabia, qui était la langue des Romains (je vous demande un peu!...). Il y eut une pause et tout le monde se rua sur les gamelles où fumait un épais ragoût de raves et d'avoine. Aux Compagnons (et Jehan vit qu'ils portaient tous la patte d'oie brodée au col) il fut servi, en plus, une écuelle de lait caillé avec du pain bis. Les moines, eux, alignés, assis sur le sol, se contentèrent des raves de leur bouillon.

— Tiendront pas la pelle jusqu'au soir, avec ça dans le ventre! pensa Jehan qui avait un estomac comme une besace percée. Il pensa aussi à la volée de houssine qu'il allait prendre en rentrant à la Communauté, pour avoir manqué le repas du médio.

— Mais tant pis, conclut-il, j'aurai au moins vu ce que ces « hommes sans femme » (il n'avait vu aucune femelle) peuvent bien fabriquer avec leur soleil, leur corde à treize nœuds et leurs trois tables. (Le Prophète n'avait-il pas dit : le Graal fut porté par trois tables : la table rectangulaire, la table carrée et la table ronde?)

Quand il eut fini son brouet, il se trouva mêlé à ces gens qui portaient la patte d'oie cousue sur leur surcot. D'ailleurs, pour les rassembler, le Maître les hélait en criant : « Ô les Pédauques! » Ce qui veut dire « pied-d'oie », comme chacun sait. Ou encore « Les Jacques! »

Lorsque Jehan eut fini son repas, il fut pris de somnolence et s'étendit sur le sol, comme tous les Pédauques, parce qu'il faisait grand chaud. Il se réveilla lorsque la cloche appela les moines à Vêpres, une longue kyrielle de psaumes qu'ils chantèrent en alternance, les jeunes répondant aux vieux.

Les Jacques, qui ne participaient pas à ces chants s'étaient remis à la tâche jusqu'à ce que, le soir, les moines, tournant en rond sur le tertre du chantier, entonnent un bien curieux dialogue chanté qui résonna drôlement dans la nuit tombante. Alors que Jehan, épuisé, tomba sur sa botte de paille et s'endormit.

Lorsqu'il se réveilla, c'était l'aube. Il était dans une cabane faite de baliveaux assemblés en faisceaux et tressés de ramilles, le tout recouvert d'épaisses mottes de terre, et, par l'unique ouverture qui donnait sur le chantier, il entendit la voix de son père, qui dépassait de loin celle des autres, avec qui il se querellait ferme. Il disait :

– Nous sommes déjà pauvres en hommes, là-haut, et voilà que vous nous en débauchez un!

– Nous ne l'avons pas débauché : il est venu de lui-même! disait doucement un Père.

– Peut-être. Il en est bien capable avec sa cervelle bouillante, mais vous n'avez rien fait pour lui prêcher raison. Vous auriez dû, pourtant! Rappeler le devoir à tout un chacun, surtout aux jeunes, voilà qui devrait être votre travail, à vous, hommes de Dieu!... Et sous prétexte que vous êtes les soldats du Christ, voilà qu'au contraire vous enrôlez sans vergogne! Et hardi donc! C'est pour Dieu!... Et nous, essarteurs, il ne nous restera plus que les vieux pour arracher, et nos yeux pour pleurer! Je vous prie de nous le rendre!

Le moine répondait d'une voix douce en souriant suavement et Jehan ne comprit pas ce qu'il disait. Et la voix paternelle reprenait de plus belle :

– ... L'appel! L'appel?... quel appel? L'appel de Dieu? Vous l'entendez à votre guise, l'appel, mes Pères. Moi je dis que Dieu l'appelle à la Communauté, où il naît plus de filles que de garçons depuis plus de vingt ans!

Pas le moment d'en froquer un!... Charpentier? vous avez besoin de charpentiers? Mais nous, on ne peut pas perdre un solide défricheur. Et Jehan le Tonnerre, mon fils, sera un bon défricheur dès qu'il lui viendra poil au menton, ce qui ne saurait tarder! Je viens le quérir et le ramener, à coups de pied s'il le faut! Vous me le devez, mes Pères! Il est à nous, pas à vous.

– Il s'est mêlé de lui-même aux Compagnons, et nous avons cru...

– Peut-être! Mais c'était curiosité! C'était ça, son « appel » : vouloir fourrer son nez partout! C'est bien de lui, ça!... Et vous avez peut-être besoin de gens pour faire votre travail, mais nous ne pouvons pas perdre un parsonnier, nous!

Puis d'une voix plus forte encore :

– Je viens le quérir, je vous dis, et pas discuter avec vous! Avec votre Bon Dieu vous avez toujours raison!... Et quand votre fils vous désobéit, vous pensez peut-être que c'est le Bon Dieu? hein?... C'est plutôt le diable, oui!... Et d'abord vous n'avez pas de fils! Pas d'enfant! C'est plus facile de prendre ceux des autres!... Je le veux, que je vous dis! Je le ramènerai par un chemin qui n'a pas de pierres!... Redonnez-le-moi! Il appartient à la Communauté de Saint-Gall. Pas à la vôtre!

... Et ainsi de suite. Jehan connaissait la chanson. Le Père était imbattable sur ce terrain. Il pouvait hurler à pleine voix pendant des heures, et, quand il tançait ses bœufs, on l'entendait à trois lieues gauloises.

Jehan risqua un œil : il vit que le père tenait à la main sa canne de cornouiller :

– Pas le moment de s'y frotter! Filons!

Il était déjà au-dessus des éboulis que l'on entendait encore résonner la voix de son père, tout en bas.

Il arrivait à la Communauté au pas de course et, dès qu'il en aperçut les murs, il entendit un grand tinta-marre : les chiens hurlaient, les femmes criaient. Il doubla l'allure. Quand il arriva dans le courtil, il vit quatre garnements acculés contre le mur d'enceinte, tenu aux abois par les quatre chiens. Les femmes, fourche en main, et le Maître en chemise, ses grandes jambes nues, brandissant un fléau en disant :

— On vous y prend, vermine, à lantiponer nos filles!

Dans un coin du pailler, Reine pleurnichait, le tablier relevé sur la figure. Les femmes glapissaient et le Maître s'avançait vers les quatre passants, des inconnus à grands cheveux sales et à barbes emmêlées, en encourageant ses chiens.

— Je vas vous en donner, moi, de la Terre Sainte! On va vous éreinter, comme des renards galeux!

Les autres, tenant en respect les chiens, avec leurs cannes, ne disaient mot, les mâchoires serrées de peur, les bêtes étant ardentes.

— ... Ah! on veut aller délivrer le Tombeau du Christ et libérer la Terre Sainte?... Et on trousse les filles en passant? et on rapine dans les basses-cours?

— On n'a pas troussé la fille!...

— On n'a rien rapiné du tout!...

— On passait... et on a voulu demander à boire!... On est en chemin de Jérusalem, je vous jure!

— Jérusalem? en traversant la Communauté de Saint-Gall, qui est à l'envers de tout, perdue sur la montagne, et en se cachant dans les bois? en évitant les villages où le guet vous demanderait des comptes? Et pourquoi Jérusalem? Pour fuir votre paroisse d'où l'on vous a chassés, probable?

— Non. On a tout quitté pour répondre à l'appel de notre foi et nos pieds nus saignent pour racheter les péchés des hommes!

— C'est surtout pour fuir le travail que vous avez pris la route! La jeunesse d'aujourd'hui trouve de belles et saintes excuses à sa paresse!

Le fléau s'était abaissé. Les fourches aussi. Les voix s'adoucissaient.

Le Trébeulot, en bégayant, comme d'habitude, lança :

– On les connaît, vos saintes inspirations, à vous, les jeunes d'aujourd'hui !

La maîtresse ajouta :

– Ouais ! Il y a toujours un tombeau du Christ à sauver quelque part pour celui qui ne veut pas travailler là où il est né ! Si le tombeau du Christ était dans le pays des glaces, vous trouveriez moins de zèle pour y aller ! C'est toujours vers le sud, qu'on va sauver quelque chose !

Le maître baissa le ton.

– Vous avez soif ?

– Il a fait chaud !

– Tous les mêmes ! reprenait le Maître, farauds pour partir et pour traîner, mais après, on crie « au secours ! on a soif ! on a faim ! Bonnes gens rassasiez-nous !... » Et comment mangez-vous ?

– A la charité des braves gens !

– C'est ça ! A votre bon cœur messieurs-dames ! On va délivrer le tombeau du Christ, alors nourrissez-nous, abreuvez-nous braves imbéciles ! et pour le reste, on trouvera bien une fille accueillante par-ci, par-là, hein ?... Et qui vous commande ? qui vous dirige ?

– Nous rejoignons Avignon où l'on se rattroupe ; je crois, avec des jeunes de partout pour gagner Arles. Là, on se joint à ceux qui viennent du Languedoc, d'Aquitaine, du Quercy et de Navarre, garçons et filles mêlés... Il en vient de partout.

– Mais qui vous commande ?

– Un homme prodigieux : un certain Jacobus.

– Un « certain » ?... Pas si certain que ça ! Croyez-moi, jeunes gens ! J'en ai vu partir comme ça ! ils disaient qu'ils allaient rejoindre « un certain je ne sais qui ». Et lorsqu'ils revenaient l'âme meurtrie et pourrie... Et je parle pour ceux qui revenaient, mais les autres étaient morts de malepeste, de scrofule, de vérole, et plusieurs avaient les mains pleines du sang des clercs, des Juifs, des mésels, des cagots ou des bourgeois qu'ils avaient massacrés au long du chemin, sous couleur de délivrer le tombeau du Christ.

– Nous, répondit le plus sale, nous sommes disciples de Joachim!

– Qui c'est encore, celui-là? dit la Maîtresse.

– C'est un homme qui veut la fin de cette société, qui est dominée par l'argent.

Le Maître l'interrompit :

– Vous avez soif? Nous avons de la bonne eau. Vous avez faim? Nous avons de la bouillie d'orge, c'est tout! Entrez donc. Buvez et mangez!

Pendant qu'ils mangeaient, le Maître continuait :

– Vous disiez donc que vous voulez la fin de la société?

– ... Celle qui est dominée par l'argent, celle de l'Eglise, qui est corrompue!

– La Société et l'Eglise? Alors tout? Vous voulez la fin de tout?

– Oui. De tout ce qui pue, tout ce qui est rance et faisandé!

– Il n'y a que vous de propre et de bonne odeur, faut croire? Alors pourquoi tentiez-vous de violer cette fille?

– On ne tentait rien du tout! Elle nous a fait coucou de l'œil et de la main. Alors on lui répondait... gentiment.

– Voire!

Jehan le Tonnerre, qui écoutait tout cela caché derrière le demi-battant de la porte, entra sans faire de bruit. Il se faufila au fond de la cheminée où il s'assit tranquillement sur l'arche-banc.

– ... Un exemple : vous ici, continuait le Joachiniste, vous travaillez pour un seigneur, et il passe ensuite vous extorquer des impôts et vous accable de corvées! Il n'y a pas de raison!

– Non jeune homme, coupa le Maître, non, nous

sommes exemptés d'impôts, de toutes les corvées, même celles du guet.

– Pas possible!

– Si jeune homme, car nous sommes en Communauté, et quand je vais mourir, ce qui ne saurait tarder, ceux qui restent seront exemptés de droit de mainmorte! C'est ainsi chez nous, chez les Eduens, chez les Arvernes et chez les Ruthènes, paraît-il...

A ce moment, les autres hommes entrèrent. Martin attaqua sans saluer :

– Et que font donc ceux-là, chez nous? Encore des gens qui ont entendu l'Appel? Des coureurs de Dieu? ou du diable? que cherchent-ils : une assiette de soupe acceptée par-devant et un agneau volé au passage, par-derrière?

– Non, dit le Maître. Ces messieurs sont des redresseurs de torts. Ils veulent détruire la Société et l'Eglise...

– Le règne nouveau! clama l'un des quatre.

– ... Et ils veulent aller voir les pays du soleil, où se plaisent les punaises et les malandres, et nous les rapporter, généreusement! Mais pour passer la nuit vous n'avez qu'à descendre vers les moines, qui vous logeront dans leurs cahutes... si les poux ne vous gênent pas!

Là-dessus les quatre chenapans partirent.

C'est ainsi que Jehan le Tonnerre échappa à la rouée de coups car Martin-le-Bien-Disant passa sa colère sur tous ces fous de Dieu, traîne-savate et beaux-parleurs, qui, dit-il ne sont en réalité que bave de couleuvre et graine de potence.

Jehan le Tonnerre reçut quand même sa volée de cornouiller le lendemain. Rien ne se perd ici-bas et ce qui est dû est dû, mais il ne faut pas croire que cela l'empêcha de retourner au chantier. Il y reprenait le pic et la pelle et redescendait dans la fouille qui s'allongeait suivant le tracé bizarre que l'on sait. Malgré qu'il en avait certes, mais il voulait en savoir plus. On ne bâtit pas de tels calculs, on ne remue pas tant de terre et de cailloux si l'on n'a pas une solide idée derrière la tête, et il sentait que, pour arriver au cœur du secret, il fallait commencer par les besognes les plus obscures.

Chaque fois qu'il remontait à la Communauté, il était reçu par son père qui s'était fatigué de le rosser, mais aussi par le Maître qui lui dit, un jour :

– On te nourrit encore quelques jours, mais ça ne peut pas durer. Ou tu essartes et tu manges ici, ou bien tu travailles pour les moines et alors tu leur demandes pitance et litière!

– J'irai donc chez les moines demain! avait-il répondu.

– Ingrat! dit sa mère : c'est ici que tu as été nourri, soigné, et engraissé comme un petit goret et maintenant que tu es en âge de rembourser par ton travail, tu vas le donner à d'autres!

– J'ai tété ma mère, dit Jehan, mais j'en suis sevré. Il y a beau temps que je ne la suce plus! De même, rester à la Communauté toute ma vie, je ne le peux pas. J'ai entendu une autre chanson, là, au bas, dans la vallée...

– L'appel?... Tu as entendu l'appel! gronda le père. C'est drôle comme on entend toujours l'appel qui vient de loin et comme on est sourd à celui qui vient de tout près!

Les autres hommes firent chorus. Les femmes se taisaient. La Maîtresse, pourtant, dit :

– Laissez-le, les hommes, il va réfléchir.

Jehan profita de l'accalmie pour dire :

– J'irai chez les Pédauques! Je veux voir construire le piège pour le Grand Serpent!

Alors que les filles piaillaient de frayeur.

– Le Grand Serpent? Voilà bien une autre affaire!

Tu n'as pas assez de vipères, ici? dit Zacharie. C'est pourtant pas ça qui manque!

— J'irai! répéta le Tonnerre en donnant un coup de tête dans le vide.

— Ils t'ont mis le grappin dessus, hein, les frocards blancs? parce qu'il leur faut des domestiques pour faire leur travail pendant qu'ils chantent leurs chansons. C'est moins fatigant!

— Le Maître, taisez-vous! osa dire la Maîtresse. Il en faut bien qui chantent les louanges de Dieu et prient pour nous!

Alors le Maître éleva la voix :

— S'il part, dit-il lentement, qu'il laisse tout ici. Tout ce que la Communauté lui a donné. L'étoffe de ses vêtements, c'est bien vous qui l'avez tissée, les femmes, avec la laine et le chanvre que vous avez filés? N'est-ce pas? Alors qu'il redonne tout ça, c'est la règle!

— Partira pas tout nu, tout de même? osa dire Jacquette, la femme de Gislebert.

— Pas tout nu, non, mais lorsque les moines ou les Pédauques l'auront habillé, il viendra rapporter son trousseau à la masse! C'est comme ça! Il n'a même encore pas la force de mériter ses chaussettes!

— Moi, son père, est-ce que je peux dire mon avis? demanda Martin-le-Bien-Disant.

— Sûr!

— Alors il laissera aussi ses sabots! Car c'est Zacharie qui les a taillés, et dans du bois de la Communauté!

Comme toujours, on ne savait pas s'il parlait sérieusement, mais Jehan se levait déjà, quittait ses sabots et se dirigeait vers la porte en disant :

— Les sabots, je vous les laisse. Laissez-moi seulement prendre une trique, dans le bois de la Communauté, pour éreinter les vipères que je rencontrerai... les vipères de la Communauté!

Et il sortit.

Il n'avait pas franchi l'enceinte que Reine lui tomba dessus :

— Alors, vrai? Tu pars?

— Tu le vois.

— Et tu vas vers les hommes sans femme?

— A t'entendre on croirait vraiment qu'un homme sans femme, c'est une bête pharamine!

— Je crois ce que je crois. Tu reviendras?

— Oui, pour rapporter les nippes que j'ai sur le dos et qui sont à vous!

— Tu reviendras d'autres fois?... Souvent?... On va se morfondre sans toi qui ne décolères pas! Tes rages me font tout drôle : je frissonne entre les cuisses quand tu grondes... Et les Pédauques, ils ont peut-être des femmes. Ce ne sont pas des clercs orgueilleux, eux?

— Je n'en ai pas vu une seule!

— C'est pas chrétien, ça! Moi, à ta place, je me méfierais!

— ... Ils ont raison : il n'y a pas plus crampon que les femmes. S'ils peuvent s'en passer, c'est tant mieux pour eux!

Lorsqu'il arriva chez les moines, c'était tout autre chose : ils étaient tous au travail, mais sous un ormeau, le Prophète était en grande discussion avec trois moines blancs et le Père Abbé. Le Prophète s'agitait :

— J'en ai prou de vos Grecs et de vos Romains! A vous entendre, on ne peut pas faire un pet qui n'ait été déjà pété deux fois par eux! Et les Hébreux! Et la Bible!... Mais longtemps avant le Christ il y avait une Révélation supérieure à celle d'Israël, mes petits frères! Elle ne venait pas d'Orient, mais d'Occident! Et les Druides l'ont reçue du Dieu des Mers, c'est vous dire qu'elle venait de l'autre côté!...

Et si vous voulez le savoir, c'est vers les Druides que Pythagore et Platon ont appris la science des Nombres! Et les Compagnons que vous avez là, savent faire la quadrature du cercle...

Plus intéressés qu'ils ne voulaient le paraître, les Pères s'approchèrent de lui :

— La quadrature du cercle, dites-vous?

— Oui : le passage de la table ronde à la table carrée!

— On serait curieux de voir ça!

— C'est simple, dit le Prophète tout gonflé de fierté, mais se donnant des airs modestes. Vous développez la circonférence pour en avoir la longueur. Cette longueur servira de base à un triangle dont la hauteur égale le rayon du cercle. Vous obtenez ainsi un triangle qui a même surface que le cercle.

— Vous croyez? dit un jeune Père.

— Si je le crois? Dites que j'en suis sûr comme de la précession des équinoxes!

— Mais la table carrée, comment l'obtenez-vous?

Le Prophète regarda le jeune Père qui posait la question comme s'il venait de lui vendre des fèves qui ne voulaient pas cuire :

— Comment, à partir de ce triangle, on obtient un carré de même surface?... Alors là, mes Pères, à quoi vous sert d'avoir saint Benoît comme maître? Allez le demander à votre Abbé, il connaît ça, j'en suis sûr, comme je suis sûr qu'il connaît le symbolisme de la Croix du Dendrophore, la croix éduenne, notre croix, bien antérieure à celle du Christ!

Les Pères s'entre-regardèrent comme s'ils eussent découvert l'Antéchrist en personne.

— Je vous choque, hein? fit le Prophète. Mais soyez tranquilles : le fait qu'il ait existé plusieurs Révélations avant celle du Christ ne diminue en rien, à mes yeux, la valeur de la sienne, que vous n'avez pas encore comprise, mes pauvres petits Pères!

Le Prophète reprit souffle et continua :

— Heureusement... heureusement, il y en a parmi vous qui savent!... Et surtout l'un de vous... que je ne veux pas nommer, mais que vous connaissez bien... il fera parler de lui... il n'y a pas si longtemps, il est arrivé à la porte de votre monastère avec trente de ses amis, et voilà déjà que l'évêque de Langres le donne comme abbé de Clairvaux! Cramponnez-vous bien, il va vous secouer les puces, celui-là!

Jehan revint vers les Pédauques en plein travail.

Pour lors, ils venaient d'établir une large plate-forme parfaitement plane, en tassant convenablement une boue épaisse faite du sable jaune de la Montagne, très riche en chaux, et d'eau. Ils appelaient cela : le plan.

Cela avait séché et durci au point que, de l'ongle, on l'entamait à peine et, là-dessus, quittant leurs sabots, ils marchaient pieds nus, jouant de la corde à treize nœuds, de la règle et du compas, car c'était de tracé qu'il s'agissait. Mais que dessinaient-ils à la pointe de fer, sur cette platine de mortier? Voilà ce qu'il aurait voulu savoir.

Plus loin, c'était le chantier de sciage. Les chênes travaillés embaumaient l'air. Jehan connaissait bien ce parfum-là, de tanin et de mousse, qui lui plaisait autrement que celui de la terre humide qu'il remuait au fond de son trou.

Un Compagnon jouait de la doloire pour planer un plateau de chêne. Il s'approcha :

– Voilà ce que j'aimerais faire, plutôt que de creuser comme une taupe!

– Va-t'en creuser ton trou, lapin! lui lança l'autre. Quand tu auras fini, nous verrons ça!

– Creuser un trou, ça convient aux gens de la vallée, pas à un loup de la montagne, comme moi!

Il avait dit cela avec arrogance. L'autre lui demanda :

– Haha! Et qu'est-ce qu'il sait faire de ses dix doigts, le louveteau?

– Je suis essarteur! répondit-il, le menton haut.

C'est ainsi qu'il fut mis au chantier du bois, au début

d'octobre. Et d'abord à la meule, où un homme curieux, qui portait une coquille à son chapeau de cuir, redonnait du fil à tous les outils. Lui, Jehan le Tonnerre, était chargé de tourner la manivelle de la meule. C'était un début obligatoire à tout futur charpentier.

Le vieil aiguiseur avait des cheveux blancs, une oreille bouclée d'or. On l'appelait le Vieux-Chien. Il logeait dans les cayhuttes des charpentiers, des maisonnettes mieux faites que les autres, où ils se tenaient à part.

Un jour, à la suite d'une discussion technique, une bagarre éclata. Il n'y eut pas de coups, mais une empoignade : le Vieux-Chien tenait un Jacques par le col et le secouait. On les sépara car le Jacques, un solide gaillard, dominait le charpentier de la tête. Mais le Vieux-Chien, alors, prononça cette phrase :

– Ce n'est pas toi qui apprendras le métier à un Chien : c'est nous qui avons construit le Temple de Salomon!

Et l'autre de répondre :

– Je le sais. L'un des nôtres y était aussi. Il y a fait la colonne qui porte notre nom!

– Mais vous y avez si mal travaillé qu'on vous a renvoyés du chantier!

Peu s'en fallut alors qu'une bataille générale n'éclatât. Mais le Prophète déboucha du coin où il devait dormir et calma tout le monde en disant :

– Ccha! ccha! les Compagnons! Pas devant tous ces gens!

Et puis il ajouta plusieurs syllabes barbares. Cela fut comme magique : tout le monde rentra dans le rang, le nez long, la mine penaude.

– Prophète! dit Jehan lorsqu'il rencontra l'ermite, qu'est-ce que tu leur as dit pour les calmer tous?

Le Vieux se gratta le crâne, qu'il avait fort crasseux.

– Gamin! dit-il en hésitant, c'est un secret, mais je prévois bien que tu le connaîtras un jour, alors autant que je t'affranchisse tout de suite. J'ai prononcé : FOS et ZOÉ. Fos veut dire « Lumière » et Zoé veut dire « Vie », et si on l'écrit ainsi...

Il s'accroupit, prit une brindille et fit ce dessin dans la poussière du chemin :

– ... Ces mots en croix sont le symbole de l'interpénétration de la tradition celtique et de la tradition chrétienne... qui n'en font qu'une!

– Je n'y comprends rien du tout! fit Jehan, ni à tes gribouillages!

– Un veau de trois semaines verrait que ces mots sont écrits en croix autour de la lettre omega... Mais ne t'en va pas croire que c'est saint Jean qui a inventé ça, dans le prologue de son Evangile! Que non! Quand il a écrit : « Au commencement était le Verbe, le Verbe était avec Dieu... En lui était la VIE, et la Vie était la Lumière des hommes », il y avait belle lurette que les Druides disaient : « Pa rouas Doué e Hano, dre eul lavar, gant ar gere, tarzas ar sklerijen hag ar vuez da lavarout eo : araog ne ea ebet nemet Doué, hen e-unan. Gant ar lavar eta e tarzas ar sklerijen hag ar vuez hag an den, ha pep all en buez »...

– Et que veut dire tout ce baragouin? demanda Jehan.

– « Quand Dieu, d'un mot, donna son nom, avec le Verbe jaillirent la Lumière et la Vie. Ce qui veut dire qu'il n'y avait auparavant de vivant que Dieu seul. Ainsi, c'est avec la Parole que jaillirent la Lumière et la Vie, et l'Homme et tout ce qu'il y a de vivant... »

– Mais, Prophète, où vas-tu chercher tout ça?

– Tout simplement dans les Saintes Ecritures et dans le grand Barddas, le grand livre de la tradition celtique, mon fils!

Et le Prophète répéta les deux phrases. Quand il eut fini :

– C'est drôle, dit Jehan, les deux phrases disent la même chose, mais moi je comprends bien mieux ce que dit ton Barddas, que ce que dit Jean l'Evangéliste!

– C'est normal : Jean l'Evangéliste était un Sémite fiévreux et compliqué. Toi, mon fils, tu es un Celte et tu comprends ce qui est clair, simple, sain et lumineux! Tout est maladif, tourmenté et ténébreux chez les pauvres Judes!

– Les Judes?

– Les Hébreux! ceux qui ont crucifié le Charpentier.

– Pouah! fit Jehan, méchants qu'ils étaient? C'est pour ça qu'on les parque, à part, dans les villes?

– Pour ça, oui... et pour d'autres choses...

– Tu me les diras?

– Oui. Un jour je te les dirai.

Jehan le Tonnerre resta là, bouche béante, les doigts mous, les épaules rentrées. Son corps était comme mort, mais, dans sa tête, cela faisait comme une boule de feu qui tournait comme la foudre qu'il avait vue tomber l'avant-veille, sur le gros chêne des Gordots.

– Et les Jacques savent tout cela? demanda-t-il enfin.

– Bien sûr, ils savent!

– Et le Vieux-Chien aussi?

– Sans doute. Mais les moines, eux, ne savent pas. Disons qu'il n'y en a qu'un qui sait...

– Lequel?

– Il n'est pas là. Il court le monde.

– De la chance, qu'il a!

– ... Un jour il préside un concile, à Troyes, un autre jour, il court après Abélard pour lui dire ses quatre vérités, pour le persuader, je pense, de ne plus s'abandonner aux plaisirs charnels avec une femme..., une certaine Héloïse... Il fonde des abbayes... il a enfrocardé toute sa parenté et, maintenant, il fabrique du moine à tour de bras!... Pour lors, je crois bien qu'il est en Languedoc!

– Quoi y faire?

Le Prophète eut un geste immense qui pouvait indiquer l'étendue de ses connaissances, aussi bien que l'immensité de son ignorance. Il répondit néanmoins :

– Combattre les hérésies, qui poussent, là-bas, plus drues que chiendent...

– Des hérésies?

– Oui. Et il les combat!

– C'est méchant ces bêtes-là?

Le vieux fou eut un sourire madré :

– Dieu ne connaît pas le nombre de ses amis, dit-il, mais non plus celui de ses ennemis! C'est cela, la Grandeur mouvante de Dieu! Et c'est dans cet insondable gouffre de grandeur que poussent les hérésies, comme des fleurs vénéneuses... et qui veut les faucher, garçon, doit s'embourber jusqu'au menton... jusqu'à la gueule, souvent pour ne jamais pouvoir s'en sortir, devenant hérétique à son tour!...

Il se mit à rire, alors que Jehan disait :

– C'est dangereux!

Et que le Prophète ajoutait :

– Dieu est dangereux!...

En entendant cela, Jehan pensait : « Ah! comme c'est autrement plus plaisant ici qu'à la Communauté, où l'on fagote toute la journée, où l'on arrache bêtement les souches, où l'on brûle l'épine noire pour faire de la terre pour le seigneur de Chaudenay, au milieu des parsonniers qui ne savent qu'aiguiser cognée et des femmes qui passent leur temps à faire cuire les cornouilles dans du miel, ou le lard, avec les choux! Quant à la conversation, parlez-m'en! Leurs accouchements, leurs règles, leurs coliques... c'est tout! »

Ainsi pensait-il lorsque, le Prophète ayant disparu, rapide comme un putois et puant comme lui, il entendit derrière lui la voix du Père Abbé qui se coltinait une grosse brouettée d'ordures, comme le dernier des frères convers, car c'était son tour de corvée.

— Que te racontait-il donc, ce vieux fou?

— Des âneries!

— Mais encore?

— Je ne saurais vraiment vous le dire car, après qu'il a parlé, je cherche pendant des heures à savoir ce qu'il a dit.

— Il ne faut donc pas l'écouter.

— C'est que... ce qu'il dit est beau!

— Mais pourtant tu ne le comprends pas?

— Non. Mais il me dit que *voir*, *entendre* et *retenir* ça suffit!

Il y eut un silence. Puis l'Abbé :

— Mais au juste quel est cet homme?

— C'est le Prophète.

— Pourquoi l'appelez-vous ainsi?

— Parce qu'il dit tout, pour être sûr d'avoir tout prédit. Comme ça, il peut toujours affirmer : je vous l'avais bien annoncé!... Tout comme les Prophètes, quoi!

L'abbé ravala sa salive comme devant un civet d'oie qui lui passerait sous le nez sans qu'il puisse se servir.

– Mais d'où vient-il? Où vit-il?

– Il est terré dans la grotte de la Peutte-Combe. D'où il vient? Si vous l'écoutez : un jour il vient de par là-bas, l'autre jour, de plus loin encore. On n'y comprend plus rien!

– De par là-bas?

– Oui. D'un pays de forêts, du côté du couchant.

– Mais quel pays?

– Un lieu qui s'appelle Trehorhenteuc. Encore une invention de sa tête, probable... D'autres fois, il dit qu'il vient du pays de Merlin...

– Merlin? fit le moine en ouvrant des yeux d'effraie.

– Ou quelque chose comme ça, oui... un homme qu'il appelle l'Enchanteur... et il raconte, il raconte... Il raconte des histoires si belles qu'on ne peut plus mettre un pied devant l'autre... Par exemple : celle de Pwyll.

– De Pwyll?

– Oui, et je vais vous la dire : le roi de l'Autre Monde échangea sa place avec un roi d'ici-bas pour avoir un enfant d'une femme terrestre. Il rencontre cette femme, et la femme, qui s'appelle Rhyamon est fécondée sans qu'il la touche, et elle accouche d'un garçon...

Jehan s'arrêta pour dire, les yeux brillants :

– C'est-y pas beau, ça?

Le Père, les lèvres acides, n'eut pas le temps de répondre car Jehan continuait, la bouche en cœur :

– ... Alors, l'enfant s'appela Pryderi... et il faut voir les aventures qui lui arrivent! Par exemple : le roi de l'Autre Monde le fait enlever et le tient prisonnier dans cet autre Monde... Mais il revient parmi les hommes, comme ressuscité!

– Mais, dit l'Abbé, c'est une affreuse imitation de l'histoire de Jésus né de la Vierge Marie par l'opération du Saint-Esprit! C'est sa mort, c'est sa résurrection!...

– Oui, oui, le Prophète dit que c'est la même histoire, mais la sienne est beaucoup plus ancienne, paraît-il.

– Il ne faut pas l'écouter, Jehan, il ne faut pas l'écouter! dit durement le père.

– Il est pourtant bien bénin, bien gentil. Mon père dit qu'il ne ferait pas de mal à un loup enragé. D'abord il sait tout et puis il prie...

– Il prie?

– Oui, et se mortifie drôlement, ne mangeant qu'une drôle de soupe, toujours la même, dans le même chaudron pas lavé et il reste des nuits en contemplation des étoiles, dormant sur la feuille sèche, parmi ses poux, qui sont gros comme des grillons.

– Il ne faut pas lui faire visite, Jehan, répéta l'abbé en élevant la voix, il ne faut pas!

– A cause des poux?

– Bien sûr, bien sûr, à cause des poux! dit le père.

Le père reprenait les brancards de sa brouette. Il la reposa et demanda à Jehan :

– Mais, au fait, qui lui a raconté ces histoires?

– Il m'a dit qu'il tenait celle-là d'un certain Etienne Harding...

– Etienne Harding? Notre ancien prieur de Cîteaux, ce saint homme? il l'aurait connu!... ce Prophète est un hâbleur... un dangereux hâbleur!... Etienne Harding? le saint prieur de Cîteaux?...

– Oui, c'est ça, le prieur de Cîteaux, qu'il dit...

Le Père Abbé reprit vivement les mancherons de la brouette et détala comme un étalon qu'un taon aurait piqué sous la queue.

Lorsque Jehan revint près du Vieux-Chien, il fut accueilli par un coup de pied au cul pour avoir musardé, après quoi le vieux lui dit :

– Quoi donc que tu lui as dit, là, au Père Abbé, pour qu'il détale comme ça?

– Poh! trois fois rien. En gros : l'histoire de Pwyll, de

Rhyamon et de Pryderi, celle que raconte le Prophète.

Le Vieux-Chien grogna, puis il dit :

– Tourne lapin, tourne, tourne! On a à donner du fil à toutes ces bisaiguës, c'est pas le moment de jaser!

Et Jehan se mit à tourner la manivelle comme le Vieux-Chien le lui avait appris, ni trop vite ni trop lentement et bien régulièrement.

C'est même ce jour-là que le Vieux-Chien tourna lui-même la manivelle et pria Jehan de prendre les fers et de les aiguiser, il lui montra comment on appuyait convenablement les deux doigts de la main droite sur la lame et comment on réglait la pente d'affûtage, la seule qui fût la bonne pour les bisaiguës et bien différente de celle des doloires et des herminettes, comme chacun sait.

Le Maître de la Communauté mourut d'une crise d'urémie dans le courant de l'hiver. Jehan n'était pas encore retourné là-haut depuis son départ, sinon pour rapporter ses nippes communautaires. Il craignait la désapprobation de tous les parsonniers et, bien plus encore, la rencontre avec Reine, car cette fille, avec qui pourtant il avait été élevé, lui faisait grosse impression. Elle hantait ses nuits et il se retournait longuement sur son lit de feuilles sèches et de paille pour se débarrasser du souvenir de son image, mais surtout de sa prodigieuse odeur. Cette odeur si enivrante qu'elle était presque désagréable, mais qu'il lui semblait retrouver partout, surtout dans les herbes guérisseuses comme la spirée, la prêle ou encore comme les truffes que les femmes conservaient dans l'eau salée : une odeur violente.

Il arriva donc à la Communauté de Saint-Gall alors qu'avant même qu'il fût inhumé, les parsonniers s'apprêtaient à élire le successeur du Maître. Tout le monde était devenu grave. Non par la présence de la mort, mais par la solennité de l'acte par lequel on se donnait un nouveau Maître, ce qui n'était pas arrivé depuis quarante ans. Il était difficile de le remplacer, en effet, car c'était un homme de grande expérience (il avait enterré neuf papes, dont un faux, pour le moins) et c'était un meneur d'hommes.

L'innocent pleurait comme une Madeleine, à grands sanglots, dans un coin depuis la veille sans désemparer, et c'était la femme du Maître qui le consolait en lui disant :

– Allez, allez, Daniel, on n'a pas le temps de pleurer ici. Il y a du travail!

A part Reine qui se jeta contre lui et en profita pour l'embrasser, personne ne prêta attention à Jehan. Il vit le corps, fit sur lui le signe de la croix, regarda ce visage au nez pincé en qui il ne reconnut pas l'homme que l'on pleurait.

« C'est pas lui qui est mort, pensa-t-il, c'est une carcasse qu'on a mise là! Lui, il est ailleurs! »

Puis il se mit dans un coin.

Hommes et femmes participaient au vote, à l'exclusion des enfants, tous étaient dans le courtil et ils entrèrent les uns après les autres dans la grande salle commune, chacun tenait une fève blanche à la main qu'il allait déposer dans l'écuelle de celui qu'il choisissait pour Maître. A la fin Martin-le-Bien-Disant, à qui le Maître avait délégué ses pouvoirs, le soir de sa première crise, entra le premier, suivi de tous. Ils comptèrent les fèves, il y en avait seize dans l'écuelle de Martin, le père de Jehan. Dès le premier vote, il devenait donc le Maître de Saint-Gall et, tout à coup, lorsqu'il en prit conscience, sa voix se fit douce, lui qui avait si grande gueule, et son visage devint humble et timide.

Quand Jehan le Tonnerre sortit, il lui sembla que les bâtiments, les granges, les puits, le pailler, le bûcher, tout était différent, même les Croupes de la Montagne, toutes violacées d'hiver, où se creusait la vallée pleine de brouillard, comme un golfe clair d'où émergeaient des îlots noirs.

Ce qui n'avait pas changé, c'était l'ardeur de Reine : elle l'attendait toujours au même endroit à la croisée des deux pistes, celle qui descendait à la Bussière, et l'autre, la vieille sommière, dite « gauloise », où passaient, rarement, par groupes, les voyageurs et les pèlerins. La forêt était sombre et glacée en ce jour de décembre. Reine, le fichu et les bras croisés haut sur sa poitrine, les mains au chaud sous ses aisselles, cachait quelque chose sous son devantier. C'était un gros morceau de lard maigre.

— Je l'ai pris dans le gros saloir, personne ne m'a vue.

— Et si la Maîtresse s'en aperçoit?

— Pas possible, il est aux deux tiers plein de la grande truie qu'on a tuée avant Noël. Elle avait du lard de quoi gaver deux cents chrétiens!

Il prit le lard, s'attendant qu'elle lui demandât, en compensation, quelque chose. Elle le fit, et comme elle se blottissait contre lui, il s'aperçut que son odeur était devenue un parfum, ou bien était-ce son nez qui prenait maintenant plaisir à ce fumet qui lui parut merveilleux.

Il en fut tout bouleversé et s'échappa en courant pour se retourner cent pas plus loin. Elle aussi avait couru et se retournait au même moment.

L'hiver se passa. Une partie des équipes des Compagnons était partie vers un pays qui s'appelait Molesmes, où ils avaient chantier paraît-il. Ceux qui restaient s'employèrent à combler de pierres maçonnées les trous qu'ils avaient faits dans la terre, notamment aux angles de la figure géométrique qui ressemblait un peu à une grande croix couchée sur le sol. Ils y noyaient une masse énorme de maçonnerie alors que les charpentiers la protégeaient de la pluie et du gel par des grandes claies qu'ils couvraient de chaume. Les compagnons appelaient cela « faire les fondations ».

Le Prophète, lui, lorsqu'il parlait à Jehan, prétendait que ces tranchées n'étaient faites que pour trouver le « contact », comme il disait à voix basse :

— Ils te diront que c'est pour assurer la solidité de la base et pouvoir construire solidement là-dessus. Laisse-les dire et considère comme moi que c'est pour bien amarrer notre bâtiment au bon endroit de la terre pour qu'il puisse accomplir son travail...

— Quel travail ? demandait Jehan.

Sans répondre directement, le Prophète affirmait :

— C'est de notre mère, la Terre, que vient la vertu...

— Mais quelle vertu ?

— Celle qui régénère et transfigure l'homme.

De guerre lasse, Jehan soupirait et disait :

– Prophète, on comprend rien du tout à ce que tu dis!

– C'est bien possible, on vous a tellement berlurés depuis Alésia que c'en est une pitié, répondait le bonhomme, repris par ses lubies. Et ce n'est certainement pas l'Eglise d'aujourd'hui qui va arranger les choses!

– On nous a berlurés? Mais qui?

– Ah! si je te racontais tout, disait le Prophète d'un air navré, on serait encore ici demain matin, tout regrignés de givre et bons à foutre aux chiens.

– Pourtant, si tu pouvais me dire un peu?

Le Vieux ravala sa luette et monta d'un ton.

– Tu le veux? Bon j'vas te dire : on nous a châtrés de toutes les façons nous les Gaulois, et d'abord les Césars!...

– Les Césars?

– Oui, le César qui a raconté partout des faussetés pas croyables sur nous, sur nos vergobrets, sur nos eubages et nos druides, avant de les persécuter, de les massacrer comme bétail, de changer les noms de nos lieux et de nos villages, à ne s'y pas reconnaître!... Et puis l'Eglise?

– L'Eglise?

– Oui, mon blaise, l'Eglise, qui a éteint un à un le feu perpétuel de vos vierges. Tous ces gens qui se disent chrétiens, mais qui en réalité ont horreur de la pensée du Christ. « Détachez-vous des biens de ce monde », qu'ils disent, « placez votre idéal dans l'autre vie! » mais il n'y a pas plus grands accapareurs de biens et d'honneurs!

Le Vieux avait ramené ses grands cheveux sur son visage et faisait mine de pleurer. Jehan le Tonnerre, le menton dans la main, regardait le vieux sale dont la barbe était toute crasseuse, autour d'une bouche dont il sortait tant de phrases étranges.

– Comment expliques-tu, Prophète, que toi, qui en remontres aux plus savants, toi, tu sois si pauvre, obligé de vivre dans un trou de roche comme un lézard gris en grignotant des racines de panais?

— C'est la règle, fils. Sont voués à la pauvreté ceux qui luttent pour soulever le voile que les hommes ont étendu sur la loi des causes et des effets. Ceux qui ont la passion de connaître les au-delà, ceux-là négligent les choses ordinaires de la vie, tu le sais, et pour eux, crois-moi, la racine de panais est aussi savoureuse qu'une cuisse de géline!

Il ajouta d'une voix suave mais plus lourde :

— ... C'est la règle aussi, qu'ils soient méprisés.

— Mais où tout cela te mènera, Prophète?

— ... Dans la région où le ciel n'a plus d'étoile parce qu'on fait partie de la lumière!... répondit le vieux bavard, comme en extase.

— C'est-y là que tu oserais montrer ta bosse à tout le monde? demanda Jehan qui avait la dent pointue, comme tous les gens de par chez nous.

Ils discutaient ainsi un dimanche de février alors que le chantier respectait, comme il se doit, le repos dominical. Jehan le Tonnerre était monté à la grotte du Prophète, comme il faisait toutes les semaines, pour parler. Car en somme Jehan trouvait près de ce Vieux, que l'on disait fou, une conversation prodigieuse. Ils étaient sur la friche aux Moines qui domine de haut le fond de la vallée et tout à coup ils avaient aperçu, sur le chemin qui remonte le courant de l'Ouche, un cortège qui leur coupa le souffle.

— Regarde! avait dit le Prophète.

Puis ils étaient restés là sans mot dire, le nez en avant : c'était une litière portée par deux gros chevaux de trait. Devant allaient deux moines à cheval et derrière deux autres suivaient en flanc-garde. Des hommes, une dizaine, marchaient à pied où caracolaient sur des chevaux de valeurs diverses. Derrière, à dix pas, venaient trois escogriffes portant sacs et ballots ficelés sur leur dos et surmontés, pour le premier d'un luth, et pour le second d'un tambour. Le troisième était apparemment une femme. Trois acrobates chanteurs sans doute qui profitaient de la caravane pour aller de place en place.

Les rideaux de la litière étaient cargués de sorte qu'on pouvait apercevoir le voyageur qui se trouvait à l'intérieur, roulé dans des peaux de loup.

— C'est Bernard! souffla le Prophète.

— Bernard?

— Oui, Bernard de Fontaine, l'abbé de Cîteaux, le Rouquin!

Et là-dessus le Prophète s'était mis à courir, descendant la pente en sautant par-dessus les broussailles. Jehan le suivait comme il pouvait en disant :

— Tudieu Prophète, t'as beau ne plus avoir de dents, tu sautes comme un daguet!

Il déboucha sur le chemin au moment où le convoi faisait le tournant de la tuilerie, que les moines étaient en train d'installer pour exploiter un banc d'argile affleurant là. Ils restèrent cachés derrière les cépées de coudriers, pour voir.

Le groupe avançait à vive allure en dépit d'énormes fondrières qu'avaient creusées les charrois de pierre. Les moines étaient muets, comme d'habitude, mais les piétons et les cavaliers jasaient entre eux et ils parlaient de la froidure de la dernière nuit, d'autres marmottaient des psaumes en marchant.

Lorsque la litière fut à leur hauteur, Jehan et le Prophète purent voir à l'intérieur l'homme qui y était étendu : On ne voyait de lui que la tête. Il était de peau bien pâle, la joue creuse, chaque pommette marquée d'une tache rose. Sa tête nue, rasée sur le sommet, n'avait qu'une couronne de cheveux très fins et plutôt roux, de cette couleur qu'on nomme « sor », quand on parle des chevaux. Lorsqu'il sortit sa main pour ramasser autour de lui ses fourrures, ils virent qu'elle était longue, blanche et fine.

— C'est bien lui, murmura le Prophète, c'est Bernard! Je me demande bien ce qu'il vient faire ici?

– Voir nos travaux, probable! dit Jehan.

– Fatigué comme il est?

– Fatigué de quoi?... qu'est-ce qu'il fait? rien! Ce sont les frères et surtout les frères convers qui travaillent, et les Compagnons.

– Son genre de travail? Tu ne peux pas le voir, toi, Jehan le Tonnerre. Toujours par voie et par chemin qu'il est! Voilà bientôt sept ans qu'il court ici ou là : à Angoulême un jour, contre Gérard le grand conducteur du schisme d'Aquitaine. Un mois plus tard, tu le trouves à Gênes ou à Pise pour départager l'Empereur et le Pape, les évêques et les municipalités, Roger de Sicile ou Innocent II. A se demander comment il fait pour se déplacer si vite et palabrer sans arrêt, lui le crevat!... Et puis voilà qu'on l'appelle à Rome pour régler l'affaire du Pape et de l'anti-Pape...

– L'Anti-Pape?

– Ouais! Je devrais me taire pour te conserver ta tranquillité d'esprit, toi, pauvre essarteur, qui n'a que faire de toutes ces histoires, mais il faut que tu le saches, si tu veux devenir un jour un enfant de maître Jacques : à Rome on a élu deux papes...

– Deux papes? Tu m'en diras tant!

– Ouais, deux papes le vrai et le faux, peut-être même tous les deux faux, va savoir? Un seul suffirait, à condition que ce soit le bon. Et qui c'est qu'on vient chercher pour régler l'affaire? Bien entendu notre Bernard! et marche que tu marches!

– Il ne marche pas, il est couché dans sa litière!

– Que non pas! Il fait trois lieues gauloises dans la civière et trois lieues à pied et, comme ça, tout par un coup, il arrive à Trêves ou dans les Flandres ou en Toscane. Ce qui ne l'empêche pas de ramasser au passage une moisson de bonshommes qui le suivent et qu'il fait moines *in nomine patris et filii*...

– Mais pourquoi qu'ils le suivent comme ça?

– Ah! çà, mon fils, c'est difficile à dire. Peut-être pour quitter bobonne qui les tourmente? Va savoir!

Ça doit être dur la vie de ménage. Mais surtout parce qu'il est, comme Merlin, un enchanteur. Faut pas se laisser prendre à son bagou. Si tu l'écoutes, garçon, tu es embobiné et tu le suis!...

Le Prophète hocha la tête :

– Oui, un enchanteur, répéta-t-il.

– Et comment ça se fait? demanda Jehan les yeux écarquillés.

Le Prophète se recueillit gravement :

– Comment? comment? c'est pas disable, non, non, non, c'est pas disable... Il parle et tu te sens remué jusqu'au tréfonds. Tu te dis « C'est vrai, il a raison »... ou plutôt tu ne dis rien du tout, tu le suis.

Le Prophète se levait alors, secouait la tête comme un cheval mal sellé en disant :

– Bernard de Fontaine? C'est peut-être un Grand Passant? Oui, je crois, un Grand Passant!... Mes frères pensent que les Grands Passants sont tous morts et qu'il n'en existe plus, que ces grands missionnaires qui annoncent le renoncement ont disparu, ou que, s'il s'en présente, on leur accorde, dans un petit coin de l'âme, une bénédiction en paroles et pfuitt!... on retourne à la bouffe, à la ripaille et à la prévarication.

– Oh! oh! te voilà bien devenu reprenant, comme ça, tout d'un coup, toi?

En plein délire le vieux s'échauffait :

– Mais ça m'écœure, oui, garçon, ça m'écœure de voir qu'on nous accuse depuis plus de mille ans de bâtir des rêves avec des légendes, alors que notre connaissance est sûre comme le roc de Tom Belen! Tu vois bien ce qu'ils ont fait de Merlin : un vieillard libidineux, alors que c'est le prince de la Connaissance. Et Viviane? Tu as vu ce qu'ils ont fait de Viviane? Une putain pourrie, alors qu'elle est notre symbole lumineux de l'intelligence dont Merlin, par sagesse et connaissance, est arrivé à mériter l'amour. On dit aussi qu'il est retourné vivre dans un trou boueux plein de serpents et de crapauds, alors que c'est à la fontaine de l'éternelle jeunesse dans la forêt de Brocéliande, qu'il est allé s'abreuver après avoir fondé l'ordre de la Table Ronde et donné à ceux qui l'ont entendu la vérité à transmettre et l'intelligence à perpétuer. Ce que je tente de faire, moi, le blaireau puant!...

Le Prophète se couvrait la tête de poignées de terre glacée et reniflait la morve qui pendait à son grand nez. En pleine transe lyrique et divinatoire, il continuait, les yeux révulsés et les bras en croix, alors que Jehan écoutait sans comprendre :

– ... Voilà plus d'un millénaire qu'ils nous mentent en nous ridiculisant. Et ce n'est pas fini! Je vois, oui je vois comme si j'y étais que pour occulter la Révélation, des gens vont se mettre à adultérer notre symbolique pour en faire de la pâtée pour les chats!... Tu verras, un jour on chantera des couplets où notre Graal ne sera plus qu'un vase pour contenir des parfums douceâtres et Lancelot, Perceval et les autres deviendront des guignols pour les siècles des siècles! Tu verras, tu verras...

Il employait là une langue que Jehan ne comprenait plus, aussi le Tonnerre revint-il à ce Bernard de Fontaine et à ses disciples qui l'intriguaient :

– Et comme ça, tous ces gars qu'il empoigne, le Bernard, qu'est-ce qu'il en fait?

– Il en fait des moines, ouais, des moines, qu'il distribue dans ses abbayes et quand il n'a plus de place dans ses abbayes, il en refabrique une autre. Ceux que tu as vus là, je suis sûr qu'il vient de les amener en renfort sur notre chantier. Riches ou pauvres, clercs ou lais, puissants ou miséreux, il te les enfroque les uns en blanc, les autres en brun, et au travail! Construisez d'abord la chapelle et en attendant abritez-vous dans des baraques de fortune ou même couchez à la belle étoile dans la merde, mais d'abord défrichez et construisez la chapelle...

– Pourquoi la chapelle?

– Il dit que Dieu doit être logé le premier, mais moi je sais bien que c'est autrement qu'il faut comprendre...

– Et qu'est-ce qui faut comprendre? demanda Jehan à brûle-pourpoint.

Le Prophète réfléchit en se grattant l'oreille :

– En construisant l'église d'abord.

– Le plus important ce serait donc de chanter psaume?

– Non, le plus important, c'est de capter la force de la terre, si possible à un endroit où elle se rencontre avec la force du ciel...

– Le grand serpent? ricana Jehan.

– Oui, le grand serpent! Tu peux rire, oui, mais il a très bien compris ça, le Bernard. C'est dans cet édifice que vous êtes en train de construire que ces moines vont venir sept fois par jour pour se baigner dans la force du monde...

– Pas possible?

– ... Le difficile, c'est de savoir où construire, et comment? Où et comment? *Ubi et commodo!* comme ils disent dans leur jargon, voilà la question.

– Et lui, le Bernard, il le sait?

– Il vient nous le demander. Mais je crois bien qu'il sait déjà pas mal de choses. Il a lu et relu les récits arthuriens dans la bibliothèque de son père, car elles y sont, je le sais, et non pas dans celle des couvents d'où on les a expurgées. Il est en passe de tout savoir ou presque. Ce n'est pas pour rien qu'à l'heure qu'il est, un clerc champenois, formé à la grande école spirituelle de Bernard de Cîteaux, est en train de composer « la Quête du Saint-Graal » mais plût à Dieu qu'il ne déforme pas trop notre message!... Ce n'est pas pour rien que Bernard a envoyé son oncle, M. de Montbard, avec ses sept chevaliers, fouiner dans les ruines du temple de Salomon à Jérusalem, soi-disant pour défendre la route des Lieux Saints... C'est pas pour rien qu'il questionne tous les rabbins du duché de Bourgogne : c'est pour tout savoir sur leur cabale et comparer.

Le Prophète prit une grande goulée d'air et, l'œil quasi fermé, ajouta, presque terrible :

– Et c'est pas pour rien non plus qu'il vient par ici pour rencontrer le vieux Prophète!

– Toi? il veut te rencontrer? dit Jehan en éclatant de rire.

– Oui, oui oui. On lui a répété certaines choses... Ça n'a pas manqué de lui mettre la puce à l'oreille... Ça fait vingt ans qu'il cherche, c'est peut-être aujourd'hui qu'il va trouver ce qu'il lui manque : l'autre cabale, la nôtre, la Cabale celtique.

Jehan le Tonnerre ne savait trop s'il devait encore éclater de rire ou s'émerveiller. Le Vieux en disant cela marchait à grandes enjambées en direction du chantier. Il prit le raccourci qui dévalait dans la rocaille et lorsqu'ils arrivèrent sur le tertre de construction, ils virent que les voyageurs étaient là entourés de moines qu'ils accueillaient et les entraînaient dans les baraquements provisoires où ils dormaient.

Or lorsqu'ils débouchèrent tous deux sur le plan, un père blanc se détacha du groupe et vint à eux en courant :

– Ne t'éloigne pas, dit-il au Prophète. Notre abbé Bernard est là et il veut te voir!

– Très bien! dit le Prophète, très calme, je l'attendais!

Pour être complet, il me faut dire que pendant que le chantier chômait, en raison des neiges, qui furent grandes cette année-là, Jehan le Tonnerre fut redemandé aux moines par la Communauté de Saint-Gall qui, à ce moment, avait ses grands travaux d'abattage et de débitage.

Il retrouva donc, pendant la fin de décembre et tout le mois de janvier, la tablée des parsonniers qui l'accueillirent, en frère qu'il était, comme pour lui montrer qu'ils ne lui tenaient pas rigueur de les avoir quittés. Il mangea beaucoup plus et beaucoup mieux que chez les constructeurs. Il n'en reçut d'ailleurs pas d'autre salaire, car le salaire n'existait pas chez les communautaires.

Et il arriva que, lorsqu'il repartit pour rejoindre les moines qui le redemandaient à nouveau pour la reprise du chantier, Reine l'attendît à l'endroit où elle se cachait toujours pour le surprendre. Elle se dressa devant lui, et sortit quelque chose de dessous sa pèlerine. C'était un paquet qu'elle lui remit :

– Je l'ai tissée pour toi, dit-elle gauchement.

Il déplia. C'était une chasuble en gros tissu de laine épais et serré comme un tapis.

– Voilà qui me tiendra le ventre au chaud! dit-il tout rouge d'émotion.

– Pas rien que le ventre, le dos aussi! dit la fille, qui ajouta : Et pas rien que le dos et la poitrine mais tout le reste. J'y ai filé une grosse mèche de mes cheveux.

– Mais les autres, s'inquiéta Jehan, j'espère qu'ils ne vont pas te tenir rigueur d'avoir pris la laine de la Communauté? La Maîtresse a l'œil, je le sais, elle te battra!

– Je l'ai tissée en cachette, affirma Reine, qui se faisait chatte. Elle n'y a vu que du feu... Et j'ai mis mes cheveux dedans pour qu'ils t'enferment et te protègent...

Jehan ne sut pas bien ce qui se passa alors mais, pour la première fois, il trouva Reine serrée contre lui, l'enlaçant de ses deux bras, et ses bras à lui, il ne sut comment, étaient entortillés autour de la jeune fille. Alors qu'elle le serrait avec une force qu'il ne lui aurait jamais soupçonnée, il faisait aller ses mains sur tout son corps depuis sa nuque jusqu'à ses reins qu'elle cambrait pour se coller à lui, comme un lierre se colle à l'arbre. Ils restèrent ainsi un moment. Le temps pour lui d'être tout à fait soûl de cette odeur qu'il plaisantait seulement deux mois plus tôt et qui, maintenant, l'enivrait.

Sa figure se trouva même enfouie là où les cheveux s'échappaient de la coiffe qu'il avait déplacée par ses caresses. Il y colla ses lèvres ouvertes et mâcha la chevelure, tenté de mordre la peau.

Puis ils se déprirent aussi brutalement qu'ils s'étaient pris et, serrant sa chasuble sous son bras, il partit en courant de toutes ses forces, s'arrêta au tournant de la charrière et après l'avoir vue immobile et raide comme un baliveau, les mains serrées sur sa petite poitrine, il repartit de plus belle.

Lorsqu'il rentra dans la cayenne, où il dormait avec le Vieux-Chien et quatre autres charpentiers, ils grognèrent à qui mieux mieux et lorsqu'il étala sa chasuble sur lui pour s'en couvrir, le Vieux-Chien lança, méprisant :

– Tu sens la femme !

Et Jehan en fut flatté.

Jehan le Tonnerre resta longtemps sans revoir le Prophète. Pourtant il était bien impatient de le rencontrer. Etait-il parti avec l'abbé Bernard? Ou bien avait-il regagné sa grotte pour digérer, en solitaire, la conversation qu'il avait eue avec ce curieux bonhomme que l'on traitait partout à l'égal des princes ou des archevêques? Ou tout simplement était-il gelé quelque part, au pied d'un chêne?

Les travaux l'occupèrent pendant tout ce temps. Le chantier, en dépit des grands froids de mars qui sont durs dans notre pays, s'était remis à ronfler comme une toupie. Ce qui le frappait le plus, c'était la hâte que le maître d'œuvre semblait manifester pour que les bois soient prêts pour le printemps. Les bois? Allait-on donc construire un édifice en bois? On équarrissait et dressait des poutres, des pannes, des chevrons, des plateaux en de telles quantités qu'elles eussent justifié la construction de l'arche de Noé et pourtant les carriers travaillaient toujours de la pince et du trépan dans les carrières d'en haut pour en extraire le beau calcaire.

Enfin un jour le Prophète fit son apparition. C'était, bien sûr, à l'heure où la cloche du chantier annonçait le repas de midi.

« Ma parole, il a grandi, pensa Jehan, grandi et rajeuni! Amendé! »

En réalité il avait tout simplement une saie et des braies plus propres. Peut-être même étaient-elles neuves. On avait la certitude qu'il s'était solidement frotté et lavé le visage. Il arriva lentement, très pompeux, lui qui courait toujours, comme pressé d'en avoir fini avec toutes choses. Jehan aurait voulu bondir près de lui et lui poser des questions mais aussitôt que le Vieux-Chien cessait le travail, dès le premier coup de cloche, Jehan devait tout remettre en ordre et débarrasser les lames de leur boue d'émeri avant d'aller manger. C'était la discipline du chantier de charpente. Lorsqu'il put enfin quitter son établi, il ne vit plus le Prophète, il le chercha du regard et l'aperçut en train de palabrer avec les Pères, sous le couvert où ils s'installaient, sur planches et tréteaux, pour manger. Habituellement les moines ne parlaient pas au cours du repas, mais là, ils faisaient une entorse à la règle, semblait-il, et posaient des questions au Prophète. Lui, gesticulant, leur répondait.

Jehan, ayant rempli son écuelle, s'efforça de se rapprocher du groupe et il fut bien étonné lorsqu'il réussit à entendre ce qu'il disait :

– ... Les colonnes du temple de Salomon étaient hautes de dix-huit coudées... une ligne de douze coudées les environnait et elles étaient surmontées d'un chapiteau de cinq coudées...

– Et de qui tenez-vous ces chiffres?

– Du Livre III des Rois, mon frère!

Il y eut un silence relatif car on entendit alors les Pères laper leur brouet de raves.

– ... Mais ce que la Bible ne dit pas, mes frères, reprit le bonhomme très excité, c'est que les colonnes du temple rond de Stonehenge (je parle des grandes pierres du grand cercle) présentent elles aussi le rapport dix-huit, douze et cinq...

– De quel temple voulez-vous parler? dit timidement un Père.

– De Stonehenge, mon Père, au pays des grands Bretons.

– Nous ne connaissons pas! dit une autre voix très humble.

– C'est pourtant de ce côté que nous vient la lumière! lança avec impertinence le Vieux. Vous devriez le savoir, car c'est de là qu'est venu votre premier maître Estienne Harding.

Et tout le monde se tut.

– De plus, continuait le Prophète comme je l'ai dit, entre autres choses, à votre saint père abbé, le fût mesurant douze coudées, donc soixante-douze palmes de pourtour, aurait un diamètre de vingt-trois palmes, et la hauteur totale de la colonne aurait donc par conséquent six fois son épaisseur...

On entendit les gorgées de soupe tomber à grand bruit dans le grand estomac creux des moines, et le Prophète tranquillement continua :

– Les hommes, sans doute les plus anciens, prirent leurs mesures dessus le corps de l'homme en constatant que sa largeur était le sixième de sa longueur et ordonnèrent que les mesures de la hauteur des colonnes du temple fussent six fois la mesure de leur empiètement...

Tout le monde semblait écouter distraitement le cri d'un circaète qui planait très haut dans l'air glacé. Mais on voyait les oreilles s'allonger et le Prophète, suffisant, continuait :

– Mais tout ceci n'a pas grande importance dans notre affaire. Je lui ai dit aussi que l'on retrouve tout naturellement, chez nos compagnons constructeurs, la persistance des préoccupations du druidisme! Ça a eu l'air de l'intéresser vivement.

– On ne connaît rien pourtant de l'organisation du compagnonnage lors de l'occupation romaine? dit le père abbé.

– Vous ne connaissez peut-être rien vous, parce que vous n'interrogez que les textes latins. Mais moi, je sais bien par la tradition orale qu'il existait par exemple ici à Autun, chez vous, au bienheureux temps, un Ordre de Constructeurs qui comprenait les Dendrophores, ou charpentiers, les Centonaires, ou maçons mystiques et les Fabres, ou serruriers... Cela venait du fond des temps... Et cela, mes frères, s'est perpétué jusqu'à nous.

La voix du vieux fou avait maintenant un ton singulier. Il s'était levé, rouge comme un coquelicot.

– ... Et tous ces Compagnons-bouclés, de la coquille ou de la patte d'oie, que vous avez ici, sont fort heureusement pour vous chargés de la connaissance druidique. Et vous avez la chance, mes pères, d'avoir précisément aujourd'hui, ici devant vous, un de ceux qui sont chargés de transmettre...

C'est alors que le Prophète, comme pris de congestion, devint violet et s'effondra sur le sol. On le crut ivre, mais aurait-il pu boire du vin? Il ne s'en récoltait pas une larme à moins de trois heures de marche. Peut-être revenait-il en courant de cette Côte d'Orient, cette bienheureuse Côte, tournée vers le Levant, où la vigne, sur le chemin de Cîteaux, donne de si délectables breuvages?

Il sortit de sa petite agonie quelques instants plus tard frais comme une ablette, mais, faute d'auditoire, il resta coi, se chauffant près du brasero, l'air buté, alors que les moines chantaient les grâces.

Sur le soir, Jehan aurait bien voulu le rencontrer pour lui demander ce que l'abbé Bernard lui avait demandé, mais il ne put le trouver : il avait disparu.

– Tu as tant aiguisé d'outils, garçon, lui dit un jour le chef de chantier, que tu peux maintenant risquer de t'en servir.

Et il le mit auprès d'un charpentier qui, pour l'heure, creusait des mortaises dans une longue série de madriers. Pour commencer la taille, sans autre ébauchage préalable, l'homme attaquait le bois au piochon avec une adresse hallucinante. Chaque coup tombait à frôler ses pieds seulement enveloppés de bandes de toile. Il continuait avec la bisaiguë de taille, qu'il tenait à deux mains et il fallait le voir dégager la coupe!

Jehan le regardait médusé. Sous l'outil de cet homme tout paraissait facile. Il lui sembla qu'il n'avait qu'à saisir à son tour le manche de sa bisaiguë ou du gros bédane, pour voir le bois se soumettre à sa volonté. L'autre lui dit :

– Tu regardes, carpentaïre! Tu regardes seulement pendant deux jours. Tu regardes et tu questionnes.

L'homme était blanc de cheveu et brun de peau. On l'appelait Pied-de-Jars, tout simplement, ce qui était la dénomination générique de tous les charpentiers qui étaient là, ou encore Pédauque, ce qui est la même chose dans leur langue.

Jehan regarda tailler les mortaises pendant deux jours et questionna. A sa gauche, à sa droite, devant, derrière, les Chiens façonnaient les troncs d'arbres. Les doloires d'équarrissage tombaient d'aplomb avec leur mouvement de balancier, la joue plate bien plaquée au tronc et les éclats de bois volaient de partout. Et toujours Jehan le Tonnerre se disait : « On tire de la pierre de la carrière là-haut, dans les hauts de la combe Raimbeû. On a même ici des tailleurs de pierre qui commencent à les parementer et à les empiler en tas énormes. C'est donc bien que l'on veut construire ici une maison de pierre et non une maison de bois. Alors à quoi servira ce volume énorme de charpente de chêne? »

Il n'y tint plus et en parla à Pied-de-Jars.

L'autre se gratta si longtemps la tête avant de parler que Jehan crut un instant ne jamais recevoir de réponse. Enfin le carpentaïre, comme il se nommait lui-même, parla :

– La pierre, la pierre, boudiou oui, on fera tout en pierre. Mais il faut d'abord construire la nave!

– La nave?

– Oui, un navire!...

« Alors bon, pensa Jehan voilà un navire maintenant! »

– ... Tu verras, tu verras, continua l'autre, la nave, oui! Et il se mit à chanter à pleine voix une chanson qui disait à peu près ceci :

> *Dans la barque de saint Pierre*
> *Buvons le vin de Noé*
> *Dans le navire de saint Pierre*
> *Dont la quille est retournée*
> *Et les mâts de pierre enfoncés dans la terre*
> *Dans la nuit des couronnés*
> *Dans la barque de saint Pierre*
> *Buvons le vin de Noé*

Je donne là un couplet seulement mais il y en avait beaucoup d'autres, plus mystérieux que celui-là où l'on parlait bellement du navire de saint Pierre et du bois, ce bois qui servit à fabriquer la Croix, instrument du salut. Et l'air ne manquait pas de ressembler aux hymnes que chantaient les moines, mais à la place du *Gloria Patri* final tous poussaient de grands Ha! Ha! Ha!...

Jehan put mieux comprendre le sens de cette curieuse chanson de compagnons et des vaticinations du Prophète lorsqu'un jour il put contempler, dressé sur le plan dessiné sur le tertre, cette « nave », ce navire renversé que les carpentaïres, les « Chiens », dressaient pièce à pièce. C'était bien une carcasse de navire, la quille ronde en l'air et dont le bordage était soulevé à plus de six mètres du sol. A une différence près toutefois : l'étrave n'existait pas, ou plutôt du côté du soleil levant, la nef se terminait par un enchevêtrement quadripartite qui retombait sur une face plate, celle qui regardait l'est.

« Il n'y a plus qu'à retourner la chose et lui mettre la tête en bas pour que ce soit l'arche de Noé! » pensa Jehan.

Tout le navire de bois était chevillé à l'aide de ces grosses chevilles que Jehan et quatre autres lapins avaient été chargés de façonner au cours du printemps sous les ordres d'un Chien. Le galbe de la coque était formé de pièces de chêne dont le tracé avait été établi par les maîtres, à plat sur le terre-plein, à grand renfort de compas et de corde à treize nœuds. Jehan avait vu tracer les coupes en tiers-point qui s'élançaient de chaque côté et se rassemblaient très haut dans le ciel. On nommait cette figure le tiers-point parce que l'espace situé entre les deux bords de la nef était divisé en trois parties égales AB, BC et CD, et puis mettant alternativement le point fixe du compas sur B et sur C on traçait deux courbes de rayon BD et CA, qui se rassemblaient au pinacle. Lorsqu'on se promenait sous ces bois dressés, ces deux courbes faisaient un berceau harmonieux qui ressemblait aussi à la voûte que font les branches des grands arbres dans la forêt. Oui, de l'intérieur on croyait voir une allée de grands arbres et les charpentiers bouclés appelaient cet ensemble « le goat ».

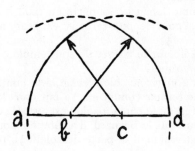

Lorsque Jehan leur demanda le pourquoi, il lui fut répondu que ce mot signifiait justement « la forêt », « le bois »... mais dans quelle langue? personne ne pouvait le lui dire. Mais peu importaient les mots! La chose était belle et forçait l'admiration, et Jehan fut très fier de penser que cette œuvre, dont il ne voyait pas encore l'utilité, était faite avec les arbres que la Communauté de Saint-Gall avait abattus et qu'il avait lui-même contribué à façonner. En elle-même, elle était belle et sentait bon, car tout ce bois, mortifié et contraint par l'outil de l'homme, exhalait ce parfum que Jehan connaissait bien et qui l'enivrait : l'odeur du tanin.

Le Prophète ne pouvait manquer de passer par là, car plus cette carcasse prenait forme, plus il s'agitait. Le soir, attiré par les odeurs de la soupe que l'on servait aux Compagnons, il venait se restaurer, sous couleur d'enseigner son jeune élève. On lui donnait une gamellée qu'il lapait gloutonnement comme un chien maigre et il en redemandait une deuxième, lui faisant promptement le même sort, et aussitôt après, voilà qu'il se mettait à pérorer dans la nuit tombante. Un soir, il avait d'abord pris un air triomphant en disant :

– A la bonne heure le Bernard a tenu compte de mes conseils!

Et comme Jehan le Tonnerre en riant le lardait de questions pour le pousser aux explications, il avait dit :

– Il va libérer le chevet de son temple.

– Et pourquoi?

– Pour l'ouvrir au soleil levant, à la lumière, plutôt que de le fermer comme on l'a fait dans les anciens sanctuaires, où le côté du soleil est aveugle comme un cul de four. Lui, le Bernard, il a compris, pour que son église soit vraiment la porte du soleil! La porte de la lumière!

Les Compagnons et les Chiens, sans en avoir l'air,

s'approchaient et se taisaient pour l'écouter. Un autre soir il avait parlé du tiers-point dont il venait d'apercevoir le dessin, et il avait dit :

– Enfin! l'homme va pouvoir se tenir debout sous la voûte!

Et il avait fait sur la terre battue du terre-plein, avec l'épine noire dont il se curait les dents, le dessin tout simple d'une ogive en tiers-point dans laquelle il avait inscrit un pentagone régulier. Et dans ce pentagone, sans rien plus dire, il dessina un petit bonhomme debout, jambes et bras écartés, la tête s'inscrivant dans l'angle supérieur du pentagone, les mains étant logées dans ces deux angles latéraux, l'une à gauche l'autre à droite et les deux pieds écartés formant les deux angles inférieurs. La mine réjouie, il contempla longuement cette figure en répétant au comble de l'exaltation :

– L'homme debout! l'homme debout!...

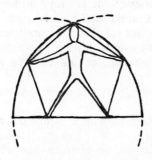

Puis se tournant vers les charpentiers, qui bien entendu mangeaient à part, en un groupe jalousement séparé des hommes de la pierre, il avait dit quelque chose comme :

– Bravo les Dendrophores! Bravo les « goatious »!
Jehan le Tonnerre qui écoutait des deux oreilles ne

comprit pas ces mots, car l'un, « dendrophore », était le nom que l'école des druides d'Autun donnait tardivement aux Compagnons Charpentiers, car leur emblème était l'arbre. Et l'autre, « goatiou », faisait un jeu de mots avec le vocable celte « goat » = le bois, et le mot grec « goétiou » qui veut dire sorcier, paraît-il, et qui n'est probablement pas pour rien dans le mot gothique que nous employons et que nous écrivons hélas, à tort et à travers aujourd'hui. Mais cela, le Prophète, je suppose, était seul à le savoir, tout juste si un moine qui passait par là, par hasard, avait eu une lueur dans le regard et avait marqué un léger temps d'arrêt pour glisser un coup d'œil en coin vers ce diable de vieux fou qui disait vraiment des choses étonnantes et méritait bien que le grand Abbé Bernard lui fasse visite.

Là-dessus, rompant sans vergogne avec le ton grave et sentencieux qu'il prenait pour parler de ces choses, le Prophète avait carrément demandé une troisième assiettée de soupe, « de la soupe du fond », précisait-il, celle où les morceaux les plus lourds, donc les plus roboratifs, étaient venus tout naturellement se rassembler. Il s'était mis à la dévorer bruyamment avec une grande précipitation, ce qui fit dire à un Compagnon :

– Ne t'étouffe pas! On ne va pas te la voler, ta soupe!

Et le Prophète prenant le temps d'avaler sa gorgée avait répondu :

– Camarade, on ne cherche pas d'histoire à un homme qui mange! Et il avait ajouté : Surtout si cet homme a vu l'incendie de la première nef de Vézelay!

– Vrai? Tu y étais? demanda un tailleur de pierre que l'on nommait Albéric.

– Le 27 juillet 1120 j'étais à la Sainte-Madeleine, oui, au fond du bas-côté nord de la basilique et au pied du pilier dont le boudin représente un serpent qui se mord la queue. L'as-tu jamais vu ce pilier-là?

– Si je l'ai vu? répondit l'autre en éclatant de rire, c'est moi qui l'ai dégagé de ma râpe et de mon burin!

– Tu n'es pas de la rosée de ce matin, si je comprends bien? dit le Prophète.

– J'étais lapin sur le chantier de Vézelay le jour de la consécration de la première basilique, en 1104, dit l'autre fortement, en cambrant les reins.

A partir de ce moment, il fut impossible d'avoir une conversation, car les deux hommes prétendant s'être reconnus, en étaient eux aux « Tu te rappelles » et « Tu te souviens ».

Jehan, lui, aurait préféré qu'on lui expliquât la présence de ce serpent qui se mord la queue sur l'embase du premier pilier du bas-côté nord de la basilique de la Madeleine, à Vézelay, car il commençait à être dévoré de curiosité pour ces signes étranges dont les compagnons de tous poils remplissaient ces édifices qu'ils construisaient un peu partout, mais va donc glisser un mot sérieux quand deux hommes se reconnaissent et se remémorent leur glorieuse jeunesse!

Il aurait bien voulu, aussi, savoir ce que faisait le Prophète dans cette « basilique », le jour de ce fameux incendie, dont on parlait fort dans la coterie. Mais il resta sur sa faim.

Là-dessus, la dernière neige s'était mise à tomber. Cette neige du coucou, qui vous a un air de pétales d'amandier.

A peine si les hommes, qui mangeaient dehors depuis le samedi saint, firent-ils mine de remonter capuche. Ils se levèrent comme un seul homme et se remirent au travail alors que les moines, debout, tête levée vers la nuée, chantaient les grâces avant de se remettre au défrichage du val d'Arvault.

Les maçons et tailleurs de pierre, aussitôt après Pâques, qui était très précoce cette année-là, se mirent au travail. Il en était arrivé en renfort, venant du chantier de Saint-Andoche, de Saulieu. Une vingtaine de gaillards qui avaient des airs supérieurs de tout savoir. On disait que parmi eux on en reconnaissait un qui y avait sculpté au moins trois chapiteaux. Tout le monde le désignait, mais lui était le seul à n'en parler jamais.

D'un air méprisant, ils avaient tous regardé les tracés, sur le terre-plein. C'était, pour eux, du petit travail. Cluny avait été leur maître et ils avaient « fait » Saulieu, qui, comme chacun sait, est ce qui se fait de mieux en matière de taille de pierre. Du moins le prétendaient-ils.

L'église qu'on leur proposait là était, au contraire, du type le plus simple et le plus dépouillé.

— Et je parie que les chapiteaux seront nus comme des culs de pichet! s'écria dédaigneusement l'un d'eux.

— Une feuille d'oseille à chaque coin du tailloir, et va te faire lanlaire! dit un autre.

— Une feuille d'oseille? plaisanta un troisième : tu veux rire? Chez les moines blancs, une feuille d'oseille, c'est encore de la débauche!

Ils rirent tous.

— Pas la peine, alors, de sortir les outils fins! Le marteau têtard et la boucharde suffiront! entendait-on dire un peu partout.

Pour bien comprendre ce débat, il faut savoir que le « tailloir » d'un chapiteau, c'est le plateau carré qui couronne ce chapiteau. Quant à la feuille d'oseille, c'est tout simplement cette feuille rudimentaire que l'on trouve dans les chapiteaux des cisterciens et qui permet de passer du fût de la colonne à la forme carrée du tailloir, que des gens compliqués ont appelé, beaucoup plus tard, au temps des errements, « feuille de lotus ». On ne sait trop pourquoi, en cette Bourgogne où le lotus n'a jamais poussé, que je sache, même dans les marais de Cîteaux. Les tailleurs de pierre bourguignons ont toujours nommé ce motif « feuille d'oseille ». Et pourquoi pas? C'est très beau une jeune feuille d'oseille, lorsqu'au matin, sous la rosée, elle finit de se dérouler au soleil!

Les moines écoutaient sans mot dire ces plaisanteries de chantier, avec un sourire imperceptible et passaient, à pas glissés, onctueusement.

C'était ainsi chez tous les Compagnons et notamment chez les enfants de Maître Jacques : Cîteaux avait mauvaise réputation, bien méritée en vérité. L'abbé Bernard y avait créé ce que les maudisants appelaient : « l'esprit de la porte étroite ». Après la débauche ornementale de Cluny, il voulait revenir non seulement à une grande sobriété architecturale, mais à une société plus vertueuse.

En paraphrasant ce que dit saint Matthieu (VI-13, 14) « Quand tu pries, ne multiplie pas les vaines paroles, comme les païens », l'abbé Bernard avait dit, en quelque sorte : « Quand vous faites prier la pierre, ne la torturez pas, avec le tarabiscot[1], en de vains ornements, comme les païens. Elle prie par sa matière, elle prie par son volume, elle prie par son poids, elle prie par son orientation et vos vaines images n'y ajoutent rien, au contraire! »

Bien sûr, les vrais sculpteurs n'étaient pas d'accord, car c'était ainsi se moquer des grands maîtres d'Autun et de Cluny. Mais Bernard était de cette eau, et son succès justement venait de sa grande soif de pureté et de rigueur. S'il était suivi par tant de gens, surtout les jeunes, qui prenaient l'habit blanc et se rasaient le crâne, c'était pour cela, par réaction contre la débau-

---

1. *Tarabiscot :* sorte de petit burin fin, pour fignoler.

che du siècle, et sans doute pour le retour, qu'il préconisait, vers la rudesse primitive.

Quoi qu'il en fût, les enfants de Maître Jacques qui passaient par là pour gagner Issoire, Brioude, Le Puy, Conques et, si possible, Compostelle, se mirent gaillardement au travail et les murs montèrent rapidement, au milieu des chants de coterie, qui alternaient avec les psaumes des moines, car si les Compagnons méprisaient un peu l'absence voulue des éléments symboliques dont ils aimaient surcharger certaines parties de leurs constructions, ils exultaient de trouver là une pierre franche, pure et sonore, de beau grain et de belle couleur.

Et c'était justement ce qui gonflait, par ailleurs, leur colère : Comment ? Avoir un si beau matériau, si maniable, si complaisant, si propre à stimuler leur virtuosité et utiliser leur connaissance du symbolisme celtique, et se contenter de poser pierre nue sur pierre nue ?!

C'était un scandale et cela provoquait de longues discussions près des feux, après la soupe du soir. Et lorsque le Prophète était présent, c'était bien autre chose. Le vieux fou se fâchait tout rouge et finissait toujours par un morceau de bravoure. Un jour, poussé à bout, il finit par dire, revenant à ses idées fixes :

– En somme, votre abbé Bernard est dans la bonne voie : celle des Druides, qui tenaient que les statues sont vaines, qu'il ne faut pas représenter les dieux, à cause de la facilité qu'ont les pignoufes à prendre la matière symbolisant l'esprit pour l'esprit lui-même !

Un matin, Jehan le Tonnerre, qui était en train de manier la grande doloire pour équarrir un étai, vit arriver Reine, la Reine de la Communauté. Elle descendait le sentier des chèvres, en sautant comme elles. Il continua de balancer l'outil, mais en la contemplant, au risque de s'entailler la cheville droite qui était la plus exposée, le fer passant entre elle et le bois.

La fille lui paraissait tout à coup belle comme pas une et, bien qu'elle fût encore loin de lui, il huma l'air et crut déjà respirer ce parfum qui hantait ses nuits et, dans sa poitrine, cela fit comme un grand coup de battant de cloche.

Reine supposait que le régime monastique de brouets de raves et d'avoine n'était pas de nature à lui donner du ressort. Elle venait donc, en cachette disait-elle, lui apporter du fromage passé, du lard et du miel, pour le remonter. Malheureusement, elle avait tant sautillé, à sa manière, que le pot de miel avait versé et que les fromages et le lard faisaient avec lui un épais nougat, dans son cabas. Peu importait d'ailleurs : Jehan était dans l'âge où tout fait ventre, dans n'importe quel état et dans n'importe quel ordre.

Il laissa tomber la doloire, sauta de ses madriers et emmena Reine du côté des cayennes où il avait sa couchette, dans la paille.

Elle l'avait pris par la taille et s'était dressée sur la pointe des pieds pour lui pourlécher la peau du cou, tout étonnée de voir qu'elle avait maintenant peine à atteindre ses lèvres.

— Tu as grandi comme c'est pas croyable! dit-elle, émerveillée, tout heureuse de constater qu'il avait maintenant la mine d'un homme et que leur différence d'âge se trouvait dès lors effacée.

— C'est le chantier! dit-il modestement. La charpente, ça vous amende!

Lui tâtant la poitrine et les bras, elle ajouta :

— Tu as forci aussi!

Puis ayant frotté son front au menton du garçon, elle conclut :

— Et tu piques!

Elle en était là de ses agaceries que l'on vit arriver la litière que Jehan connaissait bien. Derrière les rideaux tirés, car il faisait frisquet, Jehan vit la figure assez pâle de l'abbé Bernard. Il arrivait de Cîteaux par les pistes de la Montagne, accompagné d'une dizaine de ses moines. Jehan dit à Reine :

– Cache-toi vite! C'est le patron!

Aussitôt il avança d'un pas pour se mettre devant la fille et la cacher, mais elle passa l'œil par-dessus son épaule pour voir cet homme roux dont tout le monde parlait. Le convoi passa tout près d'eux et s'arrêta un peu plus loin. Une main maigre sortit par la fente du rideau et fit un signe. Un moinillon se précipita, se pencha à l'intérieur de la litière, puis s'approcha des deux jouvenceaux :

– Les femmes ne doivent pas entrer dans la clôture! dit-il sèchement.

– C'est ma sœur, qui m'apporte à manger! répondit Jehan.

– Les femmes ne doivent pas entrer dans la clôture! répéta le clerc, qui tourna les talons.

La fille était déjà loin, courant comme une folle dans les ornières de la charrière par où arrivait un chariot de pierres. Elle disparut.

Jehan avait les jambes en étoupe. Il suivit la litière qui s'en allait, en se balançant au pas des chevaux, vers le chantier. Elle ralentit lorsqu'elle arriva vers les premiers échafaudages. Le rideau s'écarta encore et, tout à coup, l'abbé Bernard sortit promptement. En deux pas il fut sur un Compagnon qui jouait du fil à plomb.

Le Père Abbé se pencha vers la maçonnerie et montra une pierre, à la base du mur gouttereau et l'on entendit sa voix, très douce, mais terriblement ferme aussi, qui disait :

– Il est normal et salutaire que vous vous incorporiez à l'œuvre, mais alors gravez votre signe sur la partie de la pierre qui se trouvera à l'intérieur de la maçonnerie, de façon qu'il soit invisible!

– Je peux le boucharder, si vous le voulez, dit le Compagnon.

112

– Non, c'est inutile. Il est bon que votre feuille de chêne fasse partie de l'édifice, mais à condition qu'elle soit invisible!

Puis, plus doucement :

– On la voit trop, à Vézelay, où certains de vos Compagnons l'ont gravée tout autour du déambulatoire, à hauteur des yeux. J'aimerais qu'on ne la vît point ici, dans ce lieu de culte, qui est exclusivement un outil de prière, non un support de vanité. Et ce temple que vous construisez là, c'est un instrument de régénération, non de perdition!

Il allait s'en aller, ses moines derrière lui, mais il retourna, revint vers le groupe de Compagnons et de frères convers qui s'était formé :

– ... Vous construisez la porte du ciel! dit-il gravement. Puis il s'en alla, sans remonter dans sa litière, vers le baraquement des moines.

Jehan, lorsque le convoi eut disparu, revint voir cette feuille de chêne; il la vit en effet, taillée dans la chair d'une pierre qui jouait tout modestement son rôle de pierre dans l'appareil du mur gouttereau, et un grand frisson lui courut le long du dos, de la nuque jusqu'au coccyx alors qu'il se mettait à faire très clair dans son âme, comme si une grande porte venait de s'ouvrir devant lui.

Le soir même, à l'heure de la soupe, le Prophète arrivait. Il venait de faire sa tournée de mendicité dans les villages de la vallée, suscitant la charité des gens pour le bien de leur âme, et terminait par le chantier où il avait maintenant son écuelle et son gobelet. Il s'invitait gentiment en disant :

– Où il y a pour cent, il y a pour cent et un!

Il s'asseyait au fin bout de la rangée et barbotait comme un goret dans sa mangeoire. Jehan lui relata l'affaire de la fille et celle de la feuille de chêne.

En l'écoutant, le Vieux exultait, sans toutefois perdre une bouchée :

– Bien ça! disait-il en bâfrant. Bien! Bien!

Puis, cuillère reposée :

– Je l'ai toujours dit : ce Bernard est un lougarou!

Jehan restait coi, tout surpris.

– Oui! C'est le dieu Loug tout retrouvé! ajouta l'autre.

– Le dieu Loug?

– Oui. Celui qui a donné son nom à Lugdunum, où siège le Primat des Gaules!... Loug! notre dieu à la longue main... celui qui a servi de modèle pour le tympan de Vézelay!

– Eh bien, voilà encore une autre histoire! soupira Jehan qui prenait le vertige chaque fois que le Prophète élucubrait.

– Patience, patience! Cette histoire, je te la raconterai en temps voulu! dit le Vieux.

Pendant que le Prophète cherchait à remplir encore une fois son assiette en mendiant les restes, Jehan s'excitait la cervelle en répétant : « Le dieu Loug? le tympan de Vézelay? la longue main? Le serpent qui se mord la queue? Qu'est-ce que c'est que ce compendium?... Puis, le Vieux étant revenu s'asseoir en ronchonnant :

– ... Et les femmes, Prophète?... Reine ne faisait rien de mal ici : elle m'apportait du lard et du fromage passé. Pourquoi la chasser?

Le Prophète s'était retourné vivement :

– La femme!... Pourquoi pas de femme ici?... (il se grattait le nez, hochait la tête) les Druides non plus n'avaient pas de femme. Il y avait des Druidesses, mais en couvents séparés, hein! ne va pas croire... Et vierges! oui vierges! Parfaitement et réellement vierges...

– Tu as été y voir?

– ... Elles faisaient vœu inconditionnel de chasteté.

– Comme les moniales, à ce qu'on dit?

– Comme les moniales, sans doute, mais les moniales qui manquent à leur vœu ne sont pas punies de mort, que je sache?

– Les druidesses l'étaient?

– Oui, garçon, elles l'étaient!

Puis, en un murmure :

– ... A ce tarif-là, il n'y aurait plus grand monde dans nos couvents de femmes, hein?

– Tais-toi donc, mauvaise langue!

Tout à coup, le Vieux changea de voix et de visage : une idée fixe lui tournait dans la cervelle. Il prit son temps pour la mûrir et rendit gravement son oracle :

– La femme?... L'homme exceptionnel, s'il veut accomplir sa mission, doit l'éviter. S'il n'y parvient pas, alors qu'il retourne à la femelle! Qu'il la féconde et la reféconde cinq mille six cent vingt-trois fois... s'il le peut! Qu'à tous deux ils peuplent le monde!... mais alors qu'il renonce à cette haute mission, que l'homme vierge, seul, peut accomplir... tout au moins l'homme sans femme. Qu'il laisse cette mission à d'autres : à ceux de la caste sacerdotale!

– L'homme vierge? ricana Jehan. Vierge comme toi qui te débrayes devant les filles, celles de la Communauté... et celles d'ailleurs?

Alors il se produisit quelque chose que jamais Jehan n'aurait pu imaginer : le Prophète éclata en sanglots. Il rabattit ses grands cheveux crasseux sur son visage :

– ... Ah! ne m'accable pas, mon petit frère!... Oui, j'étais appelé... mais la femme m'a dévoyé... Jamais je ne me mortifierai assez pour expier!... Voilà pourquoi j'ai quitté mon pays... Voilà pourquoi j'ai gagné la sauvagerie et me suis contraint à pourrir dans le froid et la vermine, au fond de cette caverne que j'ai choisie tout exprès tournée vers le nord, pour qu'elle ne voie jamais le soleil... le soleil dont je suis indigne!... J'ai marché, marché jusqu'à ce que je rencontre ces vallées et ces monts... Et j'ai reconnu que j'étais arrivé quand j'ai vu que les eaux coulaient vers les trois directions. Oui, je me suis dit : Voici la tête des eaux! C'est là que je peux me régénérer! Dans la source de la Peutte-Combe où je vais m'abreuver et me plonger, je trouve...

– Vrai? Te plonger dans de l'eau? Toi? Ça t'arrive donc de te laver?...

– Je ne me lave pas, couillon! Les Romains, eux, se lavaient, mais NOUS nous nous trempons dans l'eau pour nous purifier. Ce n'est pas la même chose! Pour eux, l'eau est un matériau. Pour nous, c'est un élément du Grand Œuvre.

– Encore les Romains? Qu'est-ce que ces pauvres Romains viennent faire là-dedans?

– ... Les persécuteurs! les brutes! les barbares!... Ceux qui ont tué ta patrie?...

– ... Il y a quand même plus de mille ans, que ça s'est passé!

Le Prophète s'échauffait et Jehan le regardait, un petit sourire au coin des lèvres, et le Vieux s'emporta tout de bon sur ces diables de Romains qui, disait-il, avaient massacré les Druides et les Filles du feu...

Il fallait l'entendre évoquer cette racaille romaine se jetant avec ardeur sur cette terre où César et les autres avaient mis à mort tous les hommes de valeur :

– Il a appelé ça la « pacification » des Gaules, et il a éprouvé le besoin d'écrire ses mensonges pour se disculper!... On dit qu'on a pacifié un pays quand on y a détruit tous ceux qui pensaient quelque chose! ha! ha!

Il termina par une belle phrase, bien sonore, où il prouvait que les Romains pensaient historiquement, nationalement, pratiquement, politiquement et juri-diquement, alors que les chers Celtes pensaient fabu-leusement, cosmiquement, philosophiquement, morale-ment et mystiquement. D'où l'immense supériorité des seconds sur les premiers, et il ajouta : « Les Romains?

des pauvres gens qui étaient obligés d'écrire pour s'exprimer! »

Je transcris tout cela, comme je peux, en langage clair d'aujourd'hui, car le Prophète employait de vieux mots, complètement tombés en désuétude et ne mettait aucune bonne volonté pour être compris. Et Jehan perdait pied. Il revenait aux choses simples :

– Mais si tu vis comme ça, caché, toute ta science, Prophète, qu'est-ce qu'elle devient? Si tu l'enfermes à l'ombre, elle va se moisir et devenir goitreuse comme toi, et elle ne servira plus à rien ni à personne?

Les larmes du Vieux s'arrêtèrent aussi promptement qu'elles étaient venues. Il se mit à sourire en roulant ses gros yeux :

– Erreur fils, erreur!... ma science sert!... je la transmets!... elle ne mourra pas. Bien au contraire : en vérité, en vérité je te le dis, d'innombrables temples seront construits sur mes données où le monde trouvera régénération... Comme au temps des grosses pierres! Il s'en construira bientôt partout, de plus en plus perfectionnés, sur les lieux dolmeniques!...

Puis à voix très basse, presque à l'oreille de Jehan :

– Ma science?... elle sert à Bernard!... mais n'en dis rien à personne!... Bernard me consulte en secret et il suit mes conseils! Il m'écoute et me dit : « Grâce à toi, Prophète, la science des Druides vivifie notre christianisme, en le pénétrant de son sens cosmique! »

Jehan laissa parler le bonhomme car il n'y avait plus rien à en tirer. Il fallait le laisser radoter et s'exciter obscurément. Jehan le quitta en disant :

– Tu as encore bu le vin de Noé!... C'est ça, ta mortification!

Comme Jehan avançait dans la charrière où les convois ne passaient plus depuis le coucher du soleil, il se trouva tout à coup face à face avec la nave, cette carcasse de bateau inachevé, retourné, la quille en l'air portée à plus de dix mètres au-dessus du sol, dans le soleil couchant. Mystère dressé sur son chemin.

Pourquoi cet échafaudage prodigieux ? Pourquoi ces pierres si savamment taillées ? Pourquoi ce plan calculé selon l'ombre matinale de la colonne ? Pourquoi le choix de cet emplacement sur cette source guérisseuse, dédiée jadis à Bélise ? Pourquoi ces bâtisseurs s'acharnaient-ils avec tant de frénésie à construire ce prodige en acceptant de coucher eux-mêmes dans la boue et le froid plutôt que de commencer, d'abord, par s'abriter confortablement ?

Lorsqu'il se roula dans sa paille, très tard dans la nuit, il tenta encore de répondre à ces questions et, n'y parvenant pas, il résolut de rester sur le chantier tout le temps qu'il faudrait pour tout savoir et il comprit alors qu'il participait à une grande chose qu'il ne comprenait pas mais qui le possédait tout entier.

Mais aussitôt qu'il fut vautré, il fut inquiété par un parfum qui l'empêcha de dormir : cette odeur venait du linge qui avait enveloppé les cadeaux de Reine et qu'il avait roulé dans son paquetage à la tête de sa couchette.

Ce linge sentait Reine.

Et avec ce parfum, le souvenir de la fille entra en lui. Le souvenir de son toucher. Cette peau de fille qui lui avait caressé la joue, le cou. Et cette main. Et cette bouche un peu humide, avec son haleine de fleur épanouie. Et ces cheveux qu'il avait mâchés, trois mois plus tôt, lorsqu'elle lui donnait sa chasuble.

Le souvenir était tellement précis qu'il crut tout de bon qu'elle était là, roulée dans la même paille. Elle enlaçait ses jambes aux siennes. Son ventre touchait le sien, tendu comme une offrande qu'il refusait sans savoir pourquoi.

Il se retourna. Elle culbuta avec lui et il retrouva, comme si elle avait été collée à lui, toujours plus

118

hardie et aussi plus soumise. Il se retourna encore :
elle le devança même dans son mouvement, et cette
fois elle le serrait entre ses jambes, à lui couper la
respiration. Elle soufflait telle une vache en gésine. Il
était en feu.

Il se leva : il pleuvait l'averse du petit jour. Il
traversa le chantier comme un lièvre forcé, et se
trouva près de la rivière d'Arvault. Mais la fille le
poursuivait. Elle était si près qu'il sentait la brûlure de
sa chair. Alors il entendit la chute d'eau qui s'échap-
pait du petit barrage que l'on avait construit sur la
déviation de l'Arvault, pour le bain des chevaux. Il
avisa l'endroit le plus profond et se jeta dans l'eau
glacée où il barbota quelques instants, pataugea dans
la boue et, grelottant dans ses vêtements pleins d'eau,
revint vers les Cayennes où les Compagnons ronflaient
en chœur.

C'est alors que la cloche de Matines se mit à sonner.
Il rencontra les moines, maigres et tannés comme des
harengs saurs qui, en marmonnant prière, se rendaient
deux par deux sur le chantier, où ils chantaient
maintenant leurs offices, à l'emplacement même du
chœur, sous l'échafaudage, là où le Prophète affirmait
que se rencontraient les deux courants : celui du ciel
et celui de la terre.

Les moines ne purent éviter de le regarder. Plusieurs manifestèrent une vive surprise à le voir ruisse-
lant. L'un d'eux, qui venait le dernier et marchait seul,
eut même un sourire, mais qui était affectueux. On
aurait dit qu'il comprenait. Et rapidement ils se hâtè-
rent tous de reprendre cette sorte d'extase qui leur
donnait l'air un peu niais des élus du tympan de
Vézelay.

Lorsque Jehan, tous fantasmes apaisés, se dirigea,
pour se faire sécher, vers le chauffoir où flottait le
linge de la dernière lessive collective, lui revint en
mémoire la figure de ce dernier moine, seul, qui lui

avait souri. Il tressauta : « Mais pardieu! C'était l'abbé Bernard! » pensa-t-il à haute voix.

Sous la pluie fine qui s'apaisait, les moines avaient entonné les psaumes de Matines. Plusieurs Compagnons, éveillés par la psalmodie, sortirent de leur couchette et le Prophète se trouva près de Jehan. Il avait dû passer la nuit dans la crèche des vaches car il était couvert de brins de foin. Tous se taisaient pour écouter : dans la prime aube, la voix du préchantre, pure comme l'eau de la source sacrée, lançait la première strophe de l'hymne :

– *Ad regias dapes.* « Assis au festin royal. » Et tous répondaient :

– *Stolis amicti candidis...* « Parés de nos robes blanches... »

Chaque voix était si effacée, si impersonnelle, si céleste, qu'elles se fondaient toutes en une seule. Oui, on aurait juré qu'un seul homme délirait sur ce thème musical, fluide comme la petite lueur qui montait à l'est. Le rythme hypodorien s'élançait comme un cri, sur cinq petits neumes, qui semblaient monter, par bonds, jusqu'au ciel, et puis tout s'apaisait sur les trois dernières notes, plus graves, qui se confondaient avec le murmure de la rivière.

Lorsque éclata le verset : *Sparsum cruorem postibus...* « La marque du sang sur les portes fait reculer le glaive de l'Ange », le préchantre imposa, de la main, un ralentissement au rythme et une sourdine aux voix et, même les toutes jeunes feuilles des vernes se turent.

Jehan n'osait même plus respirer. Mais le Prophète bourdonnait à son oreille :

– Ça me rappelle le diskan que l'on chantait dans ma jeunesse, à Tréhorhentic, en forêt de Brocéliande!...

– Au diable ta jeunesse! Ecoute plutôt! gronda Jehan.

– Je voulais simplement dire qu'ils nous ont copiés, insista le Prophète tout capon.

– Oui, nous savons! Vous autres, les Druides, vous avez tout inventé, tout prévu, tout prédit. Mais tais-toi et écoute!

Le Prophète écoutait, la face de travers, l'oreille naïvement tendue, l'œil clos, en balançant la tête, une espèce de sourire aux lèvres. A la fin du psaume, pendant l'antienne, il répéta :

– Oui, oui! C'est tout à fait semblable à ce que nous apprenait mon maître, l'ermite de Boqueho... L'air, sans doute, mais aussi les paroles : le repas communiel où le groupe en robes blanches scelle son alliance autour de la table, devant le chaudron inépuisable qu'ils sont allés conquérir dans cet autre monde d'où viennent les âmes et où elles retournent...

Excédé par le radotage du Vieux, Jehan le Tonnerre rechargea le brasier du chauffoir qui, peu à peu, s'effondrait en rougeoyant et, regardant le feu, il eut l'impression de s'endormir. Il s'engourdissait plutôt, très agréablement, dans le mouvement balancé des psaumes. Il ne s'aperçut même pas que l'office était terminé et que les moines, en une longue ribambelle, étaient allés reprendre le pic et le vouge pour faire leur séance de défrichage, pendant l'intervalle entre Matines et Messe, coupé par l'office de Laudes, avec, dans le ventre, un épais bouillon de fèves, dont les sonores flatulences les faisaient rire à haute voix.

Pour lors, ils dessouchaient joyeusement la terre d'alluvion, noire et profonde qui tapissait le fond du val en amont du chantier. C'était là qu'ils commençaient d'établir leurs cultures, dans cet endroit qui devait s'appeler, plus tard et très longtemps « les champs jardiniers ». Au fur et à mesure qu'ils s'élevaient sur le versant, le sol devenait plus roux et plus graveleux. Ils s'arrêteraient de défricher aussitôt qu'ils atteindraient les terres blanches qui étaient tout juste bonnes à nourrir l'herbe à mouton, les noisetiers et la petite bourdaine. Mais déjà le frère berger y poussait son troupeau. Plus haut encore c'était la forêt de chênes et de hêtres, domaine de cet « Arbre » qui servait de symbole aux Compagnons Constructeurs d'Autun : les Dendrophores.

Du haut des échafaudages, Jehan regardait tout cela le cœur battant. Projeté dans le ciel par les bois entrecroisés, il découvrait d'un seul coup d'œil les grands versants forestiers dont les croupes s'entrecroisaient, abruptes et bordées de rochettes blanches; il les voyait plonger de haut dans la rivière.

Au milieu de cette sauvagerie, cette clairière qui s'élargissait de jour en jour au confluent des deux torrents et des deux pistes charrières, où grouillaient les moines cotte retroussée, les compagnons chantants, les confrères de la patte d'oie et les charretiers hurlants, donnant de grands coups de fouet qui se répercutaient à l'infini dans les combes. Le long des chemins des gens étaient venus construire leurs cabanes pour participer aux travaux. Oui, il assistait là à une grande chose et il le sentait bien.

— Bon Dieu, que j'ai donc bien fait de quitter la Communauté! disait-il, un peu pour se donner bonne conscience en vérité, car là-haut sans doute on faisait aussi du bon travail, mais enfin ici on se sent porté par un grand courant qui est autre chose que le courage et la nécessité!

Surtout on était animé par un souffle que Jehan le Tonnerre aurait été bien gêné de déterminer, mais qui vous remuait sans arrêt le fond des tripes et vous poussait à vous surpasser.

C'est aussi du haut de son perchoir qu'il appréciait le mieux l'avancement des travaux de maçonnerie. Il voyait les murs gouttereaux monter vers lui. Et puis les piliers, alignés en deux rangées de cinq, dix piliers énormes, surtout les quatre premiers qui marquaient la croisée du transept et dont il n'apercevait pas encore bien le rôle. Il posait aussi de nombreuses questions auxquelles, petit à petit, les gens et surtout les choses répondaient.

Un jour, beaucoup plus tard, c'était la veille de l'Assomption, le maître d'œuvre était derrière Jehan, occupé à jouer du compas et à tracer des lignes entrecroisées sur le terre-plein. Jehan le Tonnerre, sans en avoir l'air le regardait par-dessus son épaule et il l'écoutait donner ses instructions aux Compagnons Tailleurs de pierre, Enfants de Maître Jacques.

Le Maître, tout à coup, s'adressa à Jehan :

– Ô mon lapin, laisse tomber ton bédane et viens un peu me tendre la corde!

La corde était cette corde magique qui vous partageait l'espace en trois, en quatre, en cinq, en six et en sept, pourvu que vous sachiez convenablement en distribuer les douze intervalles. Jamais Jehan le Tonnerre n'avait osé toucher cette corde magique. Il se contentait de la regarder, sans trop s'en approcher tant elle lui en imposait. Pourtant les Compagnons en faisaient un usage constant.

Le maître d'œuvre montrait donc à ses initiés la façon dont il entendait qu'ils organisassent la taille de leurs pierres. Il manipulait aussi l'équerre, la règle et le compas, ses seules armes, et il était clair qu'il commençait là le tracé, au sol et à plat, à grandeur réelle, de chacune des pierres des arcs formerets, ce qui ne pourrait probablement plus être compris aujourd'hui que par les très rares esprits qui auraient, par chance, échappé à la dictature de la mathématique et fui l'abrutissante facilité de l'ordinateur.

Les Enfants de Maître Jacques, les tailleurs de pierre, étaient là, autour de lui, raisonnant, questionnant, donnant leur avis, puis regagnant chacun sa broche, son burin et sa mailloche.

Jehan se trouva donc tout à coup seul avec le maître d'œuvre. La question qui lui brûlait la langue depuis tantôt un an, il la posa, tout étonné de son audace :

— Ainsi donc, cette bâtisse sera en pierre?

— Et en quoi voudrais-tu qu'elle soit?

— En bois! Je ne voyais que du bois partout et les frères charpentiers semblaient tout diriger. Et même ils étaient les rois du chantier!

Le Maître fit une moue :

— Pourtant, la pierre que l'on descend à pleins chariots des carrières d'en haut, à quoi servirait-elle? dit-il.

— Justement, je me demandais ce qu'on allait bien en faire, sinon pierrer un fameux chemin!

Le Maître eut un petit rire, puis :

— Non, lapin, tout sera en pierre! c'est indispensable. Ce sera un navire de pierre. De la pierre sous tension! lapin! et c'est pour ça que tes frères charpentiers ont construit ce navire en bois, pour permettre la construction de la voûte!

— La voûte?

— Le plafond en pierre : à partir de ce niveau (il montrait l'emplacement des chapiteaux), les murs vont se rapprocher l'un de l'autre et se rassembler là-haut, au pinacle.

— Mais comment ça tiendra? Nos bois, passe encore, on les cheville, mais la pierre?

— Toute la question est là, lapin, et c'est pourquoi nous sommes là : ça tiendra par le jeu combiné de la pesanteur et de la forme des pierres... l'équilibre parfait entre les deux poussées. C'est à nous de calculer ça... c'est une très vieille science!

— Diable! mais pourquoi tant compliquer les affaires? Pourquoi ne met-on pas tout simplement des poutres portant d'un mur sur l'autre et des chevrons en travers des poutres, pour faire tout simplement un plafond plat, comme dans nos maisons?

— Voilà une question importante!

– D'abord ce serait moins lourd! insista le lapin. Voyez un peu le tintouin que ça va vous donner de monter toutes ces pierres là-haut, de les tailler et de les empiler tout de biais, pour que les murs se rejoignent, en équilibre. C'est de la folie!

– Justement, coupa le Maître : il faut que ce soit très lourd, comme tu dis.

– Pourquoi? dit Jehan.

– Il faut le poids. Il faut les deux poussées. Il faut que la pierre soit tendue comme une corde de luth...

– Mais pourquoi faut-il?...

– ... Le poids, les poussées et la forme, aussi!

– La forme?

– Oui, cette forme incurvée de la voûte de pierre qui doit réverbérer sur les hommes...

Le Maître coupa court, pressé qu'il était :

– Je te dirai ça un autre jour, le travail commande...

Jehan posa la même question à un Compagnon qui avait l'air bon et sérieux. Celui-là hésita et, en riant :

– Demande donc tout ça à ton Prophète. C'est bien le diable s'il n'a pas à mettre son grain de sel là-dedans!

De toute évidence la question le dépassait. Il savait qu'il fallait une voûte, il savait calculer et tailler la forme des pierres et la façon de les poser et c'était tout. Mais cela il le savait bien, ainsi que tous ses Compagnons, les Enfants de Maître Jacques, ceux qui signaient de la feuille de chêne.

Le soir, alors que les moines chantaient la Vigile de l'Assomption, Jehan retrouva le Prophète qui prenait ses poux au milieu d'une dizaine de Compagnons réunis sur l'herbe autour de plusieurs cruches qu'ils ne devaient pas avoir remplies à la source sacrée, car le ton était haut.

Ils parlaient justement de la Construction, et le vieux fou, toujours bien-disant sur tout, racontait comment, parti de son Goello natal, il avait successivement, dans sa marche pénitentielle vers l'est, visité pieusement les tertres sacrés : celui qui est au péril de la mer, dédié à saint Michel, et son frère Tom Belen, celui de Carolles, le Ker Hoel des Bretons, celui d'Avranches, celui de Mortain, celui de Domfront, puis ceux de Chartres, de Montmartre, de Laon, puis de Vézelay... Que n'avait-il pas vu, fait et senti?

Jehan, tout échauffé par les échappatoires des uns et des autres, se jeta à pieds joints dans son discours et, avec sa fougue habituelle, lança :

– Prophète! Toi qui sais tout et même le reste, dis-moi voir un peu pourquoi une voûte là-dessus, plutôt qu'un plafond, je te le demande?

Les hommes se retournèrent vivement sur leur matelas d'herbe alors que le Prophète fit mine d'avaler sa glotte. Il se mit sur son séant et, comme un diable qui sort de son brûlot, dévisagea durement Jehan. D'un geste large du bras il le désigna :

– Compagnons! Voilà Jehan le Tonnerre, de la Communauté de Saint-Gall, qui veut tout savoir avant d'avoir appris!

– Justement, enseigne-moi! Je me pose la question : pourquoi vous donner tant de peine pour couvrir la maison des moines, alors qu'il n'y a qu'à lui faire un plafond avec des poutres? Ce n'est pas le chêne qui manque par ici!

– C'est que, jeune homme nous ne construisons pas ici une maison! Tu n'as pa vu que la nouvelle basilique de la Madeleine de Vézelay était recouverte d'une voûte en pierre? Et Saulieu? Et Autun?... Et Chapaize?... et Anzy?... Et...

– Je ne connais rien de tout ça. Moi, je connais Saint-Gall et c'est tout! je ne suis pas un grand traînard de chemin comme vous tous!...

– Aussi te sera-t-il beaucoup pardonné...

– On m'a dit que toi, tu pourrais me répondre là-dessus! Moi je ne comprends pas que, pour la protéger de la pluie on se donne tant de peine pour mettre tout simplement un plafond et un toit sur les murs de votre église.

Le Prophète poussa un de ces rugissements dont il prétendait s'éclaircir la voix :

– Ecoutez-moi ça! hurla-t-il. La pluie?! Est-il bien question de la pluie?... La pluie? en vérité?... Garçon! La voûte, montée et posée sur ses murs et ses piliers, remplace tout simplement le dolmen (il prononçait « taol-men »), la lourde pierre-table de nos mégalithes, posée sur ses pierres levées... En vérité, continuait le Prophète en levant la main droite pour apaiser le hourvari naissant. En vérité je vous le dis, ces basiliques, ces églises, comme vous dites, sont des dolmens perfectionnés, des instruments de régénération humaine par...

On n'entendit pas la suite, car sa voix fut étouffée par le grand éclat de rire des Compagnons comme la flamme d'une chandelle est éteinte par une rafale d'orage. Il avait beau se lever, s'agiter, remuer les bras pour dire :

– Taisez-vous, bande de diots! Ecoutez-moi. En vérité je vous le dis, ce que nous cherchons ici, c'est...

Et il ressassait encore une fois ses vieilles obsessions : capter les courants telluriques, les amplifier, les diriger, grâce à la voûte, pour « baigner » les pèlerins et les régénérer! C'était ça, disait-il, le secret des constructeurs! Et l'invocation à tous les saints du paradis et à la Mère du Sauveur ne pouvait que s'y ajouter...

Mais personne ne l'entendait plus. Chacun donnait un baiser prolongé à sa cruche et se tordait de rire.

Et c'est à ce moment-là qu'un cortège se présenta à la porte cochère de la clôture : sept hommes à cheval. Six étaient revêtus d'un grand manteau blanc qui recouvrait la croupe de son cheval et cachait non seulement l'écu et l'épée, mais même l'étrier.

– Les bons hommes du Temple! souffla un Compagnon.

Le groupe, passablement crotté, car il avait fait un orage du côté de Sombernon, salua durement, de la main levée. Le manteau du septième était noir comme la nuit, mais pareillement long :

– Les bons hommes du Temple! répétaient les Compagnons.

Le groupe gagna les baraquements des moines. Les chevaux étaient lourds. Ils eussent pu être des chevaux de trait ou de labour, s'ils n'avaient été exemptés, depuis toujours, du collier et des traits et dressés pour la monte. Des montures solides et bien nourries. On le voyait à la façon dont elles marchaient nerveusement, l'encolure cambrée.

Arrivés au droit des cayennes des Compagnons, ils relevèrent, du même mouvement, les larges pans de leurs manteaux et l'on vit alors leur armement : le casque accroché à l'arçon, l'épée, qui bringuebalait sur la cotte de mailles, l'écu, pointé vers le bas et cachant le poignard. Sur l'écu se lisait une rouelle dans laquelle s'inscrivait la croix que l'on appelait déjà la « Croix templière » et qui n'était autre, disait le Prophète, que la rouelle à huit rayons, le « cristal magique à huit rais » des chevaliers de la Table Ronde.

C'était toute cette batterie de cuisine qui faisait ce bruit sourd de casserole précédant, de loin, le groupe.

– Pas étonnant qu'ils aient besoin de forts chevaux, pour porter toute cette ferraille! dit un Compagnon.

Avec ensemble, sur un commandement, les Templiers mirent pied à terre et tout le monde eut un air moqueur : car ces gens avaient le crâne ras et la barbe hirsute, ce qui était exactement le contraire du bon ton. Parmi les Compagnons, on entendait des ricanements discrets, mais comme le sergent, l'homme au manteau noir, se retournait, le regard ferme, tous baissèrent la tête et reprirent leur travail.

C'était la première fois que Jehan voyait les « pauvres chevaliers du Christ », que l'on appelait, depuis peu, les Chevaliers du Temple.

Ils eurent un conciliabule avec le Père Abbé puis ils assistèrent, le soir, à l'office de Complies, raides comme des piquets, groupés à part, et écoutèrent, tout étonnés, un chant qui était, disait-on, nouveau. Non pas les paroles, qui seraient venues de Cluny, et auxquelles Jehan ne comprenait mie, mais l'air, dont il se murmura, parmi les Compagnons, que Bernard de Fontaine venait de le composer. D'autres prétendaient d'ailleurs exactement l'inverse.

Tout ce que Jehan pouvait dire, c'est que cet air-là lui rentrait par une oreille mais ne ressortait pas par l'autre. Il restait en lui, descendait dans son corps et l'inondait, jusqu'au bout des doigts et le long de l'échine. Il faut dire que cela commençait par un cri, très doux, sur quatre notes bien choisies et qui revenaient tout au long de la chanson, pour venir mourir en trois longs soupirs d'amour.

Jehan ne put s'empêcher de dire :

– Ah! Si j'avais à chanter pour une femme, c'est cet air-là que je prendrais!

Le Vieux-Chien le regarda :

– Ce chant s'adresse justement à une femme! dit-il gravement.

– Ces hommes, qui renoncent à la Femme chantaient pour une femme?

– Ils s'adressent à la femme d'entre les femmes : Notre-Dame, Vierge et mère!

Et le Prophète, qui traînait par là, d'ajouter :

– C'est Bélisa, qu'ils chantent là. La Terre fécondée sans contact, par le seul dieu soleil... C'est Rhyamon, la déesse mère, l'épouse intacte du roi Bran, magnifique et libéral, qui vit dans son île, Aballo, île des pommes merveilleuses, où l'on perd le sens du temps... Ils chantent l'espoir de la rejoindre. Ecoute-les : Salut, reine, notre vie, notre espérance salut!

L'hymne étant terminé, le Prophète glosa :

– L'abbé Bernard sait ce qu'il fait, à chanter la Femme aux Gaulois! Ça nous va droit aux tripes, à nous qui, il n'y a pas si longtemps rendions Culte à « la Vierge qui doit enfanter »!

– Tes Gaulois! Toujours tes Gaulois! coupait Jehan pour relancer le Vieux sur une nouvelle voie et lui redonner souffle.

– Mais pas que les Gaulois, foutu ignorant! Mais aussi Virgile (il est vrai que tu ne connais pas Virgile) disait :

Et le Prophète se mettait à déclamer :

– *Ultima cumari venit jam carminis deta*
Magnus ab integro saeclorum nascitur ordo!

– S'il te plaît, coupait Jehan, dis-moi ça, que je comprenne!

Et le Vieux, les yeux clos, chantonnait :

– *... Voici le dernier âge de la cuméique prédiction!*
Voici que recommence le grand ordre des siècles!
Déjà revient la Vierge. Déjà une nouvelle race descend
du haut des cieux. Cet enfant dont la naissance va clore
l'âge de fer et ramener l'âge d'or. Les dernières traces de
notre crime, s'il en reste encore, pour toujours effacées,
affranchissent les terres d'une frayeur perpétuelle...

– Tu récites ou tu inventes? demandait Jehan le Tonnerre.

– C'est Virgile qui disait cela, bien avant qu'on parle de Jésus-Christ. Et les Druides chantèrent aussi, bien avant Virgile, Rhyamon, qui enfanta Pryderi, bien qu'elle fût vierge!... C'est une idée fixe chez les hommes!

Le Prophète n'avait pas fini. Il tira Jehan par la manche et l'emmena à part, d'un air mystérieux. Arrivé devant les cayennes, il se mit à chanter, en fermant les yeux et en donnant des coups de talon, en mesure, sur le sol, comme un danseur :

– *Apre cialli carti eti-heiont Caticatona, demtis si clotuvia.*

Se demti tient. Bi cartaont Dibona Sosio, deei pia! Sosia pura, sosio govisa, Sueio tient : Sosio pura heiont!

Teu oraiime : chzia atanto te, heizio attanta te Compriate sosio derti! Noi pommio at eho tis-se potea.

Te priavimo atanta te i onte ziati mezio ziia Teu! Ape sosio derti, demtis sie uziietiaont padva...[1].

Jehan se bouchait les oreilles.

– Qu'est-ce que c'est que ce charabia?

– Charabia? Malheureux! C'est la langue de tes aïeux : c'est du gaulois. Du gaulois décadent, à vrai dire, parce que adultérée par l'écriture et surtout par l'écriture et la phonétique romaines!

– Et qu'est-ce que cela veut dire?

– A peu près la même chose que ce qu'ils chantaient tout à l'heure, en latin, à la Vierge Marie!

Et le Prophète traduisait, les yeux clos pour lire dans sa tête :

---

1. Ce texte, gravé sur deux tablettes, en caractères latins, que le Prophète savait par cœur, a été retrouvé en 1887, 740 ans plus tard, aux environs de Poitiers. L'Université française ne semble pas s'en être inquiétée. C'est une revue allemande, le *Zeitschrift für celtische Philologie*, III, p. 308, qui l'a publié (*N.d.A.*).

– *Pour l'amour de l'esprit à jamais persistant, sois Ô Caticatona, une onde pour tes serviteurs. Une onde puissante...*

Nous prions aujourd'hui, tendus vers toi. Nous buvons à ton puits, tendus vers toi, nous te prions par cette offrande.

Sois bienveillante envers tes serviteurs...

Les yeux un peu révulsés, le Vieux dansait une drôle de gigue sur le rythme des paroles. Il s'arrêta net et fredonna, cette fois en latin, quelques bribes de l'hymne que les moines venaient de chanter :

– *Ad te clamamus, gementes et flentes... ad te suspiramus...*

Ce qui veut dire : *Tendus vers Toi, nous clamons...*

tendus vers Toi nous gémissons nous soupirons...

– Mais où as-tu appris le gaulois, Prophète ?

– A Trehorhentic, garçon, de la bouche de mon maître, qui le tenait de son maître, qui le tenait de son maître... tous Kuldées et conservateurs de la vieille tradition gallicane...

Mais le Prophète marchait les yeux clos, aussi buta-t-il contre une grosse pierre et il s'étala de tout son long.

La Connaissance

En fait de femme, il y en avait une qui devait bientôt faire son entrée dans le val d'Arvault. Et voici comment.

On voyait, un peu partout des gens, brûlés de soleil et tannés de pluie, qui prétendaient revenir de Terre Sainte : la Croisade. Partis nombreux en trompette avec étendards et gonfanons, ils rentraient plutôt en silence. Certains dodus, roses et frais, d'autres amaigris, balafrés, faisandés, selon leur chance. Certains à cheval avec tout un arroi de gens en armes, et des souvenirs de voyage empilés dans des litières, d'autres seuls et à pied. Il en était passé plusieurs fois au chantier, accueillis et fêtés par les moines, qui les hébergeaient, comme des saints ou des héros. Le lendemain, on s'apercevait, quelquefois, qu'ils avaient disparu en emmenant un mouton ou des vêtements (jamais des outils!). On comprenait alors qu'une expédition comme cette sacrée croisade mettait sur les routes des gens de toutes sortes et qu'il fallait pardonner à ces hommes qui, tout de même, avaient tout quitté et risqué leur vie pour aller délivrer le tombeau du Christ... tout au moins le prétendaient-ils.

Le soir, après avoir mangé gaillardement et avant de se rouler dans leurs couvertures, ils racontaient des choses incroyables : des batailles terribles, des rencontres étonnantes, des villes merveilleuses. On les écoutait en frissonnant, alors que la nuit tombait sur les feux de bivouac.

Ah! que la Terre Sainte et les pays traversés pour y parvenir étaient donc ainsi beaux et tentants! Ce n'étaient plus les caillasses pleines de vermine, écrasées de soleil, de tous ces pays que l'on rencontre aussitôt qu'on a passé Valence, en descendant vers cet effroyable Sud.

C'étaient des édens verdoyants où coulaient des sources vives, où des femmes dorées s'offraient à chaque pas, croquant des fruits inconnus « que le jus leur en dégoulinait de chaque côté de leur bouche pulpeuse ». Le seul obstacle à l'ardeur du valeureux étranger, c'était le mari, le père, ou le frère, jaloux et susceptible comme teignes, mais qu'il suffisait d'égorger sans scrupule inutile (n'étaient-ce pas des infidèles?) pour que ces dames se jetassent dans les bras des beaux blonds et des fringants châtains venus du Nord, et dont tout le monde sait, et saura, dans les siècles des siècles, qu'ils sont irrésistibles...

Lorsque, par inadvertance, les moines s'approchaient pour écouter, en grand péril de perdre leur âme, le conteur revenait aux Lieux Saints, au tombeau du Christ, au Saint-Sépulcre, au Golgotha et aussi au royaume franc de Jérusalem et aux bonnes affaires que l'on pouvait encore y faire, bien que les meilleures places y fussent déjà prises de haute lutte par les plus habiles et les plus forts.

Un soir donc, c'était le 16 août, alors que les sept Templiers venaient justement de partir vers le nord pour y continuer leur mystérieuse patrouille, arriva au chantier un assez curieux équipage : c'était un seigneur de l'Auxois, tout proche, qui revenait, lui aussi, de Terre Sainte avec ceux de ses hommes qui avaient survécu à la peste, à la famine, à la vérole et aux cimeterres sarrasins. Il faisait là sa dernière halte avant de retrouver son château, son épouse et ceux de ses enfants que le Seigneur, dans sa grande bonté, avait bien voulu exempter de la peste, du choléra et de deux lèpres, la blanche et la noire.

Il était parti sept ans plus tôt, avec son arroi, laissant sa famille et ses serfs à la merci des malandrins qui font le métier de suivre les chemins, grands et petits, pour courir au secours de la veuve, sinon de l'orphelin. On s'était couvert de gloire, comme tout un chacun et, pour en conserver un souvenir précis et impérissable, on rapportait, dans ses fontes, quelques objets extrêmement précieux et, dans la cervelle, des philosophies nouvelles.

Il y avait même, dans une litière fermée, une sorte de trésor suffisamment précieux pour que deux hommes en armes montassent la garde.

Des clins d'œil et des réticences intriguèrent à tel point Jehan le Tonnerre qu'il s'efforça de tourner autour de cette litière, dont il lui avait semblé voir frémir les rideaux.

Il fit mine d'écouter les récits mais en surveillant, du coin de l'œil, cette alcôve ambulante. Il lui sembla même renifler des senteurs curieuses qui lui rappelèrent celles de Reine. Enfin il lui sembla voir sortir une main, sous le rideau, puis le début d'un bras potelé. Cette main tenait un vase qu'elle bascula doucement et un liquide tiède s'en échappa.

C'était une nuit sans lune et l'obscurité était grande. Jehan crut avoir rêvé mais les odeurs ne pouvaient échapper à son odorat, qui était si subtil qu'il remettait les sangliers au nez et qu'il lui arrivait, à la Communauté, de remplacer le cochon truffier. Il n'en pouvait plus douter : une femme vivait enfermée dans ce baldaquin.

Lorsqu'on eut couvert tous les feux, tout le monde étant roulé dans sa paille, Jehan le Tonnerre, resté étendu près de la litière, continua son guet, l'odeur de la femelle lui coupant le sommeil. Il s'approcha même en rampant sur les coudes et il eut la certitude que le trésor qui était enfermé là avait fesses et tétons.

Un homme s'approcha dans la nuit. Il entra d'autorité dans la litière, alors que les deux sentinelles s'éloignaient. Jehan avait reconnu le seigneur croisé. Il l'entendit mener grand bruit à l'intérieur puis il perçut des soupirs et de petits cris. Cela lui déplut. Il ne put en supporter davantage et s'en retourna vers sa cayenne où tout ronflait.

Un peu avant le petit jour, il fut debout pour raviver le brasier, faire chauffer la marmite de soupe et en porter une écuellée chaude aux Compagnons de sa cayenne, ainsi qu'il devait le faire chaque matin au deuxième chant du coq. Mais il s'y prit plus tôt que d'habitude et sauta bien vite dans les broussailles, monta dans les éboulis et revint à contre vent, vers la litière mystérieuse. Le seigneur en sortait, ajustant son surcot, pissait abondamment en geignant d'aise, face au levant, s'éloignait vers la cordée où plusieurs de ses chevaux tiraient au renard. On l'entendit hurler après ses palefreniers et ce fut le branle-bas du réveil.

A peine était-il parti que le rideau de la litière s'entrouvrit et qu'une jambe nue en sortit, puis une autre, et que la femme apparut. Elle semblait très effrayée. Elle était brune de peau, l'œil et le poil noirs, et lorsqu'elle laissa tomber sa chemise sur ses hanches, ses seins parurent non pas ronds comme ceux des filles du pays, mais curieusement longs, en forme de poire, couronnés d'une cocarde brune large comme la moitié de la main.

Elle jeta à droite et à gauche des regards rapides, rentra dans son tabernacle, en ressortit bientôt, enveloppée dans une sorte de grande robe à capuchon, sauta dans les buissons et se mit à courir comme une chevrette effarouchée.

Jehan s'élança pour la suivre, grimpa dans les éboulis mais, passé l'orée de la forêt, il resta là, en défaut. Il fit le geste de s'engager dans le bois, au jugé, mais cent pas plus loin, faute d'indices, il dut battre en retraite. D'ailleurs on sonnait la soupe au chantier. Il y revint. Il prenait plaisir à la savoir échappée et faisait des vœux pour qu'on ne la retrouvât point.

Lorsqu'il fut en haut de son échafaudage, il put voir que le calme régnait dans le bivouac du Croisé. Et tout en calant, avec le Vieux-Chien, un arbalétrier, il gardait un œil sur la litière maintenant vide, où deux gardiens étaient venus pour reprendre, vainement, la faction. Il en fut amusé, se réservant de rechercher la fille dès qu'il le pourrait.

Enfin lorsque sonna messe, il y eut, chez le Croisé, un branle-bas furieux. Le sire avait trouvé la litière vide et mettait tout son monde sur pied pour battre la campagne.

La quête dura deux jours, après quoi, ayant fait buisson creux, le noble défenseur du tombeau du Christ jura, sacra et la troupe repartit, laissant dans les grands bois de l'Azeraule un petit gibier inhabituel.

Cette pensée mettait la tête de Jehan à l'envers : une fille, une étrangère, errait seule dans la montagne, effrayée et affamée! Une fille avec des seins comme les siens ne pouvait survivre en Gaule chevelue. Il pensa qu'elle avait choisi une cachette près d'une source, et cela le mit tout de suite sur une voie : il lui suffisait, il le savait bien, de circonscrire ses recherches à trois ou quatre points d'eau, près d'une grotte ou d'un aven.

Le dimanche suivant, il se mit en chasse. Il gagna le versant et entra dans le bois par les grands fourrés du Thueyt, où de petits escarpements pouvaient présenter abri. Puis il se rabattit sur la combe Raimbeuf où trois sources suintaient. Il n'y trouva rien.

Tout à coup, sentant la faim, il pensa au Prophète et gagna la falaise où il se terrait, derrière une muraille d'épines, là où le Vieux avait sa bauge.

Jehan déboucha sur la fumée du Vieux. Une fumée bien légère et bien bleue, de bois bien sec. Le Prophète était occupé à faire griller une cinquantaine d'escargots dans la cendre. Entendant des pas, il prit sa trique d'une main et sa serpe de l'autre.

– Pour quoi faire que tu t'armes comme ça, hein, dis voir? lui cria Jehan. L'autre l'accueillit gauchement.

– ... Et pourquoi que tu ne viens plus manger à l'ordinaire et que tu frigousses ton frichti tout seul, Vieux?

– Je ne peux plus supporter le régime des Compagnons!... trop de navets, trop de lard...

Puis, un sourire au coin de la lèvre :

– Viens donc voir, par là, la petite chevrette que j'ai prise dans mes rets! dit-il en entraînant Jehan dans la grotte.

Au fond du trou, sur un tas d'herbe sèche et de mousse, dans l'obscurité, il vit deux yeux briller.

– Tudieu! dit Jehan. Elle est là?

– Hihihi oui! Tu le savais?

– J'aurais dû m'en douter!

Puis il s'avança vers la fille. Elle faisait triste mine, recroquevillée sur sa paillasse.

– Pas gras, ton gibier! fit Jehan.

– Diable, ça fait six jours qu'elle ne mange que des mûres et des cornouilles vertes! Elle a le ventre qui grouille comme une nichée de rattes. Elle hurle qu'elle a mal.

Jehan s'avança encore. Un jour, il avait voulu prendre à la main un chat sauvage de deux semaines, c'est de cette façon-là qu'il l'avait accueilli : toute griffes dehors, les dents découvertes. Il se retira promptement.

Le Prophète lui avança, avec douceur, une écuelle où les quatre pattes d'un hérisson nageaient dans une sauce embaumée en disant :

– Tiens... mange!... mais mange donc!

Elle avait fait un bond en arrière, sans toutefois quitter le ragoût du regard, les narines frémissantes.

– Viens! dit le Prophète. Laissons-la réfléchir et

s'habituer à l'odeur. Elle n'a jamais reniflé une sauce comme ça, pour sûr, dans son pays de sauterelles...

– Son pays? Tu le connais?

– Je n'y suis jamais allé, mais je devine.

Dans son coin la fille s'enhardissait, prenait une cuisse de hérisson entre l'index, le majeur et le pouce et la portait à sa bouche :

– Regarde-la! Regarde comme elle mange!

– ... Et tu n'as pas vu ses nichons?... en poire qu'ils sont! dit Jehan.

– Tout ça nous dit que le Croisé l'a ramenée de chez les Sarrasins. Qu'il l'a volée ou achetée là-bas – contre son gré faut croire puisqu'elle s'en sauve et nous échoit!

– Elle t'avait senti, Prophète! Elle s'est dit : c'est là que je vais retrouver mon paladin. Il se cache dans les bois, il est là, je le sens!... Faut dire qu'on la sent de loin, ta bauge! Espèce de vieux cochon!

– « Le sage, même s'il se cache au plus profond des bois, tout le monde le trouve et vient s'abreuver à sa source », dit Mabinog[1], notre grand maître!

La fille avait fait plat net.

– Faim qu'elle avait! Pauvre petit pruneau! dit le Prophète.

Jehan s'approcha d'elle et lui fit comprendre qu'il s'appelait « Jehan ». Puis il arriva à lui faire dire son nom. Elle se nommait « Tebsima ».

Et tout à coup, elle se mit à parler en une sorte de sabir qu'ils comprirent tant bien que mal. Elle les suppliait de ne pas parler, de ne dire à personne qu'elle était là, qu'elle ne voulait plus revoir le Croisé, ni ses hommes d'armes, ni personne. Que si le Croisé la retrouvait il la tuerait, et eux avec. Elle disait qu'elle était bien là, au chaud. Elle se pelotonnait dans sa paille en disant :

1. *Mabinog :* barde qui venait alors de recueillir la mythologie celtique. XIe siècle (*N.d.A.*).

– Bon, ici! Bon! Très bon!

Elle remontait ses genoux sous son menton et, de la main, frottait ses orteils ambrés. Ses bras et ses chevilles étaient tatoués de sept petits bracelets et, au milieu de son front, il y avait un tatouage bleu qui ressemblait à une fleur de lys.

Elle mangea avec avidité une trentaine d'escargots brûlants.

– On dirait qu'elle a fait ça toute sa vie! dit Jehan, qui croyait que l'escargot ne peut vivre qu'en duché de Bourgogne.

Elle soulevait la cruche d'un joli geste et la posait sur son épaule pour boire au goulot avec un mouvement du cou qui faisait penser à un spasme de volupté. Quand elle reposait la cruche Jehan lui disait :

– Bois! Bois encore, que je te regarde!

Lorsqu'elle fut gavée, elle reprit son air de chien battu. Elle avait entendu quelque chose dehors. Il fallait aller voir. C'était le Croisé et ses hommes qui la cherchaient pour l'étrangler après l'avoir violée cent douze fois.

– Non non! affirma le Prophète avec onction, ici tu ne crains rien! Tu es chez l'homme de la paix et de l'amour!

Elle se détendait et cassait les noisettes fraîches avec ses dents de renardeau. Elle mangea ainsi jusqu'au soir, en parlant. Oui elle avait été achetée à son père, mais lorsque le Croisé l'avait empoignée, il avait oublié de donner l'argent et il l'avait attachée dans la litière et emmenée de force sans payer. Son père avait réclamé son dû, et un des hommes l'avait tué en lui perçant le ventre d'un coup d'épée.

On pouvait comprendre que c'était au siège de Naplouse que tout cela s'était passé. Les yeux exorbités, elle revivait des scènes terribles qu'elle racontait en sabir, avec des gestes : Sa tribu s'était trouvée mêlée aux troupes assaillantes victorieuses. Dans leur enthousiasme, ils avaient égorgé les hommes, alors que les femmes avaient servi à tous, au hasard. Elle parlait surtout des ribauds qui, lorsqu'ils étaient ivres, faisaient, avec elles, ce qui leur passait par la tête, jusqu'à les ouvrir d'un coup de lame de la vulve jusqu'au sternum.

– Mais les chefs? demandait le Prophète, où donc étaient les chefs?

– Chefs?... beaucoup chefs! beaucoup!

Et elle donnait des détails horribles : les chefs des chrétiens se battaient entre eux, leurs hommes aussi.

Normands et Toulousains s'étripaient puis se réconciliaient pour le pillage, pour se battre encore, au partage, surtout pour les femmes. Elle disait qu'il y avait, parmi les Croisés, des hommes blonds et des hommes bruns et qu'entre eux il y avait plus de haine qu'entre Musulmans et Chrétiens. Enfin elle leur fit comprendre qu'elle avait vu des hommes manger les cadavres. Mais elle avait des gestes si excessifs, des mimiques si théâtrales, que l'on pouvait à peine la croire. Jehan le Tonnerre, de temps en temps, râlait :

– Mais non, ce n'est pas possible!

Le Vieux le calmait de la main :

– Laisse-la! laisse-la dire, on apprend de jolies choses!

Lorsqu'elle se tut, très tard, dans le soir, exténuée et hagarde, il dit :

– Moi, ça ne m'étonne pas du tout!... Quand on voit ce qui se passe un peu partout ici, on imagine bien ce qu'ils peuvent faire là-bas! dit le Prophète.

– Mais les Chevaliers?... les Chevaliers du Temple?... les Hospitaliers de Jérusalem? A quoi servent-ils?...

Le Vieux eut un geste en envoyant la main par-dessus l'épaule :

– Boh! Les meilleurs ne valent pas cher, va! et le tombeau du Christ a bon dos!

La conversation prenait un tour qui ne plaisait pas à

Jehan. Il aurait été plutôt tenté de faire sauter la bédouine qui semblait avoir une croupe bien faite pour la danse. Mais elle pleurait sa mère, son père, toute la famille. Il fallait l'entendre sangloter avec des « ouili, ouili, ouili! » et des cris sourds qui sortaient de son ventre, un joli petit ventre couleur de miel de bruyère et qu'on ne voyait que par intermittence entre son drôle de caraco et sa jupe serrée aux chevilles.

Le Prophète et Jehan regardaient, navrés, ce spectacle choquant d'une fille sans retenue. Le Vieux s'écria :

– Pauvres Sarrasins! Nos femmes ne sont déjà pas drôles, mais les leurs, à ce que je vois, m'ont l'air de sacrées particulières! Non, vraiment, rien de bon ne vient du Sud!

Jehan, sans voix, la regardait se tortiller sur la paille et faire mine de déchirer son caraco, de ses ongles. Elle leur eût aussi bien arraché les yeux.

Le Prophète, sautant avec aisance du particulier au général, le regard perdu dans les lointains bleus des hautes croupes forestières, disait, presque à voix basse :

– Et pourtant... pourtant... en dépit de ses grimaces qui laissent les hommes bouche bée, la femme est bien la maîtresse du monde! Le principe féminin anime les cultes voués à la Déesse Mère... Vénérable mère et réceptacle de toutes les idées des choses, source de toute vie, grande déesse, mère ineffable... mère et épouse sacrée du grand Dieu... éternelle Rhyamon... éternelle Isis... toutes mes aspirations, toutes mes pensées se confondent dans ce nom magique... je revis en elle... elle m'apparaît parfois sous la figure de Vénus, parfois sous celle de la Belisa de nos aïeux, et maintenant sous les traits de la Vierge Marie[1]...

---

1. Le grand Celte, Gérard de Nerval, n'emploiera pas d'autre expression, dans son délire inspiré, six cents ans plus tard (*N.d.A.*).

C'est ainsi que Jehan eut l'occasion de compléter sa connaissance de la Femme.

— Tudieu! Notre Reine de la Communauté n'est pas un cadeau, mais à côté de celle-là, c'est une douce colombe!

Pourtant, il eut bien voulu passer la main sur cette cuisse et sentir, même à travers le tissu, frémir cette peau de bédouine. Il y parvint, sous couleur de la calmer. Il crut qu'il allait en ressentir une brûlure. Il n'en fut rien. Cette peau ambrée était fraîche comme un museau de chien, et ferme comme une gigue de chevreau. Tout son corps se cabrait, se bandait, se détendait, comme une arbalète. On ne savait pas si c'était de douleur ou de plaisir. Et, sans savoir pourquoi, il en fut tout retourné.

Ce que voyant, le Prophète lui dit :

— Hé là! Ne te mets pas dans cet état, garçon!

— C'est plus fort que moi... Elle me fait pitié! (Il appelait ça de la pitié!)

Le Prophète le prit fermement par l'épaule :

— Jehan le Tonnerre! Tu ne sais pas ce que tu vas faire maintenant? Tu vas te passer une goutte d'eau froide sur la figure, à la source, pour te refroidir les idées. Tu vas rentrer gentiment au chantier et tu iras te coucher. A l'aube, il te faudra chauffer la soupe pour ceux de ta cayenne. N'oublie pas!

Jehan s'en alla, sous les grands hêtres de la Peutte-Combe. Le Prophète lui cria :

— Et votre église?... Ça monte?

— Ça monte! répondit Jehan en pressant le pas.

— ... Veux-tu que je te dise : ça m'étonnerait bien qu'ils ne la consacrent pas à Notre-Dame, votre église!... Notre-Dame des buis!... ou bien Notre-Dame d'Arvault... Oui, tu verras : ils l'appelleront Notre-Dame... la Femme! toujours la Femme!...

Sa voix se perdait dans la petite combe au fond de laquelle on entendait murmurer la source.

Jehan, avant de mettre sur le feu le grand chaudron pour la soupe, et tout en coupant ses herbes et ses racines, regardait le ciel du côté du levant. Le maître d'œuvre venait, lui aussi, de se lever. Il vint se placer derrière lui et resta immobile sans mot dire. Au bout d'un moment il mit la main sur son épaule.

– Lapin, tu regardes le ciel?

– Oui, Maître, j'épluche mes légumes en m'installant tous les matins, avant jour, à la même place, et tous les jours je fais un cran ici avec mon couteau, sur le billot, à l'endroit où se lève le soleil. Et il sera bientôt arrivé là où il était le jour que vous avez planté la colonne, l'année dernière.

– Alors tu vas savoir que c'est demain l'équinoxe, garçon!

– Il y a donc déjà tout juste un an que je suis sur le chantier?

– Jour pour jour, dit le Maître. Il y a un an que je te regarde donner la main ici ou là et je pense qu'il te faudrait passer aux choses sérieuses.

Jehan leva la tête. Il attendait ce moment et s'y était préparé, mais la nouvelle lui coupa pourtant le souffle.

– Aux choses sérieuses? demanda-t-il.

– Oui : la Connaissance!...

Le mot tomba dans le froid de l'aube, comme un gerfaut sur un levreau de quinze jours. Jehan eut même un tremblement de tout le corps et ne put prononcer un mot. Le Maître avait déjà tourné le dos et s'en allait vers le chantier. Il se retourna et dit, alors que le soleil jaillissait derrière la cépée de hêtres :

— Tu seras remplacé aux chaudrons par deux lapins qui nous sont venus dans la semaine. Toi tu suivras le Gallo qui va t'affranchir, je vais le prévenir.

C'est ainsi que commença le noviciat de Jehan. Il eut tout d'abord l'envie de grimper à la Communauté pour le dire à son père, à sa mère, à Reine et à tous rassemblés. Mais dire quoi? Crier quoi? La connaissance? Qu'est-ce? Ils ne les savaient pas. Alors autant se taire et savourer ça tout seul.

Maître le Gallo, après la soupe, le prit au passage :

— Viens lapin! Laisse tes gamelles!

Et Jehan le suivit. D'abord il n'osa rien lui dire car le Gallo était un colosse, carré et sonore comme une barrique. C'était lui qu'on entendait le mieux lorsqu'il donnait des « Oh! hisse! » pour commander une équipe. Sa voix résonnait alors dans la vallée comme la trompe de chasse du seigneur de Marigny, mais le reste du temps, il se taisait.

Ils travaillaient ensemble toute la journée et ce n'est que vers le soir que le Gallo s'assit et lui dit :

— Alors comme ça, tu veux la Connaissance?

— Oui! répondit le gars sans trop savoir.

— Je vais t'enseigner le Tracé! affirma le Gallo.

— Le Tracé?

— C'est le savoir qui te permet de diviser l'espace. De le diviser en deux, en trois, en cinq, six et sept et en neuf... Et dans tous les sens : en haut, comme en bas. C'est-à-dire en autant de parties que tu voudras, car qui connaît deux, trois, cinq, six, sept et neuf connaît tout.

Là-dessus, il éclatait d'un bon rire sonore, puis il se mit à chantonner les yeux clos sur un ton qui ressemblait à celui des litanies des moines :

— Deux : Le Bien, le Mal, qui s'opposent.

Trois : La Grande Triade, les trois Rais, l'équilibre sacré.

Cinq : La main! Il ouvre le Nombre d'Or, il engendre la Divine proportion!

Six : Le Soleil, la naissance de la vie et de l'âme! Sceau de Salomon, hexagramme sacré. Maternité et Vie.

Sept : Somme de la Trinité et des quatre éléments.

Union de l'Esprit et de la Matière.

Les sept épis du Cercle de Gwenwed.

Les onze grains et les dix-sept croisées de la Croix des Druides.

Les vingt-quatre feuilles de gui du cercle d'Abred.

Le produit de ces nombres est 31416, le nombre clé.

Huit : L'étoile de Bethléem.

Les huit cercles de la croix druidique, avec les deux cercles d'Abred et d'Anouïm, ronde éternelle des migrations dans l'autre monde et sa continuité sous l'influence de la lumière, créatrice de vie...

Neuf : Trois fois trinitaire.

Les neuf marcassins du Barzhaz Breiz.

Les neuf sœurs de l'île d'Avallon.

Les neuf chars de Lug.

Les neuf vierges de l'île de Sein.

Les neuf cercles de la croix druidique.

Voilà les nombres qui jalonnent le grand chemin et qu'on retrouve dans le Tracé...

Au-delà, il y en a d'autres. Ecoute bien :

Vingt-quatre : qui vient de la division du triangle équilatéral en six triangles semblables et, ne l'oublie pas : les quatre faces du tétraèdre donnent : quatre fois six = 24.

Le nombre 48 : troisième nombre clé du Zohar.

Nombre de l'octaoèdre : 8 faces et 6 triangles par face...

Le nombre 144 : les 144 pierres levées du Temple de Stonehenge, les 144 faces de l'Emeraude du Graal.

... Et il y a encore deux nombres : 528, qui est la somme du tétraèdre, de l'icosaèdre et du dodécaèdre...

Et, pour finir le nombre 2618, clé de l'Univers qui permet de passer du cercle au carré et inversement. C'est l'unité de construction des Grandes Pierres, taolmens et menhirs, des Pyramides, du Temple de Jérusalem...

Le Gallo reprit souffle et rouvrit les yeux pour dire :

— Tous ces nombres ne sont pas des quantités, mais des symboles...

Jehan écoutait tout cela, les poings sous le menton.

— Ouais! dit-il, il me faudra apprendre tout ça, pour savoir le Tracé?

Le Gallo riait :

— Bien sûr! Tu logeras tout ça dans un coin de ta tête et ça te permettra de comprendre l'Univers. Tout sera alors simple pour toi...

Jehan s'ébrouait comme un jeune poulain qui aurait trop pris d'avoine. A la fin il dit :

— Mais comment se souvenir de tout ça, et comprendre?

— Il suffit de connaître pour comprendre. Je t'expliquerai.

Jehan était assommé comme lorsqu'il se battait jadis contre les gars de Bouhey qui menaient leurs vaches dans l'herbe de la Communauté. Il lui fallut grimper tout en haut de l'échafaudage et prendre une bonne goulée d'air pur pour retrouver ses esprits. Avec le Gallo il posa les dernières chevilles et, le soir même, ils durent gagner avec tous ceux de sa cayenne le Château-Neuf.

C'était un éperon rocheux qui, sur l'autre versant, à deux lieues gauloises de l'abbaye, dominait la cluse où la Vandenesse se faufile pour s'échapper, au sud, par l'Ouche et la Saône, vers le pays des punaises. Jehan de Chaudenay faisait construire là, pour son fils, sur de vieilles fortifications effondrées, un château que l'on nommait déjà le Château-Neuf, par opposition au Vieux-Château, celui de Chaudenay, d'où son père surveillait lui aussi la brèche, mais sous un autre angle.

Il s'agissait, pour le Gallo et son équipe de coiffer la bâtisse neuve qui s'élevait face au sud-ouest. Une faveur qu'ils accordaient au seigneur.

Les mules étant chargées des outils, ils partirent par un frais matin de mi-septembre, remontèrent l'Arvault, traversèrent la forêt puis grimpèrent sur l'ubac pour gagner le plateau. Ils passaient ainsi non loin de Saint-Gall et Jehan ne se fit pas faute de désigner, dans les grands bois, vers le sud, les fumées de sa Communauté. Il se proposa même d'y faire un crochet en disant :

— Pour embrasser ma mère !

Mais le Gallo l'arrêta d'un geste :

— Halte, mon lapin, maintenant tu es de la coterie, tu n'as plus ni père ni mère. Faudra que tu te mettes bien ça en tête !

Les autres Compagnons narquois ajoutèrent :

— Fini, garçon, d'aller téter ta goutte !

Il revint dans la colonne, reprit le bridon de la dernière mule et suivit, fièrement ému. Ils arrivèrent bientôt au rebord de la Combe-Creuse et d'un seul coup les murailles toutes claires du Château-Neuf leur apparurent perchées sur l'extrémité de l'éperon se découpant sur tout le baillage d'Arnay et le Morvan, étagés en croupes sombres, jusqu'au Beuvray.

Sur la gauche, à mi-versant, on voyait les petites

cabanes des lépreux où ne vivaient présentement que deux mésels en quarantaine, séparés du monde par le cours du ruisseau et dont on n'était pas sûr qu'ils fussent vraiment lépreux, mais c'était des gens qui aimaient la solitude.

Ils furent bientôt dans le verger où les femmes cueillaient les dernières prunes et, chantant pour annoncer leur arrivée, ils entrèrent dans le village par la porte de la montagne. Les enfants étaient tous à leurs trousses en criant pour leur faire fête. Les vieux assis sur les seuils les saluaient main levée. Les Compagnons, pour être digne de l'accueil, étaient tous montés deux à deux sur chaque mule et répondaient du geste et de la voix. Jehan était bouleversé, c'était la première fois qu'il entrait dans ce village sans que la marmaille lui courût aux fesses pour se moquer. Au contraire, on l'acclamait et même lorsqu'ils furent connus, tout le monde lui fit de grands signes et des sourires.

Oui, une autre vie commençait pour lui. C'était bien certain et un grand désir de voyager le prenait, pour se montrer partout.

Le guérisseur qui lui avait cédé le baume l'année précédente, était en train de rentrer son bois pour l'hiver. Lorsqu'il l'aperçut, il eut un grand geste amical et le nommant :

– Ô Jehan le Tonnerre, te voilà bien équipé !

Et Jehan se contenta de lever dignement la main droite, l'air un peu distant.

C'est ainsi qu'ils entrèrent dans l'enceinte du château. On avait élargi et approfondi les vieux fossés de l'ancienne fortification que les Eduens avaient creusés dans le roc, et les deux murailles faisaient comme une falaise aussi haute et sévère que les roches de Beaume. Mais, aussitôt franchie la poterne, ils arrivèrent dans une cour pavée où grouillait une cavalerie brillante et des Compagnons Maçons qui terminaient les corniches et rejointoyaient les murs de l'ancienne maison forte, que le sire avait voulu conserver.

Aussitôt arrivés, les Compagnons étaient déjà tout là-haut en train de prendre leurs mesures. Jehan, comme les autres, était monté pour tirer les cordeaux et porter les outils. Ce qu'il découvrait de là-haut l'éblouissait. Sous le grand soleil de septembre, tout le pays, vu de si haut, brillait à contre-jour, jusqu'à l'horizon morvandiau qui marquait à peu près la fin du Duché. Jehan pensa que le métier de charpentier était le plus beau, car le plus haut, et que c'était un grand privilège de voir ainsi plus loin que tous les autres. Du diable s'il pensait maintenant à Reine ou à Tebsima!

Et le travail commença. Il ne s'agissait pas de monter en bois, comme à la Bussière le bâti provisoire sur lequel les hommes de la pierre construiraient leur voûte. Ici, il s'agissait de dresser la charpente permanente du toit, mais quel toit! Et quelle charpente! Elle devait supporter une couverture faite de lauzes calcaires, savamment empilées sur près d'un mètre d'épaisseur. Evaluée à l'unité actuelle, cette lourde carapace de pierres plates disposées comme les écailles d'une carpe, devait peser plus d'une demi-tonne au mètre carré. N'était-ce finalement pas une véritable voûte? Le travail se compliquait du fait que les bâtiments n'étaient pas construits sur un plan régulier et droit d'angle. Ils s'adaptaient au contraire à la forme irrégulière de la plate-forme rocheuse. Il y avait donc de faux angles, des courbes, des contre-courbes, des inégalités, des gauches et des différences, certes savamment raccordés par les maçons, mais qu'il fallait recouvrir du prisme triangulaire de la toiture ou, ailleurs, de la pyramide des tours.

— C'est là qu'il faut savoir diviser l'espace! disaient les Compagnons en commençant à aiguiser les doloires pour parer les troncs de chêne qu'amenaient dix paires de bœufs.

Là, c'était le seigneur qui nourrissait les ouvriers et dès le premier repas les Compagnons s'aperçurent que le régime monastique était terminé. Le lard nageait dans la soupe et on n'hésitait pas à embrocher un veau ou un quartier de bœuf dont les os et les tendons nourrissaient une bande de chiens gras qui venaient chercher leur pitance jusque sous les pieds des dîneurs. Le couchage aussi était moins fruste qu'à l'abbaye : de la paille, certes (la paille d'avoine n'est-elle pas le meilleur des lits?) mais fraîche et étalée bien au sec dans les communs qu'avaient couverts les charpentiers du pays.

D'ailleurs, dès le premier soir, les Compagnons eurent à se défendre contre ces charpentiers locaux qui les attaquèrent sans ménagement sur une discussion banale.

Un Compagnon avait dit simplement en riant :

– Chez les moines, c'est carême toute l'année!

Aussitôt les autres avaient lancé :

– Et vous venez vous remplumer ici en nous tirant le pain de la bouche!

A quoi le Compagnon avait eu l'imprudence de répondre :

– Mais le travail qui reste à faire ici vous est défendu comme le pater aux ânes!

On n'aime pas s'entendre dire ces choses. Jehan se battit de bon cœur pour l'honneur de la coterie et la bataille se termina comme toujours par la victoire des deux camps et l'honneur fut sauf.

En dépit d'une nuit douloureuse les compagnons se mettaient au travail au petit matin et c'est alors que l'enseignement commença. Le Gallo dit tout bonnement à Jehan :

– Aristote dit que la philosophie a commencé chez les Celtes. Que la Gaule a été l'institutrice de la Grèce et que Pythagore s'est instruit à leur contact, on ne le répétera jamais assez!

Jehan ne comprit rien à cette phrase car il ne connaissait pas tous ces gens-là, mais il l'emmagasina dans sa mémoire toute fraîche, prêt à la réciter à la bonne occasion, parce qu'elle lui semblait belle, capable d'étonner les gens, d'irriter les moines, et de les faire sortir de leur hautain silence.

Et, tout de suite après, le Gallo, de la même voix de trompette avec laquelle il commandait le levage d'une ferme, laissa tomber :

– On me dit qu'Abélard vient de mourir! C'est le Père Abbé qui va être content!

– Abélard? dit Jehan, toujours à l'affût d'une histoire. Qui est Abélard?

– Un Breton, dit le Gallo, un Breton comme ton Prophète.

– Et un vieux sale comme lui?

– C'est lui qui a dit « Satan n'a pas de droit sur l'homme et ne peut en avoir qu'autant que Dieu le lui permet, puisque c'est Dieu le créateur et maître de toute chose »...

– C'est vrai, j'ai toujours pensé comme ça! dit Jehan.

– ... Il a dit aussi : « Puisque la bonté divine pouvait sauver l'homme par un acte de volonté absolue, quel besoin, quelle nécessité, quelle raison de supporter que le fils de Dieu se soit revêtu de notre chair, qu'il ait souffert tant de misère, enduré ces épreuves, cette flagellation et ces crachats, qu'il soit enfin mort sur la croix pour nous racheter? »

– Je le comprends très bien, votre Abélard! Je suis de son avis! approuva Jehan.

– ... Et au tribunal qui l'a jugé il a dit : « Comment peut-on prétendre que nous soyons justifiés, réconciliés avec Dieu par la mort de son fils, puisque l'homme l'a beaucoup plus offensé en lui donnant la mort qu'en mangeant du fruit défendu? »

– Eh! oui, dit Jehan tout joyeux, comme lorsque le Prophète lui avait montré à sa façon la quadrature du cercle, il a raison ton Breton et il me soulage bien de penser qu'en somme l'enfer n'existe pas.

– Je n'ai jamais dit ça! cria le Gallo; alors qu'en réfléchissant Jehan continuait :

– Mais j'y pense : si le péché d'Adam était si énorme que la mort du Christ fût nécessaire pour l'effacer, quelle sera pour l'homme l'expiation du meurtre de Jésus-Christ?

– L'enfer, justement! ricana le Gallo.

– Alors nous irons tous en enfer! affirma ingénument Jehan, et à quoi servira le paradis?

Le grand Gallo, maître charpentier, avait posé le compas, mis ses mains sur ses hanches et regardait Jehan comme une poule qui aurait trouvé un hérisson :

– Et pour vous dire ce que je pense, maître Gallo, continuait l'apprenti, le paradis n'existe pas plus que l'enfer puisque Dieu est bon, juste et miséricordieux!

– Voyez-vous cet Eduen, à peine sorti de sa sauvagerie, et qui veut en remontrer à tous les Pères! Fais bien attention qu'on ne te châtre pas, lapin!

– Me châtrer? Je voudrais voir!

– On a bien châtré Abélard!

– Vrai? fit Jean.

– Oui, vrai! C'est tout au moins ce que j'en sais. Certains te diront qu'il s'est châtré lui-même, mais à coup sûr on l'a excommunié au Concile de Sens. Après le dîner, car le Concile de Sens fut soutenu par une forte mangeaille, on apporta le livre d'Abélard. Un des assistants reçoit alors l'ordre d'en donner lecture à voix haute. Animé d'une haine secrète contre Abélard et imbibé du jus de la vigne (pas celle de la vigne céleste mais celle qui a couché le patriarche Noé et a découvert sa nudité), cet homme entama la lecture. Quelques moments après, tu aurais vu les prélats gigoter sur leur siège, trépigner et rire, si bien qu'il semblait s'agir non des intérêts du Christ, mais plutôt d'une joyeuse fête à Bacchus. On trinque, on boit, on fait l'éloge du vin, les gosiers pontificaux sont arrosés à grands flots, si bien que le cœur et l'esprit des prélats est noyé et alors ils le condamnent. Voilà comment a été condamné Abélard!

Le Gallo s'était échauffé en parlant :

– Ma parole, on dirait que vous y étiez Maître?

Le Maître se troubla un peu :

– Non, dit-il en hésitant, non, j'y étais pas, je le tiens d'un pays à moi qui y était présent. C'est Béranger le Poitevin qui me l'a dit, et Béranger le Poitevin ne ment jamais!

Le Gallo fit un soupir à ébouler le donjon de Châteauneuf, puis il reprit le compas :

– Nous voilà loin du tracé que je dois t'apprendre, lui dit-il, et il a une autre importance que toutes ces finasseries de songe-creux, d'agite-vide, qui se condamnent mutuellement et s'excommunient à qui mieux mieux. Nous avons l'honneur, nous, de construire la porte du ciel, l'instrument de la régénération! C'est une science autrement sérieuse que ce qu'ils nomment la théologie. La théologie? c'est une invention de Satan pour piquer le vin et faire tourner le pain du Jeudi saint!

– Justement, dit Jehan, pensant déjà à autre chose qui le tenait à la gorge. J'ai voulu tracer l'étoile à sept branches, je n'ai pas pu y arriver. C'est difficile de diviser l'espace en sept!

– Enfantin! s'exclama le Gallo. C'est ce qu'il y a de plus simple au monde, avec la corde des druides!

Il prit alors sa corde à douze coudées, compta trois espaces, puis quatre espaces, et enfin cinq espaces, et en fit un triangle forcément rectangle.

– Voilà un angle de septième! dit-il simplement, en montrant l'angle de plus aigu.

– Vous voulez dire qu'un espace plat contient sept fois un de ces angles-là?

– Tout proche. La petite différence reste à répartir entre les sept angles. C'est ainsi qu'on me l'a appris, lapin, et tu peux tournicoter le problème pendant cent sept ans dans tous les sens, tu ne pourras pas démentir. A plat comme dans l'espace, en haut comme en bas.

Jehan ouvrait de grands yeux. Le Maître avait repris son compas pour tracer au sol la première ferme. Après un temps, il insista, comme parlant à un interlocuteur invisible :

– La corde des druides...

– Oui, la corde des druides, j'en ai eu si peur que je n'ose pas la toucher, dit Jehan.

Il y eut un silence pendant lequel on entendit roucouler les tourterelles.

– Ecoute les tourterelles, dit le Maître, elles viennent de l'île de la révélation celtique et s'en vont tous les ans au pays de la révélation chrétienne. Comme nous, elles font la jonction entre les deux, c'est l'oiseau de la Rédemption. Les moines en ont fait le symbole du Saint-Esprit !

On écouta un instant le couple de colombins qui, dans les arbres, chantait les versets alternés de l'amour, puis Jehan dit :

– Parlez, Maître !...

– Oui, le temps est venu pour toi, voilà : nos ancêtres ont bien volontiers accepté le christianisme mais en l'enrichissant de la science druidique et gnostique. Les moines saxons, ces infatigables bavards, ont réussi à le rattacher en partie à la croyance officielle de Rome, mais nous sommes restés fidèles et nous avons pris nom Keuldées. En l'an 926 nous, les constructeurs keuldées, héritiers des Géants des Grandes Pierres, nous avons obtenu des princes une charte de franchise qui nous faisait les francs-constructeurs et les francs-maçons, libres ! Et nous sommes restés soudés en une société secrète, opposée au pape certes, mais chrétienne, toujours, mais de ce christianisme vivifié par la philosophie et la connaissance druidique, et nous ne bâtissons pas de la même manière que les ordres monastiques soumis à Rome. Nous avons travaillé ainsi dans le secret et le silence. Le secret et le silence! Voilà notre force et qui les viole est un homme mort!

Le Gallo s'était arrêté, il relevait le buste, levait deux doigts en l'air, l'index et le majeur de la main droite et répétait :

— Un homme mort, tu entends bien?

— Oui, j'entends bien! répéta Jehan tout grelottant.

Le Maître continuait, se forçant à parler bas :

— L'Eglise ne connaît plus la valeur de la pensée des constructeurs keuldées! Seul, l'abbé Bernard nous défend, en essayant d'utiliser nos connaissances, et c'est de bonne guerre. Son Ordre de Cîteaux veut rester dans la tradition celtique, je te le dis, j'y vois clair. Il veut en sauver la Connaissance. Il réunit même les trois pouvoirs druidiques : sacerdotal, car il fait les papes; royal, car il commande aux rois; architectural en leur donnant la construction de ses abbayes sur l'emplacement des constructions druidiques qui étaient elles-mêmes déterminées par la Vouivre, ces courants qui sortent du sol, et leur correspondance avec ceux qui viennent du ciel.

Il reprend même notre culte de la Déesse Mère en profitant, il est rusé, que Jésus est né d'une vierge, conformément à notre révélation, car entre nous, la fille de David ressemble comme deux gouttes d'eau à notre « Vierge qui doit enfanter »!

— Le Prophète m'a déjà dit tout ça! souffla Jehan qui tremblait comme feuille de bouleau.

— ... Et voici qu'il a créé l'Ordre du Temple et, que je meure si je mens, les Templiers sont les nouveaux druides! D'ailleurs vois la croix dessinée sur leur écu : c'est bien la rouelle à huit rais, venue tout droit de la croix druidique...

Le Maître avait haussé la voix, un Compagnon qui

était proche, lui fit respectueusement signe de baisser le ton.

– Oui, je me tairai, dit-il, je me tairai jusqu'au jour où éclatera le triomphe des Francs-Constructeurs! D'ailleurs les frères de Benoît ont bien dressé l'oreille aussitôt que notre frère Witizza, devenu frère Benoît d'Ariane, a pris l'habit noir, hein? Et puis rien ne m'empêchera de chanter le chant bardique!

Et le Gallo, poitrine gonflée, entonna l'hymne que Jehan savait par cœur pour l'avoir entendu bien souvent sur le chantier de la Bussière et que nous connaissons, nous, pour l'entendre aujourd'hui aux obsèques chrétiennes ou à l'issue de certains rassemblements de jeunes, avec des paroles modernes certes bien différentes : *Ce n'est qu'un au revoir mes frères...*
Sans quitter l'outil tous les Francs-Compagnons avaient repris en chœur. Cela faisait une clameur puissante, solennelle, prodigieuse car la musique bardique est incantatoire, souvent reprise d'ailleurs dans le meilleur grégorien, où on la retrouve adultérée quelque peu par les mièvres appoggiatures byzantines et les lamentations hébraïques.

A la fin de la première strophe Jehan s'aperçut qu'il chantait lui aussi, et de toute son âme, entraîné par un souffle étrange.

– Et vos femmes? Les femmes keuldées? Comment sont-elles? demanda Jehan que l'idée de la femme travaillait ferme depuis sa modeste étreinte avec Reine et surtout depuis les spasmes tumultueux de Tebsima.

Le Gallo répondit indirectement :

– Les Keuldées, ce n'est pas une race. C'est une école de pensée, tout le monde peut être keuldé.

– Même les Saxons, même les Burgondes?

– Oui, mais je crois qu'ils en sont incapables. Ce n'est pas dans leur sang quoique certains y parviennent, comme l'abbé Bernard, maître de Cîteaux.

– Et moi je pourrai l'être? demanda Jehan.

Le regardant en face le Maître dit :

– Toi? Oui!

– Et à quoi ça se voit?

Le Maître prit un long temps avant de répondre :

– Ça se voit, dit-il enfin, à tes pommettes hautes, à ton crâne rond, à tes cheveux queue-de-bœuf. Ça se voit à la façon dont tu comprends les choses plutôt à la façon dont tu sens les choses. Ça se voit à tes colères de tête de cochon, à tes flambées d'enthousiame qui te font prendre, comme tous les tiens, pour un tête en l'air et un tourne-au-vent, mais qui recouvre une opiniâtreté appliquée à fabuler, à philosopher, à moraliser, à symboliser, en dehors de toute raison raisonnante...

Jehan ne comprenait pas tous ces mots, mais il entendait une voix qui lui sortait quasiment des tripes et qui disait :

– Comme c'est bien ça! Comme il nous représente bien!

Lorsqu'ils eurent terminé l'aire d'argile plane qui devait leur servir de planche à dessin, les tracés commencèrent. Il s'agissait d'y dessiner, grandeur nature, à plat, les « fermes », ces triangles générateurs du prisme que constitue la toiture. Prismes irréguliers, je l'ai dit, se pénétrant le plus souvent de biais, en raison des rentrants et des saillants des bâtiments. Avec une prestesse qui étonna Jehan, cela fut fait en quelques jours. Vingt-deux « fermes » dont pas trois n'étaient semblables. La vingt-deuxième n'était pas encore tracée que les charpentiers taillaient déjà les fiches, les contre-fiches, les poinçons, arrêtiers, chevrons d'arrêtiers, entraits, arbalétriers et échantignolles, et que les sablières dormantes étaient posées au bon endroit sur les murs, juste en retrait de la corniche, toutes entaillées où il fallait loger les têtes de chevrons. Les tirants aussi, ces crochets noyés dans la maçonnerie des pignons et des murs de refend.

Jeu d'enfant pour ces géomètres, habitués à bien d'autres acrobaties du compas. Et voyez comme l'enseignement de ces maîtres était souple, opportun et pragmatique : ce fut à l'occasion du tracé de ces triangles que le Maître enseigna le Nombre d'Or à son élève.

Oui, car la pente du toit formait, avec l'horizontale, un angle que le patron décrivit de la façon suivante : il construisit un carré ABCD, piqua le point fixe de son compas en C et traça une courbe BO. L'oblique OA était la pente cherchée. C'était celle qui convenait à la couverture en lauze du pays. Plus pentue, les lauzes risquaient de glisser, moins pentue, les lauzes étaient trop à plat et l'eau menaçait alors de ne pas s'écouler et même, par grand vent, de rentrer dans la toiture. C'était la pente OA qu'il fallait utiliser.

Mais ce que le maître ajouta c'est que le triangle ACO était son triangle d'or. Ce qui prouvait, disait le Gallo, que le pentagone régulier contenait le nombre d'or. Et là-dessus le Gallo, ne quittant pas son compas, se mit à parler pour lui seul en traçant des droites et des courbes et en jasant comme un théologien :

– Soit le pentagone équilatère ABCDE, disait-il, des angles A et B, on trace les cordes AC et BE soustendant les angles B et C. Elles se coupent entre elles au point F et je dis que ce point F les divise en moyenne et extrême raison !...

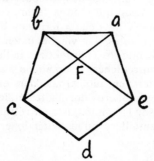

Et de la pointe de son compas il écrivait $\dfrac{A\,C}{C\,F} = \dfrac{C\,F}{A\,F}$

– Et c'est cela, lapin, ce que nous nommons : la « sublime proportion », que les gens d'Eglise appellent, bien entendu, « la divine proportion », mais je n'y vois pas d'inconvénient.

Jehan hocha la tête et, selon le penchant naturel de sa race, ironisa :

– Tout ça à l'occasion d'un toit! Un vulgaire toit, d'un vulgaire château du sire de Chaudenay!

Et il riait.

– C'est la divine proportion qui commande toute la construction de nos édifices. Souviens-toi bien de cela, lapin! Voilà pourquoi je t'ai chanté l'autre jour : « Cinq engendre le Nombre d'Or, il ouvre la Divine Proportion. »

Et le grand Gallo, oubliant de remonter ses braies, qui glissaient dangereusement sur ses cuisses menaçant de libérer son énorme bas-ventre, continuait, l'œil allumé d'un feu intérieur très curieux :

– Et bien mieux : si le pentagramme équilatère contient le Nombre d'Or, réciproquement il est aussi engendré par lui.

Et il reconstruisit le triangle d'or AOC, traça en pointillé la médiane de l'angle O, construisit sa perpendiculaire EF, plaça la pointe de son compas en E et traça l'arc FG. Piquant ensuite la pointe de son compas en F, il traça l'arc EH et s'écria comme s'il avait vaincu Lucifer en personne :

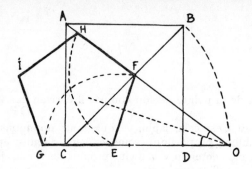

– ... Et je dis que GEFH donne les trois côtés du pentagramme! Et c'est un jeu de construire ensuite le point I, un lapin de dix-huit ans doit comprendre cela.

Jehan béait d'étonnement devant l'aisance de la démonstration. Il eût voulu qu'il continuât indéfiniment, car cela lui donnait un vertige.

Le grand Gallo s'élevait, comme d'un coup d'aile, et, baignant dans une sorte d'aura, d'une voix que Jehan ne lui avait jamais entendue, disait :

– Notre Nombre d'Or est privilégié et prééminent autant que dire se peut, en raison de son pouvoir infini. De même que la sublime proportion qu'il te faut bien caser dans le bon coin de ta cervelle. Parce qu'en vérité un très grand nombre de choses dignes d'admiration au plus haut ploint, tant en philosophie qu'en toute autre science, ne pourra jamais sans eux parvenir à la lumière...

Jehan cessait de mordre son poing pour demander :

– Hé, Maître, comment voyez-vous que ces choses-là soient possibles?

– Ce don leur est certainement concédé par la nature immuable des principes supérieurs, parce qu'elle accorde entre eux, en une irrationnelle symphonie, tant de solide si divers par la taille, par le nombre de leur base, par leur figure, par leur forme. Et cela ressortira de mon développement lorsque je te décrirai les merveilleux effets d'une ligne divisée selon cette fameuse proportion et en fonction de ce nombre...

Puis s'interrompant :

– Mais patience, tout ça viendra à point. Travaillez

Et là-dessus on se remit à creuser les mortaises, à dégager les tenons là où le maître les avait tracés. Pendant qu'il jouait du bédane, le Maître éprouva le besoin d'ajouter :

– On te dira que ce sont là les leçons d'Euclide ou de quelques Campanus (toujours un grec ou un latin!). C'est encore un exemple de l'état d'oubli dans lequel on tient l'enseignement des Druides. Car c'est chez eux qu'Euclide et les autres sont venus chercher ces connaissances, et non le contraire :

– Mais pourquoi tenir tout ça dans le secret? demanda Jehan.

– Ce qui est confié à tous indifféremment servira tôt ou tard au mal. La Connaissance est pour ceux seuls qui en sont dignes! Ne donnons jamais de confiture aux cochons!

Le dimanche le chantier chômait et les Compamons faisaient les deux lieues gauloises qui les séparaient de l'abbaye pour aller y entendre messe. C'était surtout pour retrouver la bâtisse dont ils avaient en somme construit le moule en bois et dont le souci de la construction leur remuait le ventre comme les angoisses de l'époux lorsque sa femme accouche.

Ils allaient par groupe; beaucoup fredonnaient, la canne à la main. La canne, symbole assez obscur de leurs connaissances communes, mais aussi vaillante arme de défense que chacun se sculptait dans un linteau de frêne.

Jehan, qui n'y avait pas encore droit par le rôle qu'il jouait dans la coterie, s'était néanmoins taillé un rameau de cornouiller, dur et lourd comme fer. Un raim[1], comme on appelait ça dans sa Montagne bourguignonne. Il trottait souvent en avant du groupe, avec les autres apprentis, le raim en travers des épaules, à la façon dont tous les hommes de sa communauté cheminaient, tout prêts à lancer un moulinet aussitôt qu'un lièvre ou un lapin déboucherait, ou qu'un ramier s'envolerait à bonne distance. Le ramier s'en tirait le plus souvent sans dommage, mais rarement le lièvre, dont le bâton, tournoyant, cassait les pattes. Jehan n'avait plus alors qu'à courir se jeter à plat ventre sur la bête parmi ronces et caillasses pour l'étouffer et discrètement la mettre sous sa chasuble, la chère chasuble que Reine lui avait donnée et qu'il ne quittait pas, pour se sentir enlacé par les cheveux qu'elle y avait tissés avec la laine.

Derrière lui, les Compagnons de sa cayenne riaient sous cape en pensant au repas communiel qu'ils allaient faire, où le groupe célébrerait, une fois de plus, l'alliance autour de la table, avec les objets nécessaires au repas : l'écuelle et la coupe, le pain et le vin, que l'on pouvait comprendre comme étant l'écuelle inépuisable et la coupe du savoir du roi Bran, près duquel on perd le sens du temps, ou bien comme la patène et le calice contenant le corps et le sang du Christ, qui ouvrent cette même vie éternelle.

Un jour qu'ils allaient ainsi, Jehan ne put s'empêcher de faire le crochet pour passer à la Communauté de Saint-Gall, et d'y entraîner son maître, il disait que c'était pour lui faire connaître ses parents, ses frères et ses sœurs, mais c'était surtout pour revoir Reine, sentir son odeur, et, qui sait, trouverait-elle peut-être le lieu et le moment de fourrer ses mains sous sa

1. *Raim :* une branche.

chasuble et de lui pétrir la peau du cou, du dos et de la poitrine, comme elle savait le faire à l'insu de tous.

Ils furent accueillis à la Communauté avec des cris de joie. Il présenta son maître à qui on offrit l'hydromel de la maison, qui était l'orgueil de la Maîtresse, et Jehan s'approcha de Reine qui l'attendait. Cela se voyait à la brillance de ses yeux, à la forme de ses lèvres, à l'ampleur de son corsage, ou plutôt de ce qu'il contenait. Ils se tinrent un instant par la main, en cachette. Jouissance suprême de sentir la peau de cette paume, humide un peu, contre la sienne et de voir frémir cette croupe à travers la robe. Pourtant les manières excessives de la fille, sa voix de gorge, ses regards trop vifs, l'excédèrent et il fut même épouvanté de voir que le Maître acceptait de prendre le repas avec les parsonniers.

Mais il fut dédommagé par les plaisirs paisibles qu'il eut à voir faire le miellat de cornouilles. C'était en effet l'époque où les cornouilles tombaient bletties par les premières gelées, noires comme truffes. Les enfants et les femmes les avaient croulées et ramassées à pleins benatons[1]. Il respirait avec délices l'odeur des fruits en cuisson. Mais Reine lui souffla :

– Il y a deux ans, tu te souviens? Tu récoltais les cornouilles avec nous?

Puis après un soupir trois fois plus long qu'il ne semblait nécessaire :

– Pourquoi es-tu parti?

Il fit mine de se passionner subitement pour l'ébullition de la pulpe dans le grand chaudron, et ne répondit pas.

Tout en buvant, ils assistèrent au mélange de la compote, bien réduite sur grand feu, avec le miel vierge, à la mise en pots par les femmes et au bouchage de ces pots par une cuillerée de miel d'opercule, et enfin par une cuillerée d'huile de noix qui vint

---

1. *Benaton* : récipient en osier, du celte : *benn*, penser à « benne ».

faire une pellicule hermétique sur chaque pot. C'était la recette que Jehan avait vu employer à la Communauté depuis sa petite enfance.

Ils revinrent à Châteauneuf à la nuit, le Maître un peu titubant, car il n'avait pas l'habitude de l'hydromel, que les femmes de la Communauté faisaient, il faut en convenir, un peu fort.

Un autre dimanche ce fut bien autre chose : c'était la Toussaint. Ils eurent la messe, qui fit grande impression à Jehan, avec son introït triomphant et joyeux et surtout l'évangile qui n'était autre qu'un passage de l'apocalypse de Jean, l'homonyme de Jehan le Tonnerre. Bien que ces psaumes fussent dits en latin, le texte lui fit grande impression car le peu qu'il en comprenait était bien suffisant pour lui donner la chair de poule. Surtout qu'en marchant le Maître lui traduisit ce qu'il n'avait pas compris.

Et c'est tout grelottant d'une émotion cosmique qu'il revit Reine. Elle savait qu'il allait venir, sans doute, car elle avait desserré le cordonnet qui fronçait, à son cou, le lin blanc de sa chemisette, et, le plus naturellement du monde, elle avait sorti trois mèches de cheveux de son bonnet, une sur chaque oreille et l'autre aussi folle que possible, sur la nuque. Il faut dire qu'elle avait des cheveux, marron doré comme des poils de martre, qu'il était bien dommage de cacher sous cette coiffe obligatoire à toutes les filles formées. C'était la règle.

Il y avait aussi d'autres détails de son vêtement, de son allure et la façon dont elle tortillait ses fesses, qui montraient son désir d'aguicher en s'offrant aux regards et au toucher du jouvenceau. Mais lui était tellement sous l'influence de l'Apocalypse qu'il venait d'entendre et de ce que venait de lui dire, chemin faisant, son Maître, qu'il se mit à lui tenir de grands discours sur le Sacré et les liens qui le rattachent au Cosmos, à la Lumière, au Nombre...

Il délirait gentiment, en tentant de répéter les révélations du Gallo, employant au hasard des mots qu'il ne comprenait pas encore, bien sûr, et qu'il mêlait comme il pouvait à son langage de parsonnier. Reine l'écoutait ouvrant de grands yeux, et lorsqu'il tenta à sa façon de lui faire comprendre que la Vie était créée par la Lumière sous l'influence du Verbe, elle éclata d'un rire nerveux qui se termina presque en sanglots :

– Mon pauvre frérot, te voilà tout dévoré, tout patafiolé par les Hommes Blancs!

Puis, faisant volte-face, lui tournant le dos :

– Mais que j'ai donc du malheur de m'enticher d'un gars comme ça!

Et elle se prit les seins à deux mains, comme pour les arracher, en courant devant elle, n'importe où, secouée par un souffle extraordinaire, comme un arbre par la tempête d'équinoxe sous un ciel noir. Bouleversé, il la suivit, les bras tendus gentiment comme pour la prendre et la serrer sur sa poitrine, tout prêt à lui expliquer les Kuldés, le Nombre d'Or, la Divine Proportion, les nombres trois, cinq, six, sept, neuf... Mais tout à coup il se souvint : « Le secret et le silence voilà notre force, et qui les viole est un homme mort! » et il revint vers la maison commune. N'étant plus poursuivie, elle y revint aussi le plus tranquillement du monde, toute tempête retombée, toute fureur envolée.

Enfin le 10 novembre, c'était la Saint-André et tout le monde chômait, car saint André martyr était patron du duché et sa fête était jointe à celle de saint Martin, célébrée le lendemain 11 novembre. C'était là deux de ces journées qui, avec les fêtes fixes, les fêtes mobiles et leurs vigiles, le Vendredi saint, les dimanches et les Quatre Temps, comptaient au nombre de ces quatre-vingts jours de l'année pendant lesquels les Compagnons posaient bedanes et truelles et ne travaillaient pas, sous peine de péché.

La cayenne entière descendit à la Bussière. Les premiers froids assombrissaient les monts. A travers les branches dégarnies, l'église abbatiale leur apparut. Elle sortait de terre, toute claire, alors que le Maître de l'ouvrage délimitait le cloître carré, qui viendrait s'accoler au flanc sud de l'église, juste sur le cours de la source Bélise, qui, plus loin formait, avec l'Arvault, le vivier où les moines conservaient maintenant truites et carpes.

En silence, ils entrèrent dans l'église par la grande porte centrale, bien que les archivoltes n'en fussent pas terminées. Elles étaient flanquées de ces deux petites portes, formant ainsi avec elles le chiffre trois, qui commandait symboliquement l'entrée dans le temple. Une chose frappa Jehan : la longueur de l'édifice. Quatre travées, ce qui portait la longueur totale, du parvis au fond du chœur, à plus de cinquante mètres. La largeur de la nef était de dix mètres et celle des bas-côtés de sept mètres, ce qui donnait à l'ensemble une surface énorme, nettement disproportionnée avec le nombre de moines qui devaient s'y rassembler. Tout au plus seraient-ils deux cents, et il y avait la place pour bien plus de mille personnes.

Tout bas, Jehan le fit remarquer à son Maître.

– L'édifice a la dimension qu'il doit avoir en fonction de toutes les données astronomiques et telluriques! répondit le Gallo. C'est la conséquence des calculs du Maître de l'ouvrage. Non du nombre des moines de l'abbaye, ni du nombre de chrétiens de la paroisse. Ne seraient-ils que deux à la franchir, la Porte du Ciel serait ce qu'elle doit être, et tu penses bien que la hauteur de la nef n'a rien à voir non plus avec la taille des moines! Ces mesures et ces rapports sont là pour manifester visiblement les choses invisibles qui composent le monde et le rendent agissant sur l'homme!

Aussitôt après, Jehan pensait remonter voir Reine et manger à la Communauté mais, tout à coup, ce fut comme un coup de folie qui lui entra dans la tête et, sans plus réfléchir, il s'élança en direction de la grotte du Prophète en disant :

– Allons voir cette Reine de Saba!

Comme il y arrivait, il fut surpris de ne pas apercevoir le vieux fou assis comme d'habitude sur la longue pierre qui lui servait de banc. Il s'approcha de l'entrée de la grotte, s'avança encore, entendit des geignements et, dans la demi-obscurité, il vit, sur la litière de mousse, une forme confuse qui s'agitait, deux bras cerclés de tatouages en sortaient enlaçant un dos convulsif. Jehan s'immobilisa. Il ne rêvait pas : le Prophète besognait largement la Sarrasine. Il en fut écœuré et sortit vivement pour vomir. Il était en train de se purifier dans la source, lorsqu'il vit une forme humaine se refléter dans l'eau, il leva le nez et se trouva en face d'un homme qu'il ne reconnut pas. Cet homme lui souriait pourtant et lui dit :

– Alors Jehan le Tonnerre, on est venu voir son vieil ami?

C'était la voix du Prophète, l'œil du Prophète, la taille du Prophète, mais celui-ci était imberbe et ses cheveux étaient lissés et retenus en arrière pas une sangle de jonc adroitement tressée. Sa souquenille était d'une grande blancheur.

– Tu vois, lui dit-il, j'ai enlevé la barbe, j'ai lissé mes cheveux, je ne suis plus le même homme, cette Sarrasine m'a rajeuni de trente ans!

Jehan ne sut que lui dire :

– Eh bien, tant mieux!

En voyant la blancheur de ses dents, l'éclat de son œil, la limpidité de son grand front, que sa barbe et ses cheveux cachaient auparavant, il pensa :

– Mais il n'est pas si vieux!

Et le humant et le regardant :

– ... Ni si puant, ni si sale! Il est même encore très beau!

Et c'est alors que Jehan comprit le miracle de la Femme et le culte de la déesse mère, la femme reine du monde, origine et moyen, l'Arche d'alliance, l'Etoile du matin des litanies monastiques.

Et lorsqu'ils revinrent fidèles, le dimanche suivant, dans la clôture de l'abbaye, il se produisit plusieurs faits qui eurent sur la vie de Jehan une grande importance. D'abord, alors que la construction avait dépassé le niveau des chapiteaux, le mouvement de la voûte commençait à s'ébaucher au-dessus du tailloir.

A chaque pilier s'élançait donc l'arc doubleau, qui donnait le mouvement et l'ossature de la voûte en plein cintre. En conséquence les pierres de cet arc, dessinées et taillées théoriquement sur l'aire, étaient alignées sur le sol, gravées de marques donnant l'ordre d'utilisation, mais, en se penchant, Jehan en vit d'autres, plus compliquées, gravées au revers des pierres. Ainsi que l'abbé Bernard l'avait recommandé, chaque pierre avait le sien, et c'était le Compagnon qui avait taillé la pierre qui l'avait gravé. C'était son signe qu'il avait choisi pour s'incorporer à l'édifice mais chacun était, en plus, chargé d'un sens symbolique depuis l'S fléché, l'Amphisbène, symbole de la recherche de l'équilibre, jusqu'au triangle équilatéral. Il y avait aussi le compas, l'équerre, instruments principaux du Grand Architecte de l'Univers, qui concourt à la recherche de la Parole Perdue. Il y avait aussi ce que nous appellerions, aujourd'hui, le cœur et le pique, qui représente l'amphore recueillant la richesse du savoir accumulé et aussi les flancs de la femme fécondée, puis les étoiles à cinq branches bien sûr et celles à six branches, l'hexagramme, grand symbole du druidisme : ces

deux triangles superposés dont les sommets sont à direction opposée, représentant l'esprit (la pointe dirigée vers le ciel) et la matière (la pointe dirigée vers le sol), ici mêlés et équilibrés pour la vie matérielle, où matière et esprit sont inséparables pour le commun des mortels, l'hexagone pouvait aussi être l'entrecroisement de l'équerre et du compas, instruments de base des maçons.

Et enfin et toujours, cette patte d'oie, faite de trois traits disposés comme les trois doigts de l'oie, que l'on retrouvait brodée sur les capuches des Pédauques et qui, à l'origine, désignait les lointains pèlerins de Compostelle. Par déformation successive elle est devenue la coquille Saint-Jacques. Ou encore la fleur de lys, interprétation évidente de l'empreinte de la patte d'oie gamache, oiseau sacré du royaume de Thulé. Il y avait encore un grand nombre d'autres signes et c'était le grand Gallo qui traduisait, en grand secret pour Jehan. Ils en étaient là de l'initiation de Jehan lorsqu'une vive discussion naquit devant le pilier gauche de la croisée du transept.

Un père de la Bussière l'air vivement courroucé disait :

– Qui a dessiné ça? Qu'on aille me le chercher!

Le maître Gallo et Jehan s'approchèrent vivement du pilier et, sur la belle pierre toute prête à être sculptée qui formait le chapiteau, on voyait un dessin, fait au charbon de troène. Il représentait au centre un arbre qui avait l'air d'un pommier car on y voyait des fruits ronds. D'un côté de cet arbre un homme, de l'autre une femme qui tenait vraisemblablement une pomme à la main, le tout traité sur un fond de lignes sinueuses, horizontales comme des vagues.

Le Compagnon arrivait rouge et essouflé. On l'avait trouvé non loin, auprès d'une jeune sauvageonne du pays, occupé à lui raconter ses voyages, disait-il.

– Qu'est-ce que cela signifie? demanda posément l'abbé en montrant les dessins.

– J'ai préparé mon travail, dit l'autre... Une idée qui m'était venue, mon Père, croyant bien faire.

– Et tu as vraiment l'intention de sculpter ça?

– Par Dieu, oui, mon père.

– Combien de fois faudra-t-il vous le répéter : l'abbé Bernard ne veut aucune image sur ces chapiteaux ni sur ces murs ni nulle part, c'est bien entendu?

Le maître d'œuvre intervint pour excuser son tailleur de pierre :

– Il vient d'arriver de Vézelay où il a travaillé. Il ne savait pas.

– J'entends bien, dit l'Abbé, mais ici nous n'acceptons aucune image symbolique ou décorative, je le répète, pas davantage celle du paradis terrestre, ou du péché originel.

Le Compagnon eut un air roublard et faussement médusé :

– Mais mon Père, ce n'est pas le paradis terrestre, dit-il, ni le péché originel!

– Ah! non? Mais alors qu'est-ce?

– Mon père voyez, en jeu de fond, ces lignes sinueuses, elles représentent les flots de la mer : eh bien, c'est pour montrer que cette scène se passe dans l'île des pommes à Avallo, où les âmes vont vivre en paix après la mort. Il me semble que c'est un très beau sujet placé justement à gauche du chœur, du côté de l'Evangile.

– Mais cette femme qui présente la pomme à l'homme, c'est bien la figure du péché originel? dit l'abbé. Effacez-moi ça tout de suite et contentez-vous de sculpter ce que vous appelez « la feuille d'oseille », vous faites ça très bien, et c'est très beau!

L'Abbé s'en alla à grands pas, alors que le sculpteur disait à ses frères pour être entendu :

– Le péché originel? le péché originel? Mais il n'y a pas de péché originel! Voyons, voyons, soyez logique, un Dieu bon n'a pas pu permettre ce péché originel qui condamnait toute l'humanité, sans remède jusqu'à la naissance du Sauveur!

Le Maître lui fit signe de ne pas pousser plus avant la plaisanterie et ils rirent tous en silence. Le Gallo entraîna Jehan et, à voix basse, bien qu'il fût seul, lui dit :

– Les moines se sont aperçus que nous sculptions le plus souvent les symboles celtiques dans leurs églises et certains n'aiment pas ça. Il faut dire que les sculptures en sont arrivées à ne plus représenter l'esprit dominant la matière mais la matière seule et même la matière triomphante. Certains, même, sont devenus d'une grossièreté sans objet : j'ai vu, dans la cité de Mauriac, chez les Arvennes (nous y passerons un jour certainement et tu le verras toi-même), rien n'est plus cru ni plus brutal que les figures, qui n'ont plus aucun sens symbolique. N'importe qui fait n'importe quoi! Au train où vont les choses l'Architecture risque de se séparer du Sacerdoce et de l'Art du Sacré. L'abbé Bernard s'en est bien aperçu, et il réagit en conséquence : Il vaut mieux pas d'image du tout que des images précisément contraires à l'esprit et à la philosophie de l'édifice.

Le Gallo et Jehan continuaient leur riche promenade lorsqu'ils entendirent le moine pousser encore un cri d'indignation. Ils se retournèrent et le virent lever à nouveau les bras au ciel devant un cul-de-lampe qu'un Enfant de Maître Jacques avait sculpté. C'était en réalité un cul-de-lampe bien modeste, caché au fond de la quatrième travée du bas-côté sud. A l'endroit assurément le plus obscur de l'édifice.

— Mais qu'as-tu fait là, frère? disait le Père Abbé au Compagnon qui se chauffait au pauvre soleil d'hiver.

— J'orne ce cul-de-lampe comme tu vois, Père. Il a l'air de s'ennuyer tellement tout nu à la retombée du formeret que je veux lui donner un petit coup de ciseau...

— Mais je ne me trompe pas, tu viens d'ébaucher une tête humaine? dit le Père.

— Oui, père une tête d'homme crachant les flammes. C'est ainsi que nous représentons le Verbe. Oui : le Verbe avant qu'il se fasse chair et ces flammes qui se transformeront en branches et en feuillage à leurs extrémités, ce sera le Verbe et sa puissance de vie. Voyez saint Jean et son Apocalypse...

Le père semblait troublé.

— Et ce n'est pas tout, continuait l'autre qui s'excitait au fur et à mesure qu'il parlait, sur le cul-de-lampe symétrique à celui-là de l'autre côté de la Belle-Porte je sculpterai un guerrier, genou en terre, qui vise, de sa flèche, le poitrail d'un cheval ailé.

— D'un cheval ailé! s'exclamait le père en levant les bras au ciel. Mon Dieu que viennent faire ici un guerrier, un cheval ailé, une flèche, un arc?

L'autre souriait du coin de la lèvre et baissant la voix :

— Eh bien, le guerrier avec son arc, c'est la barbarie, l'ignorance qui cherche à tuer la Connaissance, la

Grande Vérité qu'il ne comprend pas. Le cheval ailé c'est justement la Connaissance, il représente la Lumière venue d'en haut.

– Quelle ménagerie! soupirait le moine. Mais le sculpteur continuait :

– ... Et je place ces images à l'entrée de l'église. Comme ça, les gens qui rentreront seront prévenus une bonne fois pour toutes que cette Vérité-Lumière doit être protégée des ignorants et réservée seulement à ceux qui font l'effort de la comprendre et qui ainsi sont sauvés par le seul effort de leur volonté et de leurs mérites.

Le père bâillait le nez en l'air. L'autre, amusé, en rajoutait :

– ... Et pour tout vous dire, Père, sur le trumeau de l'entrée de la Belle-Porte, à votre place, moi je mettrais un loup... comme sur la façade de l'église de Seuillet.

– Un loup? grand Dieu du Ciel et de la Terre! Et pour quoi faire, mon fils?

– Oui, un loup : l'animal de lumière, le génie solaire, une des représentations de Belen...

– De Belen? fit le moine en se signant, ce loup qui figure sur certaines monnaies gauloises?

– Oui! Mais ce loup-là tiendrait, comme à Seuillet où je l'ai sculpté moi-même, une hostie dans sa gueule. Ainsi mon loup apporte avec l'hostie, ou pain de vie, la nourriture spirituelle, la lumière divine qui conduit à la Connaissance de la Vérité et de la Beauté.

– C'est peut-être très ingénieux, convint l'abbé avec un sourire constipé, mais à quoi bon représenter tout ça? Cela peut créer confusion dans les esprits avec les vieilles mythologies. On peut prendre votre arbre pour celui des druides dendrophores, par exemple, vos pommes pour celles d'Avallo, votre loup pour celui de Belen, votre âne qui joue de la lyre, celui que tu as sculpté à l'église de Meillet, pour celui du Barddas, qui représente certes l'élan de l'âme vers la parole divine mais... et encore la Vierge Mère pour la déesse Koridwen, ni plus ni moins... Votre feuille de lys pour la patte d'oie des initiés... Votre chouette pour celle du druide enseignant, ou pis pour celle de Pallas Athéné, votre coq pour l'animal patron des Gaules, votre serpent pour symboles des conceptions druidiques, ô combien fumeuses, votre cheval ailé pour...

– Notre cheval blanc et ailé! coupa le compagnon en insistant sur le mot blanc.

– ... Pour le cheval de Pridery, celui de la déesse gauloise Epona...

– Sans doute, et c'est bien justement cela que nous voulons dire! s'entêtait le sculpteur.

– Mais tout cela, c'est de la matière celtique, mon fils et avec toute cette ménagerie étalée partout sur tous nos murs, la religion du Christ fils de Dieu notre Sauveur où est-elle je te le demande?

Le maître Gallo s'était approché, Jehan le suivant comme son ombre, comme toujours. Il voulait mettre son grain de sel dans cette discussion, la première qu'il aurait pu avoir directement avec un de ces moines fils de ce Bernard qu'il admirait sans trop savoir pourquoi, mais l'autre, très troublé, s'en allait en courant presque et en se répétant :

– Mais ces tailleurs de pierre, ces Compagnons, c'est Pélage tout retrouvé! C'est Hildegarde de Bingen! C'est Scott Erigene! Bien pis, c'est la vieille clique arthurienne qui se perpétue en marge de l'Eglise à l'écart de Rome... Quelle chienlit!

Puis se reprenant :

– Mais j'y pense : notre maître Bernard, lui non plus, n'est pas inféodé à Rome. Ses abbayes comme celles de Saint-Colomban, n'obéissent pas au pape, mais seulement aux évêques français!

Puis après réflexion, on se dirigea vers ces moines défricheurs qui terrassaient la première digue destinée à retenir les eaux de l'Arvault tout juste en amont de la clôture. Il continuait :

– Ces Compagnons Constructeurs sont-ils dangereux? Le père abbé Bernard semble les admirer. Il nous dit de les employer sans réserve. Il faudra que je lui en parle à nouveau... Pouvons-nous tolérer leurs élucubrations?

Puis enfin, après laborieuses réflexions :

– Pourtant sans ces Compagnons, pas de vrais constructions possibles, nous sommes obligés de passer par eux. Pas de voûte qui ne se puisse construire en dehors de ces merveilleux charpentiers et de ces maçons de premier ordre... de ces enfants de Maître Jacques, de ces Pieds d'Oie, ces Pédauques qui nous viennent d'où? Dieu seul le sait... ou bien le diable?... Quoi qu'il en soit, ils ont des secrets, des secrets essentiels, ce n'est pas douteux. Et puis je les regarde travailler : leur conception du travail ne relève plus de la malédiction des premiers âges, ça saute aux yeux. Nous autres moines nous accédons à une progressive lucidité par la prière et l'ascétisme... eux ils y parviennent par le travail, par la conception qu'ils ont du travail. Oui, oui, oui... c'est sûr ils échappent à la malédiction divine d'après le péché originel... Le travail pour eux n'est plus une punition, c'est une récompense! C'est peut-être pour cela qu'il me disait tout à l'heure qu'il n'y avait pas de péché originel?... Drôle d'engeance!

Mais peu imporce après tout! On l'a trop oublié, le concile de Nicée nous a bien confié, à nous, moines, l'interprétation des images dans la construction religieuse, alors qu'il laisse le monopole de l'exécution à ces fameux Compagnons Sculpteurs et Architectes. C'est à nous qu'il appartient de décider et à eux d'obéir.

Ah! ces dimanches, ces jours d'errance avec maître Gallo qui étaient, sans qu'il s'en aperçût, le point fort de son initiation, comme Jehan les attendait!

Ils marchaient à grands pas en cinglant, de leur canne, les capitules sèches des bardanes ou les ombelles triomphantes des grandes angéliques. Le Maître, à des fins mystérieuses, remplissait ses poches des graines qui en tombaient et puis se penchant sur les feuilles de la chélidoine, pétrifiée par la gelée ou cristallisée de givre, il les montrait à l'élève en donnant leur nom, leur usage pour les soins du corps et leurs significations symboliques, tels qu'il les avait reçus de son propre Maître. Et là-dessus, il se mettait à rêver tout haut :

– Attention ! Tu trouves ces feuilles-là sculptées sur le chapiteau du troisième pilier du collatéral sud de Saint-Andoche à Saulieu. Méfie-toi ! Des ignorants ou plutôt des maudisants te diront que ce sont : « des acanthes grotesques » alors que ce sont bien des feuilles de chélidoine, que notre Compagnon Passant du Devoir a représentées là, terminées chacune par une tête d'homme ou d'animal. C'était pour symboliser la force créatrice, le fil qui relie mystérieusement le monde souterrain au monde végétal, au monde animal et au monde humain.

Ce chapiteau sculpté signifie tout cela et ce ne sont pas des feuilles de chélidoine placées pour faire joli. Elles ont leur sens profond !

Plus loin, en remontant les petites cascades de l'Arvault, ils marchaient sur un tapis de feuilles crénelées, brunies par l'hiver et le Maître s'accroupissait.

– Les feuilles d'aulne, l'arbre magique des Gaulois, disait-il, dont le bois tourne au courant souterrain des eaux, tu les retrouves aussi à Saulieu, sur le troisième pilier du collatéral nord de la basilique. Nous avons voulu qu'elles indiquent, entre autres signes, que nous l'avons bel et bien construite sur la grande Vouivre et précisément à l'endroit où elle se divise en deux, comme le montrent les deux vouivres affrontées du premier pilier gauche.

Lorsque le Maître parlait ainsi, il semblait à Jehan que la nature s'ouvrait, comme l'arche de la Communauté Saint-Gall, et d'où la Maîtresse tirait le pain, le fromage et les œufs pour la nourriture de toute la Communauté. L'arbre et la source devenaient l'Arbre sacré des Gaules, qui apporte à l'église du Christ l'essence scientifique qui devait lui assurer la force et la pérennité, grâce à la fontaine d'eau vive qui s'échappe d'entre ses racines. Cette onde claire, dont lui parlait le Maître et dont il attendait vainement de connaître la signification symbolique.

Plus loin encore, cueillant les derniers « tricholomes nus » saupoudrés de givre, ils délogeaient un sanglier qui débuchait en grognant et en tortillant du cul, et le Maître, en croquant, tout crus, les champignons, parlait du sanglier et revenait tout de suite, inmanquablement au chapiteau de Saulieu dont il ne pouvait séparer sa pensée. Il criait :

— Houlahoue! et, se retournant vers Jehan : Tu l'as vu, ce vieux druide? Il était bien en train de penser, et nous l'avons dérangé dans ses méditations!... Tu le retrouveras à la basilique Saint-Andoche à Saulieu, le « lieu du soleil »! Sur le chapiteau du quatrième pilier du collatéral nord mon compagnon en a sculpté deux affrontés et un homme tient chacun d'eux par la queue...

Et là le maître Gallo éclatait d'un bon rire :

— ... Et je ris bien lorsque j'entends les clercs dire bêtement : « Voyez, mes frères, ce sont deux sangliers affrontés retenus par deux hommes... »

— Et ils se trompent? demandait Jehan.

— Ils se trompent que c'est à en pleurer! Mais il vaut mieux en rire : le sanglier, c'est le symbole du druide solitaire, tu le sais bien, et l'homme qui le touche, c'est l'Initié mais, pour le bien faire comprendre, le franc-maçon-tailleur-de-pierre l'a représenté tenant dans son autre main l'*escarboucle* « le petit charbon », le « cris-

180

tal », le « sel de Christ ». Tu regarderas bien sa main et tu le verras!

Le Gallo s'arrêtait alors, comme à bout de souffle, restait silencieux, occupé, semblait-il, à savourer son champignon. Jehan sentait alors qu'il ne fallait pas lui en demander davantage. Il disait simplement :

— Moi, bêtement, je croirais que c'est un chercheur de truffes. Son cochon vient de trouver la truffe, le « petit charbon », et il la montre à tout le monde en clamant : « Ça y est, je l'ai trouvée! »

Le Maître le regardait gravement puis disait :

— C'est ça aussi! Oui. Et c'est la même chose. C'est parce qu'il trouve la truffe que le sanglier est devenu le symbole du druide qui cherche et trouve.

Ah! oui, ces promenades qui devenaient des cérémonies initiatiques, faisaient vraiment du dimanche le jour du Seigneur. Et puis ils revenaient par les sentiers, toujours la canne en travers des épaules, toute prête à éreinter un lapin qui viendrait à se montrer, et ils se retrouvaient immanquablement dans le versant, au-dessus de l'abbaye, pour l'office de Complies. Dans les hautes branches des hêtres la voix claire du lecteur lançait le : *Jube domine benedicere* sur le *fa-ré* du premier mode grégorien, cette quinte descendante, qui est une des mesures de l'homme. A quoi la voix de l'officiant, le Père Abbé répondait toujours sur la quinte descendante du premier ton :

— *Noctem qui etam et finem perfectum concedat...*

Ce qui en langage d'aujourd'hui se dirait :

— Que les dieux tout-puissants nous accordent une nuit calme et une fin heureuse!

Dans le soir, cette sereine invocation, qui précédait le balancement du déchant des psaumes, donnait à Jehan l'impression de s'élever au-dessus de la forêt, dans la paix du soir d'hiver, et de voir tout cela de très haut. Et alors ils descendaient vers le chantier, attirés inévitablement par leur travail comme par une récompense. Ils passaient amoureusement leurs mains sur les boiseries de l'échafaudage, sur les chevilles, sur les poinçons, puis sur les pierres. Le maître faisait remarquer la perfection du travail, par exemple la petite « goutte d'eau », cette rainure au revers des bandeaux saillants et qui évite les coulures noirâtres que l'on voit sur les bâtiments d'aujourd'hui, construits par des pignoufs. Ou encore la pente de l'oreille de l'appui, retournée et intelligemment arrêtée. Le Maître faisait remarquer à Jehan que l'assise de soubassement avait été montée en pierre dure et venant des Perrières, sur laquelle ne pouvait pousser cette affreuse mousse verte qui s'étend trop vite sur la pierre demi-ferme. Et aussi l'assise de rejaillissement, taillée dans une pierre plus dure que la tapisserie située au-dessus de l'élément saillant, et qui résiste bonnement à l'érosion.

Toutes ces choses de détail qui venaient prouver à Jehan que rien ici n'était laissé au hasard ni à l'ignorance, pour s'incorporer dans un tout prodigieux qui ne paraît mystérieux, incompréhensible et inutile qu'à ceux qui ne veulent, ou ne savent pas voir et comprendre.

– ... Ceux qui ferment les yeux et se bouchent les oreilles! disait le Maître en riboulant des yeux furieux.

Enfin, à Châteauneuf, le travail fut terminé. Les fermes avaient été hissées pièce par pièce et montées sur place à plat. On les avait mises debout par un jeu de palan à moufles et jumelées par les pannes et les enrayures. Là-dessus les chevrons avaient été posés, butant sur les encoches des sablières, et ainsi le prisme de la toiture se formait comme par enchantement, indéformable, prêt à recevoir l'énorme poids de la couverture de pierre, cette voûte sommaire, entièrement montée sur charpente mais jouant parfaitement son rôle magique.

Jehan avait vu fixer, à clous forgés, les merrains, dont certains venaient de la Communauté, refendus par son frère Daniel l'Innocent, et les lauziers commencèrent à poser les lauzes de rives et de corniches. Il les regarda, subjugué par la façon dont ces hommes à grosses mains organisaient les couches successives de ces pierres plates. Il avait été éveillé par un fracas dominé par une sorte de tintement irrégulier de carillon. Ouvrant les yeux, il s'était débarbouillé la vue d'un coup d'eau glacée à l'abreuvoir des bêtes et avait regardé : les lauziers, qu'on nommait d'ailleurs les « laviers », dans le pays, prenaient les lauzes une à une, les tenant verticales de la main gauche (il fallait qu'ils eussent une sacrée poigne, car chacune pesait ses vingt kilos pour le moins), et, de la droite, ils donnaient un coup sec de leur marteau sur la pierre. Si elles sonnaient mat, ils la rejetaient à la vallée, et c'était cela le fracas. Si elles sonnaient clair comme une cloche, ils l'utilisaient car elles étaient franches, et c'était cela le carillon.

Il fallait les voir, alors, avec une adresse du diable, tailler du marteau, sur le tranchoir, ces pierres plates, fragiles comme cristal, en régularisant leur parement et en ménageant le biseau.

Tout cela se combinait à merveille pour former une carapace minérale qui rejetait l'eau, captait les forces cosmiques et la lumière, pour les répartir dans toute la bâtisse, tout en posant judicieusement sur les bois que les charpentiers avaient enchevêtrés selon le triangle d'or et la sublime proportion...

Jehan hochait la tête. Le maître Gallo, qui remontait son ventre et attendait son apprenti pour lui demander sa longue et large ceinture de laine, le voyant si absorbé, le laissa contempler en lui disant :

– C'est beau de voir travailler quelqu'un qui sait, hein?

Jehan encensa encore du menton en murmurant :

– C'est pas le premier peigne-cul qui peut faire ça, sûr!

C'est encore tout fiévreux d'admiration qu'il prit la longue pièce de flanelle par un bout, s'éloigna à reculons et la tint tendue alors que le maître tournant sur lui-même comme un derviche, les bras levés, s'enroulait à l'autre extrémité.

– Tire lapin! Tire! lui criait-il, que ça me tienne la tripe! Que je ne perde ni mes rognons ni mes boyaux!

Jehan tirait, consciencieusement arc-bouté, mais le Maître était deux fois plus lourd que lui et, en s'enroulant, il entraîna le lapin qui avançait en glissant sur le sol. Ils se trouvèrent bientôt nez à nez et, comme tous les matins, ils fixèrent savamment les coins de l'étoffe aux entournures. Du même mouvement tournant, ils levèrent tous deux la main droite, le coude à l'équerre leurs deux paumes s'entrechoquèrent et leurs doigts se croisèrent pendant deux secondes, le temps de se regarder droit dans les yeux et de dire à voix basse : *lavar ha sklerijen* « Parole et Lumière », phrase que Jehan répétait sans la comprendre, chaque matin, à la fin de ce rite de la ceinture, qui voulait signifier à tous que sur un chantier chacun a besoin de l'autre du plus petit au plus grand.

Alors le Maître marqua un temps d'arrêt :

– Apprends, dit-il, que jamais tu ne travailles seul, que ton travail est une œuvre commune et que ton œuvre concourt à la contruction de la cité spirituelle parmi les hommes. Et si ton travail est mal fait, il s'oppose au bien commun de tes compagnons et aussi de tous les hommes tes frères!

Il était ainsi le maître Gallo.

Ce matin-là tout de suite après la cérémonie rituelle de la ceinture, le Gallo sonna le branle-bas : on partait.

Donc c'était le voyage. L'Œuvre terminé, les Compagnons de la Patte d'Oie prenaient le feu aux fesses et ne pensaient plus qu'à courir. Jehan en avait entendu parler et les Compagnons, de plus en plus souvent, lui lançaient des phrases comme :

— Bientôt on va manier la pince à riper, lapin!

Il ne comprenait pas, ils insistaient.

— Le voyage! Lapin, on part! C'est la Chandeleur, on ripe!

— Je comprends maintenant pourquoi on vous appelle les passants. Vous ne parlez que de changer de place.

— Non, garçon, tu n'y es pas : on nous appelle les Passants non parce que nous passons sur la route, mais parce que nous passons la Connaissance. Faut pas confondre!

— Et alors donc on part, enchaînait Jehan, excité, lui aussi par ce mot « partir ». Mais où?

— Marche, marche et tu verras, lui répondait-on en riant.

Le Gallo lui dit gravement :

— Tu pars avec nous, ou bien tu restes? Tu choisis, c'est le moment.

— Je pars... oui, je pars!

— Alors tu vas me faire ta promesse d'aspirant, que tu ne partes pas sans savoir. Je vas, en attendant, te dire ce passage du Livre des Rois où l'on voit trente mille ouvriers sur le chantier de Construction du Temple de Salomon, sous les ordres de Hiram, maître habile plein de sagesse d'intelligence et de science...

Devant les autres Compagnons harnachés, prêts à partir, la canne à la main, le Gallo lui récita le passage où Salomon et Hiram donnent à chaque ouvrier une assignation et un mot de passe. Il lui raconta la suite :

— Les trois mauvais apprentis Halem, Sterkin et Hotherfut, à qui l'on refusait le mot de passe des maîtres, tuèrent Hiram, et pour cela furent exécutés sur l'ordre de Salomon.

Ce rassemblement avait lieu sur les charpentes où ils étaient seuls. Ils regardaient Jehan fixement. Leurs figures étaient terribles.

— Voilà un lapin qui demande! annonça le Gallo et, s'adressant à Jehan terrorisé :

— Vous demandez à participer?

— Oui, Maître.

On lui récitait une sorte de règlement où il était dit qu'il devait se montrer solidaire et respectueux de tous les Compagnons, propre et rangé. Puis on lui demanda surtout s'il promettait de ne rien dévoiler ni de sa promesse ni des secrets de métier. Là-dessus il devait promettre le secret le plus farouche sur les connaissances qui lui seraient données et sur les démarches de la société où il demandait à participer. Et il promit, sous peine de mort.

Il jura en tendant la main droite sur un vieux rouleau de parchemin que cette bande de Compagnons transportait précieusement et dont il apprit que c'était l'Evangile de saint Jean. Il jura en frissonnant de la crête au talon. Et il ne sut si c'était de terreur ou de plaisir.

Enfin ce fut le départ. La veille, le maître et Jehan dans son ombre, montèrent à la Communauté pour les adieux. Ils y arrivèrent au moment où les jeunes étaient au ramassage des faînes dont les femmes faisaient une huile âcre et parfumée. Ils s'étaient tous éparpillés dans la hêtraie du Thueyt pour la récolte. Jehan s'était joint à eux car il ne faut jamais se contenter de regarder travailler les autres, ça porte malheur. Et il avait eu tout de suite Reine sur ses talons. Elle cherchait tout simplement à l'agripper par les basques de sa chasuble de laine et, adossée à un tas de bois, à s'entrouvrir pour engloutir le garçon dans ses bras, dans ses jambes, entre ses seins, qui avaient pris diablement de l'importance et de la personnalité en ces quelques mois!

Jehan ne s'était pas dérobé. Au contraire, il avait même fini par provoquer et par se régaler, une fois de plus du musc de la fille qui, triomphante, chantait aussitôt que ses lèvres se trouvaient libres. Il faut dire que le vent d'est soufflait, qui relance l'excitation des filles.

Puis à la Communauté, où Reine était arrivée, le bonnet un peu de travers, le cheveu libéré et la joue blète, Jehan avait embrassé tout le monde. Lorsque ce fut le tour de Reine, elle éclata en sanglots, la bouche en bâtière, alors que tout le monde riait, sauf sa mère qui, furieuse, haussa les épaules à s'en dénuquer.

Le lendemain la caravane s'ébranla. C'était la prime aube. Les aubépines en fleur vous remplissaient les narines de leur musc tout neuf. On s'engagea tout de suite dans la charrière qui dévale vers la Vandenesse et la franchit au moulin. De là, on voyait toute la région jusqu'aux premiers bourrelets du Morvan derrière lesquels le mont Bibracte et ses deux frères s'enfonçaient à chaque pas que Jehan faisait.

Il était comme ivre. Il avait passé cette barre de monts qui depuis son enfance fermait le monde vers le nord et l'ouest. A chaque enjambée, il lui semblait s'enfoncer dans ce merveilleux inconnu qui s'appelait « ailleurs » et où tout est mieux qu'ici, c'est bien connu.

Les Compagnons chantaient, marchant à côté de leur mule dont les clochettes tintinnabulaient sur l'accord de tierce.

Ils n'étaient pas arrivés à la rivière que Jehan le Tonnerre, se retournant, vit arriver, derrière la caravane, son père qui les rattrapait en courant.

– Eh là, eh là! criait-il. Pas si vite, voleur d'enfant!

Il faisait un tel tintamarre que le maître Gallo ordonna l'arrêt. Le maître s'en vint au-devant de lui :

– Que se passe-t-il maître Martin?

– Il se passe, répondit le père de Jehan en soufflant comme un blaireau qu'on enfume, que vous m'emmenez mon fils. Je vous le répète : deux bras qui vont bien nous manquer à la Communauté! Ce sont des choses qui ne sont pas permises et vous me le prenez parce que c'est un bon ouvrier. Vous avez pris le temps de le mettre à l'épreuve. Je suis bien certain que vous me le laisseriez bien volontiers s'il s'était montré fainéant!

– C'est un bon ouvrier, sûr!

– Et alors, vous me le volez et vous vous sauvez en cachette avant le jour.

– C'est lui qui a choisi. « Je pars! », qu'il nous a dit et juré sur l'Evangile. Je n'ai pas à me cacher de l'engager sur le voyage!

Martin prit à deux mains son bonnet et le jeta au sol en trépignant comme il savait le faire devant plus fort que lui, pour en venir à ses fins :

– Mais non, mais non! Mais c'est pas Dieu possible! On élève un gars, on l'amende, on l'engraisse, on lui fait des jambes et des bras, on lui donne l'amour de l'ouvrage et les tours de main du métier et le premier passant venu vous l'embobine et vous l'emmène sans compensation... Et ce n'est pas tout : une de nos filles se le veut. Il lui plaît à en rêver la nuit!

– Maître Martin, je n'ai pas la charge de pourvoir vos filles en chaleur!

– Mais c'est de première importance pour nous. Ils peuvent former un ménage à l'intérieur de la Communauté. Lui parti, il faudra que la fille s'allie hors Communauté ce qui créerait bien des difficultés. A eux deux, ils nous feraient de bons petits parsonniers pour assurer la relève...

Jehan était resté caché derrière sa mule faisant mine de serrer la sangle. Le maître Gallo le fit venir, lui posa la question :

– Veux-tu rester à Saint-Gall, ou partir?

– Partir! dit Jehan, le front en avant.

– C'est bon, dit son père. Tu me renies?

– Il ne renie rien du tout! lança maître Gallo en remontant en selle. Il vient avec nous, le temps que le poil lui pousse un peu plus long et il reviendra faire des petits parsonniers à votre fille en rut. Elle n'aura qu'à attendre bien gentiment et à se laisser faire.

C'est ainsi que Jehan quitta ses monts et ses bois.

Dès les premiers pas qu'il fit sur la rive droite de la rivière quelque chose changea dans le ciel et sur la terre. Une lieue plus loin, il sentit que tout basculait vers d'autres horizons. Il ne savait pas pourquoi, mais le Maître lui fit remarquer.

– Regarde bien : la rivière que tu vois là, maintenant, court vers le septentrion, elle va vers la mer froide. Tout à l'heure l'eau de Châteauneuf coulait vers la Méditerranée, c'est là que se séparent les deux mondes!

Et ils s'engagèrent dans la vallée de l'Armançon, cette rivière qui leur arrivait par la gauche. Et cette vallée était comme un couloir, un grand passage où un mouvement d'hommes s'engouffrait et courait comme une traînée de fourmis. Jehan en était comme étourdi. Là-haut, sur les charrières forestières qui se croisent à Saint-Gall, c'est bien juste s'il voyait passer deux chrétiens égarés par an. Ici c'était une file quasiment ininterrompue de gens portant des besaces, des chariots chargés d'hommes en armes, dont certains se cousaient une croix de drap sur le devant de leur surcot et tous allaient dans le sens inverse de celui des Compagnons : vers le sud.

– C'est la fièvre de la croisade, ricanaient les Kuldés. On te leur a rempli le bourrichon : « Vous vous dites chrétien et vous restez là à vous écaler les pieds pendant que les infidèles forniquent sur le tombeau du Christ ? » Croisez-vous mes amis, croisez-vous!

On apprit en effet que presque tout ce monde-là venait de Vézelay où de beaux parleurs s'étaient mis en frais. Certains disaient même que Bernard de Fontaine, l'abbé de Cîteaux, avait pris la parole et les Compagnons en eurent du dépit.

– Je ne comprends plus celui-là, dit simplement le Gallo. Il me paraissait pourtant vouloir rester fidèle à notre Cabale et le voilà qui veut aller chercher la cabale des autres. Je n'y comprends plus rien!

C'était de l'hébreu pour Jehan, mais cela se gravait néanmoins dans sa mémoire et on reprenait la marche à l'envers des autres. Ils chantaient des chants plus ou moins grenus qui, en passant devant les croix des chemins, se transfiguraient en cantiques.

C'est justement devant une de ces croix, érigée près de la source où se dresse aujourd'hui l'église Saint-Thibault que les Kuldés s'arrêtèrent auprès de trois baraques et une source où des malades, venus de loin, plongeaient leurs pattes et en buvaient pour guérir, car c'était une source guérisseuse où l'on venait depuis le fond des temps. Cette croix était curieusement sculptée dans un seul bloc, elle était constituée par un disque de pierres fort épais dans lequel on avait simplement percé quatre trous pour dégager grossièrement une croix à quatre branches égales, comme je l'ai montré sur le croquis. Si on regardait mieux, on voyait que la face de la croix avait été gravée d'entrelacs et, si on se penchait encore plus près, on découvrait que ces entrelacs étaient des serpents adroitement entremêlés. Mais les engravures étaient tellement rongées par les intempéries qu'elles étaient presque illisibles. Jehan ne put s'empêcher de dire :

– Pas de la rosée de ce matin qu'elle est, cette croix-là!

Les autres rirent en disant :

– Elle est encore plus vieille que ça, lapin!

Alors le Gallo ordonna la halte pour le casse-croûte. Il emmena Jehan près de la croix.

– C'est la croix druidique dont le prophète t'a parlé. Elle a été sculptée avant la naissance du Christ...

– Pas possible? souffla Jehan. Et le Maître parla :

– Voilà bien le moment de t'affranchir, et cette croix se trouve là bien à propos. L'ensemble des connaissances druidiques de la terre et du ciel a déterminé une théogonie révélant à qui veut les connaître les origines de la vie, la croyance en la survivance de l'âme, la vie éternelle, le Dieu unique et les rapports entre la divinité et le magnétisme solaire, terrestre, humain, animal, végétal et minéral. Deux figures résument en partie cet héritage : le zodiaque et la croix druidique. Le zodiaque? va te faire lenlaire, je t'en parlerai en temps voulu, peut-être quand nous passerons à Saulieu le « lieu du soleil ». Mais d'abord la croix druidique. Les gens d'ici l'ayant trouvée, près de cette source sacrée, l'ont mise sur un socle et la saluent comme le symbole du Christ rédempteur, mais ça vient de plus loin que ça.

Le Maître venait de sortir son équerre et son compas. Il traça dans la poussière du chemin trois circonférences concentriques dont chacune avait un diamètre triple du précédent :

– Le premier cercle, le plus grand, de diamètre 81, est le cercle de Keugant, dit-il. C'est le chaos où rien n'existe que Dieu. Bon! C'est de Keugant que le Dieu unique fait sortir les âmes, ces âmes passent alors dans le second cercle qui est celui d'Abred, de diamètre 27. C'est le cercle de la vie terrestre, où les âmes jouent leur destinée entre le Bien et le Mal, et alors, selon le Choix qu'elles auront fait, elles retourneront dans le premier cercle du néant, celui de Keugant, ou bien elles s'élèveront dans le troisième cercle de Gwenwed, de diamètre 9, celui de l'ascencion suprême auprès de Dieu. C'est la victoire définitive sur la bestialité et les tentations rencontrées dans Abred.

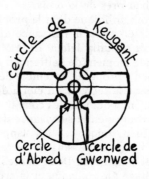

Cercle
d'Abred

Cercle de
Gwenwed

Il traça alors deux diamètres perpendiculaires qui formèrent une croix linéaire et parallèlement de part et d'autre de chacun de ces diamètres. Il traça deux droites, distantes de 8,5 unités du diamètre correspondant et détermina ainsi, une croix dont les branches égales (il insista bien sur égales) avaient dix-huit unités de largeur et délimitaient un carré central de dix-huit unités de côté.

De chaque angle de ce carré pris comme centre, le Gallo traça un cercle de 4,5 unités de rayon. Ces quatre cercles mordant à leur base les branches de la croix. Il se releva et dit non sans emphase :

– Et voilà la croix druidique.

Jehan se retint d'éclater de rire, mais il ne voulait pas indisposer son maître et se contenta de dire naïvement :

– Mais pourquoi ces neuf, ces vingt-sept ces quatre-vingt-un? Pourquoi ces dix-huit, ces 4,5? Pourquoi, tout ce compendium où je ne comprends goutte?

– Parce que dans le pentacle ainsi construit on peut trouver toutes les connaissances acquises par le druidisme à condition d'y fourrer son nez et de renifler.

– Ah! diable! dit Jehan, le menton dans la main, et comment cela?

Le maître se leva, monta sur sa mule et ordonna le départ après quoi Jehan l'ayant rejoint et marchant à sa botte, il continua :

– ... Parce que la circonférence de Gwenwed divisée par neuf donne la mesure du pied druidique qui est de...?

Il posait une question et Jehan tout penaud ânonna :

– de... euh... euh...

– De 0,31415 et des poussières! Je te l'ai appris l'autre jour et il faut t'en souvenir, c'est capital! 31415 c'est la dimension de base qui a servi pour l'érection des grandes pierres comme à Carnac en Armorique, à Karnak en Egypte, à Gavrinis en Bretagne. Elle nous conduit vers la réalisation de la quadrature du cercle et finalement elle préside à la construction de nos sanctuaires chrétiens. Nous y tenons!

La caravane avait repris sa marche. Jehan réglait son pas sur celui de la mule de tête, à un rythme bien régulier qui, avec la voix monotone du Maître, le faisait entrer dans un monde merveilleux que l'on peut croire être celui du rêve, mais qui est en réalité celui qu'on trouve dans le cercle de Gwenwed, un peu comme un avant-goût de l'autre monde, où il semblait à Jehan que l'on pouvait pénétrer et se promener par un simple effort d'imagination.

Du diable s'il pensait à ce moment à l'odeur à la peau nacrée de Reine! Il entendait la voix de maître Gallo qui continuait son enseignement, il parlait du dolmen d'Autun tout proche, de son tracé régulateur et qui rappelait étrangement, par ses dispositions, celles dont un certain Platon parlait dans le *Critias*. Ce qui n'avait rien d'étonnant puisque les Druides avaient formé, initié le monde grec!... Les Druides! ces resca-pés de l'Atlantide!

Ainsi parlait le Gallo, perché sur sa grande mule blanche, alors que Jehan, marchant comme dans un rêve, la menait par la bride. Ce n'est que trois heures plus tard que Jehan, se frappant le front de l'index, s'écria :

– Maître... les serpents? Les serpents gravés sur la croix?

– Oui, eh bien, les serpents?

– La lumière, ils sont l'emblème de la Lumière protectrice et divine, le Prophète me l'a dit, et c'est pourquoi on les a gravés sur la croix.

– Mais bien sûr, lapin, affirma le maître le plus tranquillement du monde... Tu n'as pas fini de t'éton-ner : L'œuvre druidique contient un message, lapin, que je te divulguerai, jour après jour, et que tu transmettras à ton tour à ceux-là, seuls, que tu en jugeras digne. Il faut maintenir l'antique connaissance du Verbe de Lumière créateur de Vie. Et sa réappari-tion dans le prologue de l'Evangile de saint Jean m'oblige à tenir dur comme fer que l'esprit celtique a été l'esprit préchrétien par excellence. C'est pour ça que nous faisons nos jurements sur l'Evangile de Jean. Nous sommes Joannites!

Il reprit souffle, et continua :

– Et encore je ne t'ai pas tout dit, et on ne peut tout dire comme ça en une seule vie sur la Connaissance des druides tant elle était grande. Les quatre cercles que j'ai tracés aux aisselles de la croix représentent aussi les quatre éléments, mais les druides en plaçaient un cinquième au centre de la croisée, qu'ils appelaient Vouivre.

– Ah! éclata Jehan, je la connais aussi celle-là, le sacré pouilleux de Prophète m'en a rebattu les oreilles! Je connais ça.

– ... C'est l'éther, le courant divin!

– Le serpent! lança Jehan.

– Tout juste, le serpent, oui, que tu as trouvé gravé sur la croix près de la source guérisseuse où les estropiés trempaient leurs abattis.

Jehan fit dix pas en silence, puis, l'œil plissé, ricana :

– Quelle ménagerie, par Saint-Gall, quelle ménagerie!

– Symbole, lapin! chantonna le Maître sur un ton badin, Symbole que nous continuons et continuerons à sculpter dans les édifices que nous construisons! Nombres et rapports que nous appliquerons envers et contre tous à leur tracé pour témoigner éternellement des connaissances de nos maîtres qui formèrent l'humus où fleurit l'arbre du Christ... et pour en faire profiter tous les gens qui...

Jehan tout en marchant et peut-être parce qu'il marchait, sentait un grand bien-être lui entrer dans le corps. On avait quitté la vallée de l'Armançon pour rejoindre celle de la Dandarge en passant au pied de la montagne de Crâs et, à un moment, au détour de la piste, on aperçut au loin une montagne plate au sommet chauve comme mon genou, au fond de laquelle une bourgade s'accrochait :

– C'est Alise, dit le maître en la montrant de sa baguette. Alise que les Romains nommaient Alésia. Il y eut là une fameuse bataille parait-il, où nous avons connu un grand malheur. Mais le plus important et qu'il faut que tu saches, c'est que tout le plateau était couvert d'habitations et de temples dont le village d'aujourd'hui ne peut te donner une idée, tout regrigné qu'il est sur le revers.

C'était la ville sainte de nos pères. Elle avait été fondée par le petit-fils de Japeth (mais il est vrai que tu ne connais pas Japeth), celui que nous appelons encore Ogmius, nous, les Kuldées. Les Grecs, qui copiaient tout sur nous, l'appelaient Hercule. Lorsqu'il traversa notre Gaule, Ogmius-Hercule fonda Alise puis descendit vers le sud par Orcival, Conques, Périgueux, coupa la montagne en deux d'un coup de massue à Roncevaux et traversa l'Ibérie pour se rendre à Cadix (le Gallo prononçait Gadex) pour regagner son pays, le continent atlantique où régnaient les druides. Mais arrivé là, les terres s'étaient effondrées, englouties par la mer. Il ne restait que quelques petites îles très loin dans l'Océan. Alors ne pouvant rejoindre la terre des Atlantes engloutie, il fonda encore une ville à Tartessos, pour s'y reposer, je suppose, au bord de la rivière que les Arabes appellent l'oued el khebir[1] et dressa, un peu plus au sud, des colonnes énormes de part et d'autre de la grande brèche qui s'était ouverte après l'effondrement.

Jehan écoutait parler cet étrange charpentier et il se demandait :

– Il invente, ou quoi?... Mais il ne peut pas inventer tout ça : ça dépasse l'invention, et il inventerait que je ne pourrais pas le savoir puisque je ne connais pas tous ces gens ni ces pays dont il me parle? Il peut me berlurer tant qu'il veut. Mais n'empêche que c'est bien beau, tous ces contes.

Et pendant qu'il écoutait, ça tournait dans son crâne. Tous ces effondrements, ces terres englouties, ces dieux qui nous plantent une ville ici ou là et vous coupent le monde en deux d'un coup de massue, mettaient sa cervelle en ébullition.

Et c'est ainsi qu'ils arrivèrent dans la vallée de la

---

1. Guadalquivir (*N.d.A.*).

Brene. Elle coulait en remous et cascades dans un fond marécageux sous un couvert d'aulnes. Par endroits des troncs flottants, faisaient avec l'aide des castors des barrages imprécis, où sautaient les truites. Ailleurs, la rivière frétillait sur des glacis clairs et des sablières, de sorte que le fond de la vallée était impraticable, la piste se tenait à mi-hauteur, et ils rencontrèrent encore des convois avec des bannières et des gonfalons, et tout un arroi de guerre, auquel se mêlaient des marchands, avec leurs chariots et encore des traînards, des jeunes surtout, en grand nombre, leurs cheveux longs et crasseux, la peau grise, la joue hâve. Encore des Joachinistes sans doute qui voulaient assainir, disaient-ils, en rasant tout à la surface de la terre sans savoir trop par quoi le remplacer. Ce qui frappait, c'était que tout le monde filait du même pas vers le sud en remontant cette piste, pour passer la montagne aux sources de la Brene, d'où ils étaient certains d'apercevoir déjà, au loin, les merveilles de la Terre Sainte tranquillement installée au bord de la mer bleue, sous des arbres où pendaient des fruits d'or.

Seuls les Compagnons Constructeurs échappaient à ce courant. Ils allaient maintenant vers le franc nord et arrivèrent bientôt à la sortie d'une petite combe boisée qui débouchait par l'est.

Le Gallo la fit prendre en disant :

— Et voilà Fontenay, les gars! On nous y attend.

De fait, après avoir marché sous de hautes fondaisons on remontait un ruisseau glacé. Ils débouchèrent sur un chemin dur et stable. De chaque côté, la forêt avait été arrachée et remplacée par des herbages où des vaches, de l'herbe jusqu'au garrot, bavaient de plaisir sur leurs fanons. Au fond, devant soi, on devinait de grandes constructions et une activité de chantier.

— Ça sent le moine, compagnons! lança Jehan qui,

encouragé par les rires des Compagnons, osait maintenant dire tout haut ce qu'il pensait tout bas.

C'est ainsi qu'il arriva à l'abbaye de Fontenay où ils furent hébergés comme des seigneurs. C'était normal car on y avait besoin d'eux.

Les moines blancs (encore eux, il en pleut ma parole!) s'activaient autour des bâtiments clinquant neuf. L'église, plus haute et plus imposante que celle de la Bussière, dans sa robe de pierre rose fraîchement taillée et bouchardée s'élevait là aussi au centre d'un grand espace défriché où les frères convers captaient présentement les eaux de la petite rivière pour en faire plusieurs retenues successives au fond de la combe. De part et d'autre les versants assez abrupts étaient couverts d'une haute forêt. Des frênes, au bas, les pieds dans l'eau, des hêtres et des chênes jusqu'au sommet où les bûcherons avaient choisi et abattu les plus beaux pour les charpentes. Les taillis d'épines noires et de coudriers faisaient là-dessous de sombres toisons qui cachaient les rochettes claires et les éboulis.

Le grand vent du nord qui tout au long de la route leur avait cuit les oreilles, grondait sur le plateau, mais là dans cette fossette feutrée de végétation, c'était le calme et le silence. Déjà de nombreux baraquements en bois et des maisons en dur s'organisaient autour du sanctuaire et du cloître, selon un grand quadrilatère qui s'ouvrait vers l'aval par une poterne de fortune et un pont sur un ruisseau affluent descendant des hauteurs du plateau. Le maître Gallo, les mains aux hanches, contemplait tout cela en hochant la tête :

– Ah! les coquins, ils savent choisir les bons coins!

L'église était quasiment terminée sauf qu'il lui manquait justement la toiture et Jehan le Tonnerre comprit qu'on n'attendait qu'eux, les charpentiers, pour coiffer l'édifice.

Avant de commencer toutefois il comprit aussi que si on avait négligé de réviser tous les outils, c'était parce qu'à Fontenay on pouvait trouver le meilleur outilleur et le meilleur ferronnier de toute l'engeance cistercienne C'était un moine convers aussi brun de peau et de poils que de bure, les mains calleuses rongées de suie, et les sclérotiques rouges, comme tous les maîtres du fer et du feu. C'était l'homme qui d'un coup d'œil savait où l'outil en était de son tranchant, si l'œil était gauche et où il fallait rajouter du métal. Ce qu'il connaissait surtout, c'était la trempe et lorsque on le lui disait, il souriait et répondait :

– Je n'y ai aucun mérite : c'est l'eau!

Oui, c'était l'eau, cette malicieuse petite eau, qui ravinait si bien les versants, était magique : juste la température qu'il faut et chargée tout juste à point de fluor et de calcium ou de l'ingrédient nécessaire pour vous durcir la lame sans la rendre cassante, lui laissant son élasticité.

Il fallait voir le frère, avec ses trois moinillons, battre le fer, le remettre au feu, l'amener au rouge et le présenter délicatement à la surface de l'eau, qu'il effleurait d'abord, comme d'une caresse pendant qu'elle soupirait en frémissant. Puis petit à petit en un lent mouvement, il enfonçait la lame alors que du fond du bassin montait un râle sourd et puissant. L'homme mûr, qui regardait ça, ne pouvait pas ne pas penser à l'orgasme : l'Eau et le Fer jouissaient.

Peut-être le frère Joachim y pensait-il aussi, mais il n'en laissait rien paraître. Il regardait fixement la pénétration de l'outil dans le liquide et surveillait attentivement son passage du rouge cerise au rouge framboise, puis au jus de cassis avec ce rapide et minuscule reflet jaune sombre qui lui disait qu'il fallait arrêter l'opération.

Oui, cette eau était magique et frère Joachim en était le magicien, et on venait de loin pour lui apporter des outils. Le Vieux-Chien et Jehan restèrent huit jours près de lui pour affûter, retremper, recharger les haches, les herminettes et surtout les doloires. Il faut dire que maître Gallo avait sa doloire propre. C'est lui qui, selon un secret, se la fabriquait. Il en avait calculé l'angle de coupe et elle avait ceci de particulier que la joue plate n'était pas tout à fait plate, mais galbée d'une certaine manière et gauchie selon une forme légèrement hélicoïdale et déportée d'un cheveu à droite de l'axe de balancement, ce qui permettait d'obtenir, avec un minimum d'effort, un planage parfait.

Maître Gallo n'en parlait jamais, mais à Jehan il expliqua un jour toutes ces choses en ajoutant :

— Je ne sais pas si un autre pourrait s'en servir mais moi je ne peux planer qu'avec ce fer-là, c'est une question de bras.

Ces fameuses doloires portaient, gravées dans le fer doux, sur la face plate près de l'étroit, le signe du Gallo qui était, Jehan le sut alors, une spirale, qu'il reproduisait d'un revers de gouje sur toutes les pièces de charpente. C'était une spirale dextre de deux révolutions et demie, comme celle de l'escargot, dont il disait qu'il était le symbole de la vie éternelle.

Il possédait trois doloires, une petite, une moyenne et une grande et lorsque le moine ferronnier en vint à elles il les regarda et dit :

— Ah! celles-là sont celles du maître Gallo, n'allons pas y toucher sans le prévenir.

On alla chercher le Maître et il dirigea les opérations de bout en bout, se réservant d'enlever le fil.

Lorsque ces travaux furent terminés, le maître passa le gras de son pouce sur tous les tranchants rénovés et, caressant, de la paume, la surface du bassin, il s'écria avec amour :

— Ah! la belle petite eau!

Puis à Jehan :

— Sais-tu qu'avec celle de l'Arroux, c'est la meilleure de toute la Bourgogne pour l'affûtage et la trempe?

Encore une chose bien utile qu'il venait d'apprendre là, le lapin.

Enfin un jour, le huitième de leur séjour à Fontenay, il osa entrer dans l'église. Comme je l'ai déjà dit, elle était terminée intérieusement. Il n'y manquait que la toiture qu'ils poseraient sur le dos de la voûte. Les échafauds intérieurs étaient enlevés et la nef apparaissait. Voûtée en berceau, nue et pure. Il entrait par la grand-porte, et il fut tellement saisi et transformé qu'il ne fit que deux pas et s'arrêta net comme pétrifié. Quelque chose pénétrait en lui par la plante des pieds et remontait le long de la face interne de ses cuisses, environnait son sexe et son fondement puis envahissait ses lombes puis sa nuque, et il lui sembla qu'un flot de sang chaud inondait son crâne.

Il avança lentement dans l'axe de la nef, le regard fixé sur la partie la plus haute de la fenêtre centrale du chœur. Il fit ainsi deux, puis quatre, puis dix pas, lentement, les doigts joints, les paumes de ses mains tournées vers l'avant. Il n'entendait plus rien, ne voyait plus rien et il lui semblait que ses pieds touchaient à peine le sol, qui était encore de terre battue, le pavage n'étant qu'à peine commencé. Plus il approchait de la croisée du transept et plus l'envoûtement s'accentuait. Il fut à son comble à un certain endroit qui pouvait bien être le point où se croisait l'axe de la nef centrale et celui du transept. Ou peut-être un peu plus loin, là où précisément les moines avaient installé un autel de fortune pour y changer le pain et le vin en chair et en sang. Il resta là, raide comme un piquet, mais soulevé, lui semblait-il, à un mètre au-dessus du sol.

Lorsqu'il revint vers les compagnons qui traçaient au sol les épures des grandes fermes de coupe, il leur dit avec grande exaltation :

– Je suis entré sous la voûte!...

Ils le regardèrent un instant et comme ils retournaient à leurs équerres et à leurs compas, il affirma fortement :

– ... Et ça fonctionne! Ça fonctionne! Je l'ai senti jusque dans ma moelle! ajouta-t-il.

Mais personne n'y prit garde, ou plutôt ils eurent tous l'air de trouver ça naturel. Ce n'est qu'à la pause de la collation, alors que les moines convers quittant leur pioche se joignaient aux Pères pour processionner et chanter vêpres dans l'église inachevée, que le maître Gallo rejoignit le grand maître d'œuvre, un certain l'Oiselet, qui portait patte d'oie. Grignotant leur fromage, ils se placèrent sous les architraves de la grande porte. Les Compagnons pour une fois descendus de leur échafaud, étaient groupés derrière eux, l'air indifférent, silencieux, car ils avaient la bouche pleine et mâchaient sans vergogne. Jehan s'était faufilé et, appuyé contre le pied droit, regardait, la glotte paralysée. Les frères thuriféraires avaient allumé les grandes chandelles sur l'autel, au point vernal, et dans cette claire et froide journée de printemps, cet embrasement l'hypnotisait. Tous se groupaient, debout, en arc de cercle, dans l'abside, autour de l'officiant flanqué de diacres et sous-diacres. Un jeune acolyte activait le fourneau de l'encensoir en le faisant tourner en moulinet au bout de ses chaînes. Lorsque le frou-frou des coules se fut arrêté, dans l'extase provoquée par les flammes des cierges, on les entendit marmotter, en sourdine, deux répons, et, tout d'un coup, jaillit le *Deus inadjutorium meum intende*, « Dieu venez à mon aide! ». Lancé par la voix claire du Père Abbé, sur le ton festival qui éclate comme un grand cri de certitude, scandé par cet accent qui n'est nulle part aussi tonique qu'au début de l'office vespéral monastique. Jehan sentait un léger tremblement envahir ses mollets. Tous les moines répondaient maintenant sur la même note haute : *Domine, ad adjuvendum me festinat.*

Sous la voûte calculée, au moment où paraissait, dans le ciel, l'étoile Vesper, tout se trouvait là rassemblé dans l'axe équinoxial : la Lumière et le Verbe, que je me dois écrire avec des majuscules. Oui, comme l'avait dit innocemment Jehan le Tonnerre : « Ça fonctionnait. » L'instrument marchait.

Pourtant le maître Gallo grognait dans son coin, il n'était pas tout à fait d'accord, et Jehan se demandait bien pourquoi. Il le sut lorsque au crépuscule il le vit s'accroupir près du feu avec le maître d'œuvre. Il s'en approcha. Le Gallo pestait contre ces chapiteaux lisses comme un pubis de fillette et ce porche sec comme arbalète bandée, regrettant qu'un ordre supérieur fût venu paralyser les sculpteurs sacrés. L'autre lui disait :

– Peu importe! nous arrivons quand même à faire du bon travail.

– Oui. Jehan le Tonnerre nous a dit tout à l'heure qu'il avait senti...

– Jehan le Tonnerre? qui est-ce, demanda la Fraternité.

– Un de mes novices, un essarteur que j'ai récolté par là-bas dans la montagne de la haute Ouche. C'était le disciple d'un des nôtres qui s'y est installé, retiré. C'est un petit gars, sensible à la Vouivre comme une baguette de coudrier... Il est entré hier sous la nef et s'est trouvé en transe. Il en est sorti tout bouleversé et nous a dit : « Ça marche! »

Il y eut un silence.

– Ce n'est encore qu'un lapin, ajouta le Gallo, mais je me fie à lui autant qu'à moi-même.

L'autre ne pensait plus à Jehan le Tonnerre, il avait empoigné l'idée maîtresse et s'y cramponnait.

– Oui, je pense que nous faisons du bon travail, dit-il et quoi que l'on dise, je remercie Bernard de Fontaine de nous en donner l'occasion et de nous employer. Tout au moins pour le gros de l'œuvre. Il ne veut pas de nos symboles, bon, on se les gardera, ce n'est pas l'essentiel. Mais tous nos paramètres, il les admet. Il y eut un silence, le maître d'œuvre parlait maintenant à voix très basse :

– Il est même tout heureux de nous les voir appliquer à ses bâtisses, il veut rester dans notre tradition, il installe des abbayes partout, or toutes sont construites sans exception sur nos anciens sanctuaires druidiques, et pas n'importe lesquels, Compagnons! Ceux qui sont les plus riches et les plus notoires. Bien renseigné qu'il est!

Il rit tout bas et continua :

– Il est tout heureux de nous trouver pour les lui indiquer et quand il en tient un, marche, il n'a de cesse d'y faire dédicace. De peur qu'un autre ne le lui souffle, probable?... Il me disait encore l'autre jour alors qu'il était venu ici pour fourrer son nez partout et fixer la consécration de Fontenay au 27 septembre, il me disait donc...

– Le murmure de sa voix fut couvert par le chant des Complies qui sortait de l'église par toutes les fenêtres vides, les vitraux n'étant pas encore posés. Pour continuer la conversation, les deux maîtres durent hausser le ton et Jehan put en reprendre le fil :

– C'est comme son Ordre des Templiers, disait le Gallo, c'est tout de même lui qui en a fixé la Règle. C'est lui qui a rassemblé les sept premiers chevaliers dont son oncle, monsieur de Montbard, tout près d'ici, et que le diable me croque tout cru si les hommes qui portent en écu notre cristal à huit rais ne sont pas nos frères!...

– Disons : nos cousins! coupa le Gallo avec un sourire de vinaigre.

– Frères ou cousins, moi je les crois, comme nous, héritiers de la tradition. Nous, dans le domaine de la cabale et de la construction. Eux, dans celui de la politique et de l'orthodoxie, et Bernard est avec eux comme il est avec nous. On m'a dit que leur Grand Maître portait notre abacus, notre bâton de constructeur!

Jehan écoutait, mais il commençait à perdre pied.

Avec rage il déplorait sa grande ignorance de tous ces mots, de toutes ces choses. Le maître l'Oiselet continuait :

– J'ai été mêlé à la construction de son abbaye de Loc-Dieu, chez les Ruthènes. Eh bien, il a tenu ferme comme roc pour que le plan n'en soit pas la croix latine, mais le Tau, rien que pour montrer j'en suis sûr qu'il n'était pas le laquais de Rome. Je l'ai entendu j'étais là... Un fameux bonhomme!...

Sans comprendre, Jehan se régalait. Il lui semblait qu'il digérait, comme par enchantement, tous ces mots qui n'étaient pourtant pas sa nourriture coutumière, une sorte d'enthousiasme le soulevait, c'était comme une dilatation de sa chair et de toutes ses fibres. Les deux maîtres continuaient leur petit festival, et je crois qu'il est bon que je rapporte ici, en les exprimant dans le langage d'aujourd'hui, l'essentiel de leur conversation, car aussi bien c'est probablement le nerf de mon conte et le fil qui conduisait le destin de Jehan :

Il parlait de Bernard de Fontaine, le futur saint Bernard européen.

– Avec lui et avec les Chevaliers du Temple, nous pouvons utiliser nos connaissances pour modifier la construction des temples et les approprier vraiment à la régénération, à la transmutation de l'homme, de tous les hommes! Ce que nous avons réalisé un peu partout dans ces abbayes ce n'est qu'un début, une ébauche, où nous ne traitons finalement que quelques moines, quelques êtres privilégiés. Il faut faire plus grand pour opérer sur les foules, ces foules qui depuis le début des temps venaient et reviendront sur les lieux... Déjà ce que nous avons fait à Vézelay sur le tertre, c'est une réussite. Malheureusement on vient de s'en servir pour prêcher cette grande folie. Mais l'instrument est là, il ne saurait manquer de servir au grand pèlerinage!... Il faut faire mieux encore et pour cela agrandir les dimensions. En conservant les rapports, bien entendu, pour que l'instrument reste adapté à la Terre, au Ciel et à l'Homme, et pour que les connaissances de nos anciens ne se perdent pas et soient transmises dans les siècles des siècles, Amen. Il faut donc mettre au point la technique de notre voûte et pour ça briser le Cintre, comme nous venons de le figurer au pignon de la façade de Vézelay. Les braves gens s'imaginent que nous avons fait là une fantaisie alors que c'est une ébauche, préfiguration de la voûte future telle que nous la rêvons. Mais pour réussir, il faut trouver le moyen de répartir le poussées plus judicieusement... Moi, continuait l'Oiselet qui vaticinait, en délire, je vois un édifice prodigieux qui descend très bas dans la terre et monte très haut dans le ciel, pour plonger encore plus loin dans la lumière et dans les grands courants d'en bas et ceux d'en haut. Un athanor! Un athanor parfait et immense, ou la voûte, portée à des hauteurs considérables, réverbère sur des miliers de pèlerins tout ce que cette pierre, tendue comme le bois d'un luth, peut capter des vibrations du monde... Et il faudrait en construire partout, sur tous les sanctuaires où jadis nos pères rendaient un culte à la Terre Mère, car c'est là que les courants sont les plus forts...

– Bernard probablement les consacrerait à la Vierge Marie! hasarda le Gallo en souriant malicieusement, mais l'Oiselet se fâcha brièvement :

– Ah! surtout pas de moine dans cette affaire!... Ce sont des temples populaires, construits par les praticiens et pour le peuple. Les clercs y viendront célébrer le mystère de la transsubstantiation, bien d'accord, et prêcher l'amour, tant qu'ils voudront, car tout ça va dans le même sens de la régénération de la transmutation humaine dont on a si grand besoin. On y réalisera parfaitement cette double régénération : la nôtre, celle qui utilise les éléments et l'autre, celle que propose l'Eglise dans l'amour et la fraternité...

Jehan n'aurait pas pu dire si ces paroles étranges sortaient de la bouche des deux constructeurs ou s'il le rêvait. Tout étourdi, il entendit encore le maître d'œuvre, alors qu'il se relevait :

– Nous avons notre idée là-dessus... avec plusieurs camarades...

– Vous me direz n'est-ce pas? demanda humblement le Gallo.

– Bien sûr, bien sûr, dit l'autre, tu sais bien qu'on ne peut rien sans vous, les charpentiers. Pense qu'il faudrait élever la voûte deux ou trois fois plus haut, alors donc il vous faudrait monter votre bâti à quelque cent coudées éduennes en l'air.

Après un instant de réflexion le maître Gallo, se grattant l'occiput, murmura :

– Mais j'y pense : la construction de ces amoncellements de pierre sous tension dont tu parles coûtera bien cher! Je ne vois pas où on pourrait trouver tant d'argent.

L'Oiselet eut un sourire narquois, s'arrêta et touchant le ventre que le Gallo avait fort tendu dit dans un souffle :

– Les maîtres du Temple sont riches!

Il s'éloignait en silence alors que le Gallo disait :

– Voilà qui m'intéresse!

– Faudra en parler à ton aspirant, ton Jehan le Tonnerre, lui qui renifle la Vouivre! plaisanta l'autre.

– Bah! ce n'est pas encore un Compagnon fini, il n'en est qu'à tenon et mortaise, mais j'ai bon espoir.

– Et dans le tracé? Où en est-il?

– Je ne l'ai pas encore vraiment renseigné là-dessus. Nous commencerons sur la route, c'est le meilleur endroit, en marchant, pour mâcher et digérer le tracé régulateur.

A la collation du soir qu'ils ne prenaient pas à la table communautaire mais isolés ou par groupes, l'écuelle sur les genoux, certains debout, les autres assis, les fesses au chaud sur une pièce de bois fraîchement équarrie, Jehan fut près du maître d'œuvre dont le blase complet était l'Oiselet le Breudeur, ce qui paraît-il signifiait la Fraternité. Ils étaient assis, le maître Gallo près de lui, sur une panne maîtresse, et Jehan n'hésita pas à s'accroupir à leurs pieds.

– J'ai écouté votre conversation, tout à l'heure, dit-il tout à coup et sans ambages entre deux bouchées. Ça m'a remué les tripes, mais je n'y ai pas tout compris, tant s'en faut.

– Peut-être cela vaut–il mieux ainsi dit l'Oiselet, on ne reçoit que ce qu'on est prêt à recevoir. Avant c'est du grain aux orties!

– Pourtant, je me sens bien capable de recevoir ce grain-là.

– On t'écoute, dit le maître d'œuvre.

– Voilà : je voudrais savoir où je suis, moi, essarteur de la communauté de Saint-Gall et aspirant charpentier, dans votre régénération humaine?

Il y eut un silence, dans lequel on entendit la dernière gorgée de soupe tomber dans la panse du Gallo.

– Toi? Crois-tu qu'il soit nécessaire de s'occuper de toi particulièrement?... Mais si tu veux le savoir, tu es à l'origine. Tout ce qui s'est fait de beau dans le monde est passé par la main et le monde grec s'est effondré pour avoir méprisé ces mains-là.

Platon dans son *Phèdre* (du diable si Jehan connaissait ce Platon et ce monde grec, mais il écoutait avidement). Platon dans son *Phèdre* a proposé un classement des hommes : en haut de l'échelle c'était le philosophe, sur le deuxième échelon c'était le roi, sur le troisième : le politique, qui gère la cité et le reste était de la roupie de sansonnet, de la merde de coucou : le médecin, le poète et tout en bas, tout en bas l'artisan et le paysan... Xénophon a dit aussi : « Les métiers que l'on dit artisanaux sont décriés et c'est justice en vérité. » Et regarde ce qu'il en reste de cette civilisation grecque : Rien! La Ruine! La civilisation qui méprise la main est vouée à la catastrophe...

208

Jehan sans chercher à savoir ce qu'était cette fameuse civilisation grecque crut cependant cela sur parole et l'Oiselet, l'index levé, lança d'une voix forte :

— Mais le Christ, lui, était charpentier.

Jehan hochait la tête.

— Charpentier comme vous! Et qui choisit-il comme apôtres hein? Je te le demande? Des hommes de métier, voilà. Pas un seul philosophe, pas un seul politique, pas un seul théoricien, voilà! Au-dessus de la pyramide humaine : L'Homme de Métier. La main. Et voilà où tu dois être. Ce que je te dis là doit te suffire pour l'instant. Maintenant mange ton ragoût qui refroidit et qui va se cailler dans ton ventre!

Jehan remit le nez dans son écuelle, la vida bruyamment et la lécha selon son habitude, pour ne rien laisser perdre, et retourna à la corvée d'échafaudage à laquelle il était fidèle car il y avait l'occasion de récolter des restes et de participer au rabiot avec les aspirants. Il y rencontra les deux petits moinillons, maigres comme coucou, qu'il y trouvait tous les jours, rôdant autour de la cuisine des Compagnons, attirés par les odeurs de lard et de viande grillée qui semblaient leur manquer cruellement.

– Rien de bien ne se fait couché ou asssis! disait l'Oiselet-la Fraternité. Seul, l'homme debout fait du bon travail, et c'est quand il marche qu'il pense droit! Garde-moi de ne rien faire le cul sur une chaise ou sur un lit, sinon de manger, dormir ou reposer! Si tu veux comprendre, débattre sainement, imaginer, organiser ta pensée, concevoir et décider : Marche! marche, tu verras!

Et il marchait, la Fraternité, il marchait comme un dieu. Les Compagnons avançaient sous les nuages mouvants, chantant souvent, la grande canne à la main, cette canne que la Fraternité appelait penbâ[1], et dont ils se servaient à l'occasion pour rosser les voyoux de rencontre. Mais toutes les trois lieues ils chevauchaient leur mule. La Fraternité, lui, marchait toujours, le Gallo à ses côtés, le nez tourné vers le nord. Il marchait et parlait. Un vrai Socrate.

Jehan suivait de près, la longe de la mule du Maître passée dans sa ceinture, et son oreille s'allongeait vers l'avant pour ne rien perdre de la leçon. A vrai dire, aussitôt qu'il avait à dire quelque chose qu'il ne fallait pas laisser en l'air, la Fraternité s'arrêtait, tout le monde autour de lui, et Jehan sur ses talons, et il dessinait sur le sol, avec le bout ferré de son penbâ. Il répétait son enseignement tant que Jehan ne faisait

1. *Penbâ* = du celte armoricain *penn-baz*.

pas un mouvement de menton pour montrer qu'il avait retenu, sinon compris.

Car si comprendre était pour lui chose difficile, retenir était aisé. Dans le vide parfait de sa mémoire de bûcheron solitaire, tout cela entrait et se fixait à jamais; il lui arrivait quelquefois de comprendre deux lieues plus loin, lorsque le rythme de la marche avait remué, tassé, décanté tout ça. Et alors, c'était l'émerveillement. Mais le plus souvent il retenait, tout simplement, et pouvait le débiter par cœur, au fil de la route.

C'est ainsi qu'à peine avaient-ils perdu de vue la haute tour du château de Mont-Bard, le Maître avait commencé l'énumération et la démonstration des treize effets de la sublime Proportion. Treize couplets d'une fameuse chanson de marche dont le refrain était :

De même que Dieu ne peut se définir en termes propres et que les paroles ne peuvent nous le faire comprendre, ainsi notre proportion ne se peut déterminer par un nombre que l'on puisse connaître ni exprimer par quelque quantité rationnelle, mais est toujours mystérieuse, secrète et irrationnelle...

A raison d'un couplet par jour, c'est en treize jours de marche qu'ils devaient avoir bouclé le cycle des Fils de la Lumière, mais on était au cinquième jour de petite marche que, dessus les terres fort plates de Champagne, qui le changeaient de ses hautes croupes forestières, Jehan vit arriver, sous un soleil de plomb, la lisière sombre et continue d'une forêt qui bouchait la moitié de l'horizon. C'était la forêt du Grand-Orient.

Et c'était à ce moment-là que le Maître énonçait le cinquième effet de la Sublime Proportion. Le cinquième et non le moindre, car il attribue au ciel la forme du corps appelé dodécaèdre. Un corps difficile à

212

imaginer lorsqu'on entre à pieds joints dans les réflexions du Grand Maître! En effet : Concevoir, comme ça, tout de go, un corps ayant douze faces, chacune de ces faces étant un pentagone régulier et s'inscrivant parfaitement dans une sphère, voilà qui ne se fait pas aisément.

L'imaginer était déjà impensable. Mais le construire? Voilà qui semblait bien impossible à Jehan le Tonnerre. Et pourtant maître Gallo prétendait que la vieille Science du Trait rendait la chose presque enfantine.

On atteignait l'orée de la forêt du Grand-Orient. Par la grande sommière triomphale qui semblait conduire à un dédale étrange, au cœur de cette immense chênaie. Jehan avait forcé le pas pour être dans l'aura du Maître et, dans un silence, il lui dit :

— Je vous ai vu tracer, en vous jouant, les fermes de coupe les plus compliquées, mais je serais curieux de vous voir tracer un dodécaèdre dans une sphère, là, du bout de votre canne!

— Il y faut la canne et le compas, sans plus et tout simplement! affirma la Fraternité, mais doucement, lapin, ce n'est pas par là qu'il faut commencer. Bientôt, nous prendrons le plus facile : la construction du tétraèdre dans la sphère!

— Du tétraèdre? Dans la sphère?... répétait Jehan, sans comprendre, alors que le groupe arrivait dans une clairière où des cavaliers faisaient une reprise de manège. Plus loin, derrière un rideau de grands arbres, on voyait des bâtiments neufs. Des palefreniers barbus pansaient des chevaux à savants coups d'étrille.

Cernée d'un ravin apparut une muraille avec un pont-levis abaissé, par où sortit, au galop, une escouade de blancs manteaux.

« Encore les Chevaliers du Temple! » pensa Jehan, et, comme il avançait, il en vit encore d'autres, à travers les arbres, dans la nuit tombante, puis, plus loin encore, des lanternes baladeuses.

– Hoho! Mais c'est un repaire, ici! Il en sort de partout, des blancs manteaux!

Mais il était tellement fatigué de ses douze heures de marche aux trousses de sa Sublime Proportion, traînant par la bride une mule contrariante, qu'il mangea comme dans un rêve et se réveilla le lendemain sur une litière de paille, dans une grande salle qui sentait les sueurs mêlées d'homme et de cheval. Il resta un instant immobile sur sa couche, les mains sous la nuque, et, levant les yeux, il poussa un cri d'admiration : au-dessus de lui se déployait une charpente qui montait jusqu'au faîte et d'une portée de vingt mètres, sans entrait, d'un seul jet. Il fallait voir la science avec laquelle étaient traités les chevrons formant ferme. Toutes ces fermes-chevrons étaient reliées entre elles par un faîtage et un sous-faîtage assemblé à étrésillons. Les liens de faîtage étaient assemblés dans les poinçons et le poinçon final, on ne sait pourquoi (mais Jehan pensa que c'était par un souci d'élégance et peut-être aussi par défi), était suspendu par deux petits arbalétriers venant prendre appui sur un chevêtre inscrit dans la chambrée des arbalétriers.

Toute cette charpente, d'une légèreté aérienne, reposait sur deux cours de sablières, sur lesquelles les sabots des chevrons formant ferme venaient s'assembler à queue-d'aronde, et les deux cours étaient liaisonnés par des étrésillons assemblés, eux aussi, à queue-d'aronde.

Jehan béait de joie et d'étonnement. Il ne put s'empêcher de dire, à haute voix, dans le beau silence de l'aube :

– Ceux qui ont fait ça n'étaient pas les premiers venus!

Le Compagnon, qui paraissait dormir, à sa gauche, se retourna pour dire, en éclatant de rire :

– Tu peux le dire : c'est nous!

Ainsi les Jacques avaient travaillé pour les Hommes

du Temple, qu'ils semblaient d'ailleurs bien connaître, et cela tourna dans la cervelle de Jehan jusqu'à ce que, se trouvant avec le Gallo, il lui dise :

– Les Templiers! On en parlait, à la Communauté, mais sans en avoir jamais vus, et voilà que je viens d'en voir, en une seule vesprée, plus que dans toute ma vie! Et ça m'a l'air d'être de drôles de chrétiens... Mais, au fait, sont-ils prêtres, diacres, sous-diacres, soldats, gens d'armes, ou quoi? Moi je m'y perds.

– Ce sont des moines qui se disent soldats du Christ!

– Mais le Christ n'a pas besoin de soldats!

– Ah! tu crois ça?... Pourtant, regarde : s'il avait eu des gens armés et décidés, au lieu de ses copains froussards, on n'aurait pas pu l'arrêter!

– Mais alors, rétorqua Jehan qui avait la penserotte aussi prompte qu'acide, il n'aurait pas été condamné et crucifié et n'aurait pas pu ressusciter!...

– Tu vas bientôt dire, comme Ratramnus, que Judas était l'instrument nécessaire à l'œuvre rédemptrice du Christ!

– C'est bien à peu près ce que je dirais, si on me le demandait!

– ... Et, comme notre frère Ghislebert d'Autun, tu vas représenter Judas à la table de la Cène, le Jeudi saint?

– Dame! Il y était bien? Rien ne nous dit qu'il n'y était pas... Et même que le Jésus lui a donné le pain et le vin, comme aux autres? Pas vrai?...

Le Gallo fit un bond de côté et, se prenant la tête à deux mains.

– Aïe Aïe!... Tu vas te faire rôtir, un jour, si tu racontes des choses comme ça, mon lapin!

– Vrai?... Alors je me coupe tout de suite la bavarde. Je crains le feu! lança l'élève. Mais entre nous, Maître, c'est bien contrariant quand même, ce Dieu Rédempteur qui a besoin d'être trahi salement par un affreux petit donneur pour réussir à nous sauver!

Le Gallo répondit simplement :

– Nous autres, les Kuldées, nous connaissons aussi un de nos héros, le grand Kuchulinn, qui ne doit sa pérennité qu'à un de ses amis, un petit minable, qui s'est suicidé ensuite!

– Possible! Mais vous pouvez avaler ça, vous? s'emporta Jehan.

Le Gallo se tut. Il baissa les paupières et regarda le jeune homme à travers ses cils, qu'il avait presque blancs :

– ... Pour revenir à ceux qu'on nomme les Chevaliers du Temple, je ne sais trop s'ils sont prêtres, diacres ou frères lais, mais je peux te dire que ces « pauvres » Chevaliers du Christ et du Temple de Salomon sont de bons conseillers... et de bons banquiers!... ... Et je les vois s'atteler de bon cœur à la même besogne que nous!

Puis, frottant ses grosses mains l'une contre l'autre, ce qui fit un bruit de râpe à planer :

– Ça marche!... Ça marche, lapin!

Et il tourna les talons.

Cette étape chez les Templiers du Grand-Orient semblait bien avoir un but précis que l'on pourrait qualifier de financier. Une espèce de rendez-vous d'affaires, de « concertation au sommet » comme on dit maintenant. A plusieurs reprises le maître d'œuvre y fit des allusions assez obscures et si on se mit à charpenter par-ci, par-là, ce fut simplement comme prétexte et pour occuper les Compagnons.

Au bout de huit jours pendant lesquels les deux Maîtres passèrent plus de temps à jaser avec les grands chefs, dans les grandes halles glacées, que sur les échafaudages, on repartit.

La Fraternité donna l'ordre, un soir, de bâter les mules. Jelan le Tonnerre jubilait.

– Les Compagnons? Toujours en mouvement! fredonna-t-il.

– Oui, comme le pendule de saint Salomon! lança le Vieux-Chien.

– Le roi Salomon, le youtre? demanda Jehan qui commençait à avoir les oreilles rebattues avec ce roi-là et avec toute la juiverie biblique, où il ne retrouvait ni les siens, ni ses fantasmes, ni ses aspirations.

– Non! Pas Salomon le youtre, répondaient les Compagnons, mais saint Salomon, notre ancien roi breton que nous fêterons bientôt, le 25 juin...

– ... Et qui n'est pas plus saint que moi, lança le Gallo, mais tout bonnement un Grand Passant!

– Encore un que l'Eglise nous a cravaté! grogna le Vieux-Chien.

– Connais pas! fit Jehan. Non je ne connais pas tous ces gens-là.

– Mais bien sûr que tu ne les connais pas. Qui t'en aurait parlé? Qui t'a dit que celui qu'on nomme saint Benoît d'Aniane, régulateur de l'ordre bénédictin s'appelait, de vrai, Witizza, directeur d'école druidique? Qui t'a dit que saint Colomban était un barde? Qui t'a dit que les nones de sainte Brigitte continuaient, en chantant matines, d'entretenir le feu perpétuel de Kildare? Qui t'a dit que saint Brendan le saint navigateur et notre Bran, fils de Frebal, se ressemblaient comme deux gouttes d'eau bénite? Qui t'a dit que Kuchulinn lui-même était ressuscité pour témoigner devant saint Patrick de la véracité du christianisme?

Qui t'a dit que...?

Le maître perdait souffle à énumérer ces légendes qui étaient pour lui truismes et dogmes intangibles.

– Qui te l'aurait dit, sinon nous, nous les Kuldées, hein? Qui d'autre te le dira jamais?

Il y avait de la colère et de l'amertume dans la voix du Maître mais il se calma promptement car la fièvre du départ l'avait repris. Ils décampèrent avant matines, et le soleil se levait dans leur dos alors qu'ils traversaient un village que le maître appela Gwenndo-bre[1] et dont il traduisit le nom : « Rivière blanche ».

Jehan ne lui demanda même pas quelle langue c'était là, il se doutait bien que c'était du celte.

Les coqs lançaient leur troisième cri, et au bruit que firent les mules et les Compagnons chantants, les filles du village se trouvèrent toutes un travail à accomplir sur le devant de leur maison. Elles sortirent donc toutes ensemble, les cheveux encore ébouriffés de nuit, mais l'œil déjà bien brillant et tous les compagnons y allèrent de leurs plus beaux coups de sifflet.

Après ces quinze derniers jours passés sans voir une seule femme, Jehan crut qu'il allait tout d'un coup suffoquer et, passé le village, il rétrogradait en queue du convoi et marchait à reculons pour les voir encore. Surtout une qui, bien sûr, ressemblait à Reine et paraissait lui faire des signes.

On le rappela à l'ordre. Il reprit son rang devant et se mit à rêver tristement : « Hélas! A quoi bon ma vie, si je ne dois jamais voir dans mon lit ma seule et véritable joie : son corps de fille doux et chaud comme le jabot de l'oie blanche!... »

Cent pas plus loin, vieilli de dix ans, il en était à : « Il est vraiment mort celui qui ne sent pas dans son cœur la douce saveur de l'amour! »

Ce que voyant, le Maître le convoqua près de lui et commença l'enseignement qu'il lui avait promis sur les « corps réguliers », ce qui était à proprement parler l'apprentissage de ce que les Compagnons appelaient le Trait, et qui permet de tailler et de trancher dans l'espace et dans toutes les dimensions.

Le Maître ne perdit pas son temps à exposer de longues théories préliminaires à la façon des anciens. C'était un Fils de la Lumière. Sa géométrie (mais était-ce de la géométrie?) était tout intuitive et prag-

1. Aujourd'hui : Vandœuvre.

218

matique, et sa Sublime Proportion n'était pas du tout pour lui une assurance d'esthétique. Il laissait entendre à qui voulait que tout cela n'apportait pas un poil de talent aux imberbes, et que seuls les plus grands, comme lui, pouvaient en tirer profit parce qu'ils se gardaient bien d'en faire une recette. C'était une clef, pas un passe-partout, qui n'ouvrait qu'une porte et une seule. Il alla même, alors qu'ils abordaient le rebord de la Champagne et reniflaient les eaux vives de l'Yonne, jusqu'à dire que, sans doute, il existait d'autres proportions que la Sublime et il citait négligemment, sans trop s'appesantir, les rapports issus de la Porte d'Harmonie et du Triangle Egyptien. Mais sa vérité à lui était centrée sur le pentagone, qu'il tenait pour un parangon magique parce qu'il se composait, quelle que fût la façon que l'on s'y prît, *en moyenne et extrême raison.*

Oui, la magie transpirait de cette figure où l'on pouvait, en plus, inscrire le corps humain.

La Fraternité marchait donc le nez en l'air, suivi du Gallo qui buvait ses paroles en opinant et de Jehan traînant sa mule. Et il parlait à n'en plus finir, lui qui était muet sur le chantier. Sur le grand plateau champenois le chemin, droit comme une règle de charpentier, paraissait moins monotone.

Des chiffres? Il n'en utilisait jamais. Peut-être en existait-il quelque part, mais Jehan, à la Communauté, n'en avait encore jamais rencontré, et il semblait bien que le Gallo et le maître l'Oiselet n'en eussent point vu non plus. L'homme peut parfaitement vivre, créer et procréer sans chiffre. Le chiffre est une invention du diable. C'est à coup sûr le fruit de l'arbre défendu. Et les cuisines que l'on peut en faire en les combinant sont poison mortel.

Quant à cette science, que les Arabes ont osé apporter de leurs terres à scorpions, et qu'on nomme « al djebra », c'est sperme du diable.

Après, comme ils atteignaient la forêt d'Othe,

épaisse et massive comme une bête noire rampant devant l'horizon bourguignon, il profita d'une croisée de chemins où coulait une source pour commencer l'enseignement qui devait désormais sortir de sa bouche à n'en plus finir, semblait-il.

Il s'assit sur une souche et, armé de son seul compas, traça dans le sable une demi-circonférence et son diamètre de base.

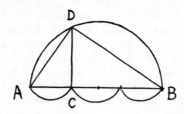

– Je prends le diamètre AB de la sphère dans laquelle je veux inscrire exactement un cube, comme je te l'avais promis. Au tiers du diamètre, je trace une perpendiculaire CD. Je trace la droite AD, et je dis que AD est le côté du cube que je veux inscrire dans la sphère engendrée par le diamètre AB. C'est tout!

– Ça fait quinze jours que je cherche pour rien, dans ma tête, à rentrer exactement un cube dans une boule, et vous, Maître, en un clin d'œil, vous me torchez ça en deux coups de compas!

Les autres riaient en cassant la croûte. Ils se penchèrent tous sur le trou où la petite eau claire reflétait le ciel. Ils y burent, s'essuyèrent les lèvres d'un revers, et les voilà repartis en faisant de grands signes d'amitié aux gens qui fauchaient, non loin, en chantant.

Et tout en repartant vers le sud-est, l'Oiselet-la Fraternité enchaîna, avec aisance, avec la construction du tétraèdre dans la sphère. Le tétraèdre, un drôle de corps, formé de huit bases triangulaires égales. Il reprenait cette fameuse droite AB et, avec elle, comme demi-diamètre, il traçait le cercle EDF de centre A. Il y inscrivait le triangle équilatéral DEF de la façon la plus simple, et connue, je suppose, d'un nourrisson de six semaines, et du centre A de ce cercle il traçait ADAE et AF.

Ensuite, sur le centre A, il élevait AK, perpendiculaire à la surface du cercle EDF, et, cette perpendiculaire, il la prenait égale aux segments CB de la première demi-circonférence et enfin il tendait les hypoténuses KDKEKF.

Il relevait alors le nez, levait la main droite dans la position de celle du dieu-à-la-longue-main de Vézelay et, un sourire glorieux dans le regard, il disait d'une voix irréfutable :

– Et je dis qu'est achevée la pyramide de quatre bases triangulaires, dite tétraèdre, exactement circonscrite par la sphère AB!

Moi, Vincenot qui raconte, je n'ai pas vérifié ce que je récite là, car j'en suis bien incapable. Je me borne à transmettre, c'est mon métier, ce que Jehan le Tonnerre, comme moi-même, considérait tout de go comme une révélation prodigieuse.

A tel point qu'alors qu'ils descendaient les côtes d'Othe, il ne s'aperçut même pas que tout changeait : l'horizon, la couleur et le parfum de l'air, ni même qu'un parti de gendarmes les inspectait scrupuleusement (on était sur les marches du Duché de Bourgogne) et les laissait repartir sur le vu de la patte d'oie de leur surcot. Seul Jehan fut suspecté parce qu'il n'avait pas encore brodé le signe sur sa chasuble. Tout cela lui importait peu, car le Maître parlait de lui enseigner l'inscription de l'octaèdre dans la sphère, c'est-à-dire le corps formé de huit faces triangulaires égales. Et voilà comment il s'y prenait :

– Je prendrai le diamètre de la sphère égale à la ligne AB qui se partage par égalité au point C. Je tracerai le demi-cercle ABD et sur C j'élèverai la perpendiculaire CD. Je joindrai le point D aux extrémités du diamètre et je dis qu'est achevé le corps de huit bases triangulaires égales appelé octaèdre et parfaitement circonscrit dans la sphère... Il disait cela d'un ton doctoral. La chaleur de midi tombait comme un camail de cardinal. Ils s'assirent sur le tertre, à l'ombre de quatre frênes qui, depuis longtemps, y marquaient les points cardinaux.

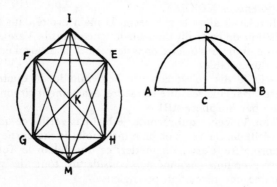

Au soir ils arrivaient au bord de l'Armançon à Saint-Cydroine où, toute neuve, la haute coupole octogonale du prieuré était encore rose du soleil couchant, avec sa pyramide à huit pans couverte de tuiles rousses, alors que la base était déjà toute bleue de nuit. Ils campèrent dans les communs du prieuré mais avant que le soleil disparût tout à fait, les Compagnons entrèrent dans cette église si curieuse, où certains avaient œuvré dans leur jeunesse. Ils voulaient caresser de leurs grosses pattes ces voûtes dont ils avaient établi les cintres et le Maître voulait montrer à Jehan la nef unique et la travée de chœur que d'étroits passages faisaient communiquer avec les collatéraux, clos, comme elle-même, par des absidioles en forme d'hémicycle, à la vieille mode. Mais, surtout, il voulait lui faire voir de quelle façon on était passé du carré du socle à l'octogone de la coupole au moyen de deux petites arcatures superposées, installées aux angles de la croisée du transept. Le Maître appelait cela des trompes doubles et ne se lassait pas de dire que ceux qui en avaient calculé les Cintres n'étaient pas de la rosée de ce matin. Pendant que, petit à petit, la nuit envahissait la nef, le Maître laissa Jehan seul devant ce chef-d'œuvre de science et d'ingéniosité, et Jehan s'aperçut que cette coupole était, de toute la vallée, le lieu qui recevait le dernier rayon du soleil, qui y pénétrait par une des huit fenêtres, alors qu'un spasme étrange et imperceptible pénétrait le garçon par la plante des pieds et l'envahissait tout entier. Il y était maintenant habitué et pensa qu'il était bel et bien au « point de rencontre », comme lui avait dit le Prophète, « des deux composantes de la Lumière et de la Vie », captées par cette étrange machine de pierres sous tension, construite au bon endroit, par des gens qui savaient, et il s'endormit en imaginant puissamment la pénétration d'un cube dans un prisme octogonal, sous le regard d'un Maître, plus étrange que jamais, qui riait à grands éclats de le voir n'y point parvenir.

Au petit matin à l'heure où la première lueur entrait directement dans la coupole par la fenêtre de l'aube, celle du solstice, il s'aperçut que les huit rais de lumière qui pénétraient dans l'édifice par son sommet dessinaient sur les dalles la rouelle à huit rais : la Croix Templière.

On l'appelait dehors, mais il restait là à penser sous la voûte, très longue et très étroite, de l'abside, qui toute la nuit lui avait fait comme une coquille protectrice. On le cherchait, et le maître tout à coup cria :

– Mais, pardié! je sais bien où il est!

Et il ouvrit brutalement la porte de l'église et vit

l'apprenti encore pelotonné dans sa chasuble le nez levé vers les quatre arcs brisés qui ouvraient le transept, les yeux écarquillés d'étonnement, car il venait de découvrir que ces arcs n'étaient pas tout à fait en tiers-point. Il les montra sans un mot au Maître qui ragognait :

– Je m'en serais douté! Où voulez-vous qu'il ait passé la nuit notre Tonnerre? C'est bien de lui ça!...

Ayant levé lui aussi le nez le maître comprit l'étonnement de Jehan. Il sourit :

– Ah! tu les as vus, les arcs outrepassés? Eh bien, c'est un petit cadeau des Arabes!

– Des Arabes? Les infidèles?

– Oui. Faut pas croire qu'on n'a eu avec eux que des rapports de Turc à Maure. On a travaillé ensemble, les Mozarabes et nous! Mais nous verrons ça plus tard. Je te montrerai! Allez en route! ne reste pas là, tu vas tourner en pierre! La route nous attend!

« Tourner en pierre, pensait Jehan, si seulement j'y parvenais à ma mort. »

Ils partirent, les sacs pleins des austères nourritures qu'y avait ajoutées la petite escouade de moines qui vivait là, essaimés de je ne sais où, et l'âme caparaçonnée de prières.

Ils partirent à marches forcées.

– Hardi! disait le Maître, hardi les gars qu'on soit à Pontigny à la vesprée!

On passa l'Armançon, sur le pont que les frères pontifes avaient établi depuis peu, sur le gué gaulois, et, droit vers le sud, on arriva au Serein, où sautillait une petite eau claire, qui avait le même accent que Jehan. Rien là d'étonnant, puisque la source en était à une lieue de son Saint-Gall natal.

Les moines de Pontigny chantaient vêpres lorsque les Compagnons arrivaient en vue du grand navire, cette majestueuse carène blanche, renversée et posée, quille en l'air, sur les prés où courait l'eau descendue de la montagne bourguignonne.

On débâta les mules et alors que les Compagnons, nus comme des vers, se mettaient à barboter dans la rivière en criant, Jehan s'approcha, attiré comme un papillon par cette fleur de pierre. Le Maître le guettait du coin de l'œil. Il le vit se figer et s'approcha de lui :

– Ça t'en bouche un claveau, hein, lapin?

Puis faisant un large geste du bras :

– Voilà de quoi je voulais parler l'autre jour, à Fontenay, et que tu ne comprenais pas : voilà où notre Connaissance nous a conduits. Regarde : le double étagement et la nef couverte de la voûte brisée! Voilà vers quoi il nous faut tendre, et ceci n'est qu'un petit pas en avant. Nous irons encore plus loin, petit!

Ils s'approchaient.

– Les bas-côtés sont simplement voûtés d'arêtes pour mieux caler la poussée, mais là-dedans, oui, c'est sûr, l'homme se tient debout et baigne dans...

– Dans le courant?

– ... Peut-être. Mais tu verras quand nous aurons décintré.

Puis bondissant dehors, le maître se mit à rattrouper ses gars.

– Ho! Pédauques! Au travail! Vous n'êtes pas venus là pour vous baigner les glandes! On décintre!

– Pas ce soir tout de même! dirent les plus farouches.

– Ce soir, on prépare le travail et demain, aux aurores, on commence!

C'était cette équipe de Pédauques, que le Maître appelait souvent les « goatious », qui avaient exécuté, un an plus tôt, le boisage de cette grande église abbatiale, et le Maître n'en était pas peu fier. Il avait vu se réaliser là une partie de son rêve qui était de hausser la voûte et de la briser en ogive pour en redresser les poussées, et ainsi la projeter plus haut dans le ciel, selon la formule qu'il avait exposée à Fontenay à l'ombre du noyer.

Sur ces cintres, les Compagnons Maçons avaient posé et maçonné la voûte. Il s'agissait maintenant, les pierres étant en place, le mortier sec et la maçonnerie prise en masse, de retirer cette charpente qui constituait en somme le moule intérieur de la voûte. Et le maître en voulait prendre seul la responsabilité car il est très dangereux de comprimer le mortier irrégulièrement ou trop brutalement.

Combien de voûtes s'étaient-elles effondrées, surtout parmi les plus hautes, par suite d'un décintrage déséquilibré? Mais le maître avait une technique à lui.

Dès les quatre heures du soir toute l'équipe était à pied d'œuvre et le travail devait durer plus d'un mois.

Qu'on se représente bien la chose : l'immense bâtiment, dans son ensemble, mesurait soixante-dix mètres de long en dix travées de sept mètres chacune. Six travées pour la nef, et cinq pour le chœur, qui se déployait majestueusement, sans chapelle rayonnante. Les clefs de voûte étaient à vingt mètres au-dessus du sol. Le travail consistait à retirer les charpentes, travée par travée.

Mais attention! Tout ça ne se faisait pas aussi facilement qu'une femme dégrafe et quitte son corset! Toute cette énorme boiserie reposait donc au sol par l'intermédiaire des étançons, les étançons maîtres posés sur des sacs de cuir remplis de sable tassé. On ouvrait doucement le sac et, avec minutie, on retirait le sable quasiment à la petite cuillère. Ainsi petit à petit le coussin de sable se dégonflait et lentement les cintres décollaient de la voûte à la vitesse d'un millimètre à l'heure, peut-être. La difficulté consistait à vider simultanément tous les sacs de sable afin que tous les étançons puissent s'affaisser d'une manière symétrique et régulière. On palliait les risques, en combinant cela avec des systèmes de cales biaises contrariées, que les Compagnons dérapaient lentement en les caressant adroitement du marlin.

Tout cela se faisait avec la minutie d'un Juif lombard pesant de la poudre d'or. Les Maîtres étaient dans les cintres et commandaient à voix la manœuvre. Leurs appels faisaient vibrer tout l'ensemble comme la coquille d'une viole, et, lentement, précieusement, imperceptiblement, le navire de bois en geignant se désolidarisait, travée par travée, du navire de pierre qui restait tendu dans le ciel comme deux mains jointes se rassemblant au zénith. Et tous les Compagnons, le nez en l'air, le cœur tapant aux tempes, regardaient apparaître petit à petit la surface vivante et palpitante de l'intrados. Les moines aussi étaient là, louant Dieu qui conduisait invisiblement la construction de telles merveilles.

– Dieu! Dieu? s'exclamait Jehan le Tonnerre indigné, mais d'abord les Compagnons, que je sache!

Lorsque le bâti de bois eut quitté la pierre, on le démonta, ce qui fut un jeu pour apprenti, et les pièces en furent descendues au sol et triées pour le réemploi comme charpente des bâtiments conventuels.

Si je raconte tout cela, ce n'est pas pour ramener ma science, qui est mince et bien simplette, mais pour expliquer que l'équipe passa le reste de l'été à Pontigny. Un long été brûlant qui pesa lourdement sur les épaules de Jehan qui n'aimait pas cette saison, préférant les trois autres, et surtout l'hiver, qui découvrait l'âme des arbres.

L'équipe quitta Pontigny un soir d'automne, tirant toujours vers le sud en remontant le Serein, qu'ils quittèrent à un moment pour gagner Sacy, où la Fraternité voulait revoir « quelque chose ».

C'était l'église de Sacy où il avait charpenté et cintré une voûte d'arêtes quelque temps plus tôt. Il montra à Jehan comment le maître d'œuvre et lui, alors débutant, avaient tenté, avec quelle maladresse, leur première voûte d'arêtes, d'ailleurs drôlement associée à une coupole et à la brisure d'arcs doublés. Il en montra les défauts à Jehan et, horrifié, se hâta de quitter l'édifice et d'ordonner la marche en se repentant d'avoir fait trois lieues de trop pour revoir l'affligeant témoignage des errements de sa jeunesse.

Ainsi reprirent-ils le cours du Serein qui s'encaissait de plus en plus, et Jehan, qui pensait tout haut, à son habitude, ne put s'empêcher de dire :

– Mais vous en avez fourré partout, de vos églises! On ne peut pas faire un pas sans buter sur une ou deux!

– Et ceci n'est rien, répondit le maître Gallo, mais tu verras : plus au sud du duché, la terre en est couverte!

– Mais pourquoi toutes ces bêtises partout?

– Pour régénérer l'être humain, garçon! Que je n'aie pas à te le répéter!

Puis ils reprirent la vallée, remontant ce frais courant qui devait les amener en quatre jours à Notre-

Dame-Trouvée. De là à Châteauneuf et à Saint-Gall il n'y avait qu'un pas.

Ils arrivèrent en vue du château neuf, tout rose sur son éperon, et, par le travers de la montagne de Solle, le chemin de la Vie et la fontaine d'Argent, ils débouchèrent bientôt au-dessus du défilé où se logeait l'abbaye à laquelle il ne manquait plus maintenant que le toit.

Jehan, aussitôt les mules attachées à la corde et les bâts dressés, les matelassures en l'air, n'attendit pas la soupe. Dans la nuit naissante il grimpa comme un fou dans les bois, par le plus court, à la Communauté. Non, avec la belle ingratitude de la jeunesse, ce n'était ni sa mère ni son père qu'il se hâtait de rejoindre après un an d'absence, mais Reine. Son cœur battait comme un frappe-devant. Il contourna la clôture, calma les chiens qui parlaient de le dévorer, heurta à la porte et entra, glorieux comme un ressuscité. On l'embrassa, on le tâta en riant. Pourtant, il sentit que le cœur n'y était pas.

Il y avait là un gars qu'il ne connaissait pas. On lui dit que c'était un nouveau parsonnier venu là pour le remplacer. Il l'embrassa comme les autres et c'est alors que Reine arriva. Elle venait de rentrer les poules dans la genière. Lorsqu'elle vit Jehan, elle poussa un petit cri et fit le geste de s'enfuir et alors il vit qu'elle était grosse. Son ventre soulevait généreusement sa jupe et son devantier. Enceinte jusqu'à la luette qu'elle était, notre Reine! Et pas pour faire semblant!

Il y eut un grand silence glacé, qui parut long. Le père dit :

– Mais assieds-toi donc pour la soupe! Tu vois bien qu'il y a encore deux places vides qu'on n'a pas encore remplies!

– Oui, mais je vois qu'on en a quand même rempli une! cria-t-il en montrant le ventre de sa fiancée. Ça, pour remplir on s'en est occupé!... Et je vois qu'on m'a bien remplacé. Bonsoir!

Il tourna les talons, tira la chevillette et sortit comme un coup de vent.

Il fut tenté de revenir, superbe, et d'enlever la fameuse chasuble pour la jeter aux pieds de Reine en disant :

– Reprends ça, tu en auras besoin, sûr, pour retenir celui que tu m'as préféré!

Ce geste lui était dicté par les lointaines tendances de sa race un peu fiérote et déclamatoire, mais il se reprit à temps en pensant qu'il ne fallait troubler ni la parturiente ni le pauvre petit joni qu'elle était en train de mûrir au chaud dans son ventre. Peut-être aussi parce qu'il voyait venir l'hiver et que la chasuble, quoique bien culottée, pouvait encore lui être fort utile, le froid de la Saint-Martin étant proche.

Il retraversa la combe de l'Arvault et gagna l'autre versant à la vitesse d'un daguet sur ses fins. Il arriva à la grotte du Prophète, essoufflé à mort et couvert de sueur. Il rentra en trombe dans le réduit et s'affala sur la couche de feuilles mortes et de paille. Il râlait de rage. Tebsima le crut blessé sans doute, car elle vint à lui, caressa son front, épongea la sueur avec son voile en le calmant comme on calme un poulain avec des « ho... ho... ho...! » et des mots de sa race, en lui tapotant la nuque.

Ce qu'elle dispensait aussi c'était son parfum de fille sauvage. Jehan avait un nez prompt à s'émouvoir, on le sait, et cette odeur femelle le remit brusquement d'aplomb :

– Le Prophète? demanda-t-il.

Elle ouvrit les mains vides, fit signe qu'il s'était envolé.

– Où est-il?

Encore avec ses mains, elle dit qu'elle ne savait pas.

– Mais quand? Et depuis quand?

Elle montra deux doigts en disant :

– Dzoj... deux!

– Deux quoi? deux jours?

– Non.

– Deux semaines?

– Deux lunes!

Il la regarda, elle était fraîche et dodue, l'œil vif et la peau veloutée. Il lui demanda comment elle arrivait à vivre seule, elle se mit à parler, mais dans sa langue et très vite il comprit qu'elle connaissait l'abondance en puisant dans les réserves de senelles, de pommes, de poires sauvages et de racines que le vieux avait faites, et en attrapant les hérissons qui lui donnaient leurs puces. Et aussi avec le lait de deux chèvres la troisième étant pleine.

Il y avait aussi les poules qui pondaient encore un peu. Elle souriait, épanouie. Ce régime lui convenait certainement et la solitude, dans cette sauvagerie, ne la gênait pas. Elle devait avoir l'habitude.

Elle avait évité de descendre dans les villages de la vallée, de crainte d'être reprise par un valeureux Croisé comme celui qui l'avait amenée de l'Orient.

– Et pourquoi pas? s'étonna Jehan, un beau seigneur riche et cossu, hein? Ce serait mieux que ton vieux fou!

Il semblait que le vieux fou fût préférable. Non, elle ne voulait pas d'un de ces hommes de proie, qu'elle injuria en crachant par terre. Elle câlina un peu Jehan car elle voyait qu'il était en peine, et il sortit aussi vite qu'il était entré plus par prudence que par goût, cette fille l'attirant et lui faisant peur en même temps à cause de ses yeux terriblement beaux et cruels.

Il repassa la crête par le travers des grands buissons où, seuls, les sangliers se trouvaient à l'aise, et il était sur le point de redescendre l'autre versant lorsqu'il trouva le Prophète qui sortit d'une cépée et se planta devant lui :

— Ta Tebsima t'attend depuis deux lunes! dit Jehan.

— Elle m'attendra longtemps! Vivre avec une femme m'est impossible. J'admire ceux qui peuvent passer leur vie auprès de cette engeance!

— Mais elle va crever de faim et de froid, cet hiver!

— Que non pas, lapin! Elle est drue comme une loutre et aussi capable que moi de trouver une nourriture n'importe où. C'est de la carne ça! Ça vivrait dans un désert pavé de cailloux!... Et toi fils! Je te vois là tout chagrin?

Jehan clama :

— Prophète! Prophète! la Reine va avoir un petit d'un autre!

— Pardi! Ce qu'elles veulent toutes ces filles-là, c'est le mâle. N'importe quel chien galeux pourvu qu'il la retourne joliment! Tu es parti. Bon!... Un jour, est passé à Châteauneuf un gars qui chantait dans les châteaux et sur les places. Bon! Il parlait un charabia du diable. Bon! Elle te l'a ficelé et emballé au point que le pauvre chanteur qui ne se plaisait qu'à courir les chemins, son poil dans la main lui servant de canne, est resté comme parsonnier essarteur, à travailler comme un bœuf rouge à la Communauté de Saint-Gall. Oui, enjougué à mort! Ça durera ce que ça durera : un beau jour il va reprendre son luth en bandoulière et il oubliera de rentrer à Saint-Gall! Bonsoir les taupes, moi, je reprends mes ailes de papillon!...

— Oh?

— Sûr! C'est de la race du vent de galerne ça, on les connaît!

— Mais alors, Reine?

— Ne va surtout pas te navrer pour une pissouse!

— Mais elle m'avait...

– Quoi qu'elle t'avait?... Toi je te vois mal parti mon garçon! C'est bien ce que je craignais!

– Et qu'est-ce que tu craignais?

– Que tu reviennes, forci, embelli, enrichi de connaissances, décrassé de ta niaiserie et tout prêt à repartir sur le chemin des étoiles, et au diable les pissouses!

– Le chemin des étoiles? Moi? sur le grand chemin de saint Jacques?

– C'est ta voie petit! Tu es fin prêt pour être consacré, et voilà ce que tu vas faire : tu vas décintrer l'église abbatiale au chaud l'hiver bien avoiné, avec les Compagnons. Pendant ce temps-là, on se procure de l'argent pour partir au printemps pour Compostelle. La grande initiation! Le grand cheval blanc! La grande cavale! Au bout du chemin des étoiles!... Et ensuite tu reviens, tout juste prêt pour reconstruire Chartres...

– Chartres qu'est-ce que c'est encore que ça?

– C'est le grand sanctuaire des Carnutes, le grand Tertre Sacré! La vieille église va brûler, garçon, et sans tarder. C'est fatal, elle n'est pas construite dans les normes!

– Ah oui? Et comment sais-tu ça?

– Je le sais, comme je sais tout! C'est une vieille bâtisse que le feu va nettoyer à mort, comme toutes les vieilles carcasses qui ne peuvent servir à rien. Crois-moi c'est dans le programme!... Là-dessus on va rattrouper tous les Jacques pour construire enfin une vraie porte du ciel, un vrai athanor, le grand athanor, selon les principes des Enfants de Maître Jacques et avec l'or des Templiers.

– Tu rêves!

– Bien sûr que je rêve! Le rêve inspire la déraison, le seul raisonnement valable!... Et sans les moines, garçon! Ah! Ah! pour sûr! Pas un seul moine dans cette affaire : c'est nous qui allons bâtir cela, tout seuls!

– Ecoute-moi. Dans deux ans, pas plus, on parle de

reconstruire Chartres, le temps pour toi d'aller boire à la source et de revenir... Ecoute-moi.

Changeant de musique, Jehan demanda :

– Et toi où crèches-tu ?

– Ne t'occupe pas du Prophète, garçon ! Il dort dans la chaleur de la terre là où personne ne peut le trouver. Allez maintenant va te coucher ! Demain, on parle !

Jehan rentra à l'abbaye. Se vautra dans sa paille fraîche, mais toute la nuit, il pensa, comme à une porte de salut, au départ sur le chemin de saint Jacques.

– Mais oui ! se dit-il au matin, mais oui ! Bien sûr ! Voilà ce qu'il faut faire : partir ! N'importe où, mais partir, et autant là qu'ailleurs ! Et il ne pensa plus qu'à cela, partir sur le chemin de Compostelle.

On décintra l'église abbatiale, pendant que les Maîtres traçaient le plan du cloître et que les Compagnons Maçons montaient les murs des bâtiments monastiques, qui devaient remplacer les cabanes où les pères, les frères et les Constructeurs s'entassaient et pourrissaient encore sans se plaindre.

Le plan du cloître à vrai dire était simple à première vue. On avait tracé le carré qui était sa limite extérieure puis on avait pris et rejoint par des droites le milieu des quatre côtés. C'étaient ces quatre droites, mises en parallèle des quatre côtés extérieurs, qui donnaient la limite intérieure du promenoir. En réalité, il paraissait que tout cela était encore surchargé de symboles que Jehan ne comprit pas et auxquels s'ajoutaient encore les rapports entre les nombres, comme le nombre des arcatures et celui, exprimé en coudées éduennes, de la hauteur de la voûte. Si bien que les moines tournant dans le promenoir dans le sens du mouvement du soleil se trouveraient encore pris comme dans un fin filet d'influences astronomiques, et telluriques, où venaient encore jouer le Nombre d'Or et la Sublime Proportion... A vous en donner le tournis!

On construisait aussi le bâtiment principal, où les charpentiers durent composer et monter des cintres pour une voûte sixpartite, de plein cintre, reposant sur un pilier central de sept mètres de haut et d'une finesse à vous en faire trembler. Mais les poussées étaient si bien calculées qu'elles se compensaient et s'annulaient, tant et si bien même qu'on aurait pu supprimer le pilier central. C'est tout au moins ce que prétendait le maître d'œuvre et Jehan, là-devant, bâillait bleu.

Le soir après le travail, et recroquevillé dans le chauffoir, Jehan parlait avec le Prophète, qui tenait à son idée. Jehan s'impatientait :

— Mais quand est-ce donc qu'on va partir sur le grand chemin de Mossieur saint Jacques?

— Patience, disait le Vieux, je ne nous vois pas nous lancer à traverser le pays des Arvernes tant que les neiges ne seront pas fondues. A traverser l'Aubrac, il y a de quoi mourir gelé et croqué par les loups! Et puis l'argent? Je sais bien que des Pédauques peuvent trouver vivre, couvert et soins dans tous les monastères, tous les prieurés, tous les hôtels-Dieu, tous les hôpitaux templiers. Il y en a tout le long du parcours. Mais il en faut pour le reste : les passeurs de rivière, par exemple, et les escrocs? Et tant et tant!

— Et comment trouverons-nous cet argent? avait enfin demandé Jehan.

L'autre avait cligné de l'œil :

— Tu verras, tu verras! C'est simple comme une génuflexion.

— Mendier?

— Que non, petit! Mais rendre service à des gens...

Et comme le jeune homme ouvrait des yeux ronds, il s'était mis à raconter une histoire, qui les tint pendant les cinquante veillées qu'ils firent dans le chauffoir.

– Il faut, commença-t-il dès l'Avent, que je te dise en grand secret ce qu'est le chemin de Compostelle, le vrai, celui que nous suivrons et pourquoi et comment on l'a tracé. Et n'écoute rien d'autre. Et d'abord, je dois te dire que ce chemin de saint Jacques est aujourd'hui une tromperie!

– Pas possible?

– Oui, on te raconte maintenant que l'apôtre saint Jacques, connu comme le Majeur, l'aîné probablement, pour le distinguer d'un autre Jacques appelé le Mineur, était le fils de Zebédée et de Marie Salomé, et frère de Jean l'Evangéliste fils du Tonnerre, celui dont tu portes le nom. Tout ça : des amis de notre frère Jésus le charpentier. Donc notre Jacques prêche l'Evangile un peu partout et revient en Judée où Hérode Agrippa le fait décapiter le huitième jour des calendes d'avril. Retiens bien la date. Après la décapitation, les disciples enlèvent son corps pendant la nuit, le mettent sur un vaisseau dépourvu de mât, d'avirons et de gouvernail, montent avec lui à bord et se laissent dériver... Ils partent des côtes de Judée. Tu m'écoutes? Les voilà qui, sans voile, sans aviron et sans gouvernail, tu m'entends bien, abordent, le huitième jour des calendes d'août, sur la côte atlantique de la Galice. Quatre mois de dérive dans un bateau sans voile et sans gouvernail et les voilà qui traversent toute la Méditerranée dans sa grande longueur, passent les Colonnes d'Hercule, au pied du djebel Altar, et remontent toute la côte atlantique d'Ibérie, jusqu'au cap qui finit la terre, en Galice! Tu vois le voyage?

– Non!

– C'est vrai. Tu ne sais même pas où est la Judée. Sache donc qu'en quatre mois, sans voile, sans aviron et sans gouvernail, ils ont couvert au moins deux mille lieues! Bref, les voilà qui débarquent à l'embouchure du rio Ulla, à l'extrême pointe du pays des Basques. On tire la barque au sec, on pose le cadavre du saint (dans quel état de décomposition, grand dieu, après

quatre mois de dérive sur la mer, je me le demande?),
on le pose donc sur une grosse pierre et voilà-t-il pas
que cette pierre se creuse d'elle-même, sous lui, ce qui
en fait un sarcophage, et une étoile, la dernière étoile
du Chemin des Etoiles, la Voie lactée, choit et vient
s'installer sur sa tombe! Et c'est vers ce Campo del
Estella que l'on va en pèlerinage sur la tombe de
l'apôtre Jacques qui, merveille, s'est trouvé transporté
miraculeusement de Judée en Galice, en quatre mois,
sans voile, sans aviron et sans gouvernail!

Le prophète partit alors d'un grand rire sacrilège.
Mais Jehan, lui, ne riait pas :

– C'est une sacrément belle histoire! dit-il.

L'autre rit encore plus fort :

– Ça, pour inventer les belles histoires à leur
compte, tu peux dire qu'ils sont forts les frocards!
Mais laissons faire! S'ils annoncent la bonne nouvelle
c'est le principal! Puis, se reprenant :

– Mais, au vrai, ils n'ont rien inventé du tout! Ils ont
arrangé gentiment la vérité, tout simplement, à leur
profit.

– Et la vérité, je pense que tu l'as, toi le Prophète, le
Seul, l'Unique? dit Jehan narquois.

– La voilà, garçon : Depuis des dizaines de millénaires, les hommes ont suivi les chemins qui conduisaient
à l'extrême pointe de la terre, au bout du monde et
notamment aux Finis-terra, que sont par exemple la
Cornouaille, l'Irlande, l'Armorique, la Galice. Il en
venait de partout, des pèlerins, en marche depuis le fin
fond des terres du pays des Suèves, des Scythes... De
partout que je te dis! Des foules en marche, qui, à
force de piétiner, ont damé la terre pour en faire les
chemins qu'on appelle aujourd'hui les « chemins de
saint Jacques »; ils les ont même jalonnés de grosses
bornes de pierre levées et de signes et de noms qu'on
retrouve aujourd'hui et qu'on regarde comme une
poule qui trouverait un couteau...

– Et où qu'ils allaient, ces gens de partout? Et pour trouver quoi? Dis voir!

Le Prophète fit un geste, un grand geste, qui tenta d'exprimer l'ampleur terrifiante du sujet. Enfin il réussit à dire gravement :

– Ils allaient recueillir l'héritage!

– L'héritage de qui, de quoi?

Le Prophète se racla la luette, cracha, avala sa pomme d'Adam qui avait semblé vouloir remonter pour éclater dans sa bouche, et voilà ce qu'il chantonna de sa voix de châtré :

– L'héritage des Grands Hommes Venus de la Mer!...

– Qu'est-ce que c'est encore que ces chrétiens-là?

– Chrétien? Mais couillon, ça se passait des milliers et des milliers et des milliers d'années avant la naissance du Christ charpentier! Et ces gens-là, qui étaient grands, oui grands, vraiment grands, et qui savaient des tas de choses, sortaient de la mer, tu entends, sortaient de la mer!

– Des poissons alors?

– Non, des hommes, des beaux hommes et qui connaissaient les secrets de l'univers mais qui venaient par la mer...

– Comme dans l'histoire de Gargantua? hasarda Jehan.

– Mais Gargantua était l'un d'eux justement et son nom voulait dire le « gars des grandes pierres »... Bref, ils avaient habité une grande île qui s'était tout par un coup enfoncée dans la mer, va savoir pourquoi? Ou bien c'était la mer qui avait monté, peut-être parce que les grandes glaces lointaines s'étaient mises à fondre ou qu'un grand trou s'était creusé au fond de la mer Atlante, m'étonne voir? Mais quelques-uns avaient pu échapper au désastre. Ils avaient mis, à la sauvette, dans leur bateau, toute leur connaissance et leurs encolpions, et vogue que tu vogues! Ils ont gagné la terre ferme (ferme pour combien de temps?) et là ils ont été accueillis par nos pères, pauvres bestiaux dévorés de vermine et qui ne savaient même pas semer les raves, et ils leur ont donné la Connaissance. Voilà ce que les pèlerins allaient retrouver dans ces pays du bout du monde : la Révélation, la Connaissance et les hommes qui l'avaient apportée...

En remettant un fagot et une grosse grume sur le feu du chauffoir, ce qui était sa tâche nocturne pour sécher la lessive d'hiver, Jehan le Tonnerre dit au Vieux :

— Raconte, allez, raconte ton conte, tu m'intéresses, t'arrête pas! Par exemple, tu me dis qu'il y a plusieurs points où les grands hommes ont débarqué : la Cornouaille, l'Armorique...

— ... Et bien d'autres : Stonehenge, Carnac, Locmariaquer, le pays de Galles, l'Irlande, d'où nous est venu saint Colomban et les autres...

— Alors pourquoi va-t-on en pèlerinage seulement à l'endroit où l'on vénère M. saint Jacques?

— Ah! garçon, tu chatouilles au bon endroit! Et moi je te réponds.

Et il continua à voix basse :

— ... Parce que, là, on retrouve encore les descendants des hommes venus de la mer, ils sont là encore et gardent le passage!

— Il y en a encore?

— Oui, les Grands Hommes ont regardé nos filles et les ont trouvées belles, ils se sont croisés avec elles et ça a donné une race à part, une race pas ordinaire qui parle encore la langue atlantique, les seuls au monde!

— Vrai? Alors si j'y vais, j'en verrai.

— Diable bien sûr que tu en verras au bout du voyage, et de belles filles comme tu ne peux pas croire. La race des Druides Atlantes.

— Et comment les appelle-t-on?

— Les Basques!

– Les Basques? Mais on m'a dit qu'ils avaient égorgé Roland dans une brèche de rocher?

– Bien sûr, et ils ont bien fait, ils défendaient la route sacrée contre les barbares!

– Les barbares? Roland?

– Oui, les Francs, les Burgondes, toute cette racaille venue se vautrer chez nous et qu'on a eu bien du mal à civiliser! Ils ont fait mine de se soumettre au pape, par la suite, pour mieux devenir nos maîtres...

Jehan le Tonnerre regardait maintenant le Prophète comme une bête pharamine. Quel était cet être impossible? Disait-il n'importe quoi, comme ça, pour faire le malin où bien transmettait-il là une vérité transcendante? Ah! il fallait voir ça! Il fallait aller regarder sur place, là-bas, en Galice! Quand partait-on?

– Quand partons-nous? dit-il à brûle-pourpoint en se dressant sur son séant.

– Doucement, doucement, murmura le Vieux, qui s'endormait. Doucement, et surtout ne t'en va pas raconter ça à tout-venant! Ah! foutre de crapaud, si tu racontes ça, ils te feront griller sur un joli feu de fagots! Pour tout le monde tu vas au tombeau de M. saint Jacques, prier pour le repos de ton âme ou de l'âme du sire de Montaigut et la guérison de son fils, tu brames gentiment l'hymne de M. saint Jacques, tu récites la prière à M. saint Jacques, tu baises les pieds de M. saint Jacques, tu mets ta main dans l'empreinte de la main de M. saint Jacques, tu respires M. saint Jacques, tu donnes ton obole à M. saint Jacques, mais c'est tout! Ce qui ne t'empêche pas de penser ce que tu veux. Mais ne va pas t'en vanter si tu tiens à la vie!

C'est de cette manière que la route de Compostelle fut présentée à Jehan, un soir d'hiver, dans le chauffoir de l'abbaye de la Bussière, dans la forêt bourguignonne et, pendant tout l'Avent et l'Octave de Noël, le Prophète ne laissa pas passer une occasion d'en rajouter, au point que l'aspirant compagnon en avait la tête farcie.

Avant de s'endormir Jehan disait tous les soirs :

– Quand partons-nous Prophète, quand partons-nous? Moi je veux quitter cette vallée où le souvenir de Reine me fait des nuits de sueurs et de transes!

– Patience, patience, répondait toujours le druide, il nous faut trouver assez d'argent.

– Oui, mais comment?

– Laisse-moi faire.

Le lendemain de l'Epiphanie, enfin, alors que le soleil s'était levé un cran plus à l'est pour avertir que la lumière revenait au monde, le Prophète apparut dans le chauffoir après trois jours d'absence :

– Le sieur de Marigny voudrait nous voir, dit-il à Jehan d'un air guilleret.

– Nous? Mais pour quoi faire, grand Dieu du ciel?

Ils allèrent au château de Marigny à une lieue de l'abbaye, et le sieur de Marigny leur dit à peu près ceci :

– J'aimerais prendre la route de Compostelle ainsi que mon épouse, mais mes affaires et le service du duc me retiennent ici. J'aimerais que vous fassiez le saint voyage en notre place, vous y prieriez, pour nous, M. saint Jacques et remettriez quelques dons de ma part aux saints hommes qui gardent son tombeau. Voici une bourse pleine qui vous permettra de passer les bacs et de vous défendre contre la faim et le froid. Lorsque vous serez là-bas demandez, à notre place, la guérison de notre cher fils qui est perclus, car on m'a dit qu'une femme, toute ramassée sur elle-même depuis vingt ans, s'étant fait transporter en Compostelle, se serait redressée d'un seul coup et se serait mise à marcher sur le chemin du retour... Vous parlerez pour lui à notre place. Demandez-moi tout ce qui vous est nécessaire pour mener à bien cette entreprise. Notamment des mulets! ajouta le sire de Marigny. Voulez-vous chacun un mulet pour faire le voyage?

– Pourquoi pas une litière? s'exclama le Prophète. C'est avec ses jambes qu'on gagne le paradis!

– Voilà comment j'ai réussi à ramasser l'argent qui nous manquait! dit le Prophète en sortant.

Ils s'assirent un peu plus loin, sur une souche, à l'abri d'un genévrier, et comptèrent leur fortune.

– C'est peu! dit le Prophète. Il n'attache pas grand prix à la guérison de son fils, le Marigny!

– C'est beaucoup! dit Jehan, qui n'avait jamais vu de monnaies de sa vie, car à la Communauté on n'achetait rien, tout s'obtenant par troc et que chez les Pédauques il travaillait au pair, toujours en Communauté.

– On en trouvera d'autre! ajouta le Prophète, les gens sont tellement bêtes!

Là-dessus on s'occupa des passeports. Après l'autorisation obtenue de maître Gallo de quitter la compagnie, ce fut l'abbé mitré qui, renseigné par le Gallo, fit un certificat sur peau de chèvre.

– Pas besoin de passeport! hurlait le Prophète. Vous savez bien que la patte d'oie passe partout!

– Prenez quand même! dit le moine copiste. Deux cannes valent mieux qu'une!

Ils prirent.

Le texte disait en latin à peu près ceci, en langage clair : *Moi, l'abbé de l'abbaye de la Bussière, fille de Cîteaux, à tous et à chacun qui verront cette lettre, atteste que* (suivaient les noms des deux pèlerins. Le Prophète avait choisi de figurer sous le nom de Benoît Hugues, personne ne sut pourquoi mais lui il le savait bien) *ne sont liés par aucune censure ecclésiastique, ni affectés de tache de fausse doctrine ou d'hérésie, qu'ils font profession sincère de la sainte religion et qu'ils sont recommandables par leur réputation, l'honorabilité de leur famille et la perfection de leurs connaissances de charpentier.*

Il y avait, là-dessous, un beau cachet de cire rouge et

un petit dessin très agréable, encore enjolivé de nombreuses tarabiscoteries.

Le Prophète s'était encore fâché tout rouge lorsqu'on avait insisté pour que son nom figurât sur le passeport. Il criait :

— Pas besoin! Moi, je passe tous les ports de toutes les montagnes! On me connaît! Tu penses, c'est la troisième fois que j'y vais! ce qui semblait être faux, mais les mots se laissent prononcer.

Et là-dessus on s'occupa de trouver de bonnes besaces et deux bissacs à jeter sur l'épaule. On y engouffra des linges fins pour envelopper les pieds, des hardes de rechange et un nécessaire à coudre.

— Partons sur le léger, disait le vieux. Petite charge pèse de loin!

Et il rejetait la moitié de ce que mettait le jeune.

Sur le grand caban, qu'offraient les frères pédauques, on broda la patte d'oie en solide laine rouge, on la broda aussi sur un surcot et même sur la fameuse chasuble de laine, où brillaient encore les cheveux de Reine, enlacés. On se tailla une ceinture de corps avec des pochettes tout autour où l'on serra les pièces du Marigny et le parchemin de l'abbé Jehan. Sur les conseils du Père Prieur, Jehan se confessa et se nettoya tout le corps. Lavé par l'absolution et par l'eau, il se sentit tout bête pour prendre le grand chemin et enfin quitter cette montagne où il ne respirait plus que mensonge et trahison.

Au dernier moment, deux Compagnons-pied-d'oie se dirent prêts à se joindre à eux. Ils étaient originaires de Lescar en Béarn, où ils avaient femmes et enfants, et trouvaient ce pieux moyen de passer par chez eux. Qui sait? Peut-être d'y demeurer. Mais ils jugeaient prudent et plus digne, en plus de la patte d'oie de se recommander de M. saint Jacques.

Les deux premières travées de la nef se trouvèrent décintrées dans la première semaine de Carême, et Jehan, avant de partir, pu voir apparaître l'intrados, c'est-à-dire la surface apparente de la voûte. Ce fut un grand moment, inoubliable. Au fur et à mesure que les charpentes tombaient, apparaissait ce diaphragme de pierre sous tension dont parlaient les Maîtres. Ce réflecteur paraboloïde destiné à envoûter et à régénérer les hommes qui viendraient évoluer dessous, processionnellement, aux heures voulues de l'écliptique, en chantant la gloire du charpentier Jésus-Christ maître d'amour. C'était la première fois que Jehan voyait la voûte débarrassée de son corset de bois charpenté et tendu en baldaquin au-dessus de leurs têtes, et alors il fut heureux.

Ayant vu, il chaussa les brodequins que lui avait faits le frère sandalier, et se déclara prêt à partir. Mais on les entraîna dans le sanctuaire où les moines chantèrent, à la fin de l'office de matines et spécialement pour les quatre pèlerins, un hymne qui appelait sur eux la Lumière et l'Esprit Créateur, et, après bénédiction de l'Abbé, au lever du soleil, dans cette septième journée de la lune de février et premier dimanche de Carême, où les buis, qui commençaient à fleurir remplissaient l'air de leur parfum de femme en émoi, nos quatre hommes partirent. Ils remontaient l'Ouche pour gagner le col de Santosse en passant par Beligny où le Prophète signala, bien sûr, à leur gauche, le tertre où avait été construit le vieux temple de Belen et sur lequel on remontait maintenant une église chrétienne, dont la tour clochère et la croisée du transept resplendissaient, toutes neuves.

Partis au jour, ils furent étonnés de passer le col de Santosse avant midi, où pour la première fois, après avoir abattu tout près de dix lieues sans se retourner ils s'arrêtèrent pour admirer le grand panorama du Morvan qui tenait une bonne moitié de l'horizon vers le nord. Jehan se déchaussa, se frotta les pieds avec une bonne touffe de paille, car les brodequins neufs le blessaient un peu, les frotta ensuite d'une couenne de cochon fraîche, mendiée chez une femme qui se trouvait être la cousine d'un frère lai de l'abbaye. Jehan s'entortilla les pieds de bandes de lin blanc et après avoir avalé les trois coqs rôtis que leur avait donnés le « frère cocorico », et une pochée de fèves cuites, ils repartirent.

Jehan marchait devant. On pouvait même dire qu'il courait. Derrière, à vingt pas, calmement, les deux Pédauques. Derrière encore, trottinant, le Prophète. Les autres pensaient : « Quelle idée de s'être embarrassé de ce vieillard qui ne passera pas l'Aubrac, sûr! »

Jehan criait :

– Si nous continuons à marcher comme nous le faisons, nous serons à Compostelle après demain soir!

Et les deux Compagnons se poussaient du coude alors que le Prophète gloussait :

– Marche, Marche... tu verras!...

Ils franchirent la crête qui sépare la Gaule du Nord de la Gaule du Sud, au-dessus de Santosse, un peu après avoir passé la colonne romaine que le Prophète compissa copieusement au passage. Ils descendirent vers Nolay et enfilèrent pour un temps la vallée de la Cozanne, profondément encaissée, comme son nom l'indique, et, après leurs quatorze lieues avant le crépuscule, couchèrent à l'Hôpitot-des-Templiers, qui les soignèrent aussi bien que leurs chevaux, ce qui n'est pas peu dire.

Ils repartirent frais comme ablette, avant le petit jour pour repérer, dans le ciel, la trace laiteuse de la voie des étoiles. Ils la virent s'en aller franchement à droite de la direction que le Prophète leur faisait prendre en suivant les gorges de la Cozanne.

– Ce n'est pas le chemin! dirent les deux Pédauques, on s'écarte trop vers le sud!

– Laissez-moi faire, dit le Vieux, c'est pour le petit. Il doit voir Cluny et le reste. Il est parti pour « Voir », entendez-vous? Voir, et encore voir! Et croyez-moi : il verra! Foi de Benoît Hugues! Et nous rejoindrons bien assez tôt le chemin français pour Compostelle, vous verrez!

– A vos ordres, sire Hugues! répondirent les deux Pédauques en riant.

Passé la rivière Dheune, par le pont de Cheilly, ce fut, comme dans un rêve, une procession de temples neufs, en robes de pierre claire : celle de Chamilly, près d'Aluze (que les Compagnons feignirent de prendre pour Alésia, pour exciter la colère du Prophète qui tenait pour son Alise de la vallée de la Brenne); puis ce fut celle de Châtel-Moron, puis de Sainte-Hélène; puis de Sassangy; puis de Gersot, de Bissy, de Germany, de Saint-Maurice, que l'on visita toutes, le nez en l'air, pour renifler l'aisselle des voûtes et la superbe et étrange façon d'utiliser le poids des pierres pour les soulever en dômes et en nefs, posés comme, un couvercle sur les piliers. A chacune le Prophète se reculait dans l'axe de la nef centrale, le dos à la porte principale, et, contemplant le double alignement des piliers qui recevait l'énorme poids de la chape, il murmurait en extase :

– L'allée couverte! le dolmen! le dolmen à sont point de perfection!

On perdit beaucoup de temps ainsi en exclamation et commentaires, surtout que l'on passait alternativement des sources de la Talie, ou de la Guye, à celles de l'Orbize ou de l'Arconce. Il y eut encore Saint-Gengoux, Saint-Clément, Malay, Saint-Ythaire, et enfin Chaphaize! Chapaize, où ils dormirent sous les structures les plus énigmatiques. Enigmatiques pour quiconque, mais pas pour le Prophète. Avant de s'endormir Jehan disait comme s'il rêvait :

– Assez! Assez Prophète! J'ai le virot! Pourquoi tant de bâtisses dans ce coin-là?

– C'est que, répondait l'autre, toujours tout sachant, cette terre a été tellement comprimée qu'elle s'est relevée en plis et en cassures et que là-dessous, dans l'intérieur, elle a accumulé des forces incroyables qui ressortent par les trous. Et nous, les Constructeurs, à la suite des hommes des Grandes Pierres, on a voulu recueillir ces forces et les concentrer dans ces creusets de pierre... pour la plus grande gloire de Jésus charpentier, bien sûr, et de sa Sainte Mère, Amen.

Le lendemain, avant l'aube, le Prophète tirait ses copains par les pieds :

– Allez allez! Debout, si on veut être ce soir à Cluny! Et marche que tu marches!

Par le carrefour du bois Denier, ils contournèrent la butte de Suin, où trônaient, l'une à l'étrave, l'autre à la poupe, et pour remplacer les mégalithes anciens, l'église d'Ameugny, trapue, de pierres brunes et rouges, et celle de Taizé, drapée d'ocre chaud, et qui « méritaient la visite », comme disait le Prophète, à cause de sa travée sous clocher et de son abside semicirculaire :

– Qui nous ont donné bien du mal disait-il! Car on s'en doute il avait œuvré ici aussi.

Comme les autres riaient, il leur dit :

– A preuve Compagnon : j'ai mis mon signe sur la colonne que vous voyez là-bas. Allez-y voir!

On y allait, et on voyait effectivement un signe gravé dans le fût de la colonne, à hauteur d'homme. Un signe qui ressemblait un peu à une amande, avec deux lignes courbes rejoignant les deux sommets.

– Et qu'est-ce qu'il signifie, ton signe, Prophète?

– Tu le vois, il représente une fente par où tu es

passé pour sortir de ta mère et venir vagir en ce monde, Compagnon! C'est la Vulve du Monde. J'ai choisi ce signe parce qu'il est l'origine de toute humanité, couillon!

Où allait-il chercher tout ça?

Enfin, remontant la Grosne, qui débordait alors et courait dans les herbages, on vit bientôt les tours pointues, puis tous les grands toits de tuiles de Cluny, au pied des monts forestiers. Même vu de loin, cela paraissait si grand et si puissant que Jehan, le souffle coupé, s'étrangla en essayant de pousser de grands cris de joie et doubla aussitôt l'allure.

– Attends! Attends! criaient les autres. Bien pressé que tu es de voir les moines noirs!

Et entre-temps, les Compagnons, repris par la fièvre professionnelle de la pierre, décrivaient par avance la merveille :

– Pense : un tracé de cinq cent soixante-dix coudées de long et dominant un chœur avec déambulatoire, ouvert sur cinq chapelles rayonnantes. Un double transept, percé, sur les faces orientales d'absidioles, qui, chacune sont de véritables nefs profondes de deux cent vingt coudées éduennes et précédées d'un narthex où chacune des églises qu'on a vues hier pourraient tenir à l'aise! Deux tours carrées hautes de cent cinquante coudées...

– ... Une fameuse bâtisse, ajoutait le Vieux à bout de souffle : toutes les dimensions sont les multiples d'un module de base qui est la coudée éduenne[1] par trois, cinq, sept, neuf. Les nombres musicaux! Le nombre parfait de la mathématique druidique! Toutes les mesures étant aussi multiples de sept! C'est du grand travail!

Le Prophète en bavait.

Ils se présentèrent au petit portail fortifié qui donnait sur le quartier des frères lais, près de l'hospice, où

1. Trente centimètres environ (*N.d.A.*).

ils furent logés, non loin des latrines, que Jehan prit pour un bel abreuvoir.

Le lendemain les moines noirs guettaient leur réveil. Ils avaient, disaient-ils, à leur demander un petit service. Il s'agissait d'un raccord de charpente, quelque part, dans les dix hectares de toiture qui s'étalaient orgueilleusement au fond de la vallée.

Cela leur permit au moins d'aller et venir parmi le grouillement de ces saintes fourmis et de tout voir. C'est ainsi qu'ils purent entrer dans la grande église et là ils restèrent pétrifiés. Oui, parmi ces pierres de soleil, ils se sentaient devenir pierre à leur tour. Pierre et Musique.

L'édifice était dans la splendeur de sa nouveauté et sa hauteur était stupéfiante : « Deux fois plus haute que large », annonçaient les deux Pédauques, qui y avaient quelque peu travaillé sur la fin... La voûte, tout là-haut, paraissait immatérielle.

Le Prophète murmurait, dans un état second.

– Ici, tout dépasse les normes anciennes! Il y a une nouvelle manière d'agencer les volumes et les masses internes... mais tout en restant fidèle au module de base!...

On aurait cru que le Vieux allait s'envoler. Il planait, l'œil agrandi, les mains frémissantes comme les ailes d'une oie en transe. Les deux Pédauques, graves comme des corbeaux et muets, selon leur coutume, ne l'entendaient même pas, ils regardaient et tâtaient la pierre, en silence.

– C'est drôle, dit Jehan, avec ses deux transepts et son abside ronde, le plan ressemble exactement au jeu de marelle qu'on traçait sur l'aire de la grange, pour jouer avec mes frères, avec son « enfer », qui serait le narthex, et son « ciel », qui serait l'arrondi du chœur!

– Tu ne croyais pas si bien dire garçon! répondit le Vieux.

Le nez en l'air jusqu'à s'en dénuquer ils comptèrent les chapiteaux imagés où le Prophète narquois retrouva tous les symboles de ses chers druides, toute leur ménagerie et leur herbier, depuis le soleil, la hache, la fleur de lys, le cheval, le coq, le serpent, le gui, le chêne, la chélidoine, le sanglier, l'aulne et l'ours, jusqu'à la Vouivre, ailée ou non, le pélican, les deux pélicans même, qui sont les deux cabales, la celtique et la chrétienne, buvant à la même rivière, qui est celle de la Connaissance...

– On voit que notre maître Witizza a bien fait de quitter l'école druidique qu'il dirigeait pour passer avec tous ses druidillons dans cet Ordre de Saint-Benoît! Il te leur a apporté la Lumière!

– Tu radotes, Prophète! Tais-toi et regarde! dirent les Pédauques.

Le travail fut fait en quatre jours et ils repartirent, mais cette fois en compagnie de tois autres pèlerins qui, comme eux, descendaient par le chemin français et leur demandèrent de faire partie de leur convoi car il craignaient les grands bois qu'ils devaient traverser. C'étaient trois pèlerins avec coquille et patenôtres qui, pour le pardon de leurs péchés et le salut de leur âme, s'en allaient là-bas, pour toucher le tombeau du saint, en chantant les louanges de Dieu, et baisant, chaque fois qu'ils le pouvaient, les pieds de la très Sainte Vierge Mère de Dieu, le genoux de saint Roch, le chef de sainte Foy, la chasuble de saint Glinglin, en poussant des « Ô seigneur! Ô Dieu Tout Puissant! », à vous fendre l'âme. Ils marchaient pieds nus tant qu'ils étaient dans le périmètre des monastères où ils comptaient demander asile, mais rechaussaient leurs sandales pour faire le gros de la route.

– Des petits pèlerins! disait le Prophète, sans autre

forme de procès. Des coquillards par peur de l'enfer! Ils n'y ont rien compris du tout!

Bien que ses pieuses gens fussent pressées et tinssent à observer scrupuleusement l'itinéraire le plus strict, ils suivirent néanmoins les Pédauques dans l'invraisemblable labyrinthe que le Prophète leur fit faire dans le pays brionnais, pour ne pas manquer les temples d'Anzy-le-Duc, de Montceau-l'Etoile, de Varennes-l'Arconce, de Bois-Sainte-Marie, de Semur-en-Brionnais, une vingtaine de « dolmens perfectionnés », serrés là les uns contre les autres comme œufs en nid, où les constructeurs avaient voulu, dès le tympan du portail d'entrée, prévenir ceux qui savaient : le Christ dans sa mandorle, entouré de ses quatre Evangélistes, ce que le Prophète, bien entendu, lisait ainsi : « L'homme sortant de la Vulve du Monde, entouré des quatre éléments, marquant l'entrée du dolmen régénérateur. »

Ils y mirent quatre jours, au lieu de deux, mais débouchèrent enfin sur la Loire par un grand vent de nord, qui soufflait la neige, à Iguerande « Dont le nom, en gaulois signifie la frontière de l'eau », affirma le Vieux avec aplomb, le fleuve étant, paraît-il, la limite du territoire éduen. A partir de là Jehan entrait en pays étranger où il fallait s'attendre à tout et se tenir désormais sur ses gardes.

Pourtant la première étape à l'hospice de la Bénissons-Dieu, fut parfaite bien que les pieds de Jehan fussent tellement douloureux qu'il pensait s'arrêter et demeurer là, où les travaux de charpente ne manquaient pas, mais le Vieux, léger comme un papillon et qui commençait, disait-il, à se sentir enfin rajeuni de trente ans, le fit masser par une sorte de sorcier, trouvé en mendicité aux portes de l'hôpital, moyennant une somme qu'il fit baisser en promettant au guérisseur de prier pour lui à Compostelle.

Le lendemain, il attaquait les monts de la Madeleine

par le chemin qui part de Renaison vers les sources de l'Aix.

Et c'est alors que la neige commença à tomber dru.

– C'est la neige du coucou! chantait le Prophète, elle annonce le printemps aussi sûrement que le coq annonce le jour!

Les monts du Forez, avec leurs grandes forêts noires, tout le monde savait que ce n'était pas du gâteau. Ils n'étaient pas arrivés au faîte de la première grimpette que déjà on ne voyait plus la terre. Les petits pèlerins geignaient, les deux Pédauques, habituellement muets, selon la tradition, se mirent à chanter des chants construits avec des airs bardiques, sur lesquels les Compagnons avaient, avec le temps, rafistolé des paroles que Jehan reprenait.

Les chausses commençaient à s'imbiber et faisaient « cliche » à chaque pas. Le Prophète regardait les autres par en dessous en gloussant, des frimas plein sa barbe qui repoussait depuis deux semaines à une vitesse étonnante, signe de sa force et de sa virilité, disait-il. Les poils lui sortaient par le col de son surcot et remplissaient déjà ses oreilles : « C'est comme les sangliers de la montagne, la bourre leur pousse quand le froid s'installe! »

Et c'est là qu'il pria tout bonnement les deux Pédauques de reprendre, pour Jehan, l'enseignement du tracé, commencé depuis l'été et les deux Kuldées, l'un après l'autre, se mirent à tripoter pour Jehan la Sublime Proportion, le Triangle d'Or, et la corde à Treize Nœuds. Quand les paroles ne suffisaient pas, ce qui arrivait souvent, on profitait de la halte pour dessiner la chose sur la neige, alors que les trois pauvres bourgeois se mettaient à l'écart en essayant vainement de faire du feu.

Pour Jehan, l'inscription de l'icosaèdre dans la sphère correspondit très exactement au trajet qu'ils firent entre le signal de Puy et le col de Noirétable, par la vallée de la Durole, qu'ils franchirent à Chabreloche.

Pendant trois jours, Jehan répéta, en marmottant, la construction de l'icosaèdre, avec ses vingt bases équilatères triangulaires, circonscrit par une sphère de diamètre AB connu. La construction commençait simplement en divisant le diamètre AB par quatre. Il était facile, aussi, de tracer la perpendiculaire CD, puis de tracer BD et BA.

– C'est à la portée d'un veau de six semaines! disait le Prophète.

Ensuite, bien sûr on traçait le cercle EFGHK, de centre L et de rayon BD.

Là-dessus on construisait aisément, dans sa tête, le pentagone EFGHK. On menait sans hésiter le rayon LE, LF, LG, LH, LK... Et même, ensuite, on construisait le deuxième pentagone MNOPQ, on traçait les droites QL, ML, KL, HL, GL, encore égales au rayon BD...

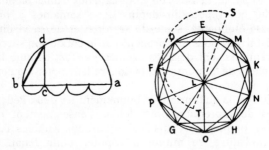

Tout cela était facile et venait comme un pied devant l'autre pour marcher. Le Pédauque traçait encore, toujours dans sa tête, et tout en allant devant lui, les côtés du pentagone MNOPQ, puis ceux des deux décagones inscrits. Mais là, Jehan perdait pied. Il lui fallait, à chaque fois, demander la halte à toute la compagnie pour reprendre le dessin sur la neige, tracer LR et LT (RS et LT étant égales aux côtés des deux décagones) car là il fallait voir, toujours dans sa tête, la ligne TS comme perpendiculaire au plan, je dis bien « au plan du cercle de centre L »! Pas facile sans la neige, qui permettait justement de piquer en L, bien verticalement, une baguette coupée aux dimensions de ST.

On pouvait ensuite imaginer les cinq lignes qui, au-dessus de la neige, joignaient S à chacun des cinq angles d'un des pentagones, et cinq au-dessous de la surface de la neige, qui joignait T à chacun des angles de l'autre pentagone. Grâce à la neige on avait ainsi le corps de vingt bases triangulaires égales et équilatères, dont dix étaient établies sous la neige et dix au-dessus.

Le Prophète, qui faisait mine de savoir tout cela depuis quatre mille ans, se levait à ce moment pour commander le départ en disant :

– ... Et voilà le noble corps appelé « icosaèdre »! La neige est venue à point! Sans elle, l'icosaèdre resterait comme une théorie d'Abélard : une fumée!

Et l'on repartait alors que les saints pèlerins affirmaient qu'ils eussent préféré se passer de la neige; d'ailleurs la vallée de la Dore s'ouvrait bientôt à leurs pieds, déneigée dans ses parties basses, alors que le haut Livradois se dressait, bouchant l'horizon du sud, avec ses grandes devèzes blanches et ses bois noirs et glacés.

Les villages de la vallée où ils passèrent les réchauffèrent. La vallée de la Dore était vivante comme une nichée de rates. Ils la suivirent pendant deux heures depuis Courpière, où ils passèrent l'eau. Mais au confluent de la rivière d'Auzelles, devant le village du Sauviat, ils prirent sur la droite pour gagner Saint-Dier-d'Auvergne et Saint-Jean-des-Ollières, par les raccourcis, pour éviter par l'est les monts du Livradois, où les loups, leur avait-on dit, venaient hurler sur les fumiers des villages. Ils n'avaient plus qu'à redescendre un temps la petite vallée de l'Ailloux jusqu'à

Sugères et Sauxillanges et, par un chemin qui n'en finissait pas et servait, par-ci, par-là, de lit à la rivière, ils arrivèrent, dès le tertre d'Usson, en vue d'Issoire, où la basilique Saint-Austremoine se dressait sur l'autre rive de l'Allier. Sa tour octogonale à deux étages se découpait sur le cirque, fermé par les quinze puys de la chaîne des Dores, alignés devant eux en amphithéâtre, découpés par le soleil qui se couchait derrière le puits de Montchal.

A cette vue, depuis la Montjoie-d'Usson, ils poussèrent d'enthousiasme un chant qu'ils terminèrent en se ruant vers la ville, bien close, d'où s'élançait l'abside ronde, environnée, comme poule pondeuse, de ses quatre absidioles rondes et d'une seule absidiole carrée, vilan petit canard de cette couvée. Tout cela était dominé par le lourd massif barlong d'où jaillissait la tour coupole.

De fait ils trouvèrent là, en chantier, une bonne bande de Compagnons, où dominaient de loin les Bourguignons. Le soir tombant, ils quittaient l'échafaudage et se répandaient en ville. Ils virent arriver, par la porte ouest, nos quatre Pédauques et les embrassèrent à grands cris avant de les entraîner dans un bouchon, en dépit de l'ordonnance de Carême. C'était bon, cette chaleur et cette confraternité, après les longues sauvageries des bois noirs. Les trois pèlerins suivirent mais s'endormirent lourdement dès le premier verre, et on les coucha gentiment sur une bonne paille sèche, près des chevaux.

De fait les Bourguignons étaient là en majorité : francs-maçons et tailleurs de pierre, et, sur leur échafaud, ils s'en donnaient à cœur joie de la mailloche et du burin, car ici pas de retenue, pas d'abbé Bernard pour étouffer leurs élans : on imageait chaque chapiteau.

Hélas la pierre n'était pas le beau calcaire rose bourguignon permettant toutes les fantaisies de plis et de festons. Ici c'était la pierre de volcan, dure comme un crâne d'Arverne, et il fallait se contenter de sortir les volumes et de dégager tout juste le nez, les yeux des personnages et les grosses masses des feuillages et des animaux.

Les symboles y perdaient en précision mais gagnaient en verdeur et en violence, de plus cette pierre était noire, ou presque, et triste, et justement l'on discutait ferme pour la cacher en l'enduisant de couleurs et de dorures. C'était semblait-il un problème qui se posait dans toutes les églises de pierre sombre où il faisait nuit en plein midi d'été. Un tombeau ! Comme à Brioude.

Ils parlaient donc de gagner Brioude. Brioude ! voilà le mot qu'il ne fallait pas dire :

– N'allez surtout pas à Brioude ! criaient les gens d'ici, quand on a vu celle d'Issoire, nul besoin d'aller voir celle de Brioude qui est une merde, un faux, une pâle et ridicule contrefaçon. Il faut dire que Brioude est à dix lieues au sud d'Issoire. C'est la sœur ennemie, pour les siècles des siècles.

Repris par le régime des frères, et réconforté par de solides tapes dans le dos, on fut prêt à repartir, mais voilà qu'au moment où l'on annonçait l'intention de remonter la vallée de l'Alagnon par Massiac et gagner le col du Lioran, tout le monde se récria :

– Holà ! Vous êtes fous ! Il y a douze coudées de neige à partir de Murat ! Vous savez bien qu'il n'y a plus de saison ! Le col du Lioran est comblé. La neige monte à la hauteur du Puy Mary ! Il n'y a plus de passage au Lioran ! Non il n'y a plus de saison !

– C'est que je voulais promener ce jeune homme dans le volcan ! dit le Prophète. Il voulait parler de l'énorme cratère cantalou que la difficile voie du Lioran traversait par le beau milieu. Je voulais le baigner dans le grand courant du feu central où nous attend M. saint Jacques, aux Blats ! C'est par là que je suis passé à chacun de mes cinq voyages à Compostelle, et voyez le résultat, regardez : j'ai quatre-vingt-deux ans!

On abandonna la voie de Saint-Jacques-des-Blats et du volcan pour quitter la vallée de l'Alagnon et prendre celle de l'Arcueil et grimper sur la Planèze, pour ne pas manquer l'hospice de Saint-Flour, qui avait une excellente réputation.

Mais il arriva que dans les gorges de l'Alagnon passé Brugeilles, à l'endroit où le chemin passe sous les orgues de Blesle, le Prophète prît du retard, sans doute pour poser culotte. Les deux Pédauques marchaient devant et Jehan à vingt pas derrière, les trois pèlerins près de lui, dans une neige mouillée qui leur montait bien jusqu'à mi-mollets.

Se retournant ils ne virent plus le Vieux, ils appelèrent mais les eaux noires du torrent, grossies d'un début de fonte, grondaient si fort que les voix se perdirent. Ils firent une petite halte. Rien ne venait. Inquiets, les voilà qui redescendent en arrière et ils entendent des cris. Ils courent comme ils peuvent et arrivent pour voir quatre hommes qui s'acharnent sur un Prophète débraillé, hurlant comme putois. Ils courent en criant :

— Tiens bon, nous voilà!

Mais que voulez-vous tenir à quatre-vingt-deux ans devant quatre gaillards noirs et velus comme des ours? Lorsqu'ils arrivèrent, le Vieux était là, le front en sang, le cul à l'air, les braies déchirées et montrant son ventre nu en hurlant :

— Sus! sus! Ils ont pris ma ceinture! Sus! Sus! ma ceinture!

Les brigands s'étaient fondus dans les genêts, quelque part, sauf un qui courait encore. Jehan le rattrape, l'autre fait face et Jehan l'abat net d'un revers de sa canne. Il te le tourne et le retourne pour le détrousser et retrouver la ceinture qui contenait une bonne moitié du cadeau du sire de Marigny.

Le magot n'était plus là. Il était dans la poche des

autres qu'il ne fallait pas penser retrouver dans les bosses et les creux de ces gorges.

On remet le Vieux sur ses pattes, il retombe, le cœur lui manquant. Ils le montent alors au village de Blesle, où les dames de Blesle, une sorte de moniales rassemblées là pour soigner tout le monde mais surtout les jacquaires, car il en passait par là, les plus durs.

Les dames dirent :

– Mais quelle idée de vouloir franchir la gorge par ce temps ? Il faut attendre le redoux ! Et pourquoi prendre cette voie l'hiver, c'est la voie d'été ceci !

A quoi le Prophète répondit fièrement, faisant l'admiration de ces dames :

– J'ai mission d'initier le petit. On ne fait pas un initié en attendant le redoux ! C'est le Carême, non ? Le chemin de Compostelle n'est pas une promenade !

Et ils repartirent le lendemain après qu'on eut pansé le bonhomme.

Arrivés à Massiac, ils quittèrent l'Alagnon des brigands pour prendre la vallée de l'Arcueil qui descend de la Margeride, et prirent la voie des crêtes, dans la pire débâcle, les neiges fondant à vue d'œil sous le vent de Galerne. Au Suc-de-Védrines, l'eau coulait de tous les côtés, sous la couche de neige. Ils marchèrent ainsi, face au vent, par Videt, la croisée de Rézentières et Peyrefite, où les grosses pierres sont debout, comme le nom l'indique et ce qui fit dresser l'oreille aux Kuldées.

Demander son chemin ? Il n'y fallait pas penser. On ne rencontrait personne et s'il s'en trouvait un, il ne comprenait rien de ce qu'on lui disait et on ne le comprenait pas davantage.

Au bout de ce calvaire, « ce n'est pas le dernier ni le pire, marche, tu verras ! » disait le Prophète, c'était la silhouette haute de Saint-Flour, ave ses murs et ses tours et, depuis la Montjoie du calvaire, une vue devant, derrière, à gauche, et à droite, sur tout le pays arverne, avec ses énormes bosses noires et blanches.

A l'hospice de Saint-Flour, où on les réchauffa tant bien que mal, le Vieux et Jehan comptèrent que le pécule du Marigny était écorné plus qu'à moitié. Le Prophète étant dépouillé, Jehan partagea en deux ce qui lui restait et lui en donna la moitié alors que le Vieux disait :

— Le « Partage », une des lois du charpentier Jésus! Tu vois que le chemin de Compostelle t'apprend quelque chose, et plus vite que les sermons des frocards!

Le plan était de passer entre les deux terribles déserts : celui de l'Aubrac à main gauche et celui du massif cantalou à main droite, dans le fracas des torrents qui se formaient de partout.

— Regarde bien cette eau! disait le Prophète. Celle-là elle ne va plus contre nous, elle marche avec nous vers la Garonne!

— Mais comment sais-tu tout cela?

— Tu penses, je passe ici pour la septième fois!

— Une fois de plus chaque fois que tu en parles! disait Jehan, et le Vieux se fâchait.

— Je vais te le montrer, que je la connais, l'eau de par ici! Vois de ce côté (il montrait un peu à gauche) il y a un pays où elle sort brûlante de la source, qu'on peut y faire cuire un œuf dedans!

— Pardi?

— Et même que les gens se chauffent, depuis des centaines de milliers d'années avec cette eau-là!

— Et à quoi que tu reconnais que c'est par ici?

— Té! regarde là-bas : le dolmen qu'ils appellent la Table-au-Lou, et là, la Pierre-Plantade, un menhir bien sûr et bien planté, et ici le menhir de Seriers! Ce sont les grands jalons de la triangulation. Crois-moi, garçon, ici il se passe quelque chose que les Géants des

Grandes Pierres ont voulu marquer. Les eaux bouillan-
tes ne sont pas loin!

La voie piqua vers le flanc sud. On passait la Truyère
sur le pont de Lanau, et on remonta sur la rive gauche,
et bientôt c'était le village de Chaudesaigues, où les
gens allaient chercher de l'eau à la source pour faire
leur bassinoire et leur pot-au-feu.

– Ici, professa le Prophète, tu me croiras peut-être si
je te dis qu'il s'en passe des choses, là-dedans! (Il
frappait le sol de son talon.) Là tu le sens! Et le plus
malin qui sait s'en servir! Il n'y a qu'à suivre les grands
jalons...

Jehan et les autres faisaient mine de mettre la main
dans le bassin fumant.

– Ne t'en vas pas faire ça, couillon! Qu'on t'emmène
tout de suite à l'hospice des Echaudés! C'est pas une
plaisanterie!

Ils firent toilette dans le lavoir où l'eau chaude
fumait de plaisir et les voilà repartis, mais en évitant
de monter sur l'Aubrac qui faisait le gros dos à main
gauche. Rien que la vue du ravin du Remontadou leur
en coupait l'envie. Ils partirent à l'aveuglette vers le
Vialard, car il y avait un pont, on le leur avait dit, sur
la rive de Levandes à son confluent avec la Truyère,
qu'ils suivirent par la charrière du versant jusqu'à
Tréboul, et après, force leur fut de remonter sur le
dessus, le ravin de la rivière étant impraticable. Et ce
fut encore, dans une coudée de neige fondante, la
charrière de Cantoin, où ils se perdirent dans un
désert, et où fort heureusement ils purent dormir dans
une petite chapelle perdue pour repartir sur Sainte-
Geneviève, puis Benaven, puis Saint-Gervais et Monte-
zic. Un calvaire de froid, de pluie glacée, sur le rebord
de la Viadène, nue comme la main et hostile à ne pas
croire, en ce Carême rugissant.

Les deux Pédauques, qui n'avaient pas dit cent mots
depuis la sortie de Bourgogne à Iguerande, vingt jours
plus tôt, retrouvèrent leur langue pour dire qu'il fallait

être fou pour suivre ce vieux sauvage et sortir de la voie normale pour venir mourir, gelé, dans cet enfer noir de froid! Et les autres faisaient un tel tapage que Jehan crut qu'ils allaient le lapider.

– Patience, patience! répétait le Vieux, tu verras, tu verras!

– Tu verras notre mort, oui!

– C'est pour le « petit »! plaidait le Prophète, c'est pour son bien, tu verras, marche!

Pourtant par les lacets de Volonzac, ils arrivèrent à Entraygues, où ils crurent avoir retrouvé chaleur humaine. Ils avaient perdu la moitié de leur poids et se regardant dans le miroir des abreuvoirs, Jehan se vit, tout autour du menton, une barbe qui rejoignait ses yeux. Une petite barbe dorée qui se collait sur ses os.

On se refit un peu sous la protection de saint Georges, chevalier à la lance, qui avait mission de protéger le pays.

Ce n'était pas tout. Le Vieux en réservait encore une autre : « Tu verras, tu verras, marche! »

Jugez un peu : plutôt que de suivre le Lot, il te les fit monter par les grands raccourcis d'Espeyrac, raides comme la discipline templière.

– Où nous emmènes-tu encore? disaient les autres. Nous retournons, nous refusons de te suivre!

– Marche, marche, tu verras, tu verras!

D'Espeyrac à Senergues, une lieue (« tu verras, tu verras »), de Senergues au puy de Saint-Marcel, une lieue (« tu verras, tu verras! ») et encore deux lieues terribles à traîner sa misère (« marche, tu verras tu verras! ») et, tout à coup, la vallée du Dourdou qui se creuse à leurs pieds, et là, sur le petit revers du ravin, bien orientée, suspendue au milieu de l'immensité : une merveille d'abside en pierre brune et encore une tour coupole octogonale, montée savamment sur la croisée du transept :

– Conques! cria le Vieux.

– Sainte Foy priez pour nous! chantèrent les pèlerins.

Et les voilà tous, ceux qui voulaient le tuer, qui se mettent à chanter un alléluia et même ils s'interrompent pour le lui reprocher :

– Et toi païen, tu ne chantes pas?

Ils passèrent la nuit et le jour à renifler les pierres, à tâter les piliers, à leur habitude, pendant que les pèlerins marmottaient.

Et hardi! Compagnons! On repart, dix fois plus forts, tout étonnés de s'entendre chanter en marchant. Le vieux, riant dans sa barbe, continuait à répéter : « Marche, tu verras! tu verras! »

Par l'Embrousse et l'oratoire du Sommet, et puis Flagnac, ils débouchèrent vite sur le Lot (ou plutôt l'Olt, comme ils disent là-bas), là où il fait son cingle autour de Livignac. Il n'y avait plus qu'à suivre l'eau par la voie de berge, où ils retrouvèrent le trafic des chariots et le chaud des maisons : « Marche, tu verras, tu verras! »...

– La plus belle des rivières du monde, disait le Prophète, faisait des manières, se tortillait comme une coquette entre les versants où la neige était mangée petit à petit par la galerne. Plus on descendait le courant, plus on entrait dans la lumière. Passé le cingle de Capdenac, le printemps perçait et après le saut de la Mounine et le village rond de Cajarc, il éclata tout à fait; cela se vit aux cerisiers qui, sur rive droite, étaient blancs de fleurs.

A chaque détour de la rivière, on découvrait un village perché sur son rocher avec des baraques de pêcheurs à ses pieds. A Saint-Cirq, dit « la Popie », Jehan éclata de joie :

– C'est Compostelle?

– Attends! Pas tout de suite! Marche, tu verras tu verras!...

Et ainsi de suite jusqu'à Cahors qui apparut, au soir

du troisième jour depuis Capdenac, dans la splendeur d'un couchant qui dorait les eaux du Lot.

Ils rattrapaient là la voie française, le chemin le plus fréquenté. A l'hospice, des clercs de toutes robes et des lais les accueillirent parmi d'autres Jacquaires : une petite troupe de Flamands, hauts en voix et en couleur, une cohorte de Germains, qui ne cessaient de chanter, tous ensemble, les mérites de Dieu et aussi les inévitables traîneurs de luth, gars et filles à grands cheveux gras qui prenaient des airs de philosophes en train de refaire la société. La salle d'hôtes rassemblait tous les parfums différents de toutes ces races mélangées, et cela faisait un remugle, dont se régalaient les pieuses dames de la ville, qui venaient là, à tour de rôle, pour la gloire de saint Jacques et l'amour du sauveur.

Ils empoignèrent le Prophète et Jehan, et le poussèrent aux étuves en admirant :

– Le pauvre homme! Voyez dans quel état ses cheveux! Ses pieds! Oh ses pauvres pieds! Dieu de miséricorde!...

Elles te les débarrassèrent promptement de leurs vêtements qui ne tenaient sur eux que par habitude, frottèrent leur peau avec des bouchons de chiendent et une généreuse délectation, pendant que leurs frusques allaient à l'épouillage. Ils n'avaient pourtant pas de poux, ayant choisi de passer par le haut désert où les poux meurent de froid, disait-on. Et, bien au contraire, ils en prirent. Ceux des autres qui venaient des caravansérails des pays chauds, et le Prophète gronda contre ces petits pèlerins, mendiants de paradis, marmotteurs de psaumes, aussi éloignés de l'esprit de Compostelle que les frocards pourvoyeurs et distributeurs de pénitence et d'absolution. A preuve : ils prenaient les sanctuaires rencontrés sur les parcours pour des abris contre les intempéries! Et ils pensaient, pauvres ignorants; que chaque pas qu'ils faisaient leur gagnait un jour de purgatoire! Ils achetaient même des coquilles bénites qui leur garantissaient un voyage parfait!

Aussi décida-t-on de se désolidariser de ces lécheurs de Bon Dieu, de ces combinards de la foi, de ces gagneurs de paradis, et de cheminer seuls. Ils purent manger à leur faim, mais sans plus, en achetant l'écuelle de bouilllon et la boule de pain deux fois plus cher qu'elles ne valaient. On leur proposait aussi des vêtements à des prix qui leur parurent élévés et des croix, des effigies de saints qui prétendaient être saint Jacques, et des médailles porte-bonheur, qui leur assuraient un bon passage de l'eau. Sans plus attendre, leurs pieds s'étant détendus, ramollis par l'eau chaude et le savon, ils eurent bien du mal à repartir et, dès qu'ils le purent, ils quittèrent la grand-route où tous ces gens gagnaient pas à pas leur salut.

A Castelnau-de-Montratier, ils se jetaient, à leur gauche, dans un dédale de pistes qui suivaient les petites vallées de la Barguelonne et du Lemboulas, et les amenèrent tout droit à Moissac, bien au chaud sur la rive haute du Tarn. Ce Tarn qui coulait rouge comme le sang vif de ces oies que l'on voyait dans les prés.

– Té! disait le Prophète, quand celui-ci est rouge, c'est que la neige fond sur les rougets de la Viadène!

– Ne me parle plus de ces pays du diable! disait Jehan, qui se souvenait de ses engelures, et l'on se précipita vers l'abbatiale Saint-Pierre où des Compagnons Tailleurs de pierre complétaient un cortège de personnages invraisemblables, commencés dix ans plus tôt, où deux Pédauques et le Prophète retrouvaient leurs plus chères traditions.

Les Bénédictins les hébergèrent une soirée et une nuit et, avant jour, ils étaient déjà en face de cette mer rouge que formait le Tarn se mélangeant avec la Garonne. Un vrai bras de mer avec des maisons et des villages dedans, de l'eau jusqu'au fenil, et des gens sur les toits. Dans le courant ils virent passer, à la vitesse d'un cheval au trot, des troncs d'arbres, des charpentes, un cheval mort, et même une armoire flottante où toute une basse-cour était réfugiée : les poules pelotonnées en boule et le coq debout chantant en battant glorieusement des ailes.

De l'autre côté on voyait les coteaux de Lomagne, bien rose et vert : terre promise.

La mort dans l'âme ils pensaient attendre la décrue pour passer, pourtant comme ils combinaient cela, ils virent une barque qui se préparait à porter secours à des gens qui, montés sur leur toit, faisaient des signes. Ils s'offrirent naïvement à tenter le sauvetage avec le batelier, qui était passeur, et qui leur dit dans son jargon :

– Pour aller, je le peux, mais je vous préviens : je ne pourrai pas revenir. Le courant du Tarn est le plus fort. Il me poussera sur l'autre rive de la Garonne vers Saint-Nicolas!

C'est bien ce qu'ils escomptaient.

– Qu'importe! dirent-ils, nous nous en arrangerons!

– Cela vous arrangera si bien que vous allez me donner le prix du passage tout de suite!

La discussion sur le prix dura plus de la demi-journée, et les gens sur leur toit appelaient toujours. A la fin, en l'honneur de saint Nicolas, on convint d'un prix qui aurait suffi à payer la barque, les avirons et toutes les oies du canton.

– C'est que je risque mon matériel et ma vie! disait l'homme.

Jehan donna une bonne part de tout ce qui restait des pièces du Marigny et l'on s'élança, chacun un aviron à la main. Mais le courant était si fort que l'on manqua la maison inondée, où les pauvres sinistrés, impuissants et hurlants, les regardèrent passer comme une flèche. Après une lutte de plus de deux heures on aborda en catastrophe sur la rive de Lomagne, quatre lieues en aval, presque à l'embouchure de l'Arrats, qui dégorgeait lui aussi son eau jaunasse.

Ainsi l'on pouvait repartir de pied ferme pour traverser la colline vers Fleurance. Une route de poussière, avec la première chaleur de mars, à monter et à descendre et remonter les petites collines raides, à chaque rivière que l'on prenait par le travers. Cent rivières : le Cameson, l'Arrats, l'Auroue (et je ne cite que les plus grosses), le Gers, l'Ousse, la Guzerde, l'Oustère, l'Auloue, la Baïse, l'Osse, la Guiroue, l'Auzoue, la Douze, la Ribrette, le Midour, enfin l'Arros et puis l'Adour.

Monter, descendre, monter, descendre. Dans les fonds : la boue et les difficultés du gué, et sur les dessus : la poussière sèche des trente lieues d'Armagnac, sous le soleil cru de la Semaine sainte.

Le temps de ressasser, en marchant vers Compostelle, la construction du dodécaèdre dans la sphère.

Le dodécaèdre! le corps de douze bases pentagonales équilatères et équiangles, telle qu'une sphère proposée l'encercle! Le cinquième et dernier des corps réguliers à pouvoir exister dans la nature, dont toutes les bases sont égales entre elles, d'angle solides et de plans égaux et semblablement de côtés égaux! Allez y voir! C'est ainsi, du moins, que les Compagnons en parlaient et que Jehan l'apprit par cœur.

C'est après avoir traversé l'Arrats, dans la petite montée qui contourne Saint-Clar, que l'on commença la construction de ce dodécaèdre : il fallait imaginer les deux faces d'un cube inscrit dans la sphère proposée. L'une des faces étant la face supérieure du cube et l'autre la face latérale, et toutes deux vues de l'intérieur. Jehan s'y efforça mais à ce moment on fut invité, au passage, à prendre quelque réconfort dans une maison qui donnait sur le chemin. Sans même prendre le temps de s'asseoir, on grignota une bouchée sur le pouce et on but avec le Maître le coup de l'étrier. Il y avait là la fille de la maison qui vous avait des yeux chercheurs en diable. Elle dévorait du regard Jehan, qui pensait aux deux faces intérieures de son cube et ne la voyait même pas. A vrai dire elle n'était pas remarquable, sinon pour la hardiesse de son regard.

Ils boivent, modérément, elle le regarde toujours, et lui ne remarque rien. Elle fait mine de s'absenter mais se cache derrière le bûcher et lui fait des grimaces d'œil et de croupion. Il y va, le couillon, mais comme pour regarder le paysage. Elle lui dit en charabia :

— Viens donc par là!

— Et qu'est-ce que tu me trouves? La route m'a fait une peau rêche et calleuse comme celle d'un lézard?

— J'aime ça! dit-elle goulûment.

— Je pue comme tous les Jacquaires, et même plus, car on est venu par la voie des durs...

— J'aime ça!

— J'ai des morpions, comme tous les Jacquaires!

— J'aime ça!

— Oh! diable! dit-il, si tu aimes ça, c'est que tu es malade! Je n'aime pas les filles malades, moi!

Elle dit « bon » et ils repartent en remerciant.

Et Jehan reprend l'histoire du dodécaèdre : les deux faces du cube, les lignes médianes EF, l'autre dont la moitié est GH. Bon. La moitié de EF est K, on joindra HK...

Mais voilà que ça se complique parce qu'il faut diviser EF, KF et GH selon la sublime proportion. On s'assied et, dans la poussière, on dessine la figure. Et alors, on n'est pas assis qu'on voit arriver trois gendarmes avec l'homme qui a si gentiment offert le casse-croûte tout à l'heure.

— Ouvrez votre bissac! la poche de derrière, disent-ils à Jehan.

Il ouvre, et que voit-on au fond de la poche de derrière? un beau gobelet d'argent :

– C'est bien le mien! dit l'homme. Il me l'a volé!

Les gendarmes empoignent Jehan, la pique sur la poitrine :

– Vous allez nous suivre... ou bien vous payez tout de suite une amende et on vous laisse en liberté, sinon c'est la prison! Tous les mêmes ces coureurs de grand chemin! On dit qu'on va à Compostelle et c'est pour voler ou violer les filles!

On paie l'amende, elle est rondelette, les gendarmes et l'homme s'en vont en se la partageant et, encore un peu plus légers, on reprend l'histoire du cube alors que le Prophète dit :

– C'est la fille! pendant que tu lui fais le boniment elle te glisse le gobelet dans le sac! Et c'est le même gobelet qui sert pour tous les gogos qui passent comme toi! Mais continue, ça aussi, ça fait partie de ton initiation, marche, marche, tu verras!

Et l'on marche en élevant de L et M des perpendiculaires à la surface 1. Semblablement du point Q on

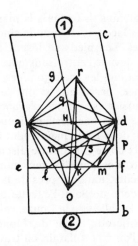

dresseta la perpendiculaire à la surface 2, et l'on tire les lignes AL, AN, AM, AP, DM, DN, DP, DL, AR, AQ, DR, DQ.

— On a donc fermé ANPDR, qui est un pentagone équilatère! dit un Pédauque.

— Et si, de la même manière, on forme un semblable pentagone sur chacun des autres côtés du cube, nous aurons construit un solide composé de douze surface pentagonales équilatères et équiangles! dit l'autre Pédauque.

— ... Puisque le cube a douze arêtes! conclut le premier.

Pour Jehan tout cela mérite réflexion pour devenir évident, et cela lui prend bien le temps d'arriver à Vic-Fezensac, en trois jours de marche avec répétition et dessins sur la poussière. Jehan commence à délirer avec des perpendiculaires dans tous les recoins de la cervelle et des chemins de poussière qui se déroulent dans sa tête, même en dormant. Les enfants le suivent en chantant des moqueries, à la traversée des villages.

Depuis longtemps ils ont pris la marche d'automate qu'ont tous les Jacques, au bout de cinq ou six cents de nos kilomètres. Les pieds se lèvent tout seuls et se reposent l'un devant l'autre sans que la tête le sache. Les bras ballottent, les mais gonflées, les lèvres croûtées, on avance, parce que si on s'arrête on a mal partout. Le mieux est encore d'avancer, et en vérité cela ne va pas sans une certaine jouissance.

Tout le long de la route maintenant il y a des petites chapelles, à six ou sept lieues de distance, pour servir d'étape, construites par des gens qui savent ce que c'est que marcher, toujours près de la rivière ou d'un point d'eau : celle de Saint-Pé, celle de Bats, celle de Lupiac, avant la vallée de la Douze, celle de Montégut, près de la Riberette, celle de Mondebat, avant le Midour, d'où l'on voit s'élargir, en travers de la route, une large vallée où coule l'Arros et plus loin l'Adour, rivière d'argent, auprès des coteaux de Madiran.

A Plaisance, ils sont accueillis par une vieille femme qui leur donne volontiers du pain, du bon bouillon de viande, et du vin. C'est une femme qui a eu son fils guéri de la lèpre blanche après être allée à Compostelle et, depuis, elle mendie le pain, la viande, le vin et elle attend les pèlerins sur la route pour leur donner. Elle les nourrit, elle les loge sur une bonne paille dans une grange fermée.

Ils passent l'Adour au Jû-Belloc et, ainsi, entrent en Béarn. Jehan regarde les gens. Ils parlent fort et clair. On croirait toujours qu'ils vont se battre. Ils lui semblent bouillants de bravoure, il demande :

– Les Basques?

– Non, pas encore! Marche, Marche! Tu verras!

Et le jeu des montées et des descentes recommence, qui vous brise les pattes.

Après le belvédère de Castelnau, sur une espèce de chemin de ronde qui regarde le sud, on découvre tout à coup une sorte de feston de dents blanches qui croquent le ciel vert, tout au loin : les Pyrénées! Elles annoncent la pluie! disent les gens. On passe le gué et le pont du Bergons et du Larcis, et, à chaque fois, on remonte sur le plateau d'où l'on voit ces Pyrénées qui se rapprochent.

Jehan répète le corps qui a ses douze faces pentagonales. Il le construit maintenant dans sa tête, sans même l'écrire dans la poussière. D'ailleurs il n'y a plus de poussière, car il s'est mis à pleuvoir, comme l'annonçaient les Pyrénées.

On passe Lées. Le Grand-Lées, car il y a toute une famille de Lées qui courent tous vers le nord-ouest en plein travers de la route et vous obligent à descendre et remonter.

Après Lembeye, la pluie redouble, les nuages, gonflés d'eau, poussés par la galerne, viennent buter sur les Pyrénées et là se relâchent, et pisse que tu pisses!

Heureusement voilà quatre vieux chênes verts, marquant les quatre points cardinaux. C'est un signe qui ne trompe pas : en effet, un petit peu en retrait de la route, on découvre alors la petite chapelle, toute neuve, ronde comme une demi-coquille de noix, une nave, avec un chrisme bien gravé sur le tympan de la porte et une patte d'oie, qui ressemble à une coquille par la grâce du Compagnon qui a sculpté ça sur l'emplacement d'un dolmen.

On se jette là, et on y passe la fin du jour et la nuit.

Au petit matin, une vieille femme se présente, elle apporte à manger et à boire pour les Jacquaires, comme elle dit. Elle les regarde manger avec admiration et elle sort de dessous son tablier une pièce, une pièce de monnaie. Elle leur donne en disant : « Vous la donnerez de ma part à ceux qui gardent le tombeau miraculeux de saint Jacques. » Et elle se sauve comme une voleuse de poules. Le lendemain matin il ne pleut plus et on ne voit plus les Pyrénées. Avant de partir, Jehan regarde le chrisme sculpté sur la pierre du petit tympan . Il en a vu d'autres sans se souvenir où, et ce dessin mystérieux l'intrigue :

— Et ce signe-là, comment je dois le comprendre? dit-il.

— C'est notre patte d'oie des Kuldées dans la rouelle. Ce sont, tu le vois, trois traits qui s'entrecroisent comme notre patte d'oie. Celui du milieu représente la direction du soleil au matin de l'équinoxe. Celui qui pointe à gauche, la direction du soleil au matin du solstice d'été et celui qui pointe à droite, au solstice d'hiver... A l'origine, c'était le signe solaire et ce petit vermisseau qui se tortille au bas du trait central, c'était...

— ... le serpent! coupa Jehan.

Tout juste, le serpent tu le retrouves, et tout ça, c'est tout simplement le schéma directeur de la construction des églises.

Le Prophète eut un sourire de putois :

– ... Je suppose que les frocards, qui sont malins, y ont ajouté, mine de rien, un alpha et un oméga grecs et aussi pendant qu'ils y étaient un petit chapeau sur le même trait central en disant : voyez c'est le signe du mot Christus en latin ou Krestos en grec, va savoir!

– Et l'alpha et l'omega, qu'est-ce qu'ils font là?

– Encore une grimace des moines pour s'approprier la chose, car le Christ aurait dit : « Je suis l'alpha et l'omega. » Et allez donc! Ils ont ajouté l'alpha d'un côté et l'omega de l'autre, et en avant pour Dieu et pour le Christ! Le Prophète réfléchit :

– A moins que ce soit nos tailleurs de pierres kuldées qui aient ajouté tout ça pour que leur signe de la patte d'oie, signe de Lumière soit présent dans leur œuvre, au nez et à la barbe des moines, qui n'y ont vu que du feu!

Et il éclata de rire.

Jehan regarde le Vieux comme s'il était une bête curieuse, en pensant : « Vieux beurdin! Jusqu'où va-t-il me conduire avec ses embrouilles? »

On reprend la canne et on repart. On descend. On passe à gué un Lée qui roule sur des galets ronds et on remonte. On repasse encore un Lée, mais sur un pont cette fois, parce que c'est le Gros-Lée, et on remonte, et on redescend pour passer le Gabas, puis la Souye, puis le Luy-de-France, et c'est Morlaas avec son église mauve toute neuve où des hommes de pierre montent la garde de chaque côté de la porte, gravés et sculptés par des gens qui savent, ça se voit au symbole que les Compagnons caressent de la main en entrant pour y faire leur labyrinthe.

C'est ainsi qu'ils arrivèrent à Lescar sur sa butte entre le Gave et l'Aulouze. Les deux Pédauques retrouvèrent leur voie car on approchait de chez eux et ils se mirent presque à courir comme le cheval qui sent l'écurie. Ils montrèrent, avec fierté, l'église massive à laquelle leurs pères et eux-mêmes avaient travaillé, disaient-ils.

Jehan allait y entrer par la grande porte mais les Pédauques l'en empêchèrent vivement. Ils l'entraînèrent vers une petite porte de côté fort surbaissée en lui disant :

— Voilà notre porte, notre porte à nous, et notre bénitier! Et ne t'avise pas d'entrer par une autre avec ton pied d'oie!

— Vous avez une porte particulière et un bénitier particulier?

Ils répondirent simplement : « Oui », et ce fut tout.

Ils montèrent toute la nef centrale, la redescendirent gravement, prirent ensuite le bas-côté nord qu'ils remontèrent, passèrent devant le chœur, où ils firent une prosternation à deux genoux, redescendirent le bas-côté sud, remontèrent encore une fois la nef centrale, à pas très lents et s'arrêtèrent sur la croisée du transept, les yeux levés vers le fond de l'abside pendant un long instant.

A vrai dire, c'était ainsi qu'ils faisaient chaque fois qu'ils visitaient une église. C'était ce qu'ils appelaient « faire le petit labyrinthe ». Jehan le fit aussi pour les imiter, et comme chaque fois il ressentit en lui un grand mouvement, comme si quelque chose se détendait, se gonflait dans tout son corps, mais là c'était peut-être encore plus fort que jamais. C'était comme à

Fontenay, comme à Chapaize, comme à Cluny, comme à Conques. Il en fit part à ses compagnons qui, gravement, mesurant leurs paroles acquiescèrent en disant, au bout d'un silence :

– Oui c'est une de nos meilleures!

Et ils ressortirent par la petite porte.

Le Prophète, dès la grande lumière du parvis, glissa à son oreille :

– Et Vézelay, tu verras! tu verras!

Puis presque dans un murmure :

– ... Et à Chartres, oui, à Chartres, tu verras, tu verras!

– Et à Chartres! Oui, à Chartres, tu verras! Tu verras!

L'instant d'après on passait le Gard entre Lescar et Artiguelouve. C'était là que les deux compagnons posaient besace. Oui, leur maison était là, où les femmes et enfants reçurent, en silence, les quatre pèlerins. Tous assez petits, blonds ou châtain clair, en ce pays de bruns, tous avaient un air buté et apeuré, en ce pays de rieurs et de grands vivants. Les femmes jeunes ayant un beau cou de cygne, mais un peu trop galbé, qui devenait goitre chez les matrones. Et l'air toujours de baisser la tête et l'échine pour passer sous leur petite porte de la cathédrale de Lescar. Comme une race à part, mystérieuse et farouche qu'on avait mise là comme en ségrégation, en quarantaine, parce qu'ils étaient les gardiens d'un lourd secret qu'ils traînaient depuis des millénaires et qu'ils ne voulaient partager avec personne, se mariant entre eux, ce qui faisait que leur sang allait en s'appauvrissant, et se refusant tout autre travail que celui de la pierre et de la charpente. Le Prophète les considérait comme secte secrète, isolée là, jalouse de ses particularismes, s'anéantissant de sa consanguinité volontaire dans un rêve mystérieux et dans un long esclavage. Dans les autres villages on les appelait les crestins[1].

1. J'ai appris que, plus tard, vers le XVe siècle, on les appela les « cagots » (N.d.A.).

Et c'est à partir de là que Jehan et son Prophète cheminèrent seuls. Jehan posant sans cesse la question :

– Et les Basques?

Et le Vieux lui répondant toujours :

– Attends, marche, marche, tu verras!

A ce train, ils allaient vite, tirés par l'avidité de Jehan à voir davantage pour savoir plus et découvrir Compostelle au tournant du chemin. Contrairement à ce qu'il pensait, l'allure s'accélérait avec l'excitation et disparaissait la fatigue, comme lorsqu'ils faisaient leur labyrinthe dans les églises, à la façon des moines processionnaires. Si bien qu'ils passèrent Monein dans l'après-midi et couchèrent dans une cahute le long du talus (il faisait beau), au-delà de Castet sur un lit de fougères sèches qui devait servir à des bergers.

Le froid de la prime aube les remit sur le chemin pour passer le sommet de la colline et redescendre à Lucq-en-Béarn et sur le gave d'Oloron, par Préchacq. Ils dormaient le soir à l'hôpital Saint-Blaise, perdu, tout seul dans les bois et les landes de hautes fougères. On y voulut leur laver les pieds (une manie des hospitaliers). Ils refusèrent et repartirent avec un bouillon et une michotte de pain dans le ventre, en contournant le sommet des bois de Chéraute, pour redescendre sur Licharre[1] au milieu de sa cuvette verte, au bord de son gave. Auparavant, ils s'étaient arrêtés à la chapelle d'Hocquy. Le Vieux avait pris le bras de Jehan pour l'arrêter devant le panorama qui allait depuis le pic d'Anie, tout au sud-est, aux collines de basse Navarre à l'ouest. Il avait fait un grand geste du bras avec son emphase habituelle :

– Le pays des Basques! les gardiens de la route!

Ainsi on y était.

– Alors? Compostelle? Demain? après-demain? demanda Jehan.

1. Licharre : aujourd'hui Mauléon.

278

– Mais pauvre couillon, nous ne sommes qu'à la moitié du voyage, dit le Prophète. Et au même instant alors qu'ils arrivaient au cimetière de Licharre, ils découvrirent toutes les tombes, chacune avec la croix : une croix druidique, oui, avec ses trois cercles de Gwenwed, d'Abred et d'Anioum, à laquelle on avait un peu agrandi les branches, qui dépassaient ainsi du cercle de Gwenwed.

Jehan était tout à coup émerveillé, non par les pays, qu'il ne voyait plus, bien qu'ils fussent très beaux, mais par la race. Au début, elle était encore assez moyenne de taille et vive et sautante. La race souletine. Mais passé le col d'Osquich, tout changea encore une fois. Les bergers qui les hébergèrent par une nuit glacée dans leur cayolar étaient grands et secs, les épaules larges, la figure longue, le menton en avant, le nez droit avec le front.

Ainsi, le Prophète trouva qu'ils ressemblaient, mais oui, au Beau Dieu de Vézelay et aux figures que sculptaient les enfants de Maître Jacques.

– Les Atlantes! pensa Jehan tout haut.

– Leurs bâtards seulement; mais écoute-les : c'est leur langue!

On entrait dans cette partie du Pays basque qui s'appelle aujourd'hui la basse Navarre.

Le brouillard glacé se mit dès les premières descentes du col d'Osquich. On plongeait dans un abîme de coton, et Saint-Jean-Pied-de-Port en sortit tout à coup, tout rose et blanc sur la rive haute de la Nive.

Là, l'hospice était bien garni d'une foule de Jacquaires, les uns qui allaient, car c'était là qu'ils se rassemblaient pour passer la montagne, et d'autres qui en revenaient avec des ulcères, des croûtes, des plaies, des bosses. On leur donnait un bol de soupe et une demi-miche de pain et ils pouvaient acheter un gobelet de vin. Ils dormirent là dans la nef de la chapelle où, peut-être cent pèlerins empuantaient l'air, et au matin, un prêtre leur vint dire la messe.

— Viens vite! dit le Prophète.

Ils sortirent, achetèrent un pain, un morceau de jambon et ils partirent. Cette fois pour remonter la petite Nive jusqu'à Arnéguy, qui marquait le col. Plus Jehan montait, plus le brouillard était épais. On touchait le ciel de la tête.

A partir de là, Jehan le Tonnerre ne devait plus rien voir, il ne vit pas les montagnes de Navarre que l'on découvrit lorsque, tout à coup, après les défilés de Roncevaux, le brouillard se déchira. Il ne vit pas non plus que le chemin, *el camino* comme ils disaient tous, quittait la vallée du rio Urrabi et se jetait bravement à droite, après Burguete, où on leur vendit très cher de quoi crever de faim dans la sierra de Labia et le val du rio Erro pour gagner Pampelune par le rio Arga. Ils n'avaient d'ailleurs plus à chercher leur chemin, car ils n'étaient jamais seuls, sur la route, pendant plus d'une lieue. Ou bien, ils croisaient des Jacquaires qui en revenaient, ou bien encore, ils entendaient les échos de ceux qui chantaient quelque part les hymnes à saint Jacques. Le chemin était jalonné d'indigènes qui, assis sur les talus, offraient des œufs de leurs poules ou les fromages de leurs biques. Quand je dis offraient, c'est une façon de parler : ils les cédaient au prix fort, pour l'amour de M. saint Jacques. Et pourtant, on était encore à plus de 600 kilomètres du sanctuaire!

Jehan ne vit pas même Pampelune, où pourtant ils bivouaquèrent dans un monastère plein de punaises, dont les gens du pays n'avaient pas l'air de s'inquiéter fort.

Ils repartirent par le grand chemin vers Pinta la Reina, où ils ne s'arrêtèrent pas, mais, par Uterga et Muruzabal, filèrent vers une drôle d'église ronde, où plutôt octogonale, comme la coupole de Saint-Cydroine ou la tour centrale d'Issoire, mais toute seule au milieu d'un champ plat comme la main :

– C'est Eunate! répétait le Prophète, Eunate! En basque : les cent portes.

– Les portes de quoi? demandait Jehan?

– Entres-y, et tourne avec moi, et ce sera tout!

Ils y entrèrent, tournèrent en rond dans le déambulatoire circulaire (c'était la façon dont on faisait son labyrinthe dans les églises rondes), les bruits de leurs pas étant répétés à l'infini par un écho profond.

– Tu entends? disait le Vieux. Tu entends l'écho de la voûte?... Respire, petit, remplis-toi!

Et Jehan tournait, respirait cet air un peu confiné et cette lumière filtrée par des plaques d'albâtre qui garnissait les étroites fenêtres.

Un peu plus loin, ils n'étaient pas à plus d'une lieue de l'église ronde d'Eunate-les-Cent-Portes, qu'une patrouille de gens armés les arrêtait gravement. C'était pour un contrôle, disaient-ils.

Ils avaient rassemblé une vingtaine de pèlerins qu'ils emmenaient dans un cayolar un peu à l'écart du chemin. Là on les passa devant une sorte de conseil de révision. On les déshabillait et on les emmenait dans la pièce voisine. Lorsque vint le tour du Prophète et de Jehan, le Vieux commença tout de go :

– Je suppose que vous êtes là pour surveiller votre frontière, pauvres gens? Il peut se glisser tant de fumistes et d'indésirables parmi les pèlerins, que vous avez bien raison de surveiller ça!

– Nous sommes pauvres dans un pays pauvre! dit le chef.

Le Prophète se débraya et fouilla dans sa ceinture :

– ... Je vous comprends bien et permettez-moi de vous verser une obole pour vous aider à nourrir vos enfants!

Il mettait la main au gousset, en continuant :

– ... Nous aussi nous sommes pauvres, mais il est bien juste que ceux qui vont à Saint-Jacques aident leurs frères chrétiens déshérités.

Le chef dit d'une voix doucereuse :

– Hélas, nous sommes obligés de prélever une petite somme sur chacun, nous nous contentons de la moitié de la somme totale que chacun transporte pour ses besoins.

– La moitié? mais bien sûr, braves gens, je vais vous la donner tout de suite!

Il fouilla activement dans une poche de sa ceinture de corps et sortit une pincée de pièces pour la donner au chef en disant :

– Prenez, braves gens! Prenez! Si, si! Prenez! Pour l'amour de saint Jacques et du Christ sauveur! Prenez et ne me le refusez pas, vous me vexeriez!

Les hommes d'armes prirent les pièces et se mirent à rire et, d'un coup de pied aux fesses, ils renvoyèrent Jehan et le Prophète.

Les autres pèlerins qui s'étaient rebellés en refusant d'abord de se dévêtir, furent battus assez violemment, c'est vrai, et l'on compta leur fortune après avoir scruté toutes les parties de leurs frusques et de leur corps, même les plus intimes, et on leur prit rigoureusement une pièce sur deux.

Déjà Jehan et le Vieux étaient sur la route, à marcher sans se retourner.

– J'ai sauvé le maximum, dit le Prophète. As-tu vu comment ils s'y prenaient pour compter. Ils comptaient une à une les pièces et en prenaient bien une sur deux, mais ils prenaient la grosse et laissaient la petite. Comme c'est moi qui les avais offertes, ils n'ont pas compté les nôtres.

– C'est égal, ne me parle plus de tes Basques! Ce sont de beaux gredins!

– Des Basques? Eux? cria le Vieux. Cré nom! tu les

as bien regardés, c'étaient des Wisigoths! Tu as vu leur gueule? des Wisigoths je te dis!

Bien qu'on ne fût qu'au mois de mars, la chaleur leur tomba dessus d'un coup. La chaleur ibérique, qui les écrasa dans le fond du bassin de Pampelune où le chemin des Jacques filait tout droit sur la montagne de Perdon, qui les séparait de Punta la Reina. Et là ils se lancèrent sur le plus extraordinaire chantier monumental qu'il soit possible d'imaginer sous le soleil.

C'était comme en Brionnais. Les églises se succédaient, où l'on retrouvait, partout gravé, le chrisme traditionnel et les marques personnelles des Compagnons sur les pierres d'appareillage des édifices tout neufs, et, sur les rivières, des ponts comme celui de Logroño sur l'Ebre, celui de Najera, sur la Najerilla, et des hospices comme celui que l'on construisait alors entre Najera et Redecilla.

C'est justement lorsqu'ils arrivèrent sur ce chantier qu'ils furent reçus par l'équipe des Compagnons. S'étant déchaussés, ils étaient assis sur la terre à regarder travailler les autres, dans l'ombre maigre de quatre amandiers. Un homme passa, vêtu d'une coule courte, la capuche sur le front, qui lui cachait la figure. Il les vit :

– Que faites-vous là, à vous mettre la plante des pieds au soleil, alors qu'il y a de l'embauche?

Et il les emmena vers les échafaudages où il donna des ordres pour qu'on leur donnât du travail. C'était le maître d'œuvre, un certain frère Domingo, qui construisait tout au long de la Calzada (ainsi nommait-on ici les chemins de Compostelle), cette chaussée, ces hospices, ces monastères, qui devaient la jalonner jusqu'au sanctuaire de Saint-Jacques.

Ils travaillèrent là huit jours, parmi une cinquantaine de Compagnons Passants, et qui, pour lors, construisaient « la voûte » sur un dolmen enterré jusqu'au niveau supérieur de la table, ce qui fit délirer le Prophète.

Leur semaine achevée, ils repartirent sur le trimard, mais, cette fois, accompagnés d'un Maître et d'un aspirant, qui, comme Jehan le Tonnerre, allaient à Compostelle. Non pas comme pénitents, mais pour y chercher la fameuse Connaissance.

Quatre pour marcher, cette fois, c'était être deux fois plus léger et cela redonna du courage à Jehan qui, devait-il dire plus tard, était alors sur le point de se coucher sur le bord de la route pour s'y laisser mourir de soleil.

C'est ainsi que l'enseignement put reprendre. Le maître étant justement un moine de Cluny qui s'appelait Lesme, et qui, lui, n'avait pas sa langue dans son bissac. Le Prophète marchait en tête et, derrière, les deux apprentis, un à droite, l'autre à gauche de maître Lesme, qui revit avec eux toutes les propositions de la Sublime Proportion et du Triangle d'Or, ce qui était redite pour Jehan, ainsi que la construction des cinq corps réguliers et leur inscription dans la sphère.

Mais, passé Burgos, il ajouta une glose tellement personnelle qu'elle pouvait laisser croire qu'il en était l'inventeur. Il présenta la chose un matin alors qu'ils traversaient justement les monts de Oca, les monts de l'Oie, où le Prophète retrouvait une preuve supplémentaire du rôle symbolique de l'oie dans le vieux Chemin de la Connaissance.

Le maître Lesme leur proposa donc une formule simple, comme une espèce de recette, pour savoir trouver, dans la même image, les côtés des cinq corps réguliers par rapport au diamètre d'une sphère. Dans la langue compagnonnique, que Jehan connaissait maintenant fort bien, il dit, alors qu'ils venaient de passer la bourgade de Villa Franca :

– Il s'agit maintenant de savoir trouver les côtés des cinq corps par rapport au diamètre d'une sphère qui les circonscrit tous exactement. Sachant que ce seul diamètre nous est connu... Soit AB le diamètre de cette sphère qui les enveloppe tous. Nous agirons ainsi : nous diviserons ce diamètre en deux parties égales, ce qui donne le point D, puis en trois ce qui donne le point C. En ces deux points, nous élèverons perpendiculaires DF, CE, et alors nous joindrons EA et FB... Je dis que AE sera le côté de la figure de quatre bases triangulaires et équilatères, et EB sera le côté du cube, FB sera le côté de la figure de huit bases triangulaires et équilatères...

Là-dessus on marchait une demi-lieue pour faciliter la digestion après quoi maître Lesme continuait, insensible à la chaleur et à la poussière de la route et sans le moins du monde ralentir la marche :

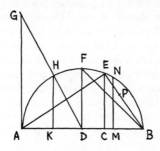

– Elevons maintenant la perpendiculaire AG égale à AB, et traçons GD, qui coupe la circonférence en H. Traçons HK et MN (DM étant égale à KD), je divise EB en extrême et moyenne proportion au point P. Il est certain que PB est le côté de la figure de douze bases ! MB est le côté du corps de vingt bases !... Mettez-vous bien cette figure dans la tête ! on l'appelle l'abaque du Pédauque !

Maître Lesme allait à grands pas bien mesurés et

égaux entre eux. Les droites qu'il annonçait semblaient, pour lui, se dessiner au fur et à mesure et avancer avec lui dans le ciel, et il les voyait avec tant de netteté qu'il lui arrivait de ne plus voir les pierres du chemin et même, deux fois, de s'étaler de tout son long.

Ensuite il priait Jehan et l'autre aspirant, qui se nommait Aymeric, un Pédauque de Toulouse, de répéter ce qu'il venait de dire. Il se fâchait tout rouge lorsque l'élève s'arrêtait pour tracer la figure dans la poussière pour s'y retrouver :

– Pas de dessin! Non, non! Pas de dessin! La figure doit se faire devant vous dans l'air et avec ses trois dimensions si cela est nécessaire. Un Compagnon doit voir, en même temps, les trois dimensions!

Et c'est ainsi, l'œil dans le vide, le nez en l'air, qu'ils arrivèrent, par Los Arcos, Logroño, Najera, Belorado, à Burgos, en marchant toujours dans le sens du soleil, comme la fourmi sur sa pomme, pour s'imprégner du rythme de la Terre et de l'Univers, en suivant le Chemin des Etoiles, à travers le nord de la Castille. Une Castille qu'un soleil de fer rendait gris et ocre avec des saignées froides de bleu et de terre d'ombre. De grands espaces où le pèlerin qui chemine devant vous, tout seul, à une lieue, devenait énorme et obsédant. Pas de village, ou alors des tas de pierres grises fermés au nord contre le froid, au sud contre la chaleur, à l'ouest contre la pluie, à l'est contre le vent.

La construction, dans l'espace, d'un icosaèdre, prenait alors toute son importance et la marche, le fait de mettre un pied devant l'autre, devenait ce que le Prophète en disait :

– La plus saine, la plus ascétique, la plus enivrante des disciplines, la plus efficace des philosophies! Marche, marche, tu verras!

Et Jehan commençait à comprendre ce que les mots « initiation » et « révélation » veulent dire. Mais il espérait Compostelle, il commençait non pas à comprendre mais à sentir, dans sa chair, le pourquoi du vieux pèlerinage, qui suit exactement ce que nous appelons la parallèle terrestre.

Burgos aussi grouillait de Compagnons et de gens que l'on pouvait prendre pour des Templiers, des moines noirs, des moines blancs, qui traçaient sur le sol des figures, des projections, des pentagrammes et entamaient la terre au pic à côté de blocs bizarres, empilés et enfoncés dans le sol, caillasses sur caillasses peut-être, mais grottes construites par des surhommes savants que le Prophète nommait les Atlantes, ou les Géants des Grandes Pierres, ou encore nos Maîtres.

La Castille d'après Burgos (est-ce encore la Castille? se révéla plus souriante. Etait-ce à cause de trois journées de bonne pluie douce, celle qu'à la Communauté on appelait « pluie de pousse »? Etait-ce parce qu'on approchait de la cinquième porte, au pied de la chaîne Cantabrique, à l'entrée des monts du Lion, par le long défilé de Porquero? Cette « cinquième Porte », qui commande l'entrée dans le Domaine de la Belle-Endormie dont le Prophète s'était mis à parler, alors qu'il avait bu une gourde qu'une pieuse femme lui avait offerte, avec quelque monnaie pour qu'il mît un cierge pour elle à saint Jacques.

— Nous entrons en Léon!... Léon! s'écriait-il, tu entends bien : Léon! Et les monts d'Arro avant le promontoire où finit la terre, « Finisterra » comme disent les moines. Exactement comme dans mon Armorique natale : le pays de Léon et les monts d'Arrée, avant notre Finisterra, le bout du monde occidental! La même estacade, où sont venus atterrir les Géants venus de la mer, les Maîtres, après le grand effondrement!

Maître Lesme, entendant cela, se taisait, forçait le pas et commençait une longue théorie sur la proportionnalité entre elles des surfaces des cinq corps, et leur proportion avec le diamètre de la sphère dans laquelle ils sont inscrits. Mais cela dépassait l'entendement des deux élèves, car rien de tout cela ne pouvait s'exprimer par le dessin, mais par des chiffres et par l'algèbre. Alors maître Lesme parlait. Ça faisait comme un ronronnement qui leur endormait l'esprit et leur facilitait ainsi le mouvement régulier de la marche.

Ainsi traversèrent-ils Léon et couchèrent-ils à l'hôpital de Orbigo, et passèrent, comme dans un rêve, les monts du Léon par le défilé de Manzanal, pour déboucher dans le paradis du Bierzo : une plaine riche où les Templiers terminaient l'énorme forteresse de Ponferrada pour garder l'entrée de la Galice. Ils y furent hébergés dans une salle qui portait, gravé dans le linteau de la porte, le Tau. Le lendemain enfin, ils passèrent le col de Pierrafitta, la « pierre dressée », où le Prophète s'agenouilla pour baiser trois fois le sol en saluant :

– Salut terre celtique, temple de Belen! Terre de Loug!

Il embrassa même les premiers hommes qu'ils rencontrèrent :

– Salut frères... et sœurs!

Et il sauta au cou de leurs femmes pour les embrasser à leur tour, ce qui provoqua des échauffourées que le maître Lesme apaisa d'un mot. Le Prophète était fou d'émotion. Il montrait les villages de huttes rondes et basses, aux murs bruns couverts de chaume :

– Comme chez nous! Regarde!

Puis il se mit à piétiner dans la boue, car il avait plu la nuit. Le pays était couvert de nuages gris et le vent, un vent doux, soufflait debout.

– Regarde!... La boue d'Armorique! Le même ciel! Le même vent! et les gens? les « Gallis », les « Gallegos »! des Gaulois comme nous!

Oui, les gens étaient plus souvent blonds et châtains, l'œil bleu-gris, même vert parfois, ou noisette... On l'écoutait en souriant de pitié. Pauvre vieux fou, qui pourtant marchait depuis soixante-dix jours à raison de près de huit lieues par jour! On était enfin dans la forteresse, le temple du dieu Loug, dont il parlait si souvent et avec qui il était à tu et à toi, pour le moins autant qu'avec Jésus le charpentier, et bien plus qu'avec saint Jacques, dont il ne parlait jamais. Il faisait, c'est certain, un autre pèlerinage ou plutôt les deux en même temps, car il répétait au moins une fois par jour :

— Nous sommes le confluent de deux rivières, celle du druidisme, issue des Géants des Grandes Pierres, et celle du Charpentier. La rencontre salvatrice de la Connaissance et de l'Amour!...

Lorsqu'il en est là, le Prophète s'excite, monte sur une roche ou un tertre, lève l'index et le majeur de la main droite, les autres doigts repliés, et clame, avec la voix de l'Ermite :

— ... La régénération de l'homme! Oui, messieurs, la régénération de l'homme par la Connaissance et par l'Amour!

Et l'on repart. On marche sous le crachin, qui est poussé maintenant par le vent de la mer, la capuche baissée et le front en avant. Tout, depuis le manteau jusqu'aux bandes de pieds, est imbibé de l'eau atlantique, qui verdit tout ici, comme à Brocéliande!

Un jour, ce doit être le soixante-seizième du voyage, on voit se dresser le Pigo Sacro, le Pic Sacré, à vrai dire d'une altitude modeste, mais que le maître Lesme désigne. Il sait bien pourquoi il le montre ainsi. Aussitôt en effet, le Prophète, qui semble inventer tout, au fur et à mesure, se met à crier, puis entonne le chant bardique des Compagnons que le moine chante aussi avec les autres, les pieds joints, les mains le long du corps, les paumes tournées vers l'avant.

Lorsqu'on repart, le maître Lesme annonce :

— Le Pigo Sacro et la Pasa del Oca, à notre gauche,

au-delà de la vallée du rio Ulla! La septième et dernière porte!

– Pasa del Oca, le Pas de l'Oie! Vous voilà chez vous les Pédauques! lance le Vieux. Vous vous y reconnaissez, j'espère?

Ils ne reconnaissaient rien, bien sûr, mais ils sont muets d'émotion, comme si quelqu'un leur remuait le cœur avec la main, au fond de leur poitrine.

– Le Pigo Sacro, ajoute maître Lesme, serait la Montagne sacrée où l'apôtre Jacques a été d'abord inhumé avant d'être transporté à Amoéa, qui s'appelle depuis : Saint-Jacques-Compostella, le Champ des Etoiles!

– Tout ça n'est que fumisterie! crie le Prophète furieux. C'est là que les Grands Survivants, venus de la mer, auraient installé leur premier campement, et votre saint Jacques n'est jamais venu là, même mort!

On le calme comme on peut, mais il est lancé. On est loin du vieux sale qui montre sa bosse inguinale à tout le monde, surtout aux jeunes filles. C'est un autre qui continue :

– Ecoutez bien les Pédauques : depuis les grands débarquements, ils sont tous passés ici, depuis le fond des temps, pour venir recueillir la leçon et boire le breuvage... Phéniciens, Crétois, Etrusques, Doriens, Ligures, Pyrénéens, Celtes, Scythes, Suèves, Arabes et encore bien d'autres que je ne connais pas... Tous! En suivant le soleil pendant le jour, pendant la nuit le chemin des étoiles...

On le laisse délirer, bien que tout ce qu'il dit fasse du bien dans le corps comme lorsque, dans un obscur procès, quelqu'un vient enfin dire une vérité insoupçonnée et inimaginable.

... On marche...

C'est la fin, on le sent bien, car il y a du sel et de l'iode dans l'air, et aussi autre chose qu'on ne peut exprimer. Et d'où l'on est, sur le dernier mont, on croit voir la brillance de la mer, tout au loin, au-delà de ce pays buriné de chemins creux bordés de genêts en fleur, où des habitations basses entourent des cours remplies de boue et de bouses. Les gens y pataugent, chaussés de sabots surélevés sur quatre doigts de bois. La terre est partagée en petites parcelles, séparées par de hauts bourrelets, où les gens repiquent des choux. Des vaches tirent des araires droites et des tombereaux de fumier. A chaque tournant, des gens sortent de la boue comme Vénus sort de la mer, et les chemins creux sont alors si pleins de fange que, pour les suivre, on doit monter sur les talus.

Il n'est pas question de s'asseoir sur le sol. Si l'on veut s'installer pour manger et boire, il faut entrer dans un de ces antres noirs, faits de blocs de granit, que sont les maisons. Les gens y vivent, recroquevillés mais généreux. Ils offrent du cidre brun, des soupes de choux et de raves où ne manquent pas le lard, car les porcs grognent un peu partout. On couche sur des lits de genêts, au fond des demeures où les animaux vivent avec les hommes.

La dernière nuit, on la passe à marcher, sans prendre de repos, car le ciel s'est lavé à la mer descendante et l'on y voit très bien la Voie lactée. Au matin, éclairés en plein par le soleil levant, qui vous sèche le dos, on trouve le Monte del Gozo, le « mont de la Joie » : un tumulus comme une petite pyramide en escalier, avec une croix de pierre au-dessus, une belle et véritable « croix druidique », dont les quatre branches dépassent un peu du Cercle de Keugant, surtout la branche verticale.

De là-haut, on voit, à deux lieues à peine, dans une brume lumineuse, une espèce de phare dressé : la basilique de Saint-Jacques. Ce sont les deux jeunes aspirants qui sont arrivés les premiers au sommet. Ils voudraient crier, mais la voix leur reste dans le ventre.

Leur entrée à Saint-Jacques passe bien inaperçue. Il y a foule, comme tous les jours, c'est une espèce de foire où les pèlerins cherchent le chemin de la basilique. Ils s'en approchent et voient les échafaudages, tout frais, où ils entendent, là-haut, le beau bruit des râpes et des burins, et la chanson bien rythmée des mailloches.

Cette musique leur redonne force pour courir presque et ils voient, perchée sur l'échafaud, une équipe de Maîtres Jacques qui termine le portail. Le maître d'œuvre s'appelle maître Mathieu. Il les salue en Compagnon et continue, sans se presser, pendant que ses Compagnons dégagent les monstres griffus des embases. Lui est en train de tirer de cette pierre rousse un personnage qu'il dit être saint Jacques, mais saint Jacques-le-Mineur, et ce saint Jacques-là, je vous le donne en mille, que porte-t-il dans sa gauche? Une canne! Et quel genre de canne s'il vous plaît? Une canne droite drapée de rubans entrecroisés et liés comme celle, bien défraîchie, que portent les voyageurs, oui, une canne de Compagnon Constructeur, ni plus ni moins.

Et sur l'archivolte que voient-ils? Une succession de personnages barbus, qu'on peut prendre pour les apôtres, mais qui portent des instruments de musique et l'on pense que c'est pour chanter la gloire du Christ ou de Dieu son Père, ou encore de saint Jacques. Mais le premier Compagnon venu s'aperçoit bien vite que certains, très discrètement, tiennent le matras et le bâton des Druides et encore que ces hommes barbus sont les vieillards de l'Apocalypse. Et l'on retrouve donc le ciseau des Joanistes et la tradition des Kuldées, toutes choses qui font bondir le cœur d'un Pédauque dans sa poitrine. Le Prophète pousse les jeunes du coude, en clignant de l'œil, et, là-dessus, ils vont à l'hospice, où l'on veut les épouiller avant de les admettre dans le dortoir.

Avant de s'endormir, ce soir-là, les jambes comme mortes, Jehan le Tonnerre fit une belle colère rentrée, mordant le col de la chasuble qu'il ne quittait jamais, même pour dormir, ni pour se débarbouiller le matin, il serrait les dents en prenant le Prophète à partie, en pensée :

« Comment? M'avoir enlevé de force à mes bois, à ma Communauté et arraché à ma bien-aimée (la bien-aimée qui devait être en train de pondre l'enfant d'un autre!)... M'avoir mis en danger de perdre vingt fois la vie pour m'amener, maigre comme un chien enragé, voir ce pays de pouilleux, où il n'y a rien à voir?

« ... Tu verras, tu verras? Ouiche! Voir quoi? Cette église ne vaut pas Cluny, cette montagne ne vaut pas le Thueyts, les Templiers qu'on voit un peu partout ont le même manteau, la même barbe, le même grand air de tout savoir que ceux du Grand-Orient et les Compagnons sont les mêmes Jacques que ceux de la Bussière! Ils sculptent avec les mêmes outils, les mêmes symboles qui nous viennent de Dieu seul sait où!... Et les moines? Exactement les mêmes rengaines, pour le même grand Dieu du ciel et de la terre!... Alors? Où est-elle ta Connaissance? Ta Révélation? »

Le Prophète, dans la paille, remuant sans cesse les

jambes comme une nichée de souris, rêvait bruyamment et gloussait d'aise. Aymeric, l'autre aspirant, avait
l'œil ouvert et demandait :

– Tu dors?

– Non.

– Moi non plus.

Un silence, puis :

– Pourtant c'est ni l'envie ni le besoin qui m'en
manquent!

– Moi non plus.

– Alors, pourquoi?

Jehan soupira et prit le parti de raconter, pour se
dégonfler :

– Voilà. Tout ce grand voyage m'a mis le sang en
mouvement et le branle dans ma cervelle, et je me
pose bien des questions.

– Moi aussi!

– Et puis...

Il resta longtemps silencieux.

– Et puis? demanda Aymeric.

– Et puis j'ai vu des filles!

– Moi aussi.

– Qui n'en verrait pas? Il y en a partout et elles ne
se contentent pas d'être là. Elles vous regardent, elles
vous frôlent, elles vous respirent dans le nez, en vous
envoyant leur haleine qui me pénètre jusqu'au fond.

– Bien sûr. C'est ainsi.

– ... Et même celles qui se cachent derrière leur
capuche, ou bien celles qui rentrent en hâte dans les
maisons quand on passe, et même celles qui prient, ou
font mine de prier, même celles-là me mettent en feu.

– Surtout celles-là! affirma Aymeric.

– ... A un point que je me demande si je ne vais pas
en suivre une, un beau soir...

... Il y a aussi les putains, et il y en a de bien belles,
avec qui ce serait bien simple et sans complication. Et
je pense qu'un garçon de notre âge devrait peut-
être...

Après un faux silence où le branle-bas n'a jamais été plus bruyant dans la tête de Jehan :

– Oui, je me demande si ça ne serait pas mieux...

– Non! lança brutalement Aymeric, en se redressant sur un coude. Non!

Les autres dormeurs s'impatientaient en disant d'une voix pâteuse :

– Pas finis ces discours, non?... Vos gueules!...

– Non, reprit Aymeric à voix très basse, en rabattant la souquenille sur leur tête, dans la paille, pour étouffer la voix. Non, il ne faut pas! Il faut les respecter et se respecter nous-mêmes.

– Mais si elles s'offrent?

– Oui elles peuvent s'offrir, mais c'est à nous, les mâles, de mettre de l'ordre là-dedans! Autrement on est bon à jeter à l'eau une pierre de meule au cou.

– Et même s'il en venait une ici, en ce moment, dans ta paille, s'offrant, tu ne la prendrais pas?

– Non! dit Aymeric fermement, j'en prendrai une, bien sûr, un jour, mais je la prendrai devant Dieu et devant les hommes, pour toujours, à moi jusqu'à la mort, pour qu'elle me fasse des enfants à nous. Ce jour viendra pour toi comme pour moi, mais il faut le mériter. La femme a besoin d'un homme, d'un vrai, pas d'une bête en chaleur!

– Tu as raison! dit Jehan et je pense comme toi.

Et il se mit à cuisiner tout cela dans sa tête. Au bout d'un moment, il dit :

– Pourtant : Reine?

– Quoi, Reine?

– Elle s'est couchée sous le joueur de luth!

– Et alors?... sa faute n'excusera jamais la tienne. Tu es l'homme, tu es le chef, tu es le maître, tu tiens dans ta main l'honneur du monde. Tu te vois te conduire, toi, à ton tour, comme ton joueur de luth?

C'était vrai. Si Jehan se mettait à courir les filles et à

les culbuter comme ce premier traînard venu, il ferait exactement ce qu'il reprochait à l'autre et qui était si dommageable à la pauvre Reine. Tout cela ce rassemblait dans sa tête pour devenir comme un gros battant de cloche qui cognait contre les os de son crâne, quelle que fût la position qu'il prenait dans la paille.

Aymeric continuait, implacable, comme l'Archange.

– Comment pourrais-tu devenir maître de la technique, de ton métier et de ta science, si tu n'arrives pas à être maître de ton corps et de ton âme?

Comme cet homme-là parlait bien! Il disait enfin ce que Jehan murmurait de plus en plus fort et de plus en plus souvent dans le silence de la marche. S'il voulait devenir un Maître comme Maître Lesme ou la Fraternité, il fallait qu'il fût maître de lui-même. La Connaissance passait par cette logique-là.

Et comment oser se regarder dans son ouvrage, si l'on a méprisé la femme?

Le lendemain, ils se trouvèrent entraînés presque de force par les moines hospitaliers vers les étuves. Une centaine de Jacquaires, nus comme des vers, furent mis à tremper dans des cuves d'eau chaude, braillant chacun son psaume. Le Prophète, lui, hurlait le sien :

– Mais non, mais non! Sortons vite de ce bouillon pénitentiel, de ce ragoût de pécheurs en mal de paradis! Jehan le Tonnerre, sauvons-nous vite!

Il enjambait la cuve où il marinait avec quatre autres chrétiens et se sauvait vers les étuves à vêtements, où il rattrapait son vestiaire, encore mou et brûlant de vapeur. Jehan l'imitait bien sûr, car il n'avait jamais pu, depuis son départ de Bourgogne, s'habituer à cette sensation désagréable que procure, à l'Eduen, l'eau en général et l'eau chaude en particulier.

Quant au savon, même chargé de bénédiction (les frocards distribuaient l'un et l'autre), il lui donnait, au séchage, l'impression que la peau allait se crevasser et se regrigner comme un croupon de vieille vache.

Bref, ils s'en furent bien vite rôder autour de la basilique, où se disaient vingt messes à la fois, à toute heure du jour et de la nuit. Ils entrèrent pour faire leur labyrinthe habituel, ils se baignèrent là avec joie et sans réticence dans le courant cosmique, le même qu'à Chapaize, qu'à Fontenay, qu'à Cluny, il faut le dire, et en sortirent gaillards.

Le Prophète dit :

– Suis-moi, jeune homme, car tout ce cirque n'est pas le fin bout du pèlerinage!

Puis prenant le chemin qui conduit à Oca, vers le plein ouest, il l'entraîna encore de plus belle.

– Encore quatre lieues, lapin, et tu verras, tu verras! Plus loin! Encore plus loin!

Ainsi Santiago pouvait bien n'être pas le vrai but? Oui, le vieux fou l'avait bien dit : la vérité de saint Jacques semblait bien avoir été plaquée imparfaitement par l'Eglise sur une vérité plus ancienne.

– L'Aboutissement du Chemin des Etoiles n'est pas à Compostelle, lapin, tu verras, tu verras, c'est encore plus loin!

– Ça te va, toi qui montres ta bosse aux filles, de faire la morale aux autres!

– Oui, petit frère, je te l'accorde, je suis pourri et si je t'amène à Compostelle, c'est plus pour moi que pour toi, mais je t'exhorte à recueillir ici tout ce que tu peux y trouver... Moi je suis une vulgaire merde de blaireau! Mais je suis placé sur ton chemin pour te servir de repoussoir et te voir réussir ce que j'ai manqué.

Et l'on partit vers la mer.

On se garda bien d'acheter des provisions de route à Compostelle, d'abord parce que l'escarcelle était presque vide et que tout, dans le périmètre jacquaire, était, on s'en doute, hors de prix. Dame tout se paie, y compris, et surtout, la Grâce Divine qui, autour du tombeau de saint Jacques, transpirait du sol, c'était évident. Le prix d'une omelette en était la preuve.

Le chemin, là, n'était plus tracé. On suivait les doubles traces que les chariots gallegos avaient laissées dans une boue qui le durcissait, le soleil étant revenu. On gagna ainsi le fond du rio de Oca : un bras de mer torturé par des griffes de roches qui l'enserraient à l'étrangler. Le Prophète, qui s'égarait, revenait, tournait sur lui-même (était-il jamais venu comme il le prétendait, même une seule fois? ou bien se repérait-il sur des indications précises données par des voyageurs rencontrés. Ou encore grâce à des prémonitions, cadeaux de ses rêves illuminés?).

Toujours est-il, que près de Noya, puis plus au sud, le long du rio de Padron, il se mit à courir dans tous les sens jusqu'au bord de la falaise en disant :

– C'est là! C'est là que les Maîtres ont débarqué! Les Géants venus de la mer, nos maîtres!...

Et là-dessus, dans les landes bosselées, surgirent de gros cailloux et des rochers où, sous les taches du lichen jaune et gris, on trouva, en effet gravés, quelques signes, puis d'autres, et enfin en grattant bien, une quantité de gravures qu'on ne peut pas appeler graffiti, car ils étaient profondément et fermement sculptés dans le rocher avec des outils bien adaptés : ici des cercles concentriques, des soleils, des rouelles, des spirales, là des cercles crucifiés, des « Taux », des trestels, des spirales, qui plongeaient le Prophète dans une agitation voisine de la transe, des taux ansés, encore plus excitants, des sortes de tridents, des croix gammées, mangées de mousse et usées par le vent du large, mais on y retrouvait la plupart des signes qu'il avait lus sur le revers des pierres des archivoltes à la Bussière.

Enfin, au milieu des genêts, près d'un ensemble de dolmens, ceint de murs parfaits en pierres sèches, le Prophète se mit à caresser une grande pierre de la main, puis Jehan s'étant étendu sur l'une d'elles, l'air las, il le dévisagea, planté devant lui, très calme, ressemblant à un autre homme, regardant le jeune homme dans les yeux sans dire un mot.

Jehan lui dit encore une fois de toutes ses forces :

– Alors? C'est pour voir ces cailloux que tu m'as fait faire six cents lieues? » « Tu verras, tu verras! » Et qu'est-ce que je vois? hein? « Tu trouveras la Connaissance! » Et qu'est-ce que je trouve? hein? qu'est-ce que je trouve?

Le Prophète transperça Jehan d'un regard qui semblait aller se perdre, à travers lui, dans l'horizon atlantique. Longuement, il fixa ainsi, puis d'une voix terrible :

– Mais, c'est toi que tu as trouvé, couillon! Maintenant tu sais que tu peux tout vaincre, le froid, le chaud, la fatigue, l'ignorance et la méchanceté! Tu n'as qu'à vouloir! Le courage! Ton seul courage : la voilà la Révélation! Et ne compte jamais que sur tes doigts, couillon!

Jehan s'était dressé sur son séant et ouvrait de grands yeux comme lorsqu'il rencontrait une belle fille.

Le Prophète, en veine de belles phrases, profitait du silence fasciné de Jehan, il continuait :

– La Révélation de toi-même, tu la reçois si tu as le courage d'aller au-delà de toi-même. Et alors le monde est à toi!

Après un grand silence, pendant lequel Jehan glissa de la pierre et se mit debout, tourné vers la mer des Géants, le Vieux dit comme un écho :

– Le chemin des étoiles... Oui! Attache ton char à une étoile!...

Jehan le Tonnerre était immobile, les yeux fixes. Sa colère était tombée. Le Vieux le regarda et dit, la voix changée :

– Maintenant je vois que tu as trouvé... Nous pouvons rentrer!

Il fit quelques pas, se retournant encore :

– ... Parce que la Connaissance, c'est aussi savoir que lorsqu'on est arrivé, il faut revenir et que la moitié seulement du travail est fait!

Et il repartit, mais vers l'est, cette fois, pour entamer la deuxième moitié du travail de l'Initiation.

Dans la tête des gens, le chemin de Compostelle est un chemin à sens unique. On parle toujours des gens qui y vont, jamais de ceux qui en reviennent. Or, c'est une entreprise en deux temps, et le second n'est pas le moindre!

Voilà ce que disait le maître Guillaume-Champenois-le-Clairvoyant qu'ils rattrapèrent lorsqu'ils quittèrent Léon, sur le chemin du retour.

Jehan s'était assis sur le bord du chemin pour délacer ses brodequins et les mettre sur son épaule, car la semelle, c'était presque la plante de ses pieds qui en tenait lieu. C'est alors qu'il vit arriver d'abord une troupe de Flamands, portant ostensiblement coquille et marmottant patenôtres alternés avec des bêtes féroces[1]. Et, tout de suite derrière, venaient ce Maître, portant la canne des Constructeurs et une équipe d'Enfants de Maître Jacques : quatre Compagnons et un Aspirant, et un moine brun, qui marchait hardiment en traînant trois mules portant les bagages et les outils.

Jehan se relevait lorsqu'ils passèrent et, sans s'arrêter, lui firent signe de se joindre à eux. Ils rattrapèrent le Prophète qui flânait un peu plus loin en attendant. C'est ainsi qu'ils firent groupe.

– D'où êtes-vous?

1. *Bêtes féroces* = répons, en flamand, aux litanies des saints. Interprétation phonétique de *beet fur ons* = « Prier pour nous ».

– Bourgogne!

– Ah! Cluny?

– Non. Dans la montagne : la Bussière!

– La Bussière? Une fille de Cîteaux, je crois?

– Oui.

– Maître Gallo, vous connaissez? demanda le Maître.

– C'est mon Maître! cria Jehan.

On était frères. Eux ils « retournaient ». C'est tout ce qu'ils voulurent bien dire.

Le temps que l'on ait transmis les nouvelles de tout un chacun et de toutes les cayennes, et l'on était déjà aux Quatre-Souris (Castrogeriz, dans le langue du pays).

C'est à partir de Burgos que le Maître, voyant qu'il y avait là deux lapins aspirants coupa la parole au moine, qui ne cessait de chanter la gloire de Dieu pour rythmer la marche, et pensa qu'il fallait alterner avec l'enseignement du Trait. Et il reprit cet enseignement où l'avait laissé maître Lesme. Le moine en rajouta car c'était un moine qui connaissait autre chose que ses prières, mais il le disait en latin et ramenait toutes ses conclusions à prouver la bonté, la grandeur et la magnifience de Dieu, alors que le Prophète haussait les épaules. Ainsi l'Université se promenait-elle sur le chemin. Marche, marche, tu verras!

En tout état de cause, c'était le maître Guillaume-Champenois-le-Clairvoyant qui était le plus clair, parce que le plus pragmatique. Ainsi le plus difficile chapitre passa, grâce à lui, comme une lettre à la poste : c'était celui où on montre comment les cinq corps réguliers sont contenus l'un dans l'autre, lequel contient lequel, ou sinon pourquoi?

Autrement dit : Combien de ces cinq corps réguliers peuvent s'inscrire l'un dans l'autre? et pourquoi?

Il commença par le tétraèdre et affirma qu'il ne peut en aucune manière recevoir en lui-même d'autre corps que l'octaèdre, c'est-à-dire le corps de huit bases triangulaires et de six angles solides. Il n'y avait, en effet, en lui ni côté, ni base, ni angle sur lesquels puissent s'appuyer les côtés du cube de manière que les angles ou les surfaces touchent également l'octaèdre, selon que l'on requiert la véritable inscription.

— Sa forme matérielle, continuait le Champenois, le manifestait à l'œil!

Ce n'était pas aussi évident pour Jehan, et pour le lui prouver il ne fallut pas moins des deux jours de marche nécessaires pour se rendre à Santo Domingo de la Calzada, puis à Logroño.

Il faut bien penser qu'à ce moment Jehan le Tonnerre marchait pieds nus, laissant les pauvres brodequins sur son épaule pour conserver ce qu'il en restait pour les étapes de montagne, en Navarre et basse Navarre, dont il se souvenait. Fouler à pieds nus le sol ibérique ne prédispose pas à l'étude de l'icosaèdre, non plus qu'à celle du simple tétraèdre. Lorsqu'on fait dix lieues par jour sans chaussures, on voit mal dans son esprit la figure que peut avoir, dans l'espace, un corps de vingt bases triangulaires, même s'il est régulier.

Parfois, découragé, Jehan disait :

— Ne peut-on pas construire une charpente sans toutes ces grimaces?

— La charpente d'un toit de maison oui... et encore! répondaient en chœur les Compagnons, mais la charpente d'une voûte : non!

— ... Surtout les voûtes que nous projetons de construire maintenant, ajoutait le Maître. Celles que tu auras à construire bientôt, lorsque tu seras Compagnon, et Maître, à ton tour.

Puis laissant aller son imagination :

— ... Ecoute bien : nous sommes à un moment capital de la construction! Demain nous apporterons la régénération pour tous, en augmentant les dimensions des édifices, mais en conservant les rapports, mais en poussant à la perfection toutes choses pour que l'instrument reste adapté au ciel, à la terre et à l'homme... en rehaussant et en amplifiant la voûte, pour agrandir la chambre dolmenique aux dimensions du monde, pour que des dizaines de milliers d'hommes et de femmes puissent y venir boire à la source... Tous! Hommes et femmes, riches et pauvres, puissants et misérables! Un progrès prodigieux pour l'humanité souffrante... l'instrument de la régénération humaine totale...

C'était, un ton plus haut, le même discours que Jehan avait entendu à Fontenay, lorsque le Gallo et la Fraternité conversaient sous les noyers.

Et puis subitement le Maître se taisait, comme s'il en avait trop dit, entraîné par le rythme de la longue marche, ou comme si, tout à coup, il avait compris que son rêve était irréalisable. Il feignait alors de s'intéresser à une mule qui pétait de travers parce que la sangle de son bât était trop serrée, ou à un abri-oratoire entrevu, ou à un certain signe gravé sur un de ses chapiteaux, ce qui ne manquait pas. Et il se retournait alors vers les autres et disait avec un sourire entendu :

– Le chemin de Cluny...

A propos de « chemin », il se mit à parler, un jour, de « l'Autre Chemin »... C'était là qu'il allait, semblait-il, et il en parlait avec le Prophète et les autres. Jehan écoutait.

Il crut comprendre qu'après avoir « travaillé » à celui de Saint-Jacques, le Champenois allait travailler à « l'Autre ».

Et cet « Autre », passait par des points dont les noms lui étaient presque tous inconnus et qui étaient : Sainte-Odile, Raon, Sion, Vaudigny, Domblain, Louze, Pierrefitte, Chartres (Ah! Chartres!)... Alençon, Domfront, Avranches, le mont Saint-Michel, et, à l'extrême pointe de cette Armorique, le Kragou, Saint-Renan, Ouessant, débarcadères archimillénaires des Grands Hommes de la mer, dont parlait le Prophète.

Si l'on y regarde bien, cet alignement suivait, pour employer notre langage et nos mesures, un parallèle situé entre le 48e et le 49e. De même que celui de Saint-Jacques se situait entre le 42e et le 43e; et les deux aboutissaient au bout de la terre, au bord de l'Océan. Mais ces notions, bien sûr, ne pouvaient venir à l'esprit de Jehan.

Chemin faisant ils parlaient de ce perfectionnement de la technique de construction, et aussi du problème de financement pour l'exécution de projets aussi grandioses à la dimension du monde. Mais arrivés là ils finissaient leur phrase à mi-voix, ou par des clins d'œil entendus, et Jehan qui avait l'oreille fine des bûcherons de Saint-Gall, croyait entendre « Chevalier du Temple... Templier... », ce qui paraissait logique puisqu'ils étaient druides et puissamment riches.

Ainsi traversèrent-ils accablés de chaleur, car le solstice approchait, le Pays basque en quittant le chemin français à la sortie de Santa Domingo de la Calzada et en remontant vers Victoria et les monts de Guipuzcoa par Tolosa et Leiza, en Navarre, la vallée de l'Ezcurra, Sanesteban, sur la haute Bidassoa, et le val del Baztan, pour passer la crête de Goizamendi, au col de Otxondo et redescendre sur le versant de la Nivelle par Urdax, Dancharinéa, Ainhoa, le col de Pinadieta, ce qui était la voie empruntée par les Flamands, les gens de la Gaule belgique et les Bretons.

Le Prophète et le maître se régalaient de ces noms qu'ils répétaient : « Arrizmendi » : la montagne des chênes! « Etcheberry » : maison neuve! « Etchegaray » : maison haute! « Sagarspe » sous les pommiers!...

Se gargarisant de ces mots, uniques au monde, dont ils prétendaient en secret, qu'ils appartenaient à la langue des Atlantes, et saluant bien bas ces croix druidiques qui signalaient toutes les tombes.

Ils sortirent du Pays basque en descendant une rivière qui s'appelait Aran à la source, et qui, tout à coup, changeait de nom pour s'appeler la Joyeuse. C'était bien après Hasparen, et, comme le soir tombait, ils arrivèrent à l'abbaye de Clairence où le Maître fut accueilli avec de grandes marques d'estime.

C'est là que l'enseignement devait changer de ton, comme changeait le paysage, la langue des gens et leur figure. Cela se produisit dès qu'ils repartirent le lendemain pour traverser l'Adour et la Chalosse.

Et voilà comment cela commença : on passait la butte de Miremont, d'où, comme son nom l'indique, on peut voir les monts des Pyrénées alignés dans le sud. Le Prophète, qui marchait en serre-file, pendu à la queue de la dernière mule, eut comme une faiblesse. Peu de chose à vrai dire, simplement un moucheron noir devant les yeux. Jehan marchait en tête avec le Maître, qui essayait de lui faire déterminer le côté du cube contenu dans le corps de douze bases pentagonales de côté quatre, ce qui n'est pas une petite affaire, on en conviendra.

Il revint bien vite en queue de convoi pour soutenir le Vieux, il voulut le monter sur une mule, mais l'autre refusa, disant qu'elle portait déjà beaucoup trop d'outils pour qu'on la chargeât, en plus, de sa carcasse, et l'on continua la route, mais désormais Jehan resta toujours près du Prophète, lui passant la main sous le bras ou autour de la taille, et le portant presque.

L'autre, il faut le dire n'était plus le même homme. Depuis Pontevedra, là-bas au bout de la Galice, quelque chose avait changé en lui. Il avait dit à Jehan : « Maintenant tu as trouvé. Nous pouvons rentrer! » mais on avait l'impression que c'était aussi pour lui-même qu'il avait dit cela et qu'il avait, lui aussi, trouvé quelque chose. De plus en plus souvent, il marchait en fond de colonne, soufflant comme un blaireau enfumé.

A la halte, qu'on faisait en général de dix minutes toutes les heures, comme les hommes d'armes en marche, il s'affalait sans rien dire. Jehan le Tonnerre lui apportait vite à boire et un morceau à manger, puis le remettait sur pied. Pendant la marche il ne le quittait pas du regard et le soutenait.

C'est alors que le Vieux, presque à voix basse lui dit un jour (ils venaient de passer Mont-de-Marsan.)

– Il est temps maintenant que je te parle du Charpentier...

– Quel charpentier?

– Le Jésus! Le Charpentier de Nazareth! Celui qui est né dans la grotte, sous l'étoile! On en parle pas souvent de celui-là. On te fait inscrire l'icosaèdre dans un cube. Bon. On te calcule la longueur d'un entrait ou d'un arbalétrier. Bon! On t'entre dans le crâne les mystères de la croix celtique et les symboles essentiels de nos ancêtres. Bon, on te parle du Dieu un et indivisible. On te parle de la Déesse Mère. Très bien. On t'apprend à construire la voûte. Parfait! C'est ça notre Révélation. Elle est nécessaire pour poursuivre la régénération de l'homme... et patati et patata... Mais lui? Il ne les intéresse pas beaucoup, le charpentier de Nazareth, et pourtant...

– Eh oui, disait Jehan, pourquoi l'ont-ils tué d'abord?

– Parce qu'il avait dit des choses!...

– Mais quelles choses?

– Tellement de choses : contre l'argent, contre ceux

qui possèdent l'argent, contre les puissants, contre les marchands, contre les soldats, contre les rabbins, contre les prêtres... En plus, ses copains disaient qu'il allait prendre le pouvoir et devenir roi des Juifs. (Il faut dire qu'il était vraiment de la famille de David.) Et ça coïncidait bien avec ce qu'avaient dit les Prophètes. Il parlait même aussi de la redistribution des biens. Tu entends? Une redistribution volontaire : celui qui a deux surcots en donne un à son voisin qui n'en a pas. Il prônait l'oubli général de toutes les injures, de tous les maléfices, l'amour de tous les hommes, même de ses ennemis, surtout de ses ennemis...

— Surtout de ses ennemis?... Ça, c'est difficile!

— Difficile? Diablement difficile! Si j'ose dire.

— Moi, par exemple, il faudrait que j'aime le guignol qui m'a engrossé ma Reine? demanda Jehan.

— ... Et lui pardonner! Oui mon garçon! Et septante fois sept fois, qu'il a dit, le charpentier! C'est ça Sa Révélation, à lui. C'est ça Son Initiation... Et ça gêne tout le monde, bien sûr, surtout les riches, les durs et les méchants. Alors ils l'ont suriné, couic, comme ça! En s'arrangeant, bien sûr, pour que ce soit la foule, le peuple, qui le condamne...

— Les salauds!

— Attention! Tu commences à mal parler de quelqu'un! Faut pas!

— Mais toi-même? Je t'ai entendu maintes fois traiter les autres de salauds!

— Oui, oui j'avais grand tort mon petit frère, grand tort! Je sais bien que je suis le dernier des derniers! Une merde de blaireau que je suis, voilà : une merde de blaireau!

Et le Prophète se mettait à pleurer « ouili ouili ouili », comme Tebsima, en se frappant la poitrine et en prenant de la terre à deux mains pour s'en couvrir la tête, au risque de ne plus pouvoir se redresser, la charnière des reins coincée, au point que Jehan devait venir le porter presque pour rattraper les Compagnons.

Plus loin, Jehan, qui ruminait ferme parce que marcher dans la grande plaine des Landes était propice à la réflexion, disait :

— Mais ils n'en parlent jamais, de tout ça, les moines...?

— Ils ne peuvent pas t'en parler : le silence c'est leur règle.

— Mais même ceux qui parlent! Ecoute-les, ils chantent la bienheureuse Vierge Marie, la Mère, ils chantent Dieu, le père, ils chantent M. saint Jacques et tous les saints du paradis, et puis ils chantent aussi un Jésus le fils, mais qui est beau, glorieux, lumineux et tout et tout et qui n'est plus charpentier du tout, ni sanglant, ni vaincu! C'est un dieu brillant, bien habillé, avec une grosse rondelle derrière la tête et une grande main où on ne voit même plus le trou du clou.

— Dame, c'est le fils unique de Dieu!

— Mais comme nous! criait le Tonnerre. Dieu n'a pas qu'un fils puisqu'il est notre père à tous.

A ce moment-là le Prophète faisait la grimace, laissait tomber sa canne, passait une main devant ses yeux, l'autre au-dessus du téton gauche et disait :

— Vains dieux! Voilà que ça me reprend!...

C'était peut-être pour couper la colère du garçon et l'arrêter au bord du blasphème.

Ou bien, tout simplement, pour l'empêcher de penser au millier de moustiques qui attaquaient ferme depuis le fond des Landes jusqu'au-delà de la Garonne. Mais en réalité Jehan ne sentait plus rien, pas plus la fatigue que la chaleur humide, cette chaleur et cette humidité qui étaient pour lui, Eduen des friches sèches, les pires ennemis.

La marche forcée, sur plus de quatre cents lieues, l'avait maintenant fait revenir de tout et l'enseignement du Tracé l'avait comme sorti de lui-même. L'ascèse du pèlerinage l'avait amené là où il fallait.

Comme pour le Prophète, tout était différent en lui maintenant. Depuis Bergerac, il marchait pieds nus continuellement, car il avait jeté ses brodequins usés dans la Dordogne en passant, et, l'escarcelle vide, n'avait pu s'en racheter d'autres. Mais le cal de ses pieds était devenu bien vite épais comme une semelle et il ne sentait plus les cailloux du chemin. Ainsi toute la volonté et toute sa pensée restaient disponibles pour mâcher et remâcher cette réflexion qu'il avait eue :

« Non! Dans tous ces édifices que les moines construisaient ou faisaient construire à la surface de la terre, nulle part on ne voyait le charpentier crucifié. On voyait des croix, certes, mais ce que les frères constructeurs appelaient des croix celtes, c'est-à-dire : à branches égales, inscrites le plus souvent dans la rouelle, et porteuses d'autres symboles qu'il connaissait bien maintenant, mais nulle part la croix du supplice! Et nulle part le supplice lui-même! »

Par exemple il avait fait son labyrinthe en passant à Saint-Front-de-Périgueux : une belle basilique toute neuve, toute blanche, au bord de l'Isle, avec des coupoles comme il n'en avait encore jamais vues. Les Compagnons lui avaient fait admirer l'habileté remarquable avec laquelle ces coupoles étaient articulées sur les trompes, mais de pauvre charpentier crucifié? Point! « Faudra que je me renseigne là-dessus à la première bonne occasion! avait-il pensé, mais doucement : j'ai l'impression qu'il ne faut pas forcer cette porte-là. »

Au passage de Neuvy-Saint-Sépulcre où ils avaient regardé de près, en orfèvre, le temple rond qui leur posait bien des problèmes, comme celui d'Eunate, et d'où le Charpentier était aussi absent, il avait dit au Prophète (on a le temps d'en dire et d'en penser des choses, en marchant dix heures par jour!) :

– Mais, Prophète, si tout le monde aimait tout le monde et ne haïssait personne, comme il disait le

Charpentier, si tous les riches partageaient avec les pauvres, si tous les offensés pardonnaient à leur offenseur, mais alors il n'y aurait plus de guerre, il n'y aurait plus de famine, plus de misère?

— Pardi, non!

— ... Et ce serait le paradis sur terre?

Le Vieux l'avait bien regardé dans le fond des yeux et avait dit alors que le moine écoutait en faisant mine d'admirer le paysage :

— Mais c'est le Paradis sur terre pour tous ceux qui aiment, qui pardonnent et qui partagent. Et ils n'en demandent certes pas d'autres!

— ... Et alors, insistait Jehan, on pourrait dire que le sauveur du monde, c'est bien lui?

— Eh! oui, disait le Prophète en soupirant à fendre l'âme. Puis en ricanant : Malheureusement..., c'est en son nom qu'on va massacrer du Juif, du Lombard, du Patarins, du Sarrasin!... Ah! s'il revenait, le pauvre Charpentier, il en ferait, pour sûr, une sacrée colère, de voir on le prend comme enseigne pour crier tue-assomme!

On suivait justement à ce moment et de loin une troupe d'arme dont les casques brillaient au soleil.

— Doucement... doucement! dit le Maître. N'allons pas les rattraper! Je n'ai pas le goût d'entendre le récit de leurs saintes, glorieuses et sanglantes braveries :

Puis, parlant pour tout le monde :

— A propos, Compagnons, savez-vous que c'est bien décidé : nous ne construirons plus de forteresse ni de machicoulis! Nous ne mettrons pierre sur pierre désormais que pour des œuvres d'amour et de paix. Nous en avons décidé ainsi à la réunion de Saint-Jacques.

— *Deo gratias!* chanta le moine.

La troupe qui bringuebalait devant était en vérité ce qui restait de l'arroi d'un sire de Normandie, qui revenait d'où je vous le demande? D'apporter l'amour du Christ dans la grande banlieue de Jérusalem... au fil de l'épée.

On les suivit à distance prudente, mais au premier carrefour, ils prirent sur la gauche le chemin de Châteauroux et de Tours, alors que maître Champenois et ses Compagnons allaient tout droit sur Orléans et Chartres, et que le Prophète et Jehan montaient à droite sur Lignières pour passer le Cher.

C'était donc là qu'on devait se séparer.

Il y eut une embrassade générale. Le Maître dit à Jehan :

– Alors je te donne rendez-vous à Chartres. On s'y rassemble tous pour la fête de tous les saints. On y prépare une grande affaire!

– Merci, Maître, dit Jehan, j'y serai, je vous le promets!

Et l'on se quitta.

Ainsi, une nouvelle fois, Jehan et le Prophète se trouvèrent seuls sur le chemin, pour gagner le cours du Cher et traverser la Champagne berrichonne, plate et triste sous le grand soleil d'août. Mais cette fois le Prophète traînait la patte. Jehan lui avait pris son maigre bissac et le soutenait. Ils n'avançaient plus qu'à raison de six lieues par jour, avec des arrêts de plus en plus fréquents.

Et tout à coup, alors qu'on venait de passer la Loire et que l'horizon se bosselait du large feston bleu sombre du Morvan, le moucheron que le Vieux avait devant les yeux devint une grosse mouche noire et immobile. Le pays était là sur l'Orient de ces monts, à deux pas.

– Je te vois piaffer d'impatience, disait le Prophète! Laisse-moi donc sur l'accotement et marche, marche droit devant toi, et droit devant toi, c'est Vézelay!

– Pardi que je vais te laisser comme ça! grondait Jehan. Oui, après deux jours de marche, c'est Vézelay et je t'y emmènerai, sur mon dos s'il le faut! Tu m'en as trop parlé pour que j'y arrive sans toi!

– Laisse-moi sur le côté du chemin gamin! J'y crèverai bien doucement comme un escargot au soleil...

– Tu m'as mené jusqu'à Compostelle, et à Noya, et aux pierres gravées. Moi je te ramènerai bien au moins jusqu'à Vezelay!

Il le monta de force à califourchon sur son dos et alors commença la plus longue journée de sa vie. Ils s'étaient débarrassés de leurs bissacs, maintenant vides, et avançaient, démunis de tout. Dans les villages on leur disait : « Mais jamais vous n'arriverez dans cet équipage! C'est pas Dieu possible! »

En passant dans les grands bois de Bouhy, ils furent hébergés par des bûcherons charbonniers qui s'étonnaient :

– Et vous marchez comme ça depuis des lieues? Et pas un ne vous a montés dans son chariot?

– On n'a vu personne! dit le Vieux, on n'a rien rencontré.

– Je n'ai pas besoin de chariot! dit Jehan le Tonnerre en gonflant ses muscles, et le Vieux est maigre comme un lézard gris, je ne le sens même pas sur mes épaules... et j'en ai vu d'autre! ajouta-t-il, lorsqu'il s'aperçut qu'une fille venait d'entrer, toute noiraude de poussière de charbon, mais bien agréable à regarder quand même.

Le lendemain ils repartaient en même équipage, gavés de bouillie d'orge et d'un ragoût de girolles.

Les bras du Vieux lui serrant le cou à l'étrangler, Jehan eut l'impression que son fardeau pesait deux fois plus lourd que la veille et il commençait à buter tous les quatre pas. Sur son épaule, le menton pointu du Prophète était venu se poser, dur comme une pioche, lorsqu'à son oreille il sentit l'haleine du Vieux, et entendit sa voix, une voix qui venait de loin :

– La Révélation?... Tu l'as, gamin! Le Charpentier de

Nazareth, tu sais, il a dit aussi : Aimez votre prochain comme vous-même... Tu sais maintenant ce que ça veut dire!

Et un peu plus loin, de plus en plus lourd :

– On peut dire que tu l'as bien réussi, ton voyage à Compostelle, Jehan le Tonnerre!

Et, encore plus loin, alors qu'ils laissaient sur leur gauche le village de Breugnon, au nom bien juteux, cette espèce de litanie :

– Ton chemin, tu l'as fait, hein?...

Tu y as appris le tracé...

Et tu y as trouvé l'amitié compagnonnique...

Tu as fait le labyrinthe... et trouvé le métier...

Tu y as appris à souffrir... et au bout de ta fatigue tu as trouvé le courage...

Et tu as trouvé l'amour de ton prochain...

– Mais qui c'est donc ce « prochain », ce prochain que tu me serines tout le temps? Montre-le-moi que je le voie! disait Jehan tirant la langue.

– Ton prochain? C'est aussi bien la charogne puante que tu portes sur ton dos, petit compagnon, et dont tu n'as que foutre, mais que tu ne veux pas laisser mourir le long de la route... Voilà ce que c'est que ton prochain...

Et il récita la parabole du bon Samaritain.

Puis encore, alors que Clamecy apparaissait sur son tertre, au-dessus du confluent de l'Yonne et du Beuvron :

– Tu as marché, marché... marché...

... Et tu as trouvé la réflexion...

... parce qu'en marchant tu t'es baigné dans la Vouivre, gamin!... t'as respiré son haleine par toute la surface de ta peau et la plante de tes pieds.

... Tu t'es imbibé de l'esprit du monde!...

Le Prophète se mettait alors à crier presque, en s'agitant :

– Marcher, vains dieux de misère, c'est le secret

révélateur!... On ne peut pas asservir l'homme qui marche!

Et Jehan, tout poussif, grognait :

— Mais cesse donc de gigoter comme ça, que tu me coupes le sifflet!

Et c'est ainsi qu'ils passèrent Clamecy.

Et alors ils entrèrent dans les forêts, par la grande charrière de Champornot. Jehan s'était mis à aspirer de grandes goulées d'air :

— Sens! sens! Prophète, ça sent chez nous!

De fait, on entrait en Bourgogne. Pas besoin de carte ni de boussole pour le savoir, ça se sent au nez, ça se voit à l'œil, à la manière dont le terrain fait ses bosses, à sa fantaisie, à la passion qu'ont les arbres de se dresser dans le ciel, un ciel pulpeux comme nulle part. Même l'eau du Chamoux, qu'on traversa à Asnière, à gué, vous avait une manière à elle de se trémousser entre les souches des aulnes, qui vous donnait un frisson d'amitié. On aurait dit qu'elle tournicotait à plaisir pour retarder le moment de quitter le pays et descendre vers l'aval. Jehan ne sentait plus le fardeau qu'il s'était imposé, il courait presque sans trop savoir pourquoi.

Il le sut, lorsque, débouchant du bois des Chaumots, il vit tout à coup la merveille devant lui : sur la butte sacrée, dressée comme un hôtel, la basilique rose avec sa petite bourgade accrochée au flanc de la montagne : Vézelay!

Il laissa tomber le Vieux tout d'une masse, car ses bras s'étaient décrispés, il les avait dressés en l'air, les paumes tournées vers l'est comme pour attraper quelque chose, là-haut, sur cet énorme reposoir qu'il avait devant lui, magnifié par la grande lumière du couchant.

A Vézelay, on ne voit rien, ni les maisons du village, ni le panorama, ni les gens : on ne pense qu'à grimper, au plus vite, vers le sommet et à se jeter dans la basilique qui attire comme une pierre magnétique posée à l'endroit voulu.

Jehan n'y manqua pas, laissant le Prophète affalé sur le chasse-roue de la porte d'en bas, et courant à la montée, pourtant rude. Il arriva devant la façade, se mit dans l'axe, entra par la porte majeure, fit son labyrinthe les yeux grands ouverts, lentement sans rien détailler. Et sa fatigue tomba, comme tombe la crasse dans de l'eau de cendres. Même la meurtrissure de son cou et de ses épaules, où le Vieux s'était cramponné sans vergogne depuis le passage de la Loire, avait disparu. Il redescendit chercher le Prophète, qui montait en titubant, la main au mur, et ils couchèrent au quartier des pèlerins. Au petit jour, Jehan était déjà là-haut pour voir, de l'intérieur de la basilique, le lever du soleil qui éclate à travers le vitrage de l'abside, bute sur l'intrados de la voûte et retombe, en nappe, sur le dallage où il fait comme un halo qui baigne l'édifice tout entier.

C'est alors qu'entrèrent les moines, qui vinrent, précédés de la croix, faire, eux aussi, leur labyrinthe, processionnellement, s'enroulant lentement selon l'itinéraire solaire de ce bain magnétique. Jehan était si envoûté qu'il ne les avait ni vus ni entendus, il fallut que le thuriféraire, qui ouvrait la marche, vînt le pousser du manche de sa croix pour qu'il s'écartât, car il se tenait debout, en hypnose dans l'axe de la procession. Il s'écarta, les laissa passer et même les suivit, terminant avec eux leur lente danse extatique.

Ils entrèrent dans le chœur et commencèrent l'office qui était celui du dix-septième dimanche après la Pentecôte, et dans lequel ils chantèrent cette phrase : « Faites briller la lumière de Votre visage sur notre sanctuaire. »

– Tu vois : la Lumière! murmura le Prophète qui venait d'arriver et se tenait derrière lui.

C'était le moment où le soleil entrait juste par la verrière centrale, bien dans l'axe, puisqu'on était tout juste à l'équinoxe d'été, le 21 septembre, le deux cent trente-troisième jour de leur voyage initiatique.

Le troisième jour Jehan, qui en était arrivé à regarder la chose en détail avec les yeux clairs des essarteurs de la Montagne, s'aperçut de la façon astucieuse avec laquelle les Kuldées (il pensait fermement que c'étaient eux qui avaient tout fait) avaient alterné adroitement dans les arcs doubleaux de la voûte de la grande nef, les pierres bleues et les pierres roses. Il le dit à haute voix :

– Une fameuse idée qu'ils ont eue : ça fait joli!

Le prophète bondit, les yeux sortant de leurs trous :

– Joli? Alors tu penses qu'il y a un seul coup de truelle ici qui soit donné pour faire joli? Sacré pendard! Ne va pas croire ça! Ici tout est pensé et voulu.

– Pourtant l'idée de mettre une pierre bleue, une pierre rose, ça ne peut pas venir autrement...

Le Vieux s'étendit sur les dalles, le dos sur le sol, le nez en l'air, dans l'axe de l'abside, les pieds tournés vers le chœur. Il invita Jehan à en faire autant. Lorsqu'ils furent ainsi couchés côte à côte, touchant la dalle, du crâne au talon, Jehan souffla :

– Alors?

– Plonge-toi dans le silence révélateur de Dieu! dit le Vieux, d'un air comique.

Ils restèrent ainsi plusieurs minutes, et le Prophète se mit à vaticiner. Lorsqu'ils furent sortis, ils s'assirent dans l'herbe au bout du tertre sacré :

– Les pierres bleues ont été tirées de la carrière de Prémery où elles ont baigné, depuis belle lurette, dans une Vouivre bleue, qui est de signe négatif. Les pierres roses viennent de la carrière de Banot, où circule la Vouivre rose, de signe positif. Si tu les mets en contact en les alternant, le bleu et le rose, le « plus » et le « moins » s'opposent et se combattent et cela produit un flux qui amplifie la Vouivre qui sort de terre ici sur le tertre sacré, et ça permet de l'amplifier... « Quel fou! » pensa Jehan.

Pendant trois jours, donc, ils déambulèrent dans l'édifice et en firent maintes fois le tour, avec assez d'application pour constater enfin qu'effectivement nulle part n'apparaissait la plus petite croix suppliciaire, le moindre crucifié, la moindre allusion à son agonie, à ses souffrances, à sa prédication d'amour, de pardon et de partage. Seuls, sur les autels, les officiants qui s'y succédaient parlaient brièvement de l'arrestation, du jugement et de la condamnation scandaleuse du Charpentier de Nazareth et enfin du repas qu'il eut avant d'être arrêté et crucifié.

Le grand tympan à lui seul leur imposa une grande journée de méditation. Ce très beau géant dansant, au « profil basque » (disait le prophète déchaîné) sortant de la Vulve de Vie (le Prophète tenait à cette interprétation qu'il avait reprise dans son propre signe compagnonnique), subjuguait Jehan le Tonnerre.

Il le regarda fixement, sans même entendre les vaticinations du Prophète, qui, ses esprits retrouvés, faisait une curieuse exégèse : n'attira-t-il pas, à voix basse, l'attention de Jehan sur toute sortes de choses qui étaient comme cachées?

D'abord cette longue main, cette main droite trop grande et sans blessure qui n'était pas la main d'un crucifié, surtout d'un crucifié ressuscité qui serait allé après sa résurrection montrer ses plaies à son ami Thomas et l'inviter à y mettre ses doigts.

— Si ce n'est pas lui qui est-ce, ce Géant à la grande main? demanda Jehan prêt à se fâcher.

A voix très basse presque imperceptible, le Vieux répondit :

— Je vais te dire : cette main généreuse, hors des dimensions normales, a été sculptée en pensant secrètement au Dieu Loug, dieu de Lumière au visage de soleil... « Sklerijen Doué! Dremm Heol[1]. » On l'appela « main longue », « Dorn Braz[2] », pour proclamer son immense habileté, due à une attribution divine.

— Mais alors, pourquoi ce dieu Loug ici?

— ... C'est que le frère qui a sculpté le tympan, est un des nôtres. Je l'ai connu haut comme ça. On lui a demandé de faire un Christ, fils de Dieu, Dieu lui-même, triomphant, dans sa gloire : il l'a fait en représentant le dieu Loug, Dieu, fils de Dieu, avec sa grande main... Comme ça les deux traditions sont rassemblées dans le plus pur esprit de Saint-Colomban, pour bien indiquer à celui qui « sait » que le temple est bien construit selon les règles, à la bonne place et qu'on y reconnaît le Dieu unique et indivisible!

Le Prophète se reculait, clignait de l'œil, prenait un air important pour dire :

— Oui, oui, oui! Une magistrale synthèse de la métaphysique celtique et de la théologie hébraïque... Mais ce que je dis là fait partie du secret que tu dois garder sous peine de mort. Tu l'as promis!

— Mais tu crois que les frocards ne se sont pas aperçus de toute cette cuisine? demanda Jehan.

— Sans doute, mais l'Eglise a renoncé à abolir les mystères anciens, elle s'attache plutôt à les réexpliquer et à les réutiliser. C'est bien plus adroit et plus efficace!

Jehan était à la fois émerveillé et atterré. Il se demandait bien s'il était prudent d'avoir promis. Bavard comme il était, n'allait-il pas raconter tout ça, un beau jour, pour faire le malin? Il se demandait aussi, presque avec frayeur, qui était ce compagnon de

1. *Sklerijen Doué-Dremm Heol* : en celte armoricain : Dieu de Lumière, visage de soleil.
2. *Dorn braz* : grande main, en celte armoricain.

route, sorti de sa grotte pour l'accompagner à Compostelle, et pourquoi?

Et là-dessus, il y eut encore l'affaire de l'auréole : Jehan, tenant le Vieux par l'aile, s'était arrêté sous le porche et regardait le grand tympan sculpté. Il montra l'auréole, cette rouelle qui encerclait la tête du grand personnage central et que le Prophète appelait « le dieu Loug, à la grande main ». Dans cette grande rouelle s'inscrivait un signe.

– Quel signe, je te le demande? attaqua le Prophète.

– Celui de la croix, sans doute... j'en vois trois branches, la quatrième est cachée par la tête et les épaules, je suppose... répondit le Tonnerre.

Le Prophète eut alors un rire dont les éclats ricochèrent très irrespectueusement sur la voûte du narthex. Puis il invita Jehan à regarder bien cette rouelle, qui était l'auréole du personnage, et à concentrer son attention sur les trois rayons visibles.

– ... qui, insista-t-il, partent de son centre, qui est, remarque-le, la bouche du Géant à la longue main, et gagnent la circonférence de la rouelle. Or il est clairement visible que les deux branches transversales ne sont pas les extrémités du même diamètre, non plus que les deux bras d'une croix : ce sont deux rayons différents qui déterminent entre eux un angle correspondant aux deux cinquièmes de la circonférence... Tu entends? Deux cinquièmes! Cette « croix » est une étoile à cinq branches, Compagnon!... A cinq branches! Tu entends bien? Habilement dissimulé c'est le pentagramme cosmique des Druides, qui engendre la Sublime Proportion et qui symbolise la Création de Vie, celle qui se perpétue indéfiniment...

Il fit reculer l'élève pour découvrir l'ensemble. Il resta un moment en silence, puis murmura, admiratif :

– ... Le mystère du Salut universel... Dans l'espace et dans le temps! Ah! Celui qui a sculpté ça connaissait son affaire!

Jehan regardait ce prodigieux demi-cercle de pierre où s'inscrivaient, au-dessus de la Grande Porte centrale, tant de choses. Il dit encore :

– Mais ces trois spirales, là? l'une au coude gauche, l'autre sur la fesse droite et la troisième sur le genou gauche?

Le Prophète écla de rire encore une fois :

– ... Elles disent que c'est une façon astucieuse, qu'a eue le frère sculpteur, pour jouer avec les plis du manteau et faire joli! hahaha!

Il riait à s'en faire péter la veine du cou :

– Tu as déjà vu des plis comme ça?

– Non.

– ... Eh bien, moi, qui sais, je vais te dire...

– Sûr! Puisque tu sais tout!

– Le frère sculpteur a trouvé là le moyen, mine de rien, de faire passer dans ces jolis plis tarabiscotés un de nos plus purs symboles : la Spirale!... La spirale dextre!... la spirale de Vie!... Oui : celui qui a fait ça connaissait son affaire!... Le Mystère du Salut universel!... Dans l'Espace, et dans le Temps!

Et puis encore, en extase :

– Oui, pour du beau travail, c'est du beau travail!

La synthèse des deux Révélations : l'orientale et l'occidentale!

Mais Jehan n'y comprenait plus rien, il éclata :

– L'orientale? L'occidentale? L'hébraïque, la celtique? Mais lui, lui, où tu le trouves?

– Qui, lui?

– Le Charpentier, le maître de l'amour, le maître du pardon, le maître du partage?

– Ah! celui-là, tu ne le rencontres ici que si tu l'apportes! Et tu ne le chercherais pas si tu ne l'avais déjà trouvé... Souviens-toi que pendant trente-trois lieues tu as porté sur ton dos l'ordure que je suis!...

Et ils repartirent vers la Bussière, dans l'axe de la basilique, tout droit. Le Vieux semblait requinqué.

A La Pierre-qui-Vire, il eut pourtant une espèce de crise. Les yeux un peu révulsés, la voix changée, il demanda la pause, s'étendit sur l'herbe et s'endormit. Au bout d'un rien de temps, il se mit à crier, tout endormi qu'il était :

— Le feu! Oui le feu! je vois le feu!

— Quel feu? Où?

— Chartres! Oui Chartres! Ça brûle à Chartres! A Chartres tout est cul-par-dessus-tête!

A ce moment ils furent rattrapés par une escouade de Templiers, six blancs et un noir, qui chevauchaient, traînant deux chevaux de bât derrière eux. Ils s'arrêtèrent pour leur dire :

— Ho! les compagnons!

— Du mal à rentrer chez nous qu'on a! soupira le Vieux qui s'était réveillé!

— Où ça, chez vous?

— A la Bussière, l'abbaye.

— Nous y passons presque, dit le manteau noir.

On fit une place à chacun sur les chevaux de bât. La première fois depuis deux cent soixante-dix jours qu'ils avançaient sans mettre une patte devant l'autre. De ballotter de chaque côté du cheval, leurs pieds se mirent aussitôt à gonfler et les fourmis leur grimpèrent jusqu'aux genoux.

— Le Vieux divaguait, expliquait Jehan en riant. Il disait : « Le feu! le feu! Ça brûle à Chartres! Oui, ça brûle à Chartres! » C'est pour vous dire à quel point il est arrivé après deux cent soixante-dix jours de pèlerinage à Compostelle!

— Répète un peu! dit le Templier noir. Ça brûle à Chartres?

— Oui, c'est ce qu'il pleurait!

— Qui le lui a dit?

— Oh! c'est le Prophète, il n'a pas besoin qu'on lui

dise pour savoir, et d'abord il dit tout pour être sûr d'avoir tout prédit!

– C'est que justement Chartres vient de brûler! L'église est rasée! dit le noir.

– La foudre! ajouta un blanc.

Le Prophète, en serre-file, avait entendu, il cria :

– La foudre! Ah! ah! c'est la volonté de Dieu! Hosanna! Hosanna!

Jehan était tout tremblant.

– Hosanna, c'est à Chartres que va le Maître de la Fraternité avec ses Jacques! Il va trouver de quoi exercer son savoir! Le temps est venu! Chartres, la Déesse Mère-de-sous-Terre!... Enfin le tertre sacré va bientôt porter le grand dolmen digne de lui!

Et les Templiers riaient de tout leur cœur, ce qui ne leur arrivait pas souvent.

Ce fut dans cet état d'exaltation qu'on gagna La Pierre-qui-Vire, puis les hauteurs de Saulieu; Saulieu, le lieu du soleil, avec son grand zodiaque dans les bois; puis, des hauteurs de Château-Benoît, la haute vallée du Serein s'ouvrit comme une miche de pain et Mont-Saint-Jean, perché sur la Montagne. Enfin, au carrefour de Sausseau, tout à coup, l'échappée vers la ligne sombre de la montagne natale, dressée comme un mur devant les voyageurs. Et, au-dessus, tout petit dans l'éloignement, le château de Châteauneuf, piqué juste au droit de la cluse de la Vandenesse, pour surveiller le passage.

Les deux chevaux de bât avaient pris la tête de la colonne. Si les deux pèlerins qui les montaient avaient eu des éperons, ils eussent pris le galop, c'est sûr. Revoir son pays après l'aventure jacquaire, les neiges du Cantal, les brouillards de Roncevaux, les brûlures de la Vieille Castille et tout le reste, donnait à Jehan des gorgées d'eau sucrée dans le gosier, à l'étouffer.

A ce train on fut vite à Châteauneuf par la combe Uros et enfin ce fut le ravin de l'Arvault et, au revers, dans le fond du val, l'abbaye. Là, ce fut le trot, en dévalant la pente.

Tout à coup, le Prophète s'arrêtant pile, dit :

– Regarde!

– Regarde quoi?

– Là!

Et du doigt il désignait le pignon en bâtière de l'abside et, tout en haut, de ce pignon, sculptée dans la pierre du pinacle, à la place d'honneur, que virent-ils?

La croix celtique!

Ils poussèrent un grand cri et Jehan se mit à kiauler[1] :

– O lira liro... liraliro!...

Tous les bois lui répondirent et les Compagnons, qui finissaient de poser les modillons de la corniche, restèrent, la truelle en l'air et levèrent les yeux. Ils répondirent, et tout le monde se jeta à la vallée.

Il y eut des rudes embrassades, et Jehan leur dit, en montrant la croix :

– Ô les Jacques! Vous l'avez tout de même mise?

– Oui, mon fils, répondit le Gallo. On n'a pas fait une seule sculpture dans tout le temple, mais elle, on a tout de même réussi à la loger et le Père Abbé l'a trouvée bien belle. Il a simplement dit : « Mais pourquoi avez-vous cerné cette croix d'un cercle de pierre? » Et alors tu ne sais pas ce que je lui ai répondu! Je lui ai dit : « Par souci de renforcer sa solidité! Ainsi sertie, elle sera moins fragile, mon Père! » Et il a approuvé : « Et vous avez bien fait, mon fils! »

Et ils rirent tous.

---

1. Sorte de tyrolienne que font les bûcherons et les bergers, chez nous (*N.d.A.*).

Jehan ne prit pas même le temps de boire le coup de piquette de poires sauvages qu'on lui offrait. Il grimpa tout de suite à la Communauté, le cœur battant, il entra dans la clôture, les chiens lui léchèrent le museau en pleurant de joie et il vit, sous la grande pierre qui servait de banc, sous les ormeaux à la mi-ombre, un berceau.

Son sang cognait dans tout son corps, il s'approcha et vit l'enfant. C'était un garçon sûrement, à voir son front et la carrure de son menton. Un garçon qui n'avait certes pas plus d'un mois. Et le Tonnerre, si bouillant d'habitude, resta là, muet, comme entravé pendant un moment. Joie ou douleur? ou haine? Va savoir!...

C'est alors qu'il sentit quelqu'un dans son dos et qu'il entendit une respiration, mais assez loin derrière lui. Il se retourna d'un coup et vit, dans le fond du bûcher, Reine, les bras chargés de bûches qui le regardait, blanche comme sa coiffe.

Il eut comme envie de s'enfuir ou de fracasser quelque chose, mais (et c'est très curieux car c'était le contraire de sa nature) il se domina, ouvrit les mains qu'il avait serrées de colère, car une phrase du Charpentier de Nazareth lui courait dans la tête.

Enfin il se surprit à sourire :

– C'est le tien? demanda-t-il en désignant l'enfant. Elle fit signe que « oui », de la tête.

Il la prit alors par les épaules et l'obligea à le regarder bien en face :

– Mais pourquoi?... Pourquoi m'as-tu fait ça? Je t'aimais bien, tu le savais, et tu me tenais enlacé par tes cheveux, que tu avais tissés avec la laine de ma chasuble! Tu le savais! Alors pourquoi?

– Ah! tu me demandes pourquoi?... Mais moi je vais te dire : pourquoi que tu es allé vers ta Tebsima?

– « Ma » Tebsima? Mais elle n'est pas mienne! C'est le vieux Prophète qui la troussait.

– Menteur! Tu y montais, à la grotte, hein? Et tu la tripotais, ta Sarrasine!

– Mais tais-toi donc! Jamais de la vie je n'ai touché une femme!

– Chante! Pour commencer tu la dévorais des yeux, ensuite tu lui tâtais le gras de la cuisse, et, un beau jour tu l'as...

– Mais ce n'est pas vrai!

– ... Même que tu es allé te laver à la source, après!

– Mais...

– Et tu y es retourné bien des fois, vers ta Moricaude!

– Mais...

– Alors moi je me suis revengée! Voilà pourquoi!

Et elle éclata en sanglots.

– Mais c'est pur mensonge! hurla Jehan qui se redressa, se tourna vers le soleil couchant, leva la main droite vers le ciel en jurant :

– Je le jure sur la Mère du Sauveur et sur la Croix de l'abbaye de la Bussière!

Elle cessa de pleurer, le regarda en ouvrant de grands yeux :

– Ce n'était pas vrai? hurla-t-elle.

Il répéta son geste :

– Je le jure!

Elle resta bouche bée, les yeux égarés, la gorge paralysée : Alors?... Alors, moi?...

– Toi?... tu es une grosse bête, voilà ce que tu es!

Elle pleurait en geignant :

– Alors? moi... Alors moi?...

Il la laissa se calmer en se disant que, seul, le Prophète avait pu répandre ce mensonge.

Enfin il se surprit à sourire.

– C'est le tien? répéta-t-il doucement en désignant l'enfant.

Elle fit signe que oui, de la tête, lâcha ses bûches, et s'enfuit comme une folle pour se précipiter dans la maison commune. Il l'y suivit. Elle était allée se jeter dans l'alcôve, à plat ventre sur le lit du Maître, sans un cri, sans un geste. Elle resta là, la tête enfouie dans les peaux de mouton qui faisaient couverture.

Les femmes triaient les fèves et battaient le beurre. Toutes se mirent à crier d'étonnement et les hommes arrivèrent pour le souper.

Il y eut fête pour lui. On posait des questions. Et qu'est-ce que tu as vu? Et qu'est-ce que tu as fait? Et qu'est-ce que tu as dit? Et comment est Compostelle?

– Moins beau que Vézelay!

– Et les gens?

– Lesquels! Il y en a bien cent espèces depuis ici jusqu'en Galice...

– Mon Dieu! C'est-y possible! disaient les femmes en joignant les mains.

– ... Des tas de gens différents : des noirauds, des rougeauds, des nabots, des géants... et des Basques!

– Et les moines?

– Eux, les moines? Tous les mêmes, d'un bout à l'autre, drôlement futés et actifs, marche!

Il s'arrêta, regarda tout le monde, bomba le torse et, tout sourire :

– Mais partout, partout, des Compagnons! des Enfants de Maître Jacques, tous unis comme les doigts de la main, les Passants...

Il les regardait tous les uns après les autres et répétait :

— Les Passants! Ceux qui passent la Connaissance! Vous comprenez?

Ils disaient « oui » mais ne comprenaient rien.

— Tu as prié pour nous au moins à Compostelle?

— Prier? Et qu'est-ce que ça veut dire?

— ... Demander grâce pour notre salut!

— Votre salut? Il est ce que le ferez bonnes gens! vous avez tout dans les mains pour ça!

— Mais demander pardon pour nos fautes?

— Vos fautes? Il faut les payer, voilà tout!

— Mais comment?

Jehan prit la voix du Prophète :

— Tu pardonneras septante fois sept fois, c'est ça le Pardon! Tu aimeras ton prochain comme toi-même, ça, c'est l'amour! Si tu as deux chemises et que ton voisin n'en ait pas, donne-lui-en une, et c'est ça, le Partage. Et tout ça ensemble, c'est la grâce, qui nous est donnée!

Puis il regarda la tablée pleine où la Maîtresse servait la soupe. On fit le signe de la croix, on bafouilla les grâces du repas, on s'assit et, avant de se mettre à manger, Jehan dit :

— Mais je ne vois pas ici mon frère le joueur de luth, le père du petit de la Reine?

On s'entre-regarda. Martin-le-Bien-Disant, le père de Jehan, répondit :

— Peuh! Il est parti avec son luth et ses fariboles, le trente-deuxième jour après son arrivée. Il y a neuf mois maintenant!

Puis le Trébeulot :

— C'était pas un homme à faire un essarteur! Bon à chanter des bricoles, qu'il était, et à engrosser les filles! C'est tout!

— ... Pas un homme! ajouta Daniel-l'Innocent, d'un air terrible. Si je le rencontre, moi, je l'écrase!

— ... Tu ne le reverras jamais, mon petit Daniel. Il est,

pour lors en train de se chauffer les fesses au pays des punaises... Je ne sais pas ce qu'ils trouvent dans ces pays!

La Reine était toujours étendue, raide, la face dans le poil, au fond de l'alcôve. Jehan lui cria :

– Alors, Reine?... Viens donc manger. T'as besoin d'amender, pour le nourrir. Ce n'est pas le moment de jeûner!

Elle resta comme une souche.

– ... Et, à propos, où est-il donc, ce petiot, qu'on le voie? dit-il. Il se leva, gagna la charmille, prit le berceau et revint. Reine se leva d'un bond, comme une chatte quand on lui empoigne un de ses petits.

– ... Vous l'avez, le parsonnier mâle qui me remplacera. Le voilà! chanta Jehan sur le ton du *Jube Domine* qui ouvre les Complies monastiques. Il souleva le berceau à bout de bras, au-dessus de sa tête, comme pour l'offrir au ciel, alors que Reine tendait, elle aussi, les bras, comme pour le rattraper s'il venait à le lâcher. Puis il le reposa sur la table et, regardant l'enfant, chassa deux mouches qui lui tétaient le coin de l'œil et dit enfin :

– C'est égal : voilà un gars à qui il faut un père. Je voudrais bien que ce soit moi. Si vous n'y voyez pas d'inconvénient.

Et Reine se sauva en courant, prit la porte et disparut.

A la fin du repas, Reine n'étant pas revenue, Jehan sortit pour la trouver. Elle était, bien sûr, à la croisée des chemins, là où elle lui avait donné la chasuble. Elle y était enroulée, comme une chevrette blessée, sur le tronc du gros chêne que les hommes y avaient laissé pour le mettre au feu parce qu'il était tortu et trop bas embranché pour en faire du bois d'œuvre.

Jehan lui dit :

– Allons, Reine, viens m'embrasser!

Elle remua de la croupe pour dire « Non! ».

– Reine, viens m'embrasser! Ne fais pas de manières!

Il attendit, elle releva le minois, le regarda par-
dessus son coude.

– Viens! répéta-t-il en lui tendant les mains.

– Alors tu ne m'en veux pas? renifla-t-elle.

– La rancune ne résiste pas à trois cents jours de
marche forcée dans la neige ou la canicule. Le chemin
de Compostelle vous fait revenir de bien des choses,
va! C'est ça la Révélation.

Elle se leva, vint à lui, ils se prirent les mains et alors
le musc de la fille lui parvint encore. Mais il était
différent cette fois : il sentait maintenant le lait. Cette
odeur de la femme ayant enfanté, qui est celle que
préfère l'homme, peut-être parce qu'elle le met dans
ses responsabilités et ses vrais désirs.

– Voilà, dit-il d'une voix posée, ce petit est le mien
désormais si tu lui veux un père; et si sa mère veut un
homme, elle en a besoin pour le dresser, je serai
celui-là.

– Pas avant que j'aie eu mon retour de couche tout
de même!

– Mais bien sûr que non, grosse bête, je ne parle pas
de ça. On fera ça plus tard, mais je te parle de lui. Une
mère ne peut pas élever un petiot toute seule, il lui
faut le maître. Voilà ce que je voulais dire.

Elle l'écoutait bouche ouverte. Il continua :

– ... Alors voilà ce que nous allons faire : tu m'attends, je pars dès demain pour un endroit qu'on
appelle Chartres où les Compagnons se rassemblent
pour construire le grand athanor, la Porte du Ciel. J'y
retrouve mes Maîtres. J'y ferai ma promesse. Je
deviendrai Compagnon fini. Et, tout par un beau jour,
je reviens : coucou, c'est moi! Et je le prendrai en
main ton petiot, pour en faire un Compagnon fini.

– Alors comme ça tu vas partir encore?

– Oui, moi il me faut construire une nave pour

poser dessus une voûte haute de cent coudées éduennes, avec les frères. Je reviendrai bouclé!

Il y eut un silence.

– Je savais bien qu'ils t'empatafiauleraient!

Il la regarda d'un air de reproche :

– Dis donc, dis donc! Tu ne vas pas te plaindre d'être aimée d'un Compagnon bouclé, par hasard, ni me reprocher d'essayer de devenir un Maître?

Elle soupira encore :

– Alors vrai, te voilà reparti?

Il éleva la voix qu'il s'efforçait de maintenir toute douce :

– Je ne pars pas : je vais!

– Et où que tu vas?

– Je vais vers le Maître la Fraternité-le-Clairvoyant pour construire avec lui l'instrument parfait.

– L'instrument? Quel instrument!

– La voûte parfaite!

– La voûte? La voûte! Tu m'as l'air la voûte! « Envoûté », oui, envoûté, voilà ce que tu es! Et pour quoi faire cet instrument?

– Pour la régénération de l'homme! dit-il savamment.

Elle fit simplement :

– Euh...

– Tu peux faire « euh » tant que tu voudras, moi j'irai là où je t'ai dit.

– C'est encore les moines, les hommes sans femme, qui t'ont mis ça dans la tête?

– Laisse les moines. Ils y viendront bien sûr, sous notre voûte, pour parler du Charpentier d'amour, de pardon et de partage. Nous le souhaitons de tout notre cœur. Pourvu seulement qu'ils en parlent bien et qu'ils ne l'accaparent pas en en faisant piètre usage... Ils y feront le banquet communiel, en souvenir du dernier repas du Charpentier. Ils y distribueront le Pain et le Vin de Vie. Tant mieux! C'est indispensable! Mais nous, nous construirons le...

Il s'arrêta et se souvint de son serment :

– ... Je ne peux pas t'en dire plus, j'ai promis, je me suis consacré au Grand Œuvre.

– Tu me pardonnes? pleurnicha Reine.

– Septante fois sept fois! répondit le garçon.

Il lui donna l'accolade, se retourna définitivement et se mit à courir pour dégringoler, à travers la futaie, vers l'abbaye, d'où venait le Magnificat de Complies.

Le Prophète, trop fatigué pour monter à sa grotte, resta pour passer la nuit sur la paille fraîche des dernières avoines. On lui dit :

– Le Croisé est revenu! Il a fait une colère terrible car il revenait chercher la femme qu'il ramenait de Terre Sainte, après l'avoir convertie à la religion chrétienne...

– Tebsima?... et alors?

– Il a battu tous les bois pour la retrouver et finalement il l'a reprise.

– Il l'a reprise?

– Et sais-tu où il l'a retrouvée?... Dans ta grotte!

– Pas possible?

– Il l'a ramenée chez lui. Il voulait veiller sur son salut, faut croire.

– Oui, c'est ce qu'il a dit.

– Très bien, très bien! dit le Vieux les yeux dans le vide, et moi je vais pouvoir rentrer dans ma grotte... et prier pour elle et même pour eux deux, elle et le seigneur de Thil. Il en a bien besoin : elle a la vérole, et il y a bien des chances qu'elle la lui ait passée... comme à moi... Je vais en crever, mais il faut bien mourir de quelque chose.

Le 25 septembre, alors que le premier froid mordait les feuilles des frênes, vingt-trois Compagnons partaient de l'abbaye de la Bussière, après avoir graissé et emballé leurs outils de charpentiers et de tailleurs de pierre. Ils partaient vers le nord-ouest pour rejoindre un lieu sacré qu'on appelait Chartres, et construire, sur le grand dolmen des Carnutes, à la place du petit bâtiment incendié, la voûte parfaite, pour le bonheur et la régénération de l'homme comme disait maître Gallo.

Au tournant, le Prophète était perché sur la roche pour leur faire signe d'adieu. Lorsque Jehan passa, menant sa mule chargée, il lui cria :

– Je te laisse mon signe en héritage. C'est le tien. Tu peux t'en servir. Souviens-toi : la Vulve du Monde !

– Plutôt crever du Miserere[1] tout de suite ! répondit Jehan. Ta vulve, tu peux te la mettre où je pense ! J'ai mieux que ça !

Et, sur la poussière du chemin, il lui dessina une spirale : celle qu'il avait trouvée, un jour, en démultipliant, à l'infini, le rectangle d'or.

FIN

---

1. *Miserere* : le vieux nom de la crise d'appendicite se terminant en péritonite.

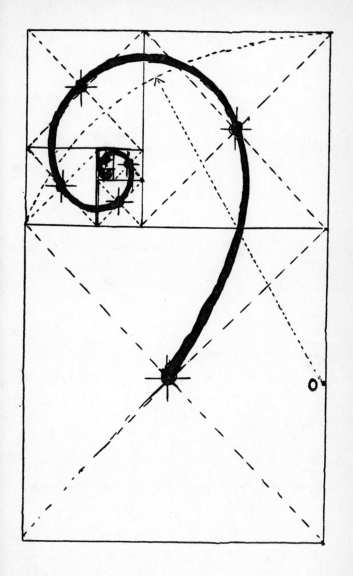

Après-lire

Maintenant que je mets la dernière main à ce récit, il m'apparaît que de nombreux mots, employés spontanément, ainsi que plusieurs personnages et plusieurs sites évoqués ne sont pas connus. Je les ai transcrits tels que je les recevais de mes héros, et c'est après coup que je les ai cherchés, mais vainement, dans ce bon vieux Larousse, si étrangement muet, comme la Science Officielle, sur certains sujets qui sont pourtant d'importance capitale pour nous, gens du Monde occidental !

Et je pense, maintenant, qu'il est honnête que j'en donne une définition élémentaire. Le plus souvent, j'ai pu la trouver dans des documents, à vrai dire peu connus, et dans des ouvrages de spécialistes, mais parfois aussi, j'ai été obligé de la reconstituer d'après les révélations qui m'ont été faites, au cours de ce récit, par mes personnages, au fur et à mesure que je les recueillais de leur bouche même. Et c'est de là que je tire ma définition de l'imagination, que je donne dans mon « Avant-lire ».

J'ai limité la liste de ces mots à une quarantaine, mais il en est d'autres, à longueur de page, qui sont venus spontanément sur les lèvres de mes héros, et qui ne laisseront pas de poser question au lecteur.

Celui-là, ignorant comme le sont normalement

*les produits des deux enseignements complices,
quoique ennemis, le « laïque » et le « religieux »,
se trouvera, tout à coup, en présence d'un récit à
ce point paradoxal qu'il le mettra forcément sur le
chemin d'une recherche personnelle passion-
nante.*

C'est la grâce que je lui souhaite

Lexique

A

Abélard : Ce nom n'a été évoqué que très rarement et il peut étonner dans la bouche du Prophète. Il s'agit bien du Breton bien connu, amoureux d'Héloïse, et théologien célèbre.

Alésia : aujourd'hui Alise-Sainte-Reine, en Bourgogne – ou la science officielle place le siège célèbre de Vercingétorix par Jules César.

Amphisbène : Reptile capable de cheminer dans les deux sens, on le retrouve dans les mythologies asiatiques.

Arroi : le Prophète et Jehan le Tonnerre emploient souvent ce mot qui désigne la troupe et l'équipement qui accompagnent un seigneur en campagne. Le désordre de cette troupe est le « désarroi ».

Arche : coffre – du mot celtique *Arc'h* qui veut dire coffre.

Arche-banc : banc-coffre.

B

Barzaz Breiz : ensemble des poèmes et récits mythologiques celtiques.

Belisa : dans la mythologie celtique : mère, sœur et épouse du dieu Belen.

Bénédicité : prière que l'on récitait avant et après le repas.

Béranger-le-Poitevin : chroniqueur du XIIᵉ siècle, qui aurait assisté au Concile de Sens, à quel titre, je ne sais.

Benoît : chaque fois que le Prophète prononce ce nom, il s'agit bien de saint Benoît, fondateur de l'Ordre bénédictin.

Bernard de Fontaine : Là aussi, il s'agit bien du réformateur de l'ordre cistercien, devenu saint Bernard. Il est né non loin de la Bussière, à Fontaine-lez-Dijon.

Boanerges : nom donné au prophète saint Jean de l'Apocalypse.

Boqueho : le Prophète semble donner ce nom à un lieu mégalithique, en Bretagne où a vécu l'ermite connu sous le nom d'ermite de Boqueho.

Brenne : petite rivière qui prend sa source tout près de la Bussière, à Sombernon, affluent de l'Armançon.

Breudeur : nom compagnonnique d'un Maître de Jehan. En breton armoricain il signifie *frère* – je l'ai traduit par : la Fraternité – en anglais cela devient : Brother... of course.

Bussière (la) : Abbaye secondaire de Cîteaux, dans la vallée de l'Ouche, dans la Montagne bourguignonne.

C

Carolles : il s'agit de la localité située dans la baie du mont Saint-Michel, et dont le nom semble venir du celtique *Ker-Heol* (cité du soleil?).

Cayenne, Cayute, Cayutte, Cayhutte, Cayolar : différentes appellations des cabanes où se logeaient les frères constructeurs autour de leur chantier, dans la clôture des abbayes. Par extension : cabanes (Cayolar : en Pays basque). Les compagnons du Tour de France ont conservé « cayenne ».

Chien : nom générique d'une secte de frères constructeurs. A noter que la constellation du Chien est au bout de la Voie lactée donc au bout du chemin des étoiles qui mène à Compostelle. C'est probablement cette secte qui a donné les Cagots, groupe mis en quarantaine aux XIVe et XVe siècles.

Cuchulinn : Héros celte, du genre Hercule, qui, dans le Barzaz-Breiz celtique, aurait reconnu et attesté la grandeur du christianisme.

Cydroine (Saint-) : village sur l'Armançon, en aval de Tonnerre.

D

Diskan (Déchant) : chant celtique où deux chanteurs, alternativement, reprennent la même phrase musicale en impro-
visant les paroles en reprenant la dernière phrase de
l'autre.

E

Ecobuage : méthode de défrichage qui consiste à arracher, à
brûler et à répandre les cendres sur le sol.
Eduen : homme de la grande tribu éduenne, occupant le
territoire correspondant aux départements de Côte-d'Or
sud, de la Saône-et-Loire, un peu de la Nièvre. Capitale
Autun.
Essartage : défrichage de la forêt par dessouchage et brûlis.
Etienne Harding : un saint abbé de Cîteaux, venu de Bretagne
(la Grande) pour diriger et réformer Cîteaux.
Ermite : il s'agit bien de Pierre L'Ermite qui suscita la
croisade populaire.

F

Fraternité (la) : blase traduit en français du Maître le Breudeur.
Frères lais : grade inférieur chez les moines; ils étaient
chargés des besognes manuelles.
Fontenay : grande et belle abbaye, dans une vallée bourguignonne non loin de Montbard.

G

Gallo (Maître le) : blase compagnonnique d'un homme vraisemblablement né en pays Gallo, c'est-à-dire en Bretagne
non bretonnante (Ille-et-Vilaine, Côtes-du-Nord orientale,
Loire-Atlantique orientale.)
Gargantua : géant légendaire venu de la préhistoire – son
nom veut dire à peu près : Géant des Grandes Pierres –

allusion à une race supérieure de géants venus, pour la France, de l'océan Atlantique, porteur de la civilisation mégalithique? C'est tout au moins ainsi que le Prophète et ses Kuldées ont l'air de les connaître. – Rabelais, trois siècles plus tard, s'est servi, d'une façon très libre, du nom, pour un de ses personnages.

Goat ou *koad* : mot celte qui veut dire bois, forêt, – et *goatiou* : homme du bois, ou boiseur.

Grandes Pierres : nom employé par les Compagnons, Pédauques et autres constructeurs initiés pour désigner ce que nous nommons aujourd'hui, pompeusement : les Mégalithes.

Grand-Orient (forêt du) : massif forestier, très important au Moyen Age, situé à l'est de Troyes. Elle semble avoir recelé une installation importante des Templiers.

H

Hommes blancs : ainsi appelait-on, à la Bussière, les Cisterciens, les Pères étant vêtus de flanelle écrue

I

Intrados : surface intérieure de la voûte.

J

Jacques : nom donné aux Compagnons Constructeurs Enfants de Maître Jacques... et ce maître Jacques serait un constructeur celte ayant participé à la construction du Temple de Jérusalem. Il n'a aucune parenté avec un saint Jacques, majeur ou mineur.

Joachin : Agitateur qui au XIIᵉ siècle aurait provoqué des mouvements révolutionnaires de jeunes oisifs itinérants, se disant Joachinistes. Il semble avoir été responsable de la croisade des Pastoureaux.

Joannites : membres d'une secte qui conférait le baptême au nom de saint Jean-Baptiste, et qui ne connaissaient que l'Evangile de saint Jean.

Lescar : ancien évêché, à quelques kilomètres de Pau.
Lougarou : émule du dieu Loug.

M

Mabinog : apprenti barde : Breton qui a recueilli la mythologie celtique, au début du XIᵉ siècle.

N

Noirs (les moines) : les Bénédictins, vêtus de coules noires.
Nombre d'or : c'est un rapport, entre deux longueurs, dont le carré le surpasse d'une unité. Les Druides en employaient couramment la construction géométrique. Les constructeurs des Mégalithes aussi, en lui donnant une signification magique. Il a été employé à profusion dans la construction des cathédrales.

O

Othe : massif forestier situé sur le rebord sud-ouest de la Champagne entre les vallées de la Vanne et de l'Armançon.

P

Pédauques : confrérie de Compagnons Constructeurs qui portaient une figure géométrique ésotérique ressemblant à l'empreinte d'une patte d'oie – d'où leur nom de Pédauques : *Pedauca*.
Pontigny : abbaye cistercienne bourguignonne dans la vallée inférieure du Serein.

R

Rutène : tribu gauloise vivant dans le Rouergue actuel.

S

Scot Erigène : Abbé breton (de Grande-Bretagne) qui, ayant professé des doctrines considérées comme hérétiques (pelagianistes et « gallicanes ») aurait été mis à mort par ses moines – au IXᵉ siècle. Le Prophète prétend en être la « résurgence ».

Stonehenge : prodigieux cromlech mégalithique construit en Angleterre occidentale. Computeur astronomique étonnant, près de Salisbury, qui pose de nombreuses questions troublantes.

T

Taol-Men : écrit plus communément, et à tort : dolmen, formé de deux mots celtes : *Taol :* table, et *Men :* pierre.

Tombelen (écrit aujourd'hui, par les ignorants : Tombelaine) : îlot granitique dans la baie du mont Saint-Michel et très voisin du Mont – dédié au dieu Belen, dieu un et indivisible des Gaulois.

Tracé : science compagnonnique qui recouvre la géométrie dans l'espace, la géométrie descriptive, par des méthodes empiriques, pour le tracé des charpentes et la stéréotomie.

Trehorhentic ou *Trehorentic :* village aujourd'hui en Ille-et- Vilaine, dans la forêt de Paimpont, qui est ce qui reste de la forêt de Brocéliande, littéralement : « Nos trois sentiers » ?

Thueyts : vieux mot français (romano-norois ?) qui veut dire : pièce de terre.

Y

Voutre : employé pour désigner les Juifs.

DU MÊME AUTEUR

Aux Éditions Denoël

JE FUS UN SAINT.

LA PIE SAOULE.

LES CHEVALIERS DU CHAUDRON, *(Prix Chatrian)*.

LA PRINCESSE DU RAIL, *(Feuilleton télévisé)*.

WALTER CE BOCHE, MON AMI.

À REBROUSSE-POIL.

LES YEUX EN FACE DES TROUS.

LE PAPE DES ESCARGOTS, *(Prix Olivier de Serres)*.

LE SANG DE L'ATLAS, *(Prix Franco-Belge)*.

LA BILLEBAUDE.

LES VOYAGES DU PROFESSEUR LORGNON.

LOCOGRAPHIE.

L'ÂGE DU CHEMIN DE FER.

L'ŒUVRE DE CHAIR.

LE MAÎTRE DES ABEILLES.

LE LIVRE DE RAISON DE GLAUDE
BOURGUIGNON.

Aux Éditions Hachette

LA VIE QUOTIDIENNE DANS LES
CHEMINS DE FER AU XIXe SIÈCLE, *(Bourse
Goncourt* et *Prix de la Revue indépendante)*.

LA VIE QUOTIDIENNE DES PAYSANS
BOURGUIGNONS AU TEMPS DE
LAMARTINE, *(Prix Lamartine)*.

LES MÉMOIRES D'UN ENFANT DU RAIL.

Aux Éditions Nathan

LE CHEF DE GARE.

LE BOULANGER.

Impression Brodard et Taupin
à La Flèche (Sarthe),
le 15 avril 1997.
Dépôt légal : avril 1997.
1er dépôt légal dans la collection : octobre 1987.
Numéro d'imprimeur : 1063S-5.

ISBN 2-07-037876-4 / Imprimé en France.